o **amor**
não é **óbvio**

elayne baeta

o amor não é óbvio

2ª edição

Galera

RIO DE JANEIRO

2025

Ilustração e miolo
Elayne Baeta

CIP-BRASIL. CATALOGAÇÃO NA PUBLICAÇÃO
SINDICATO NACIONAL DOS EDITORES DE LIVROS, RJ

B132a

Baeta, Elayne
O amor não é óbvio / Elayne Baeta. - 2. ed. - Rio de Janeiro : Galera Record, 2025.

ISBN 978-65-5981-580-7

1. Romance brasileiro. I. Título.

CDD: 869.3
24-95016 CDU: 82-31(81)

Meri Gleice Rodrigues de Souza - Bibliotecária - CRB-7/6439

Texto revisado segundo o Acordo Ortográfico da Língua Portuguesa de 1990.

Direitos exclusivos de publicação em língua portuguesa somente para o Brasil adquiridos pela
EDITORA GALERA RECORD LTDA.
Rua Argentina, 120 – Rio de Janeiro, RJ - 20921-380 - Tel.: (21) 2585-2000,
que se reserva a propriedade literária desta tradução.

Impresso no Brasil

ISBN 978-65-5981-580-7

Seja um leitor preferencial Record.
Cadastre-se e receba informações sobre nossos
lançamentos e nossas promoções.

Atendimento e venda direta ao leitor:
sac@record.com.br

laranja forte

VOL.1 O AMOR NÃO É ÓBVIO
VOL.2 COISAS ÓBVIAS SOBRE O AMOR

ESCRITO E ILUSTRADO POR **ELAYNE BAETA**

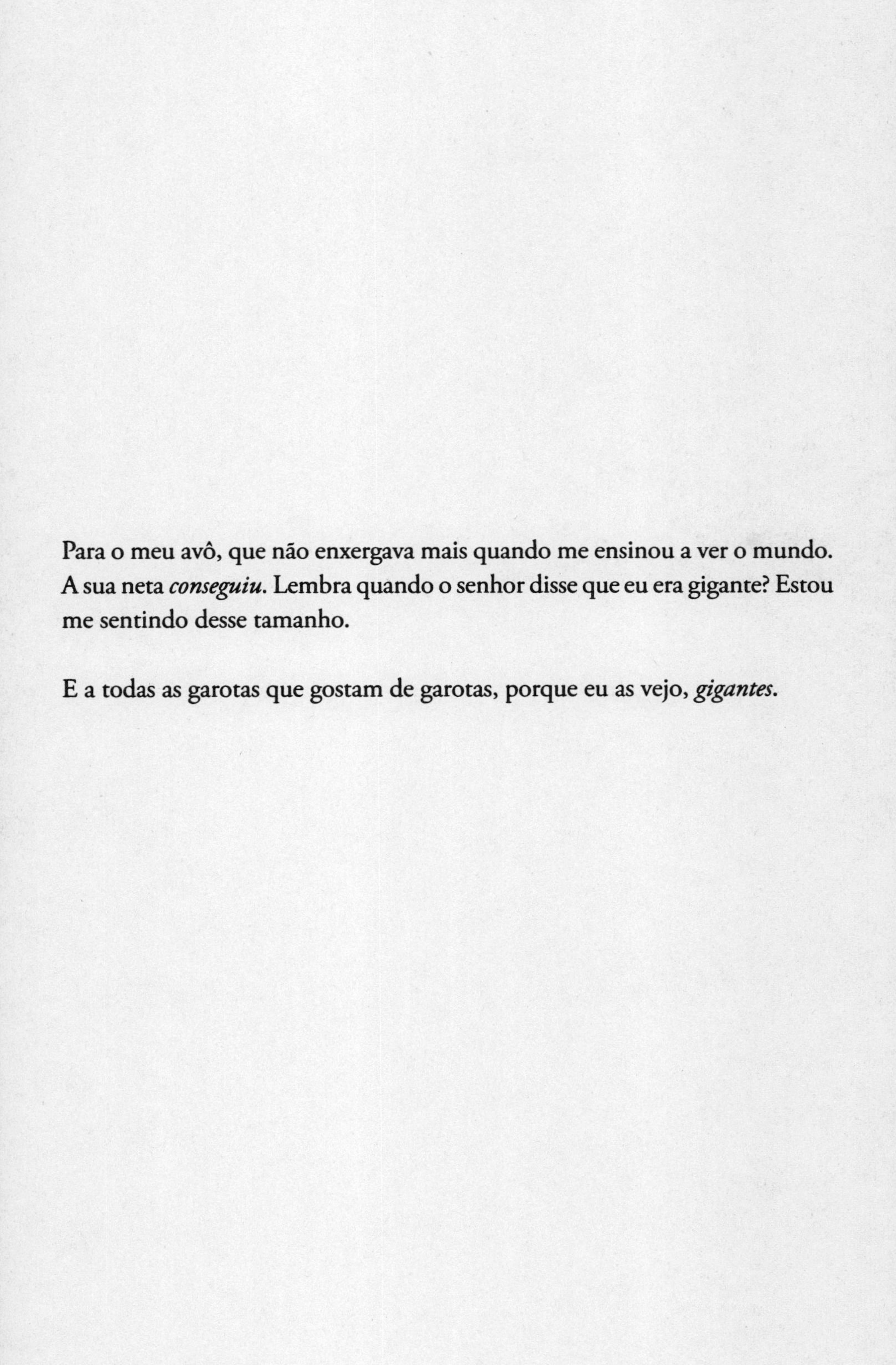

Para o meu avô, que não enxergava mais quando me ensinou a ver o mundo. A sua neta *conseguiu*. Lembra quando o senhor disse que eu era gigante? Estou me sentindo desse tamanho.

E a todas as garotas que gostam de garotas, porque eu as vejo, *gigantes*.

PARTE 1
ÍRIS PÊSSEGO

1.

Eu ainda não tinha me recuperado daquele capítulo de *Amor em atos*.

Tudo parecia perfeito na novela, e eu me sentia um pouco otária por desejar um pingo daquela realidade na minha vida. Fala sério, o primeiro beijo da Rosa e do Edgar foi no tráfego, com o sinal aberto, embaixo da chuva... Isso é no mínimo *incrível*.

Mas sei que se um dia eu tentasse reproduzir isso, eu seria atropelada e ainda terminaria gripada — *se* eu sobrevivesse às fraturas, é claro.

Por que a vida real é tão falha?

Como se não bastassem os motivos que tinha pra lamentar minha existência naquela sexta-feira, ainda tive que receber da diretoria uma intimação pra comparecer à palestra de educação sexual. Quando quase todas as garotas do primeiro ano começam a aparecer grávidas, seu colégio inventa isso, uma coisa chamada Semana de Combate à DST, para não ficar tão óbvio que tudo se trata de uma indireta para que as pessoas comecem a ter relações sexuais com proteção. Não devo reclamar tanto disso, porque não fui eu quem teve que distribuir folhetos vestida de preservativo (sinto muito por isso, Wilson).

Ainda assim, é realmente bizarro como o primeiro ano anda tão precoce. Quer dizer, pra algumas pessoas, bizarro mesmo é se formar virgem. Mas eu não ligo muito pra isso. Minha vida segue *vivível*, contanto que nem Rosa, nem Edgar morram. Mas algumas pessoas estão obcecadas com isso, e com "algumas pessoas" eu quero dizer...

– Você acredita que a Júlia Pinho não é mais virgem? – Essa, desesperada pela vida sexual de terceiros, é a Poliana Rios, minha melhor amiga. Enlouqueceu, como boa parte das pessoas, na Semana de Combate à DST.

– Oi, Polly – eu disse, quando Polly ergueu minha mochila para ocupar o assento que eu guardava pra ela.

Eu estava no auditório desde as 7h e acompanhei todo o crescimento daquele barulho infernal. O som dos alunos conversando sem parar, de risadas, de copos descartáveis sendo esmagados, de batuques na cadeira e de ventiladores enferrujados era insuportável. Talvez eu devesse pedir indenização, caso saísse dali surda.

– Não, sério – disse Polly, soando incrédula, enquanto eu olhava o diretor, Sr. Álvaro, ajeitar o microfone à sua altura. – Como a Júlia Pinho pode já ter perdido a virgindade e eu não? Ela é tão...

O som estridente do microfone ecoou pelo auditório, fazendo com que todo mundo calasse a boca. Sobre a indenização, estou falando sério.

– É, hum, bom dia. – A voz grave de locutor de rádio do Sr. Álvaro eclodiu. – Como vocês devem saber, esse é o último dia da Semana de Combate à DST e eu gostaria de agradecer muito a todos os alunos que colaboraram para que ela acontecesse. – Nesse momento, ele se virou para alguém na plateia. – Em especial a você, Wilson Zerla.

O que fez com que alguém no auditório gritasse "Homem-Preservativo!" e todos caíssem na gargalhada. Wilson Zerla é uma versão muito mais magricela e desajeitada do DeRon Horton. Eles são tão fisicamente parecidos que poderiam ser gêmeos separados no berço. DeRon Horton é o gêmeo que ficou malhado e famoso, e Wilson é... bom, o mascote da nossa campanha de preservativos. Se a vida real for como nas novelas, DeRon é o gêmeo do mal, porque Wilson Zerla sempre foi genuinamente gentil com todo mundo nesse colégio. E é por isso que eu não acho graça em nada disso. Devo ter sido a única pessoa que não riu... além de Polly, que estava digitando freneticamente no papel A4 que ela chama de celular e nem sequer prestava atenção na fala do diretor. Sério, o que aconteceu com os smartphones? Por que eles estão cada vez maiores e mais finos?

– Isso não tem graça, pessoal, foi um trabalho sério e muito bem executado – corrigiu o Sr. Álvaro, em seu famoso tom de bronca. – Gostaria de dizer a todos que, para o último dia de atividades neste projeto, teremos uma sessão de filme sobre sexualidade às 10h, aqui no auditório. Os alunos que quiserem substituir a aula pelo filme precisam assinar as fichas que estarão com a professora Cristiane. A cabine de preservativos fecha às 11h, e tivemos muito sucesso com a distribuição deles.

O barulho de pessoas conversando e rindo ressurgiu imediatamente depois dessa última frase. Vi os gêmeos Colosso se entreolharem com um sorriso cínico – o mesmo que eles usaram todas as trezentas e sessenta e sete vezes que os vi pegando preservativos nessa cabine, da segunda-feira pra cá. Não me admiro se eles forem pais de metade dos bebês dessas garotas do primeiro ano e, com a cabine de preservativos, estivessem poupando os gastos com farmácia.

– Droga, vou ter que sair mais cedo – disse Polly, olhando para o celular.

Os cabelos encaracolados e volumosos caíam sobre seu rosto, enquanto a luz azulada da tela iluminava a pele negra e os olhos cor de mel. Polly é realmente muito bonita para ser virgem, não que eu queira classificar a beleza das pessoas me baseando em suas atividades sexuais. Mas Polly é realmente muito bonita, e não é só sobre o seu físico: ela é extremamente divertida e legal com quase todo mundo, enquanto Júlia Pinho só sabe falar sobre si mesma e jogar todas as embalagens no chão. Tipo, sério, eu não perderia minha virgindade com uma pessoa que não consegue jogar uma embalagem de Mentos no lixo. Sonho com o dia que todas as embalagens vão criar vida e se unir pra jogá-la na lixeira.

– Minha mãe conseguiu bater o carro de novo. Sinceramente, não sei quando ela vai aceitar que não sabe dirigir. – Polly revirou os olhos.

O pai de Polly, Sr. Rios, tem uma patente alta no exército, o que significa dinheiro à vontade para que a mãe de Polly, a famosa Sandra Rios, faça loucuras pela cidade. Minha mãe sempre diz que não sabe como ela e Sandra conseguem ser amigas, porque Sandra é provavelmente a pessoa mais superficial da face da Terra. E tudo bem, porque às vezes não sinto que as prioridades de Polly sejam as mesmas que as minhas. Mas, pelo menos, Polly não bate o carro toda semana nem coloca um aplique novo no cabelo a cada três dias. Essas são coisas com que mamãe precisa lidar tendo Sandra como amiga.

– Tenho que ir pro Hector Vigari, porque ela provavelmente quebrou alguma coisa. – Polly levantou da cadeira enquanto guardava o celular. – Te vejo mais tarde?

Com certeza não, foi o que pensei. Naquela noite, em *Amor em atos*, passaria a cena em que Edgar conta para Luiza Abrantes que está apaixonado por Rosa. E eu estava há meses esperando por isso. Somos amigas, Polly, mas não a esse ponto.

– Nossa, hoje realmente não dá. Preciso ajudar meu pai com umas coisas do supermercado – disse, com o melhor tom de chateação que eu podia usar.

Ok, vamos lá, por que eu menti? A verdade é que todos têm segredos. Tenho três grandes segredos para o mundo. Pra Polly, no entanto, apenas um. O primeiro é que eu converso com a Margot, minha gata, e *sinto* como se ela me respondesse. Polly sabe sobre esse porque antigamente ela passava mais tempo no meu quarto que eu mesma. O segundo é que eu sou apaixonada pelo mesmo menino, o Cadu, desde a oitava série. Esse Polly também sabe, por causa do incidente do xixi. Sim, eu fiz xixi na calça. Foi numa noite do pijama com Polly que eu acordei de um pesadelo chamando o nome dele, mas isso não necessariamente significa que eu seja vulnerável a ele como Rosa é vulnerável a Edgar, eu só tenho uma coisa, sabe? Uma atração que não sei explicar direito. Não é tão exagerada assim. Mas não digo que eu não beijaria ele no tráfego, mesmo correndo o risco de ser atropelada, porque é claro que eu beijaria. O terceiro, que é o único que consegui manter até agora, e, sinceramente, não faço questão que Polly descubra, é que... eu assisto a *Amor em atos* na casa da minha vizinha idosa, Dona Símia, várias vezes na semana.

Sempre que o capítulo vai ter algo interessante, já sabemos que veremos juntas. Então eu roubo uma pipoca no supermercado do meu pai e a Dona Símia já prepara cookies e sucos frescos, fora as balas que ela armazena naqueles potes. Os cachorros dela, que parecem travesseiros quando deitam no sofá, também ficam com a gente. Assistimos juntas e choramos juntas. E não sei se Polly, ou qualquer outro adolescente, entenderia esse tipo de relação que tenho com uma idosa que não é a minha avó. No mundo adolescente é praticamente inaceitável que sua relação com idosos vá além da natural relação de parentesco. Quer dizer, ninguém aceita isso sem achar um pouco constrangedor ou estranho, não em São Patrique. Não é que eu não tenha amigos. Tenho a Polly e algumas pessoas com quem converso na sala, às vezes. Mas a Dona Símia é realmente meu espírito animal no corpo enrugado de uma senhorinha de 68 anos. E, fala sério, o cabelo dela é enorme e branco, muito mais bonito que o de qualquer pessoa que eu conheça. E sei disso porque já vi, apesar dos coques que ela usa o tempo inteiro.

Dona Símia é incrível, e qualquer pessoa que eu ache incrível e com quem tenha uma amizade representa uma ameaça pra Polly. Que é a pessoa mais ciumenta com quem eu já tive que lidar na minha vida.

Então, por todos esses motivos, Polly não precisa saber disso.

– Certo. Então, me liga, pelo menos – disse Polly enquanto se afastava.

Eu estava tentando não chorar fazia meia hora. Dona Símia, por sua vez, já estava com uma pilha de lenços amassados ao seu lado, sendo farejados por Lanterna, um de seus cachorros. Era inaceitável. Eu não sabia o que estava mais sem sal, a pipoca que peguei escondida na prateleira do Pêssego's Supermercado (meu pai e sua grande criatividade usando nos negócios o próprio sobrenome superconvencional), ou o enredo de *Amor em atos*, que foi do ápice para o fundo do poço em duas cenas. Edgar realmente contou para a Luiza Abrantes que gostava de Rosa, e mesmo assim ficou com a Luiza. É, hum... Por que diabos? Sim, isso mesmo, porque Luiza Abrantes está grávida.

Nunca achei tão útil a Semana de Combate à DST, com toda aquela coisa das palestras e filmes de educação sexual. E, Wilson, foi mesmo por uma boa causa. Porque, talvez, se no colégio de Edgar e Luiza tivesse ocorrido uma semana dessas, apenas talvez, eu não teria que passar por isso. Qual o problema desse cara? Por que amar uma e engravidar outra? Qual o problema dos homens? E é isso. Esse é o fim do meu casal.

Três meses e eu ganho um beijo no tráfego, só isso? Tipo, sério, Maritza? É assim que você quer ganhar um prêmio de melhor roteirista de novela?

Algumas coisas simplesmente me aborrecem de uma forma tão absurda que prefiro fingir que não aconteceram.

E foi isso que disse para a Dona Símia quando ela me perguntou o que eu tinha achado daquele capítulo de *Amor em atos*, na varanda dela, enquanto eu descia aquela escadaria de apenas três degraus:

– Acho que podia ser melhor – Foi tudo o que saiu da minha boca enquanto eu tentava fingir que aquele capítulo não tinha destruído minha vida.

Corri pra casa e fiquei ouvindo Whitney Houston, chorando e olhando pro teto. Pensei um pouco em Cadu durante esse tempo. Eu tenho uma mania estúpida de associar meus personagens favoritos a ele.

Preciso parar de chorar fácil, principalmente porque começo a soluçar e meus pais percebem e surgem me perguntando se estou sofrendo. Daí se inicia uma conversa constrangedora que termina com panfletos de grupos de apoio e recomendação de bons psicólogos. Olhando por esse lado, mamãe realmente não pode reclamar de Sandra Rios como se ela mesma fosse normal. Meus pais realmente não são normais, e digo isso por motivos mais plausíveis do que chorar ouvindo Whitney Houston, pensando em *Amor em atos* e em Cadu Sena. Isso porque já é quase meia-noite e eles decidiram fazer panquecas ouvindo rock nacional, ignorando o fato de termos vizinhos. Inclusive uma que é idosa e minha segunda melhor amiga.

Margot me olhou com cara de desaprovação enquanto se lambia. Eu *sabia* que, em algum lugar na cabeça dela, a gata estava me achando extremamente idiota.

Foi quando meu telefone tocou, e não precisei de dois segundos para saber que era Polly.

– Oi, Pops – falei, levando o telefone pro chão, porque eu não queria me mover do tapete.

– Passei no mercado pra te ver e você simplesmente não estava, Íris – Poliana estava com uma voz indignada. Eu podia visualizar ela revirando os olhos do outro lado da linha. Meu coração saltitou por ter sido pega no flagra. – Onde você tava? Eu precisava te contar uma coisa.

– É, eu... – Olhei em volta, procurando uma desculpa. – Decidi estudar pra apresentação do trabalho na segunda-feira e acabei pegando no sono. Foi mal.

Obrigada, livro de história na cabeceira!

– É por isso que você é virgem, você estuda sexta à noite, fala sério.

– Você não estuda sexta à noite e também é virgem – retruquei.

Polly ficou em silêncio por alguns segundos.

– Você pegou pesado nessa – disse ela, entre risos. – Mas já sei como resolver meu problema antes da formatura. Falando nisso, a gente precisa começar a pensar nos vestidos. É daqui a dois meses, nem acredito!

Nem eu acredito. Não me sinto pronta pra abandonar o Ensino Médio.

– Tô *tentando* juntar grana suficiente pra alugar alguma coisa legal na Marybeth's – falei, porque realmente estou. Eu passeio duas vezes por semana com a Loriel e o Lanterna desde que Dona Símia piorou de saúde e, também, desde que o último garoto que passeava com os dois cachorrinhos praticamente perdeu a Loriel no parque. Depois de muita panfletagem e dor de cabeça, ela foi encontrada num abrigo quase nos fins de São Patrique (sim, perceba que o meu colégio tem o mesmo nome da cidade, porque alguém, como meu pai, é bastante criativo nos negócios). Inclusive, foi depois do estresse com o sumiço da Loriel que a Dona Símia começou a piorar do coração. Mas acho que também posso culpar *Amor em atos* por isso.

– Fala sério, você diz isso faz meses – resmungou Polly, e pude ouvi-la arfar no telefone. – Você com certeza tá gastando o dinheiro que ganha com os cachorros daquela velha em alguma coisa.

"Daquela velha." É assim que Polly enxerga Dona Símia. Preciso dizer mais alguma coisa sobre manter a parte da novela em segredo ser a melhor opção de todas?

– Eu não estou gastando com nada – respondi, mas, dessa vez, era mentira. Ando comendo pizza do Orégano's todo fim de semana, e tenho uma pilha consideravelmente grande de livros que compro no Leoni's porque gosto da capa, mas nunca termino de ler. Talvez não sejam bons investimentos, mas eu não consigo parar. Estou viciada em frango com catupiry e capas coloridas.

– Eu te conheço, Íris, sei *tudo* da sua vida – disse Polly, presunçosa.

Tudo, menos o fato de a minha segunda melhor amiga ser "aquela velha".

– Sério, vou conseguir o dinheiro todo a tempo de ter um vestido – confortei Polly, que estava muito preocupada com a formatura. Tanto quanto obcecada pela própria vida sexual e a de terceiros, claro.

– Você tem mesmo que se ligar nisso, você precisa ser mais participativa na sua vida escolar. Não sei no que você gasta tanto tempo pensando, se não é em você – reclamou Polly. E ela tinha razão. Depois de *Amor em atos*, eu só decaí.

A verdade é que acho que não preciso me importar tanto assim comigo se posso investir tempo em um universo onde coisas realmente surreais acontecem. Um universo onde eu sinto frio na barriga, emoção, ansiedade, raiva, tristeza... A novela, às vezes, parece mais real que a própria realidade. Pelo menos ela me causa mais coisas do que a minha rotina pode proporcionar.

Polly me pediu opinião sobre o trabalho dela, contou que viu um dos gêmeos Colosso e que ele estava com uma das grávidas do primeiro ano (coisa que eu sabia, graças a meu ph.D. em enredos dramáticos – obrigada, Maritza, apesar dos pesares) e, por fim, me fez prometer de um jeito bastante ameaçador que eu iria levar a formatura mais a sério.

Em seguida, desligamos o telefone e voltei a me afundar no chão, sem necessariamente sair do lugar, pensando sobre *Amor em atos* e o que eu faria se o cara de quem eu gosto, abre parêntese Cadu Sena fecha parêntese, aparecesse falando que engravidou outra mulher e não vai ficar comigo.

Depois comecei a cair na real, a pensar que Cadu na minha vida, como Edgar na vida de Rosa, é uma coisa completamente impossível. Apesar de habitarmos o mesmo planeta, vivemos em grupos sociais completamente distintos, e é científica e matematicamente impossível uma aproximação nossa. Se houvesse um cálculo, ele seria definido pela distância entre pessoas adoradas e pessoas com catapora cuja ausência nem é notada. Deixa eu explicar: sério, faltei duas semanas quando adoeci e ninguém – exceto as (no máximo) três pessoas que cumprimento e pedem meu corretivo emprestado – reparou que eu não estava indo à escola. Quando voltei, um garoto me pediu a atividade do dia anterior, sendo que, cara, eu faltei por duas semanas. Venci a catapora e esperava no mínimo uma bronca dos professores, mas nem eles se deram conta de que eu tinha estado ausente. Inacreditável!

Ficar todo esse tempo no chão comparando a minha inexistente vida amorosa com as de *Amor em atos* me fez lembrar que Cadu já tem uma Rosa. Camila Dourado namora com Cadu desde o primeiro ano. Eu nem tive a chance de mostrar como fiquei quando tirei o aparelho, porque no primeiro dia de aula ela já estava lá flertando com ele na minha frente. Vou me formar e eles continuam juntos. Até a metade do segundo ano eu achava isso um afronte à minha existência. Mas, pouco a pouco, comecei a aceitar que eles até que formam um casal bonito e que vão acabar casando e vou receber um convite. Que espero que, assim como meu recibo de compras na Orégano's Pizzaria (quase cinquenta pratas, nunca extrapolei tanto), a Margot mastigue para me poupar do sofrimento.

A vida real é realmente falha. É por isso que prefiro *Amor em atos*. Mas isso não significa que eu tenha aprovado o desfecho daquele capítulo.

Seria pedir demais que Wilson surgisse no meio da novela – vestido de preservativo – e entregasse um panfleto a Edgar?

Cara, essa novela tá *mesmo* mexendo comigo.

2.

Você percebe que está levando a ficção a sério demais quando começa a se basear nos princípios dela para julgar as pessoas à sua volta.

Eu encarava as meninas grávidas do primeiro ano e só conseguia revirar os olhos. Óbvio que passei a me sentir muito mal quando percebi que só agia assim por causa de *Amor em atos* e Edgar. Ele e Rosa levarão mais milhões de capítulos até que eu volte a estar satisfeita com a minha vida.

Alguma coisa diferente estava acontecendo nos corredores do São Patrique, e eu sabia que não era por causa das grávidas, embora elas tenham sido a notícia principal na boca dos fofoqueiros por semanas seguidas – o que não acho justo, já que os pais dos bebês não ganharam destaque e, fala sério, elas não engravidaram *sozinhas*. Também não era o fato de ser segunda-feira e todos comentarem sobre o fim de semana, como de costume. Não importava o quanto eu tentasse me concentrar em algum dos vinte grupinhos de fofocas espalhados pelo corredor, jamais conseguiria decifrar nada. Não dá pra entender quando todo mundo fala ao mesmo tempo. E, para o meu azar (talvez sorte dos meus tímpanos), o meu armário era afastado dos principais polos de fofoca. E, sim, estou falando de Priscila Pólvora. A boca dela é quase o *Jornal Nacional*, e todo dia de manhã, antes do primeiro sinal tocar, ela abre o armário comentando sobre algo e, segundos depois, está todo mundo comentando sobre a mesma coisa.

Cheguei atrasada porque fui dormir muito tarde no domingo, tentando ler um dos dezesseis livros de capa perfeita que adquiri no Leoni's. Acabei perdendo o ônibus. Em outras palavras, perdi as notícias da boca de Priscila Pólvora e agora só havia resquícios de vários grupos comentando sobre algo que ela tinha comentado e eu perdi.

Não que eu seja fofoqueira, só estou seguindo os conselhos da Polly sobre me ligar mais no colégio e em mim mesma. Talvez fosse uma notícia que me acrescentasse alguma coisa, nunca se sabe.

Ok, sou provavelmente a pessoa mais curiosa da face da Terra.

É horrível ter que admitir isso, porque posso passar de enxerida a fofoqueira, dependendo da situação. Mas, fala sério, Jornal Nacional, quer dizer, Priscila, fala coisas que acontecem nesse colégio que eu jamais imaginaria. É como assistir a uma novela, às vezes. É a única parte da vida real em que realmente *coisas* acontecem.

Claro que só me dei conta da gravidade da situação quando Cadu Sena passou pelo corredor de cabeça baixa e todo mundo parou de fofocar para olhá-lo. Consegui imaginá-lo com catapora, mas nem com isso causei o impacto que ele causou pelo simples fato de soar triste. Quando ele desapareceu para dentro de sua sala, os murmúrios triplicaram. Parecia que até as paredes tinham boca.

Nesse momento, minha curiosidade atingiu níveis jamais imaginados pela raça humana. E se eu pudesse sequestrar Priscila Pólvora para ter respostas, eu faria isso.

Mas, ao contrário disso, só fui para a sala de aula. Porque eu tinha um trabalho em dupla pra apresentar. E a minha dupla era Igor Grécia, ou seja, minha dupla era eu mesma, porque ele e nada significam a mesma coisa. Maldita seja a pontuação em grupo. Tenho que fazer por dois, se quiser ter nota.

Já podemos concluir que minha segunda-feira estava uma merda, como todas as outras, então eu realmente não precisava que meu armário emperrasse *justo* nessa altura do campeonato, me deixando sozinha no corredor enquanto o lugar ia pouco a pouco esvaziando. A única parte boa disso tudo foi que dava pra escutar o que alguns grupos em particular falavam quando passavam.

Lista das coisas que eu escutei antes de conseguir girar a minha chave e voltar pra sala: "Ele mereceu, me disseram que foi porque uma das garotas grávidas do primeiro ano é amante dele", "Talvez ele precise de mais aulas de educação sexual, teóricas e práticas, já que foi trocado justo nas vésperas da formatura", "Ouvi dizer que ela sempre foi desse time", "Você viu aquele olhar? Até eu trocaria Cadu Sena" e "Deus não se alegra com essas coisas".

Com isso, concluímos que a apresentação do meu trabalho foi um desastre e eu não podia culpar Igor Grécia. E sim, única e exclusivamente, a minha cabeça obsessiva, que só queria pensar sobre aquilo, enquanto eu deveria estar falando sobre acontecimentos históricos dos quais eu não conseguia me lembrar, porque com certeza não tiveram nada a ver com os murmúrios no corredor.

É claro que não fui a única na sala de aula pensando no episódio do corredor. Mesmo em meio às outras apresentações, as pessoas continuavam murmurando sem parar, e eu sabia que era sobre "aquilo", que eu não fazia ideia do que se tratava *ainda*. Me dei conta, para o meu pior pesadelo, que as pessoas estavam olhando em minha direção na sala enquanto fofocavam. Inclusive Priscila Pólvora, que até sorriu para mim de um jeito malicioso e me deixou sem entender o motivo.

É claro que, nessa altura, eu *precisei* me comunicar com Polly.

Acho que as pessoas descobriram sobre o incidente do xixi √√
Enviado 09:45

Quê? √√
Enviado 09:47

Sério, as pessoas estão olhando estranho e sorrindo estranho na minha direção. Preciso ir embora. √√
Enviado 09:47

Íris, você pirou? O_o √√
Enviado 09:48

Poliana, eu não estou brincando √√
Enviado 09:48

Íris, Cadu e Camila terminaram ✓✓
Enviado 09:49

Ok, agora eu realmente estou me sentindo péssima. Eu nunca imaginei que o incidente do xixi fosse causar isso.

Meu Deus ✓✓
Enviado 09:49

Eu quero sumir ✓✓
Enviado 09:50

Íris, não foi por sua causa.
Que autoestima! ✓✓
Enviado 09:51

Aqui podemos perceber que eu devia ter apenas uma melhor amiga e ela tem 68 anos. Sim, eu disse isso.

Te explico no intervalo, se você não descobrir antes ✓✓
Enviado 09:52

Até porque, você estuda com o Jornal Nacional ✓✓
Enviado 09:52

Esperei por esse intervalo do mesmo jeito que tinha esperado pelo primeiro beijo de Edgar e Rosa em *Amor em atos*. E, justamente por isso, ele demorou três vezes mais pra passar. Depois de assinar meu nome na lista de alunos que apresentaram os trabalhos – e falharam miseravelmente –, saí em direção a Poliana "Que Autoestima" Rios. Fui até ela da mesma forma como meu pai sai caçando as crianças que roubam as balas do Pêssego's quando ele se distrai com a calculadora.

Mas fui impedida de dar qualquer passo quando me deparei com *aquela* cena.

Camila Dourado estava pendurada nas costas de uma *garota*. Elas estavam rindo enquanto uma (das muitas) fã de Camila tirava fotos delas duas. Em seguida, Camila desceu das costas da menina e enrolou os braços em volta do pescoço dela. A garota, por sua vez, passou uma mecha do cabelo de Camila para trás da orelha dela e elas ficaram se olhando como se estivessem em uma cena de *Amor em atos*. Assim que a garota devolveu o celular para Camila, berrou algo de maneira tão escandalosa e embaralhada que eu não consegui entender direito. Porque, nesse ponto, todo mundo também estava escandaloso e berrando alguma coisa com aquela cena.

Algumas pessoas encaravam como se aquilo fosse a coisa mais *errada* do universo, mas a maioria dos olhares era de aprovação. Ouvi alguns gemidos de fofura, vindos de pessoas que esbarraram em mim enquanto tomavam rumos diferentes ao pátio.

– É, não preciso mais te contar. – Poliana surgiu atrás de mim, segurando meus ombros e me empurrando em direção à fila da lanchonete. – Camila Dourado está ficando com uma *garota*.

Respirei fundo, meio atordoada. Não por isso, claro, mas porque automaticamente me lembrei de Cadu e de que, se isso fosse mesmo verdade, ele estava completamente solteiro. Ok, um pouco da minha respiração funda foi sim por aquilo, mas, cara, esfregaram uma cena de novela no meu nariz. Como eu deveria respirar? Sou formada em reações exageradas desde *Amor em atos*. Fala sério, escuto Whitney Houston pra chorar após os episódios, as pessoas precisam pegar leve comigo.

– Quem diria... – disse Polly enquanto contava as moedas pro suco. – Anos de namoro pra ser substituído por uma aluna do mesmo colégio.

Certo, alguma coisa está muito errada nessa história. Porque, vamos por partes, Cadu é o tipo de cara que é bom em tudo. Ele surfa bem, tem medalhas de natação, tem um cabelo cacheado que é a coisa mais bonita que meus olhos já viram. *Eu sei* que ele beija bem, minha intuição sobre beijos não falha, porque eu sabia que meu beijo com o primo de Poliana seria horrível e realmente foi, mesmo ele sendo um cara legal e bonito (me desculpe, Pedro, mas seu rosto lindo não salvou seu beijo extremamente babado). Se, segundo minhas intuições, Cadu beija bem, pela lógica, ele *faz outras coisas bem* também. Então, não foi por sexo, como falaram. Ou porque ele é ruim em alguma coisa, há evidências suficientes do contrário. Que ele tenha engravidado uma das garotas do primeiro ano, eu duvido. Quem largaria Camila Dourado? Odeio ter que admitir isso, mas ela é tão sem defeitos quanto Cadu – não que eu tenha tido qualquer intuição sobre o beijo dela, ou coisa assim. Em outras palavras, o que quero dizer é: eles formavam *o casal perfeito*, então, preciso de um motivo muito plausível pra esse término.

Ok, vou investigar isso.

– Mas – começou Polly, quando finalmente chegou a nossa vez e fizemos o pedido; ela suco, eu vitamina de banana e morango com um sanduíche natural – não é da nossa conta o que eles fazem ou deixam de fazer com o namoro deles.

É, não vou investigar isso.

– Só é estranho, sabe? – continuou ela enquanto saíamos da frente da lanchonete e procurávamos um lugar pra sentar. – Cadu é praticamente uma celebridade pras garotas daqui. Ele e Camila formavam um casal que parecia ter saído de *Malhação*. E aí do nada eles terminam e Camila fica, sei lá, com uma figurante de cena. Normal a gente tomar um susto e achar meio esquisito. Será que foi traição?

É *claro* que eu vou investigar isso.

– Mas, sei lá, ainda acho que, independente de qualquer coisa, as pessoas desse colégio se metem demais na vida dos outros – disse ela, quando sentamos.

Verdade, eu não devo investigar isso.

– Quem é ela? O rosto é muito familiar. Ela com certeza não tinha esse corte de cabelo de garoto antes. Todo mundo teria reparado.

"Teria?", eu me perguntei. A verdade é que eu vivia tão imersa no meu mundo que eu não tinha certeza da resposta.

– Ou não, né? Sei lá. Vai ver ela falta muita aula, ou foi uma das alunas que passou naquele projeto do intercâmbio ou só mudou o cabelo agora. – Polly parecia surpresa, observando o novo casal do São Patrique. Camila estava sentada no colo da garota, tomando refrigerante.

Do outro lado, Camila e a garota pareciam estar presas num universo só delas. Eu, de boca propositalmente cheia, concordava com tudo o que Polly dizia com sonoros "hum".

– Não é estranho que precise acontecer uma coisa dessas pra gente notar a existência de algumas pessoas? Quem será essa menina?

Dei um último gole na minha vitamina; eu *preciso* investigar isso.

Sei que não existe um pingo de dignidade no que eu estava fazendo. Quer dizer, foi totalmente por impulso. Acho que até andei levando a Semana de Combate à DST a sério demais. Minhas últimas aulas eram do professor Marcelo, que quebrou a perna na maratona de ciclistas de São Patrique quatro dias antes. Ele ainda não tinha se recuperado, disseram que foi horrível. Ou seja, eu estava sem aula. *Completamente livre* pra fazer o que eu quisesse, e digamos que, talvez, ler alguns livros de conteúdo sexual estivesse incluído nisso. Não acredito que eu passei todo esse tempo achando que beijo grego era um beijo que dão na Grécia. Tô me sentindo inocente de um jeito que já não sei mais se considero saudável.

Ah, e eu amo o Leoni's. É muito longe do colégio e ao mesmo tempo é perto da minha casa. Essa livraria de madeira cheirando a café fresco é definitivamente o meu refúgio. Também é o lar de criaturas estranhas e cruelmente críticas como Maurício. É claro que demorei muito tempo pra perceber que ele estava me observando enquanto eu lia *Por que ela não goza?* Que fique declarado aqui o meu arrependimento.

– É por isso que não me envolvo no mundo heterossexual – disse Maurício, e me peguei fechando as páginas em uma fração de segundos. Isso me fez derrubar o livro com um barulho estrondoso no piso de madeira. Estávamos no mezanino da livraria e pude ver Léon, o gerente, nos olhar da caixa registradora. Mesmo sendo dono de livraria, Léon está mais para galã de filme francês que pega sol na praia nos fins de semana e usa calças apertadas demais, o que automaticamente estraga um pouco a parte sobre ser galã para mim.

– O que você tá dizendo? – perguntei, me fazendo de desentendida.

– Procure no mundo um livro que fale sobre "problemas de orgasmo" no sexo homossexual e te dou café de graça por dois meses seguidos. – Maurício cruzou os braços, me observando abaixar para pegar o livro. – Não acredito que você perdeu a virgindade e não me contou.

Sim, Maurício sabe que sou virgem. Apesar de sermos amigos, ele descobriu sozinho.

– Você tá curiosa sobre sexo ou sobre como *alguém* é no sexo? – Ele arrebitou o nariz, passando o espanador pela prateleira. E foi com essas palavras que ele descobriu sobre minha virgindade. O Maurício tem uma intuição estupidamente boa e eu nunca vou entender isso. É bizarro. Sempre me perguntei se deveria apostar na loteria depois de perguntar os números a ele. Mas ele jura que nunca ganhou nada em sorteio.

No entanto, não é preciso ganhar nada em sorteios quando se tem o cabelo cacheado mais fofo e macio do mundo, num corte anos 1980 no topo da cabeça, e uma pele tão bonita, escura e aveludada. Quando não está sendo um universitário, funcionário de livraria e fã de divas pop, Maurício acaba sendo o investigador da minha vida pessoal. Que absolutamente ninguém contratou.

– Só tô com tédio, não tive as últimas aulas. – Arfei, colocando o livro no lugar. – O número de pessoas virgens naquele colégio diminuiu muito nessa semana.

– Vá se acostumando... – Ele me olhou de canto. – Na faculdade, pessoas virgens são uma lenda urbana.

– Prazer. – Me virei, pegando o espanador da mão dele. – Lenda Urbana.

– Em nome de Madonna, você acha mesmo que vou acreditar nisso? Ainda mais quando você sair do São Patrique. – Maurício me olhou de cima a baixo, tomando o espanador de volta. – Você é a cara do fogo no rabo, sua fingida.

Me peguei rindo *um pouco* mais alto do que o tolerado pelo eco do Leoni's. Sério, a gente fala tudo muito baixo, porque o eco da loja é onipresente e insuportável. Uma vez falei mal da Camila Dourado, o Léon ouviu e me olhou com uma cara desconfiada. Ele é cunhado da Camila.

– Você não vai acreditar no que tá acontecendo... – eu disse, dessa vez sussurrando. – Camila tá ficando com uma garota.

Outro estrondo, dessa vez, o espanador.

– Como é que é? – Ele parecia incrédulo e me puxou pelo braço para um dos corredores entre as prateleiras enormes de livros. Um verdadeiro labirinto. A gente sempre adentrava lá, porque era escuro e silencioso. Eu também ia pra lá sozinha, sentava recostada em alguma prateleira pra pensar sobre minha vida quando algo pesado acontecia. Tipo quando a Margot ficou internada porque algum bicho venenoso picou ela. Ou aquela semana sem *Amor em atos*, quando a TV só exibiu jogos de um campeonato de futebol.

Eu já estava rindo, porque sempre ria quando a boca de Maurício virava um "O" perfeito.

– Então quer dizer que a *queridinha* não é hétero? A irmã homofóbica dela já sabe disso? Me conta *tudo* agora.

– Sério. Tipo, eu achei estranho. O Cadu é incrível e... – comecei a falar, mas fui interrompida pela impaciência de Maurício.

– Já entendemos que você é apaixonada por esse menino. Prossiga.

– Não sei se a Renata sabe, mas elas estavam de casalzinho no colégio – eu disse, franzindo a testa. A irmã da Camila já tinha procurado todos os motivos mais fúteis pra fazer com que Léon se irritasse com o Maurício. O Léon não caía em todos, mas como ela sempre armava direitinho, ele acabava se deixando levar em alguns casos. Renata Dourado sempre tem coisas preconceituosas (que ela pensa serem piadas) para dizer, especialmente a Maurício.

– Gente, quando a Renata souber... – Maurício não continuou, porque, bom, como eu falei... O eco entrega tudo neste lugar. E era impossível não perceber o sino da porta da loja somado à voz irritante de Renata falando "Oi, meu denguinho" para Léon, no andar de baixo. – Sabia que se você falar *Oi, meu denguinho* três vezes na frente do espelho aparece a Renata?!

Tentei não rir, mas, como na minha apresentação mais cedo, falhei.

As pessoas acham que é incrível quando seus pais são donos de algum estabelecimento porque você ganha regalias. Não posso negar a parte das regalias, eu realmente como trezentos bombons diariamente sem pagar nada, mas, falando sério, são roubados. Porque sempre que estou a centímetros de pegar algo nesse supermercado, meu pai surge das cinzas, como vilões aparecem em filmes.

– Esse salgadinho custa dois e noventa e nove – ouvi sua voz atrás de mim, seguida daqueles braços desnecessariamente peludos tomando o salgadinho da minha mão. – Eu já te disse, você pode comer o que quiser no mercado do papai, mas vai ter que pôr o boné.

O boné é a parte preferida do meu pai, e igualmente – numa escala de pelos no braço dele – desnecessária na farda do Pêssego's. Realmente sinto muito por Carina e Seu Solizeu, que trabalham aqui há milênios. O Pêssego's não tem tantos funcionários porque não é um mercado assim muito grande. Mas Carina e Seu Solizeu passam a "vergonha do boné" há mais tempo que os outros. Sendo bem honesta, esse boné é a coisa mais zoada que eu já vi. É ser o Wilson vestido de preservativo todos os dias. E o sonho do meu pai é que eu trabalhe no Pêssego's e "crie maturidade financeira", como ele diz. "Filha", ele começa, "quanto mais você precisa gastar do próprio dinheiro, mais você aprende a economizá-lo." O que não é verdade. Consigo dinheiro passeando com Loriel e Lanterna para ajudar a Dona Símia. E quanto mais eu gasto do meu próprio dinheiro... Mais eu gasto do meu próprio dinheiro. Pizzas e bons livros não são de graça.

– Mamãe saberá disso – eu disse, friamente. Aproveitei que ele se virou e roubei um bombom. Coloquei de vez na boca e tentei mastigar o mais rápido que pude, pra que ninguém percebesse.

Carina me pegou no flagra, mas, como sempre, ela só espremeu os olhos e tentou não rir. O único que conta as coisas aqui é Seu Solizeu. Isso dificulta muito nossa amizade.

– Não vai ficar perturbando sua mãe com qualquer coisa – disse meu pai, abrindo a primeira caixa de papelão de uma pilha de três. Eu estava pronta pra saltitar por um produto novo (talvez uma nova marca de bombom ou as revistas que tanto peço pra ele passar a vender), mas eram preservativos.

Estou sendo perseguida por adereços sexuais em todos os lugares possíveis. O que tá acontecendo?

Meu pai percebeu que eu estava encarando a caixa um tanto assustada.

– Filha, você não precisa olhar isso, se não quiser – disse ele, cauteloso. – Eu até prefiro que você não queira.

– Não, é só que eu não aguento mais ver preservativo na minha frente – reclamei, mas só percebi que tinha sido mal interpretada quando vi que Carina, Seu Solizeu, meu pai e outros dois funcionários que estavam por perto etiquetando latas me encaravam com os olhos arregalados de pontos diferentes do supermercado. – Porque no meu colégio tá tendo umas palestras sobre isso – completei, desejando ser invisível.

Ouvi Seu Solizeu murmurar "graças a Deus" na frente da máquina de refrigerante.

– Hum... É sempre bom conversar com seus pais sobre essas coisas – disse meu pai, sendo o típico Ermes Pêssego versão avermelhada e sem graça. – Mas evite sua mãe esses dias, ela tá muito estressada com o trabalho.

Agora o "Bom dia pra quem?" quando eu a cumprimentei de manhã fazia sentido.

– Só passei pra dar um oi, tô cheia de trabalho acumulado pra fazer – falei distraída, brincando com a máquina de etiquetas abandonada pelos funcionários.

– Pode pegar o seu salgadinho. – A voz serena de quando papai está de bom humor surgiu entre o barulho de fita adesiva que ele usava agora para selar as caixas de volta. – Mas coma pensando sobre o boné.

É, nada é completamente de graça na vida de Ermes Pêssego.

Só percebi que tinha acordado tarde demais quando não passou um ônibus sequer no ponto e meu desespero chegou a níveis elevados. Tão elevados que tive que recorrer à yellow. Sim, eu achava legal nomear bicicletas quando tinha quatorze anos. Cara, fala sério. Tenho a sensação de que o universo inteiro conspira pra estragar minha vida escolar. Só no primeiro período, eu tinha duas atividades valendo nota pra entregar. Realmente extrapolei. Não acredito que me deixei levar pelas sugestões do YouTube. Passei quase a madrugada inteira vendo vídeos aleatórios, em vez de simplesmente terminar o meu trabalho e dormir. Qual o meu problema? E até agora ainda não descobri se formigas têm ou não joelho. Esse é o nível das minhas prioridades. Realmente mereço o que está acontecendo comigo.

Minha confiança em mim mesma é tão grande que toda vez que pego uma bicicleta, mesmo tendo certeza de que já decifrei como pedalar, parece que estou aprendendo pela primeira vez.

Até chegar no São Patrique, quase fui atropelada quatorze vezes. E minhas curvas foram péssimas e mal calculadas.

É claro que eu estava horrível quando cheguei. Apesar de ter herdado esse cabelo castanho e ondulado de mamãe, ao contrário do dela – que sempre está perfeito naquele rabo de cavalo –, o meu se transforma em uma coisa ainda não identificada quando toma vento demais. Tentei conter a situação passando a mão nele sem parar. Não adiantou de muita coisa. Eu sabia que estava horrível.

Decidi checar o celular enquanto prendia a minha bicicleta. Não que eu precisasse. Quem roubaria uma bicicleta amarela naquele colégio?

Polly Pocket:

Eu vou te matar ✓✓
Enviado 00:49

Você vai morrer ✓✓
Enviado 08:16

É, nada de novo nas minhas mensagens.

Corri pra sala, ciente de que teria que me humilhar pra professora Carola se ainda quisesse entrar no primeiro período e levar a pontuação que, depois das formigas e do YouTube, não sei se eu merecia mais.

Passei pelos corredores sem ninguém notar a minha existência, como sempre. Deixei uns livros do próximo período no meu armário e fui rezando a todos os deuses para que eu conseguisse entrar naquela sala.

Só percebi que deveria ter rezado por outra coisa quando já me encontrava de pé na porta da sala. Eu não sabia exatamente como andar sem parecer estar prestes a passar mal. A professora Carola não estava na sala, mas tinha alguma coisa escrita no quadro, parecia uma atividade nova. Ela provavelmente voltaria dali a alguns instantes. Mas não era por isso que eu tinha ficado nervosa.

Agora fazia sentido todo mundo ter olhado tanto tempo na minha direção naquela aula. Ninguém estava *olhando* pra *mim*.

A garota, a nova namorada de Camila, estava sentada ao lado da minha carteira. E ela, como todo mundo, me observou entrar atrasada na sala. Foi quando entendi o comentário sobre os olhos dela que eu tinha escutado naquele dia no corredor. Eles pareciam me engolir, mesmo que a expressão facial dela demonstrasse não estar dando a mínima para a minha presença. E a prova disso foi que ela desviou o olhar antes mesmo que eu alcançasse minha carteira.

3.

Eu estava imóvel assistindo a Édra Norr beber água diretamente do bebedouro, a poucos passos do meu armário.

É óbvio que decidi por conta própria absorver todos os detalhes possíveis sobre Édra (incluindo memorizar o nome dela na hora da chamada). Além disso, tive que me aproximar de grupos duvidosos de pessoas nesse colégio pra conseguir escutar o que estavam dizendo sobre ela. Algumas coisas realmente precisam ser investigadas. É como disse algum cara certa vez: esse é um pequeno passo para o mundo, mas um grande passo para a ciência, ou algo do tipo. E é pela ciência, única e exclusivamente por ela, que estou iniciando essa pesquisa. Até porque não me importo com essa garota (apesar de ela ser estranhamente bonita bebendo água).

Sério, é algo a se reparar, porque quando eu tento usar esse bebedouro termino com água em todos os centímetros da minha cara. Fora que se tentasse espremer minha blusa depois disso, daria pra encher uma piscina. Não que eu tenha uma piscina. Um minuto de silêncio pra quando papai começou a juntar dinheiro pra tentar comprar aquelas piscinas que as pessoas instalam nos quintais e decidiu gastar tudo em apostas na loteria de São Patrique.

Quando é que as pessoas vão entender que elas *não são* o Maurício? Ele tem a intuição certeira, o resto de nós, nem tanto. Quer dizer, sempre sei quando alguém beija bem ou não. Está mais que claro isso, relembremos o episódio com o primo da Polly. Não, não relembremos. Pelo amor de Deus.

De qualquer forma, eu estava observando Édra Norr beber água. Até ela decidir sair do bebedouro e vir na minha direção, sorrindo.

Não sei exatamente se eu deveria estar reparando nisso. Na real, eu deveria, sim. Tudo pela ciência. Édra Norr tem os dentes mais bonitos que eu já vi. Isso é um insulto à minha existência nesse colégio. Isso é um insulto aos meus sentimentos por Cadu, até porque o sorriso mais bonito do mundo é dele. Sempre será dele. Quem essa menina pensa que é? Me devolve esses dentes!

Cara, espera aí, ela tá me olhando? Ela tá chegando muito perto. Meu Deus do céu, ela vai falar comigo. Eu não sei o que vou responder. É agora.

– Essa é a prova verídica de que as pessoas transam. – Vi a imagem de Polly se diagramar do meu lado, mas a cena que eu observava mesmo era a de Édra passando a mão por cima do ombro de Camila Dourado (que estava esse tempo todo atrás de mim) enquanto sussurrava alguma coisa no ouvido dela. E Camila logo respondeu com um "*Édra, aqui não!*" entre risos sacanas.

– Tô cansada de não fazer parte desse grupo – resmungou Polly, revirando os olhos. Me virei para o armário, agora encarando o bebedouro vazio. – É por isso que eu baixei o Lovex no meu celular.

– Quê?! – E o "quê?" dito por mim foi por não acreditar naquilo. Porque eu sabia o que Lovex era, até porque a Carina, funcionária do supermercado do meu pai (e também minha cúmplice de furto qualificado de produtos), era cadastrada nesse aplicativo. E a função dele é arranjar pessoas pra *sair*. Só que o nome não é só *love* de amor, o *ex* no final vem de *sex*. Ou seja, boa parte das pessoas que usam o Lovex não querem só o *love*.

Não acreditei que Polly tinha se submetido a isso.

– Isso mesmo. – Ela sorriu cínica pra mim. Fechei o armário abruptamente, incrédula.

Nesse momento, Luiz, um dos caras que andam com o Cadu, passou por nós.

– Ei, Polly – disse, piscando – Tudo certo pra mais tarde?!

– Claro que sim. Te vejo às 20h! – Polly sorriu, mordendo os lábios.

Quando estávamos sozinhas de novo, rumo ao corredor que nos separava em salas diferentes, indaguei:

– Poliana Almirante Rios, o que isso significa?!

– Isso significa que alguém entre nós se importa com a própria vida pessoal – respondeu ela, com desdém. – Se você reparasse menos no que não deve, também teria um encontro com alguém importante. Fala sério, o Luiz é maravilhoso.

– Encontro?! – perguntei, arregalando os olhos. Será que ela esqueceu do "ex" no Lovex?! – Esse aplicativo não funciona só pra *encontros*, Polly. Vocês não vão *só* no cinema e *pronto*.

– Eu realmente espero que não seja só um *encontro* e pronto – disse Polly, pro meu desespero.

– O que você quer dizer com isso?! – Eu a encarei de cima a baixo.

– Que, se depender de mim, a minha virgindade tá com os dias contados – disse ela, sumindo para dentro da sala de sua turma.

É CLARO QUE SE REALMENTE QUISESSE descobrir algo sobre Édra, eu teria que levar a minha pesquisa a sério. Isso significa gastar boa parte do meu marca-texto e das minhas canetinhas em anotações. Que o deus dos materiais escolares me perdoe por isso. Mas eu anotei tudo o que pude captar dela durante a aula.

Já que isso é um experimento sério, eu *preciso* avaliar tudo. Inclusive aparência física e traços da personalidade. Afinal, talvez tenham sido esses os detalhes que fizeram com que Camila se atraísse por ela. Talvez não tenha sido por um vacilo do Cadu. E se não foi, ele está em algum lugar nesse colégio (necessariamente na sala da Polly; é, sim, algumas pessoas simplesmente *nascem* com sorte), esperando por mim.

Anotações importantes

experimento científico, <u>dia 1</u>

- cabelo castanho escuro
  quase preto (?)
- usa uniforme masculino do CSP
  (dá pra ver pela calça)
- olhos: no mesmo tom do cabelo
  (parece que vai engolir os outros)
- boca "carnuda" (odeio essa palavra)
~~[illegible]~~
- mãos bonitas
- sinal de nascença no queixo
- sobrancelhas invejáveis
- péssima postura para se sentar
- cara de sono / tédio

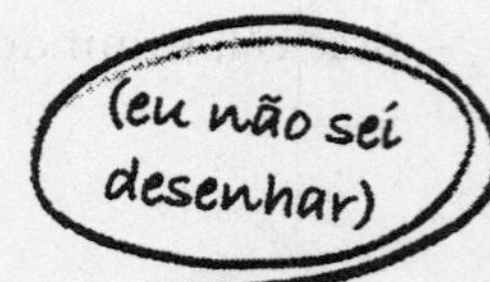

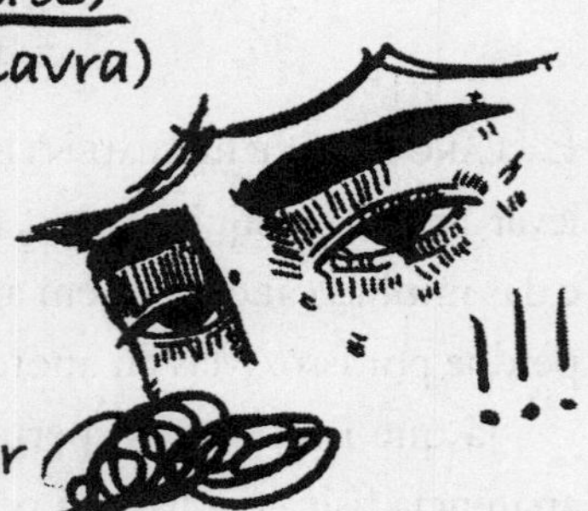

E, por falar nisso, não acredito que Polly vai sair com o Luiz. Tipo, cara, é o Luiz. Ele e o Cadu estão no alto nível, no topo da lista de meninos bonitos demais nesse colégio. Luiz é realmente lindo. Se ignorarmos completamente aquele único dente esquisito que ele tem, sobra um supermodelo alto, negro, surfista, sempre bronzeado e com um cabelo cacheado raspado impecavelmente nas laterais. Mas é melhor ter em mente apenas o dente esquisito e ignorar todo o resto. O que ele tem de lindo tem também de metido. Deve ser por isso que só se envolve com garotas que sejam *famosinhas* por aqui. E o nível de popularidade da Polly se restringe a alguns cumprimentos no corredor. Ninguém me cumprimenta no corredor, então já é um começo. Só que nada se compara a você ter toda a atenção que esses garotos têm. Geralmente, eles só querem meninas que recebam das pessoas tanta atenção quanto eles. Essa regra de popularidade é meio esquisita. Uma vez na vida esses caras aparecem namorando (e iludindo) alguém que ninguém conhece. E eu não posso acreditar que essa *uma vez* vai ser a futura situação da Polly.

Não, fala sério. Claro que não. É Lovex, tem um "*ex*" no final. Não é Loverelacionamentosério. As chances desse cara só querer ser o motivo pra mais uma semana de educação sexual são grotescas.

Ai, cara, odeio ter que me preocupar com a Polly. É muito estresse envolvido. A única preocupação que tenho com a Dona Símia envolve doenças de idoso, cujos nomes eu não consigo decorar. E, pelo menos, ela toma remédios diariamente.

Alguém precisa inventar remédios pra obsessão de Polly em perder a virgindade. Mas quem sou eu pra falar qualquer coisa?! Tô aqui assistindo a Édra Norr rabiscar a carteira faz quinze minutos. Deus, *como eu sou hipócrita*.

São Patrique, o que falar desse colégio e de seus habitantes? Na verdade, o que falar de mim mesma enquanto os observo e até escuto suas conversas? Eu não posso acreditar que me submeti a fazer trabalho em trio com Priscila Pólvora e Tatiele Dias pra escutar fofocas. Quando eu me tornei *essa* pessoa?!

Tatiele e Priscila são lindas, bronzeadas e fúteis. Com a personalidade das duas e o combo de aparência física igual à de uma boneca Sally, há apenas duas coisas que se pode ser: A Miss Colégio São Patrique ou uma grande fofoqueira. Claro que existem as versões fisicamente menos favorecidas de fofoqueira, afinal, olhe só onde estou.

Polly me mandou uma mensagem no celular, perguntando onde eu tinha me enfiado. E fui obrigada a responder que, na verdade, não por escolha minha, tinha caído no trio com Priscila e Tatiele (duas pessoas que Polly odeia). É claro que ela passou direto por mim quando me viu sentada no refeitório acompanhada das duas.

E, pela primeira vez na vida, pro meu azar, elas não estavam fofocando.

– Cara, eu preciso *muito* de ponto nessa matéria. A gente tá nas vésperas da formatura, se eu ficar de recuperação, meus pais não vão financiar nada. – Tatiele suspirou fundo, girando o canudo dentro do copo de Coca-Cola. De manhã cedo.

Apesar do corpo de Tatiele ter aparecido em campanhas de calças jeans do shopping, aposto que ela não é saudável. Fala sério. Tudo é sobre genética. A minha genética, por outro lado, não gosta de bochechas, coxas e braços magricelos. Se eu pesquisar foto de comida, eles engordam.

Se eu engordasse como a Lulu Matias, tudo bem, porque, sério, ela é uma das garotas mais bonitas nesse colégio. Ela tem uma pele corada no mais bonito tom rosado, é na cabeça dela que está a franja mais descolada de todo esse colégio e suas maçãs do rosto são provavelmente a coisa mais charmosa de que se tem notícia. E, adivinhe só, ela namora o zagueiro do nosso time de futebol, o Boca. E isso faz algumas pessoas se derreterem de ódio, porque Lulu não precisou emagrecer pra conquistar nada na vida. Inclusive... a rádio do colégio? É dela. E ela ganha uma boa grana com as propagandas. A única coisa feia em Lulu é o nome. Que mãe dá a sua filha o nome de Lucivérnia? Deus abençoe os apelidos.

Sei que é errado comparar seu corpo com o de alguém, não importa quanto ele pese. Mas essa neura com corpo tem mais a ver com as nossas próprias inseguranças, né? Ainda estou num processo com as minhas. Não desdenho delas, tento até escutar o que elas dizem sobre mim. O meu corpo vive num efeito sanfona. Ganho e perco peso o tempo todo. Mas nunca com a autoestima da Tatiele, nem a da Lulu Matias. Autoestima bem que podia ser uma coisa de comer. Que eu pudesse comprar, desembrulhar e engolir.

– E eu podia jurar que ter topado o intercâmbio me ajudaria com as notas. Mas pelo menos eu conheci o Scott. – Tatiele suspirou apaixonada. – Não me arrependo de nada.

– Espero que o Scott te dê um emprego, já que ele foi mais importante pra você do que passar de ano e fazer faculdade. Gostar de homens não dá aval pra gente ser burra – disse Priscila Pólvora, áspera, encarando as próprias unhas pintadas de vermelho.

Depois, olhou para além dos próprios dedos e avistou algo que a fez parar, dando um sorriso diabólico.

– E por falar em gostar de homens, tem gente que não tá sentindo nenhuma falta. – A risada de Priscila Pólvora parecia uma cópia fiel da de uma vilã de novela.

– Mas essa garota parece um homem. Sério. Só sei que ela é mulher mesmo porque já vi que ela usa sutiã – disse Tatiele, olhando na mesma direção que Priscila. Eu nem precisei parar de escrever no meu caderno sobre o trabalho pra saber que elas estavam falando de Édra Norr.

– Como assim você já viu Édra de sutiã? – Os olhos de Priscila saltaram. – Então Scott não foi a única pessoa que você reparou no intercâmbio. Como ela é? Meu Deus, Tati!

O intercâmbio de férias, em julho, é uma tradição bem esquisita. Você investe o seu período de férias em estudos por um mês inteiro fora do país. As cidades variam, mas nunca são famosas. As vagas são preenchidas com os alunos de outras escolas, porque é um projeto educacional coletivo da cidade e só quem está no terceiro ano pode participar. Eu sabia que três pessoas do São Patrique tinham sido escolhidas pra fazer intercâmbio esse ano. Também sabia que uma delas era Tatiele, porque Priscila não me deixava esquecer, trazendo fofocas sobre todos os alunos da escola (até mesmo os de outras salas, como a de Polly) que viajaram por meio do projeto. Só alunos que falavam inglês fluentemente ou tinham notas ótimas podiam se inscrever pro sorteio. Eu canto músicas num inglês que só eu entendo e minhas notas oscilam sempre em exatas. Polly não quis se inscrever sem mim. E Camila Dourado viajou sem Cadu Sena, o que todo mundo achou "curioso", mas ninguém ficou especulando sobre isso. Nenhum dos jogadores foram intercambistas esse ano. E eles andam grudados como se fossem um cardume.

– Não foi bem um sutiã, parecia com os tops que eu usava pra malhar, mas ela tem peitos. São pequenos, mas existem – disse Tatiele, e dessa vez encarei Édra junto com elas. Ela estava do outro lado, no pátio, conversando com Camila.

– Deus, você ficou *mesmo* reparando – falou Priscila em um tom malvado, apertando os olhos pra Tati. Depois deu de ombros. – Tudo bem, até eu repararia. Tipo, não que eu já tenha ficado com garotas, mas ela é diferente, né? Chamativa.

"Chamativa."

– Camila que o diga, né. Sabia que toda aquela aproximação ia dar em alguma coisa. Mas, ai, *sei lá,* não julgo. Se ela desse em cima de mim numa festa com esse cabelo, eu ficaria, porque eu com certeza ia achar que era um garoto. – Tatiele riu, sugando a Coca-Cola.

– E se ela falasse depois que era uma garota? – Os olhos de Priscila Pólvora semicerraram e ela mordeu os lábios, esperando a resposta de Tatiele.

Depois de segundos de silêncio, as duas voltaram a encarar Édra Norr, do outro lado. Nesse exato momento, ela fazia pontinho com a bola, ainda acompanhada por Camila Dourado, que dava gritos histéricos com a cena.

– *Eu beijaria de novo* – as palavras escaparam dentro de um suspiro dado por Tatiele. E qualquer pessoa que estivesse a quilômetros de nós poderia escutar a risada de Priscila Pólvora com a resposta. Mas, no fundo, Priscila parecia concordar com aquilo. Ela não tirava os olhos de Édra. Nem mesmo pra zombar de Tatiele, que era algo que estava acostumada a fazer nesses momentos.

Foi quando comecei a me perguntar o que eu estava fazendo naquela mesa, naquele trio. E, então, a voz de Lulu Matias ecoou por todo o pátio.

"Olá, peixinhos..." Ela começou o pronunciamento na rádio, como sempre, com essa frase. Inclusive não entendo até hoje o motivo do símbolo do nosso colégio e de tudo nessa cidade ser um peixe. Tudo bem, lideramos o mercado de pescaria do estado. Mas, cara, com *tanto* símbolo... "Vocês já estão se preparando para o baile de formatura? Alguns de nós sim, e se você estiver interessado em ajudar, estaremos com várias barraquinhas montadas durante o feriado de São Patrique. Dessa forma, juntaremos uma graninha pra nossa festa. Sei que faltam alguns meses até a formatura e o feriado também não está assim *tão* perto, mas a pressa não leva à perfeição. Por isso, já estamos adiantando as coisas a partir de hoje. Quem quiser saber mais sobre como pode ajudar, é só passar no auditório no fim da aula. Estaremos montando um mutirão pra se revezar na hora de tomar conta das barraquinhas, e as funções são bem variadas. Assim dá pra curtir o feriado e ajudar ao mesmo tempo. Então, galera, não deixem de passar no auditório, porque, se tudo der certo, nossa festa de formatura será no Palácio Alfredinni."

Pausa para os gritos excessivamente altos de toda alma presente no colégio.

"Sim, nossa meta é o Palácio Alfredinni e o aluguel é muito caro, como vocês podem imaginar. Mas, fala sério, a gente consegue. O feriado tá vindo aí cheio de turistas, então agora é a nossa vez. Vejo todo mundo no auditório, beijo da gorda! *Central desligando.*"

Entendo os gritos. Palácio Alfredinni é meio que fora da cidade, no meio do nada. Entre São Patrique e Vinhedos (será que o símbolo da cidade deles são uvas?). Mas, sério, o Palácio Alfredinni é quase um monumento histórico de São Patrique. Isso porque, na época de colonização, uma parte da família imperial veio morar aqui, mas não dava pra construir um castelo nesse solo horrível de São Patrique. Antes, tudo era água na região. E até os prédios têm um certo limite de andares até hoje. Se eu não me engano, o máximo são sete. De todo modo, já tivemos vários passeios pra lá. O palácio pertence aos descendentes dos Alfredinni, que são uns milionários que mandam em boa parte dessa cidade, mas nem moram por aqui. Irônico, não? Eles alugam sempre o lugar, exceto pra passeios de colégio, que são gratuitos por causa de um acordo com a prefeitura. Só nos passeios já dá pra perceber o quanto aquele lugar é irado. Tipo, sério. *Irado.* Dizem que é cheio de quartos e saídas secretas. Incrível. Imagine só uma novela de época filmada naquele lugar. Eu assistiria.

DEPOIS DE FUGIR TANTO DAS ATIVIDADES escolares, uma hora sua consciência começa a pesar. Falando sério, não me importo muito com a formatura, mas sou apaixonada por aquele palácio. Então, por ele, decidi ajudar. Decidi ir até o auditório no fim da aula.

É claro que, esperando na fila de cadastro pra participar do mutirão, eu não esperava ver Cadu Sena na minha frente quando chegou a minha vez.

– Então, qual é o seu nome? – perguntou, sem tirar os olhos da prancheta.

– Pêssego – respondi, soando o mais estúpida possível. – Íris.

– Engraçado... – Ele levantou os olhos, que agora estavam nos meus. Verdes e em alerta. – A minha dentista tem esse mesmo sobrenome.

– Dentista é a minha mãe. – *Cara, qual é o meu problema?!* – Quero dizer... a minha mãe é dentista – me corrigi.

– Ah, sim. – Cadu abriu um sorriso largo pra mim. *Pra mim.* – Bacana. Sua mãe é muito engraçada. Principalmente quando ela tá estressada.

– Se for assim, ela é engraçada sempre. – Me peguei dizendo, um pouco baixo. Mas ele escutou, porque riu enquanto escrevia o meu nome.

– Então... – Ele voltou a me olhar nos olhos. – Íris... Você olhou a tabela de funções do mutirão na porta do auditório? Sabe qual vai escolher?

Caraca, eu nem sequer reparei naquilo.

– Qualquer coisa. – Dei de ombros, porque não fazia ideia do que fazer. Eu só queria ajudar.

– Certo. – Cadu Sena voltou a anotar na prancheta. – Vou te colocar nas vendas, porque você tem carisma... É engraçada. Ninguém vai querer comprar nada de, sei lá, um Elton Vilas. – Nesse momento, olhamos para a mesma direção. A fila de Elton Vilas estava vazia. Ninguém queria se inscrever pro mutirão com ele. Elton, apesar de insuportável, é o presidente do grêmio estudantil (isso porque não fomos nós, alunos, que decidimos). E, fala sério, esse cara só é queridinho dos professores porque ele é um puxa-saco.

Mas vamos esquecer Elton Vilas por um momento e pensar no quanto sou carismática e engraçada. *Meu... Deus... Do... Céu.* Suspirei fundo. Já conseguia imaginar nossos filhos estudando naquele colégio, as comidas que eu provavelmente deixaria queimar e a nossa casa, que bem que poderia ser o Palácio Alfredinni (sonhar é de graça). Mas antes que eu pudesse sequer agradecer ao Cadu por ter me deixado no ápice da timidez com aquele elogio, fui sugada pra Terra.

– Próximo – gritou ele, olhando para além de mim. E fui empurrada pra fora da fila por Júlia Pinho, a poluidora de ambiente mais desprezível de São Patrique. Espero que a coloquem na limpeza. Nesse caso, eu faria questão de jogar inúmeras embalagens no chão.

Alguém me puxou pelo braço.

– Quê?! – Eu me virei abruptamente.

Era Polly.

– Você teve a chance da sua vida, me diz que você pegou o número de telefone dele. – Polly me encarou, ofegante.

– Claro que não – eu disse, porque, obviamente... *claro que não.* – Você não viu o tamanho dessa fila e o empurrão que eu levei?

– Cara, de todas as pessoas que já conheci na vida, você é quem mais deixa oportunidades passarem. – Polly revirou os olhos, e tomamos nosso rumo pra fora do auditório. – Você tá *tão* preocupada com a nova namorada da Camila que tá esquecendo que Cadu Sena está solteiro pela primeira vez em *três anos*. Fala sério.

Eu não soube o que falar em minha defesa, porque era meio que verdade. Eu estava perdendo a chance da minha vida com o futuro pai dos meus filhos. O que eu tô fazendo?!

– É época de formatura, Íris. Você vai terminar virgem, sozinha e sem Cadu Sena. – Polly deu tapinhas de leve no meu ombro. – E tudo isso porque você *quer*. Tá tudo bem na sua frente, mas você não aproveita.

Quando chegamos na saída do colégio, Polly se virou pra mim e pude ver Sandra Rios em sua Hilux branca, acenando para nós.

– Você quer carona? – Polly perguntou.

– Não, vim com a yellow – respondi, tentando sorrir. Polly sabia sobre ela.

– Cara, essa bicicleta marcou a nossa infância. – Polly sorriu pra mim, encarando a chave do cadeado da yellow na minha mão. – A gente se fala, então! – falou ela, se afastando. – Te conto como foi com o Luiz depois. Tchau!

Ficamos eu e a yellow, sozinhas. Enquanto caminhava até o bicicletário, comecei a pensar sobre as verdades que Polly tinha acabado de jogar na minha cara.

Eu realmente sou apaixonada por Cadu Sena, jamais negaria isso pra mim mesma. Eu sei disso. Ele é incrível. Mas é mais difícil do que parece, você ter a cara e a coragem de se jogar em cima da pessoa de quem você gosta. Quem me garante que vai ser recíproco? Sim, sou medrosa pra essas coisas. A vida não é como *Amor em atos*. Não vivo uma novela. Eu e Cadu não nascemos pra ser protagonistas juntos. É meio o que sinto lá dentro, embora quisesse que não fosse verdade.

Ao mesmo tempo, vejo Polly prestes a conseguir o que ela realmente quer, e só custou um esforço extra. Não parece *tão* impossível assim, quando você vê pessoas próximas conquistarem algo. Parece que dá mais fôlego. Só que eu ainda tenho medo disso tudo. Apesar de que saber que Cadu Sena me acha engraçada o suficiente pra vender no mutirão me faz ter um pingo de coragem de, pelo menos, dar oi pra ele na próxima vez que nos encontrarmos.

É, estou esse tempo todo focando na pessoa errada. Preciso levar mais a sério a minha formatura e os meus objetivos. Investigar uma garota aleatória não vai me ajudar em nada. Se eu quiser realmente saber algo sobre o Cadu, que eu simplesmente pergunte a ele. Não vou saber nada investigando terceiros.

Foi por isso que arranquei a folha em que tinha escrito coisas sobre Édra e joguei no lixo ao lado do bicicletário. É. Tá na hora de seguir em frente. Focar no que realmente importa.

– Nunca mais tinha visto essa bicicleta amarela por aqui. – Uma voz desconhecida surgiu atrás de mim.

Será que me viram jogando aquele papel fora? *Socorro*. Já era. Agora fui pega no flagra. Não tem mais como fingir que não sou louca. Mais tarde vão descobrir sobre Dona Símia, *Amor em atos* e o incidente do xixi.

Me virei e meu desespero triplicou. Édra Norr estava bem na minha frente e, em fração de segundos, agachou-se pra destrancar a bicicleta preta do lado da minha yellow.

– Como assim?! – indaguei, tentando não parecer nervosa. – Eu quase nunca venho de bicicleta.

– Você até que vinha antes de ficar com catapora – disse ela, liberando sua bicicleta da corrente.

Deus, alguém reparou na minha ausência naquela época. *Obrigada.*

Não, espere, ela sempre estudou na minha sala? Digo, desde essa época?! *Onde eu estava com a cabeça durante todo esse tempo?*

Mais uma vez demorei muito até *(saber se devia)* falar algo, as pessoas sempre me largam sozinha em cena.

– Até – ouvi sua voz dizer enquanto ela subia na bicicleta preta e pedalava rumo ao portão de saída da garagem, deixando pra trás, soprado pelo vento, um rastro forte de perfume misturado ao aroma de... hum... *talvez* shampoo?!

Respirei fundo e observei Édra sumir de vista, pedalando em pé para ganhar velocidade. A mochila balançava nas costas, seguindo o movimento do corpo. O seu cheiro foi se alastrando pelo ar, bem embaixo do meu nariz, até se esvair de vez.

Quão escassa é a minha dignidade por ter enfiado a mão na cesta de lixo logo depois disso?

É, posso imaginar que ela nem deva existir mais.

4.

Certo, vou concordar agora, *Amor em atos* é uma péssima influência na minha vida. E sei disso agora porque não consigo parar de encarar o binóculo do falecido marido de Dona Símia, pendurado na parede, junto aos porta-retratos.

Eu sei o quanto isso é errado. Principalmente porque Dona Símia está há quase meia hora falando sobre o episódio da novela a que acabamos de assistir. E também sobre seus exames relacionados às suas doenças de idosa. E enquanto isso, eu estou aqui sem prestar atenção em uma palavra.

É como acontece com a Polly: nem todas as prioridades de Dona Símia são minhas prioridades. É claro que eu também fiquei obcecada com o último episódio. Quem não ficaria?! Edgar está sendo acusado de cometer um crime, logo ele que, apesar de todo o envolvimento com Luiza Abrantes, é um dos mocinhos da novela. Só que agora Maritza e seu prêmio de roteirista estão me fazendo duvidar seriamente disso. E, para a minha desgraça, Rosa decidiu investigar sozinha se Edgar é ou não culpado pelo roubo na empresa dos Abrantes.

É meio impossível que, a essa altura, esse episódio não tenha me dado ideias. Não que eu seja influenciável a esse ponto, não me considero uma pessoa influenciável. Talvez só um pouco. Mas todo mundo se desdobra com algo. *Amor em atos* sempre coloca minhocas na minha cabeça. Pelo visto, não só na minha...

– Independente disso – disse Dona Símia, de costas pra mim, preparando seu famoso chá da tarde, apesar de já parecer noite, já que as cortinas não permitem que entre tanto sol assim na casa. Ela me disse algo uma vez sobre não poder tomar muito sol na pele. *Doenças de idosa* –, eu acho que ele roubou sim.

Ainda acho que ela é mais velha do que diz. Fala sério, a minha avó tem 63 anos e é bem menos enrugada que Dona Símia. Tipo, não que isso seja um problema. Ela continua sendo glamourosa de qualquer forma. Será que ela mente a idade? Pra mim? Como alguém tem coragem de mentir pros amigos? (Tirando o fato de Polly não saber que uma senhora é minha segunda melhor amiga, mas isso não conta, são situações diferentes.)

– Eu sei lá – dei de ombros, coçando as costas de Lanterna, que tenta a todo custo caber no meu colo sempre que sento nesse sofá.

Cachorros são tão adoráveis. Não entendo a pira dos gatos, Margot se autoacaricia. Ela se esfrega na minha mão, mas se eu retribuir, sai correndo. Fora que ela me ignora o tempo inteiro. E, mesmo assim, eu a amo mais que a todos os cachorros que poderia ter em seu lugar. Realmente tenho tendência a idolatrar todos os seres vivos que me ignoram.

– Não consigo acreditar que ele tenha sido capaz disso. – Respirei fundo, ainda encarando o binóculo na parede.

Pegar emprestado sem avisar pode ser considerado roubo?

– Nem todo mundo é o que parece – disse Dona Símia, entre tosses. O barulho da colher girando na xícara de porcelana se aproximou do meu ouvido. – Quer chá?!

– Não, obrigada – respondi, pela milésima vez desde que nos conhecemos. *"Um dia você aceita"*, é o que ela diz depois.

– Que pena. – Dona Símia voltou pra cozinha. – Um dia você aceita.

– Você acha que Rosa continuaria com Edgar, quer dizer, se essa coisa de roubo for verdade? – perguntei.

– Amar é aceitar defeitos. – Dona Símia suspirou; pude ouvir o pote de biscoito sendo aberto. Eu não conseguia ver, porque o sofá ficava de costas pra cozinha. Mas eram sons que eu já tinha gravado, de quando passava a tarde por aqui. (Coisa que parei de fazer ultimamente por conta da quantidade de trabalhos e provas do fim do ano letivo.) – Mas não em todos os casos. Se ele *roubou*, alguma coisa tem.

– A senhora investigaria?! – Minhas sobrancelhas se juntaram na testa. – Porque, fala sério, ela poderia esperar o resultado da polícia.

– Se você quer uma coisa bem-feita, faça você mesma – respondeu Dona Símia. – É muito melhor tirar suas próprias conclusões que saber pela boca de terceiros. E a Rosa é uma moça bonita, bem intuitiva, ela tá certa em seguir essa intuição. Quando eu era menina...

"Não tinha nada que eu não fizesse."

– Mamãe sempre brigava comigo – continuou Dona Símia da cozinha, como eu já esperava. – Não tinha nada que eu não fizesse.

– Então, a senhora acha que ela tá certa em procurar saber, independente do que a melhor amiga dela ache disso?! – perguntei, levantando do sofá e indo em direção ao binóculo.

– Acho, porque... Não, espere aí, querida, *melhor amiga*?! – indagou Dona Símia, sem entender.

– Eu quis dizer pessoas, sabe? Da novela – me corrigi. – Preciso ir pra casa, amanhã tem a festa de aniversário do supermercado, meu pai sempre faz um bolo com velas, como se o Pêssego's fosse uma pessoa. E mamãe faz doces pra enfeitar a mesa. Já devem ter começado a se preparar e eu nem passei lá ainda – sorri amarelado. – Vim pra cá direto do colégio.

– Tudo bem, meu bem, até logo – Dona Símia sorriu para mim da cozinha. Estava sentada sozinha na mesa, mergulhando biscoitos de polvilho no chá. Loriel balançava o rabo para ganhar uns também. – Feche a porta pra mim – pediu. Pude vê-la entregar o biscoito para Loriel pela greta da porta que ia se espremendo.

Saí correndo de lá como Rosa fez quando descobriu que Edgar estava preso.

Meu Deus do céu, eu roubei o binóculo.

– Todo ano essa agonia, Ermes – ouvi minha mãe dizer enquanto eu fechava a porta, tentando fazer o máximo de silêncio possível. Tentei subir rápido as escadas, mas antes que eu alcançasse sequer a metade dos degraus...

– Íris Pêssego – a voz crítica de futura bronca surgiu da boca de mamãe, vinda da sala. Revirei os olhos e desci todos os degraus que tinha subido.

Rastejei até a sala, como se não conseguisse andar. Deixei a mochila no canto e me preparei para o que estava por vir.

– Onde você estava?! – me perguntou ela, sem tirar os olhos da letra que recortava. Era um "P", o mesmo de "Parabéns, Pêssego" de todos os anos. Será que eles já consideraram simplesmente guardar as letras?

– Eu tive que ir na casa da Dona Símia – disse, sentando no sofá.

– Essa hora? Sem avisar? – Aí sim ela me olhou, por cima dos óculos. Que eram extremamente feios, apesar de eu ter me oferecido pra ajudá-la a escolher uma armação nova. Aqueles óculos não favoreciam o rosto de mamãe, ela é muito bonita para eles. Ela me transfere miopia e outras doenças por genética, eu me ofereço pra ajudar e ainda sou errada. – Eu não ligo que você seja amiga da Dona Símia, ela é um amor de pessoa, mas você anda passando tempo demais enfurnada na casa dela. Você não dá essa mesma atenção a sua avó.

Mas tenho motivos plausíveis para isso. Sério. A minha avó não é o tipo de idosa convencional. Que avó dá de presente de Natal uma fantasia sexual (de médica, superdesvalorizando a profissão que eu já quis ter) pra própria neta? E depois se desculpa, já que a fantasia era dela e o meu presente era, na verdade, uma calça jeans. Sei lá, acho que a minha avó faltou o curso de avós. Ela é birutinha da cabeça.

Pausa para pensar que até a minha avó tem uma vida sexual e eu não.

– Vovó não gravou nem meu nome, e faz 17 anos que eu tenho ele. – Revirei os olhos.

Ela me chama de Bianca até hoje, sendo que esse não chega nem perto de ser meu nome. Eu nem sequer conheço alguma Bianca. E a única Bianca que vovó "conhece", pelo visto, sou eu.

– Mamãe é assim mesmo, mas ela é uma ótima pessoa, você tem que ter só um pouco mais de paciência.

Minha mãe fez uma cara feia para o próprio "P", do Parabéns, que estava torto.

Não demorou muito para que ela transformasse a letra em picadinhos, com um sorriso que deixava explícito o quanto Jade Pêssego sente prazer em descontar o seu estresse nas coisas.

– Eu... não... aguento... mais... ter... que... cortar... essa merda! – disse ela, entre dentes. Em seguida, tomou fôlego para dar o mesmo grito de sempre: – Ermes!

– Fala, amor. – A voz de papai desceu as escadas sem ele. Que, provavelmente, estava no segundo andar, mexendo no quarto de tralhas. Tentando recuperar decorações velhas dos aniversários passados do supermercado.

– Eu não quero mais cortar isso. Me dá outra coisa pra fazer *agora!*

Por respeitar hierarquia na minha casa, evito dar risada em momentos como esse.

– Mãe? – perguntei, tentando obedecer ao máximo a "hierarquia" que acabei de citar. – Sabe os folhetos de bons psicólogos na cidade, que a senhora sempre me oferece?

– O que tem? – Ela espremeu os olhos na minha direção.

– A senhora já leu algum deles? Psicólogos fazem bem pra...

– Some daqui, Íris. Antes que eu corte você em formato de Parabéns.

Eu estava há horas observando Margot brincar de caçar a barata de borracha que comprei pra ela. Usando o binóculo, é claro. Acho que estou pegando o jeito de calibrar essa coisa pra aproximar e afastar. É mais fácil do que eu pensei. *Uau!* Os pelos dela são mais sedosos que o meu cabelo.

É óbvio que a essa altura eu já estava completamente disposta a ser como a Rosa, em *Amor em atos*. Fala sério, eu *preciso* seguir meus instintos. Vai que descubro algo muito tenso sobre o término de Cadu e Camila enquanto sigo Édra Norr?! Sei lá, existe uma força sobrenatural que me diz que eu realmente tenho que seguir em frente com meus projetos sobre ela.

Só que vai ter que ser em segredo, já que não posso contar pra Polly. Ela não me apoiaria. Ela nunca vai entender essa coisa de intuição. É meio chato, porque sempre apoio a Polly em tudo. Tá, não apoiei ela a cortar franja, mas isso foi em 2007. Tirando a franja e esse desespero em perder a virgindade, eu apoio Poliana em *tudo*. Mas, no fundo, sei que ela provavelmente só está muito preocupada comigo em relação ao último ano do Ensino Médio.

Ah, o Ensino Médio... Vou sentir falta daqueles corredores em algum lugar no meio do meu ódio por aquele colégio, eu sei disso. Mesmo assim, há coisas mais preocupantes e urgentes que (perder a) virgindade. Por exemplo, preciso decidir o que eu quero cursar, o vestibular vai ser logo. E não faço a mínima ideia. Eu gosto de tantas coisas que não consigo decidir entre elas.

Levei 5 minutos pra perceber que meu telefone estava tocando sem parar. Crises existenciais sobre o futuro me deixam meio surda.

– E aí?! – perguntei, porque eu *sabia* que era Polly. – Como foi com o Luiz?

– Ótimo – respondeu ela em um suspiro, soando chateada. Eu conheço não só aquele suspiro, como *aquele* tom de voz.

– Mesmo?! – indaguei.

Acho que, pelo jeito que Polly falava, ela finalmente percebeu a burrada que estava fazendo. Provavelmente o Luiz foi bem escroto e agora ela enxergava que perder a virgindade não é tudo isso e que, *talvez,* Luiz não fosse a melhor opção pra ter essa experiência. Finalmente, minha melhor amiga de volta.

– Foi – respondeu ela, sem nenhum ânimo. – Mas eu continuo virgem.

É, eu desisto.

Fui obrigada a passar o resto da noite ouvindo Polly se lamentar sobre como estava "muito a fim" do Luiz em apenas um encontro, mas que não queria misturar as coisas, porque o intuito principal dela é perder a virgindade e não se apaixonar por ninguém. Ela também me avisou que faltaria à aula porque iria visitar os avós, que moram em Vinhedos. Ela sempre faz isso uma vez por mês, então obviamente armazenei essa informação no meu cérebro pra que pudesse me aproveitar dela quando amanhecesse.

Passei a aula inteira me questionando se deveria mesmo seguir com meus planos. Se deveria mesmo incorporar Rosa e transformar minha vida – ou pelo menos um dia dela – em um episódio de *Amor em atos*.

Não tinha Polly pra me atrapalhar, nem nada. Eu tinha yellow e o binóculo que peguei *emprestado* (cara, eu não vejo como um furto) pra me ajudar a seguir em frente. Fora a vasilha com tangerinas (que por algum motivo achei que seria crucial, já que eu não iria almoçar tão cedo).

Eu tinha arquitetado tudo. E já estava no canto escondido do estacionamento, perto das árvores, esperando que Édra Norr aparecesse para buscar sua bicicleta e ir pra casa.

Ela demorou tanto a aparecer que eu comi todas as minhas tangerinas. Sério, não sei se por ansiedade ou fome. Pelo menos elas foram úteis. Finalmente tinha arquitetado um plano perfeito, eu realmente estava me sentindo como se fosse a Rosa. Ou a Dona Símia, com essa sensação de que não tem nada que eu não faça. Íris Pêssego, a detetive.

Mas é claro que eu tinha que me esquecer de algo importante. E meu celular começou a tocar sem parar numa altura ensurdecedora, justo quando Édra apareceu pra destrancar a bicicleta.

Tive que atender o mais rápido possível pra que ela não escutasse nada. E, obviamente, atendi sussurrando.

– Pai, o que é? – perguntei, revirando os olhos. Dei zoom com o binóculo para ver as mãos de Édra girando a chave no cadeado.

– Você não tá esquecida do aniversário do supermercado do papai não, né? É hoje, e eu preciso de você. – Pausa para o som da minha mãe gritando alguma coisa. – Vão vir todos aqueles investidores importantes, e aquela ajuda extra significa muito pra mim.

– Pai, *eu vou* estar lá. Eu tô todos os anos – tentei dizer o mais baixo que pude.

– Por que você tá sussurrando?

– Dor de garganta – menti, forçando uma tosse. Droga, Édra já estava subindo na bicicleta. – Pai, eu preciso mesmo desligar. Não me esperem pro almoço. Beijo. Eu *vou* estar lá.

Quando desliguei, Édra já estava saindo rumo aos portões da garagem. Eu nunca subi numa bicicleta tão rápido na minha vida. Pendurei o binóculo no pescoço e pedalei o mais rápido que pude pra conseguir alcançá-la.

Não acredito que estou mesmo fazendo isso.

Assim que saí do colégio, vi a bicicleta de Édra parada na banca de jornal. Fiquei no passeio, não quis usar o binóculo para não ficar muito na cara. Eu não tinha nem onde me esconder. Édra falava com o rapaz magricelo da banca de jornal como se eles fossem amigos. Ela pegou o jornal e amassou embaixo do braço, voltou a subir na bicicleta preta e seguimos em frente.

O vento soprava muito o cabelo de Édra, o que preciso dizer que era bem bonitinho, porque não ficava feio, de nenhum jeito. O meu cabelo naquele exato momento devia estar quase uma capa de filme de terror. O que nós não fazemos pela ciência?!

Ela ia em zigue-zague pela rua, se aventurando entre os carros. Aqui já posso acrescentar um item na minha lista de coisas sobre ela: Édra *é louca*. E tem muita chance de morrer atropelada qualquer dia desses. Talvez nem dure até a formatura, coitada. Cara, o sinal tava aberto! Não acredito que ela passou direto. Ela tá rindo disso?! Qual é a graça? Eu podia ter morrido.

Ok, seguir Édra Norr é perigoso pra minha saúde física. Vou considerar isso da próxima vez que *ousar* pensar na hipótese de sequer falar com ela.

Estacionamos, ela na frente do salão do Viviano; eu, do outro lado da rua, atrás de um Jeep vermelho, num passeio aconchegante com uma árvore. Pelo menos eu não ia derreter no sol. Já conhecia o salão porque acompanhei Polly várias vezes até lá. É nele que Sandra Rios troca os apliques de cabelo.

O Jeep me proporcionou o prazer de usar novamente o fabuloso zoom do binóculo do falecido marido de Dona Símia. Que Deus o tenha.

Édra cumprimentou Viviano e se jogou no banco, depois girou algumas vezes até parar quieta. Devo admitir que achei prazeroso assistir àquele cabelo sendo cortado. Eu não fazia ideia de que um cabelo já curto pudesse ser estilizado. Parecia o mesmo, só que com um ar diferente. Talvez eu deva considerar isso pro meu futuro, quando eu perder completamente o controle da minha vida. Não que eu tenha algum agora.

Ela ficou muito bonita e também cheia de cabelos grudados pelo pescoço. A nuca dela agora estava mais à mostra. Uma nuca não tem basicamente nada de interessante, mas, mesmo assim, consegui achar aquela nuca bonita. Talvez seja esse zoom que deixe tudo mais interessante. Não sei se quero devolver esse binóculo.

Fala sério, Dona Símia nem deve usar isso. Ela tem uma coisa horrível com o sol. Sei lá, se ela sair de casa, ela morre. Não sei o que acontece. Ela é alérgica à luz do sol, será?! Isso seria só mais um motivo pra ela não ter o que fazer com esse investimento de seu falecido marido. Nossa, o binóculo foi mesmo uma invenção incrível. Meu celular nunca daria um zoom desses.

Olha esses sinais de nascença espalhados pelo pescoço dela... Consigo ver tudo em *HD*. Isso é *incrível*. Quero vender os meus olhos e substituí-los por binóculos. Ser míope é um saco.

Vi Édra pagar pelo corte e se ajeitar para sair da loja. Guardei o binóculo rapidamente e subi na bicicleta. Hora de pedalar.

A nossa próxima parada foi numa loja de CDs antiga. Queria ter conhecido esse lugar antes. De fora da loja, que tinha uma enorme vitrine de vidro (pela qual eu observava Édra caminhar lá dentro), dava pra observar o quão legal parecia ser o interior. O nome era Disco Arranhado, e no letreiro as letras "o" foram substituídas por CDs. Eu admiro a criatividade de algumas pessoas.

A loja parecia ser bem simples e aconchegante. Um rapaz com dreads castanhos, cheio de anéis brilhantes e usando um gorro com as cores do reggae conversava com Édra enquanto ela examinava os discos de vinil. O zoom não estava tão bom. Eu tinha aproximado a imagem o máximo que eu podia, mas estava muito distante da fachada da loja. Não conseguia ver exatamente o que acontecia quando ela caminhava para longe da vitrine, que era a única coisa que me deixava enxergar o que acontecia lá dentro.

O meu celular estava vibrando, mas preferi ignorar. Édra coçava a nuca encarando os CDs. Percebi que ela fazia isso com frequência quando estava em dúvida ou sem entender algo. Achei engraçado, porque me lembrou personagens de desenhos animados. Ela acabou escolhendo dois CDs e um disco. Não vi de que artistas eram, maldito zoom. Agora vou morrer de curiosidade sobre seu gosto musical. Tá, isso não é tão relevante assim, mas nunca se sabe quais informações podem servir para alguma coisa no futuro. Estou apenas sendo cautelosa com meu experimento científico. Só isso.

Novamente o zigue-zague da bicicleta dela foi a minha visão pelas ruas. Pude ouvi-la assobiar algum ritmo muito gostoso entre as buzinas de carro e sons comuns do trânsito de São Patrique.

Estávamos indo para não sei onde, mas não demoramos muito a chegar. Ela estacionou a bicicleta embaixo de uma árvore e só percebi que estávamos em uma rua meio residencial quando reconheci algumas casas. Mamãe aluga um espaço naquela mesma rua, para fazer de clínica dentária. Apesar de considerar aquela uma área de alto risco, tudo bem, eu não seria pega. Ela nunca trabalha na data de aniversário do supermercado, pra ajudar papai com as coisas. Então estava livre pra continuar com a minha pesquisa.

E acho que tinha acabado de conhecer a casa de Édra Norr. É branca e verde, com muitos detalhes em madeira. E, para a minha surpresa, vidro. Dava pra ver as cortinas e alguns pedaços de sala pelas brechas. Achei futurística e antiga ao mesmo tempo, creio que foi o contraste das vidraças com os acabamentos em cedro. Eu moraria ali, de qualquer forma.

E tem uma casa na árvore! Que maneiro! Será que é dela? Ou ela tem irmãos?

Nem dava para acreditar que, diante da minha empolgação, não tinha percebido que o que era bom (observar os detalhes explícitos da casa de Édra Norr com os meus próprios olhos) podia ficar melhor (ou, pelo menos, profissional): hora do binóculo, mais uma vez, salvar a pátria. Larguei minha bicicleta no passeio e me escondi do outro lado da rua. Obrigada, carro e poste de luz, por isso. Saquei o binóculo e dei o zoom. Procurei por qualquer greta que me mostrasse onde, naquela casa de vidro e madeira, estava Édra. Eu não sei o que eu esperava ver, bisbilhotando daquele jeito. Mas, no primeiro andar, uma cortina estava aberta. Meu coração congelou quando o vulto de Édra passou pelo vidro da janela enorme. *Mais zoom.*

Ela estava guardando os CDs em algum lugar, não consegui ver direito. Tinha uns desenhos pregados na parede e um abajur azul-marinho numa cabeceira que eu não conseguia enxergar por completo. A parede era cinza-grafite. Não sei exatamente o que pensar disso, eu odeio cinza, tem cor de dia nublado.

Senti o meu rosto esquentar em questão de segundos. E, por impulso, fui aproximando ainda mais o zoom.

Não acredito nisso. Estava assistindo a Édra Norr trocar de roupa.

É, realmente, ela usa top de academia ao invés de sutiã, indo contra todas as garotas que eu conheço. E ela tem costas muito bonitas. E quantos sinais...

Ela está suspendendo o top. Deus, não vou ver mais.

Eu e minha timidez viramos abruptamente, deslizamos pelo carro até atingirmos o chão. Conseguia sentir o meu rosto quente. O que eu *acho* que estou fazendo?

Isso – Édra Norr sem roupa – com certeza não é relevante pra pesquisa. Mas, pra minha defesa, quem troca de roupa com a cortina aberta? Essa garota tem sérios problemas. Primeiro, ela não se importa em ser atropelada. Agora, ela não se importa com a possibilidade de existir um maníaco no bairro assistindo a ela trocar de roupa?

Não que eu seja o maníaco do bairro. O que estou fazendo aqui é científico.

Certo, vou dar um tempo até que ela esteja vestida.

Aproveitei para checar meu celular, que estava vibrando sem parar. Uma mensagem do meu pai:

Não se atrase! Vamos receber convidados importantes,
venha arrumadinha. Nada de tênis. ✓✓
Enviado 14:49

"Arrumadinha" deve ser o mais perto de bonita que eu consigo ficar.

Chegou mensagem de Polly também:

Luiz não me ligou até agora. ✓✓
Enviado 15:05

Desliguei a tela do celular, revirando os olhos. Aprontei o binóculo e voltei a espiar através do carro. Édra não estava em lugar nenhum. Mofei por um tempo observando o quarto dela. Decidi atualizar minhas anotações sobre o dia inteiro.

Eu estava distraída desenhando a janela de Édra Norr quando ela surgiu do nada, enrolada num roupão, com o cabelo todo molhado e incontáveis gotas escorrendo pelo corpo. Não sei exatamente como me senti sobre isso. Meu coração escalou o meu corpo e começou a bater no meu pescoço. *Zoom.*

Me peguei imaginando o cheiro que tinha sentido naquele dia. Ela é *muito* cheirosa. Preciso lembrar de anotar isso no caderno. Sei lá, nunca se sabe.

O cabelo dela fica muito menor molhado, e ela parecia um bichinho acanhado agora. E, ao mesmo tempo, muito charmoso. O cabelo estava todo penteado para trás, como se ela tivesse saído de um filme dos anos 1980.

Assisti *torturosamente* enquanto ela abotoava a blusa social como se estivesse em um videoclipe. Dei zoom nos dedos e nos botões entrando pelo tecido. Édra esfregou o cabelo com a toalha e ele bagunçou inteirinho. As ondas destrambelhadas começaram a aparecer enquanto ela passava perfume e remexia em alguma coisa que estava em cima da banquinha. Parecia procurar algo. Observei enquanto ela remexia alguns objetos: papéis, caderno, copo de vidro vazio, um classificador e uma câmera fotográfica.

Eu estava tão entretida que me assustei quando a minha barriga roncou. A rua era tão silenciosa, que aposto que alguém assistindo a *Sessão da Tarde* ouviu o meu ronco. Eu não fazia ideia de quanto tempo tinha passado seguindo aquela garota. Já era quase fim de tarde e minha barriga não entendia a importância do experimento científico.

Édra se aproximou da janela por uma fração de segundos. E eu senti uma coisa estranha no meu corpo, não sei se por causa da fome ou se era o nervosismo dando seus sinais. E nem tive tempo de pensar, ela fechou a cortina na minha cara.

Sério, na *minha* cara.

Não demorou muito pra que ela surgisse na frente da casa. Tive que me deitar no passeio para que não me visse. Só fui perceber o quanto isso soava estranho quando reparei que estava sendo observada por duas crianças: uma estava boquiaberta, deixando o *slime* arrastar no chão, e a outra parecia filmar com um tablet. Uma moça quarentona surgiu logo depois, afastando as crianças de mim. Caminharam em ré cautelosamente, como se eu transmitisse alguma doença.

E talvez eu transmita mesmo. Talvez a minha impulsividade pegue pelo ar. E agora é tarde demais, porque todos vão sair por aí seguindo as pessoas na rua. Fala sério.

Eu me limpei abaixada atrás do carro, esperando que Édra Norr ressurgisse. Depois de um estrondo na porta da garagem, ela reapareceu montada em sua bicicleta preta e saiu em disparada pela rua, como se fosse um flash. E eu fui destrambelhadamente atrás.

Pedalei muito para acompanhar Édra, que parecia bastante apressada. Cruzamos ruas até eu reconhecer o Banana Club e sentir o cheiro da brisa da Praia da Sardinha soprando salgada no meu rosto inteiro e no meu cabelo. Estava perto do pôr do sol e percebi que não teria muito tempo pra ver o que Édra Norr faria ali.

Continuei firme. Não sabia se entrava e fingia querer algo, ou se olhava de fora mesmo, já que o Banana tem a frente inteira de vidro. A praia fica do outro lado e dá pra observar tudo por trás de um coqueiro tranquilamente. O movimento na Praia da Sardinha só acontece no fim de semana, então não teria muita chance de ser flagrada por algum conhecido agora. Podia ser a louca do binóculo em paz.

Aquele dia estava a favor do meu experimento. Tirando o fato de que talvez uma criança tenha me filmado largada no chão e isso viralize no YouTube, tenho mesmo que agradecer pelas coincidências oportunas daquele dia. Sério. Obrigada, universo.

Édra parou a bicicleta, trancou o quadro e a roda no cercado do Banana Club e entrou passando a mão sobre a blusa social branca que vestia – ela também estava com uma calça jeans preta e tênis pretos. Gostei do jeito que ela estava vestida, mas aquilo não era apropriado pro Banana Club, parecia um pouco chique demais.

Talvez ela estivesse querendo impressionar alguém.

Só tive certeza disso quando dei zoom e avistei Camila Dourado esperando por ela numa mesa, tomando uma vitamina rosa (com certeza era a vitamina de banana com morango, a *minha* preferida). Édra deu um selinho nela e pude vê-la sorrir pelo zoom. Não conseguia ver muito mais, porque Édra estava de costas pra mim. Elas deram as mãos por cima da mesa e Camila falava algo com os olhos brilhando e com um sorriso abobalhado. Aquela era a mesma cara de apaixonada que ela fazia pra Cadu Sena meses atrás. Édra passou uma mecha do cabelo pra trás da orelha dela, uma cena que eu tinha visto antes, no colégio. Me peguei revirando os olhos espontaneamente. Camila Dourado começou a ficar com o rosto bem vermelho e o sorriso nem cabia mais na boca dela.

Um rapaz se aproximou para anotar os pedidos. Nesse momento, minha barriga roncou de novo. Édra gesticulou com o menu na mão. O rapaz fez algumas anotações e saiu, deixando as duas sozinhas de novo. Ninguém merece.

Vi Édra se inclinar sobre a mesa e Camila Dourado fechar os olhos. Eu sabia o que ia acontecer. Então me poupei daquilo, afastando o binóculo do meu rosto. Chega de experimento científico por hoje.

"Quando você olha pra ela", da Gal, tava tocando no radinho de uma senhora que caminhava no calçadão; ela se afastava vagarosamente enquanto eu ajeitava todas as minhas coisas na mochila. A música já estava distante de se ouvir, mas tocava alta dentro da minha cabeça. Respirei fundo a brisa do mar e subi em yellow.

Voltei para casa com o sol se pondo bem em cima da minha cabeça. Me atrevi a experimentar o zigue-zague que Édra fazia com a bicicleta e nunca me senti tão livre na vida. Me peguei rindo da sensação de possível morte por atropelamento. *Era emocionante*. Como ver novela. O céu foi ficando em um tom laranja muito forte. O pôr do sol estava no ápice e eu também me sentia meio laranja forte por dentro. Quero andar em zigue-zague pra sempre.

5.

Eu não esperava chegar em casa e encontrar um spa. Acho que alguém (Jade Pêssego) está meio obcecada com os conselhos de outro alguém (Sandra Rios). Eu mal tinha fechado a porta da sala e pude escutar uma gargalhada. Minha mãe estava fazendo as unhas com uma manicure que parecia ter a minha idade, enquanto uma mulher mais velha prendia seus cabelos em bobes. Será que no lugar de "a senhora deveria procurar um psicólogo" ela escutou "alugue um spa e traga-o pra casa"?

Eu revirei os olhos e tentei sair de fininho, mas, como sempre...

– Íris Pêssego! – ouvi sua voz autoritária chamar por mim. Me virei, para dar de cara com ela, agora comendo rodelas de pepino.

– Isso é nos olhos, senhora – disse a manicure, olhando com reprovação para minha mãe. Tudo bem, porque eu a estava olhando da mesma forma.

– Você não vai pro aniversário do supermercado nesse estado. – Mamãe me encarou, erguendo as sobrancelhas. – Olha o seu rosto!

– Desculpa, mas a senhora só me deu esse.

– Engraçadinha essa minha filha, né? – Ela se virou para a mulher que cuidava do cabelo. E, voltando a me encarar de forma ameaçadora, apertou os olhos: – Senta já aí.

Deus, as coisas que eu tenho que passar com essa família.

Horas depois e nem pude acreditar. De verdade, eu não queria sair do meu quarto. Estava me encarando no espelho fazia quase meia hora. E Margot, dessa vez, pra variar, decidiu me ignorar. Então nem pude falar com ela pra saber se eu tava mesmo bonita ou desprezível.

Eu não cabia direito dentro daquele vestido. Acho que posso culpar *Amor em atos* por isso também. Não consigo contar a quantidade de pipoca e biscoitinhos que como no sofá da Dona Símia enquanto assisto à novela. Mas, falando sério, ele não estava *tão* apertado assim. O fato é que sempre vou implicar com vestidos. Prefiro minhas calças jeans. E tênis. Só que, por algum motivo do além, esse aniversário do Pêssego's parecia ser mais importante que os outros. Papai falou algo sobre receber gente chique e grandes investidores. E no meio disso tudo não cabiam nem meu tênis, nem meus jeans.

E não consigo distinguir se estou bonita ou horrorosa, porque, sério, que experiência eu tenho com essas coisas? Não é como se eu fosse a Cleo Pires dos meus pais.

Mas pelo menos eu sei o que me espera. Como todos os anos, papai vai na frente com os investidores. Eles visitam o mercado e observam toda a estrutura enquanto ouvem os futuros planos do meu pai sobre expandir a loja e essas coisas. Ele é quem acende e assopra uma vela, sozinho, nos fundos do Pêssego's. Depois, todo mundo se encontra na festa, que *sempre* acontece no mesmo salão desde que eu só tinha dentes de leite. Para minha família, o aniversário do Pêssego's é tão tradicional quanto o Natal. Especialmente para papai. Ele dá muito duro por esse mercado. Só por isso topei entrar nesse vestido novo que mamãe comprou em uma de suas saídas com Sandra Rios. Apenas pra que ele se alegre em me ver vestida *desse* jeito, sem tênis, numa ocasião bastante especial.

Minhas unhas estavam pintadas de preto, combinando com o vestido, que era da mesma cor. Até que gosto desse modelo tubinho, acho bem elegante.

É claro que isso é por causa da Rosa. Fala sério, ela vive usando vestidos nesse modelo em tantas cenas, que mal posso contar. Só que eu não sou uma atriz linda interpretando um papel fantástico e sendo favorecida por milhões de ângulos perfeitos em filmagens. Eu sou Íris Pêssego, e com essa roupa acho que me pareço, no máximo, com um sushi.

Tudo bem, vou respirar fundo. Preciso sair desse quarto. *Por papai.*

Afinal, o que pode acontecer de tão chocante assim? É uma festa anual onde, além dos investidores, eu conheço basicamente todas as pessoas que vão. E como a maioria delas tem a faixa etária do meu pai, não preciso socializar. Só tenho que sorrir e fingir que sou uma filha excelente, embora eu investigue pessoas no meu tempo livre.

Não vai acontecer nada de mais. É uma noite. *Dá* pra sobreviver.

ALGUÉM, POR FAVOR, ARRANQUE A MINHA língua fora. Que boca, cara! Que boca! Não estou acreditando nisso. Deus, de todas as pessoas, por que eu? Sério, eu sempre pego folhetos sobre o senhor na rua, cara. Não faz isso.

Por favor, não me olhe. Por favor, não me olhe.

– Então, essa é a sua filha? – O cara altíssimo de cabelo grisalho bateu nos ombros de papai, que se apoiava em mim.

– Sim, essa aqui é a grande herdeira. – Meu pai sorriu, sem graça.

Por favor, não me enxergue aqui. Eu não estou aqui.

– Sorte sua que ela se preocupa com seus negócios. A minha é um caso perdido. – O homem sorriu, e seus dentes eram tão brancos que doíam meus olhos. – Eu tento fazer com que ela se inclua mais nas coisas, mas ela é completamente largada.

– Mesmo? – Papai virou um pouco do champanhe. – A minha Íris é excelente.

– Ela também participou do projeto Jovem Intercambista? Foi a única coisa que consegui fazer com que a minha concordasse. É bom para o currículo.

– Bom, a minha Íris...

– Não falo inglês. – Deixei escapar de nervoso.

Rimos os três completamente desconfortáveis.

– Você tem uma menina muito simpática, Ermes. – Ele balançou a cabeça negativamente. – A minha filha é muito orgulhosa, gosta de implicar e ser do contra. É difícil criar um laço com ela. Acho que a perda da figura materna fez com que ela crescesse muito rebelde.

– Eu sinto muito pela perda de vocês e por como sua filha tem reagido. Isso é lamentável, estamos perdendo nossos jovens – disse papai em um tom cabisbaixo. – A Íris, pelo menos, sei que não vai me decepcionar.

Não tenha tanta certeza disso. Foi o que pensei, mas sorri, falsa.

– Ela *adora* o mercado. – A mão de papai apertou o meu ombro.

– *Especialmente o boné* – falei, sem deixar de sorrir com os dentes trincados.

– A minha não se interessa pelos negócios de jeito nenhum. Tento enfiar minhas ambições na cabeça dela, mas só perco meu tempo. Ela costuma dizer que meu dinheiro é amaldiçoado. Comprei um carro importado pra ela e até isso ela rejeitou. Prefere ficar por aí com a bicicleta da mãe. Não se desfaz daquilo por nada.

Eu não sou pobre, mas nunca ganharia um carro importado! Aquilo foi tão surreal que cheguei a tossir e engasgar com a informação nova.

– Que falta de educação a minha! – O homem se virou abruptamente, procurando em volta. Os olhos dele pararam onde os meus estavam há muito tempo.

Em Édra Norr, sentada sozinha ao lado da mesa de doces, com uma bebida na mão, mexendo no celular. Papai sempre contratava um rapaz pra fazer coquetéis. Era o único dia do ano, depois do ano-novo, que eu podia colocar algo levemente alcoolizado na boca. Me perguntei se Édra também tinha alguma política sobre bebidas e festas com o pai dela. Se ela gostava de beber. E o que ela tinha achado do coquetel de morango, que é o meu favorito. Não sei bem o porquê de ter me feito a última pergunta. E meu devaneio não durou muito. Meu corpo estava desgovernado e eu só queria fingir um desmaio.

Deus, cara, foram *tantos* folhetos...

– Édra! – gritou o homem. Ela, de lá, olhou por cima do celular. – Vem aqui, um minuto.

Agora a blusa social fazia sentido. Ninguém se veste daquele jeito pra ir no Banana Club. Como eu tinha constatado: não fazia sentido. Ela tinha se arrumado pra festa no Pêssego's. A diferença é que passou pra ver Camila primeiro.

Édra levantou completamente indisposta da cadeira. O olhar semicerrado fuzilava o homem que, a esse ponto, pelo andar da conversa, eu tinha acabado de perceber que é um dos investidores do papai. *Ótimo.*

– Essa é a arquiteta das confusões que eu estava te contando agora, Ermes. – Ele a abraçou como o meu pai me abraçava. Não acredito que *ele* é o pai *dela*. E quem tem um carro e prefere andar de bicicleta? Pelo amor de Deus. (Apesar de ter achado bonita a história sobre a mãe dela. Aposto que ela está em algum lugar do céu, sentindo pena daquelas pernas pedalando tanto.)

Acho que andei reclamando tanto que a minha vida não parecia uma novela que ela passou a virar uma. Isso é surreal demais pra acontecer comigo. Nada acontece comigo. Tipo, nunca.

Eu e Édra nos olhamos por alguns segundos, tempo suficiente pra que eu decidisse encarar o salto alto estúpido nos meus pés. Claro que só fiz isso pra não ter que olhar diretamente pra ela. Fala sério, eu meio que sei o que existe embaixo dessa camisa. E não consigo disfarçar nada. Se me perguntarem algo, é capaz d'eu responder com um "Sim, eu segui Édra o dia inteiro", independente da pergunta. Esse é o meu nível *expert* em esconder coisas quando estou extremamente nervosa. Não é como se fosse a Polly, que facilmente acredita nas minhas desculpas (ou eu deveria dizer mentiras?).

– Vocês se parecem muito... – disse papai, e eu pude perceber que ele estava confuso. – Até no jeito de se vestir. – Ele sorriu sem graça.

Acho que papai nunca viu uma garota como Édra na vida. Ele nem vê TV, e a maioria das pessoas que compram no mercado são pacatos cidadãos são-patricenses. Ninguém com a audácia de Édra em não se parecer com uma garota convencional. Eu podia jurar que os olhos dele procuravam adereços femininos em Édra pra entender o que ele estava olhando naquele exato momento.

Deus, Ermes, não me mate de vergonha, eu me vesti de sushi por sua causa.

Quando voltei a olhar para Édra, ela estava com um sorriso sem graça, desconfortável e forçado nos lábios carnudos. É claro que, como sempre, ela chegou trazendo aquele cheiro forte de shampoo e perfume. E, apesar de estar me sentindo na pior situação possível, eu estava adorando poder senti-lo de novo. *Que cheiro bom.*

– A última vez que vi essa mocinha aqui de vestido foi na formatura da alfabetização. – O homem riu, apertando Édra contra o corpo. – Mas ela sempre odiou, desde pequena. Antes eu implicava, mas fazer o quê? Não aceita o carro, mas aceita os ternos.

"Não aceita o carro." Meu Deus, gente rica nunca percebe quando está sendo desnecessária ao esfregar as aquisições na nossa cara.

– Menos – foi o que Édra disse em resposta. Tentando segurar o sorriso no rosto, que foi se desmanchando aos poucos.

Apesar da festa estar divertida, eu não conseguia me distrair. Não importava a que lugar eu fosse, meus olhos sempre encontravam Édra Norr. Assisti a ela se servir dos docinhos, beber mais uns cinco coquetéis, sumir para o banheiro com o telefone grudado na orelha e voltar com um sorriso no rosto. Agora ela estava discutindo com o pai num canto isolado, longe da agonia de pessoas conversando, brindando e comendo. Ele estava apontando para o rapaz dos coquetéis e para o próprio relógio no pulso.

Quando eles terminaram de discutir, Édra caminhou para fora do salão, discando algum número no celular enquanto o pai dela voltava para a festa como se nada tivesse acontecido.

Como se não bastasse tê-la seguido o dia inteiro, meu corpo (por impulso) decidiu fazer o mesmo *mais uma vez*. E fui, na ponta dos pés, até a saída do salão, para ver o que estava acontecendo.

Não quis me aproximar, não queria ser vista por ela. Fiquei encostada no portão, olhando de longe.

Meu coração ficou apertado, eu tinha certeza que aqueles olhos escuros estavam quebrados e vermelhos de choro. Os meus ficavam iguaizinhos quando alguma coisa em *Amor em atos* dava errado. E, para provar o que eu pensava, ela passou a manga da blusa no olho esquerdo.

Eu pensei mesmo em me aproximar, inclusive já estava fazendo isso.

Mas Édra digitou alguma coisa no celular e falou "que se foda!" para o vento.

Depois disso ela guardou o aparelho, ajeitou a gola da camisa social e saiu andando sozinha dentro da noite.

E eu, obviamente, fui atrás.

Deus, pelos folhetos, *por favor*... Me pare.

TENTEI FAZER O MÍNIMO DE BARULHO possível, mas meu salto estalava demais contra o chão. O que me obrigou a andar a uns milhões de passos de distância de Édra, pra que ela não me ouvisse. Eu não saberia o que dizer se ela olhasse pra trás e me notasse. Então, fui o caminho inteiro pelo passeio oposto, me escondendo entre as poucas pessoas que passavam e atrás de todos os carros estacionados que fui encontrando.

Não demorou muito para que chegássemos ao destino e eu escutasse um som de música abafado no ar. E só percebi que conhecia aquela rua apertada quando vi a Livraria & Café Leoni's do outro lado.

Édra furou a fila de umas onze pessoas, cumprimentou dois seguranças (um cara e uma mulher que pareciam dois guarda-roupas de tão altos e robustos) e sumiu dentro daquele estabelecimento preto fosco, com três interrogações cintilando em luz néon rosa, roxa e azul.

Aquilo com certeza era uma festa, só não consegui codificar exatamente *de quê*. Fui pra fila como quem não quer nada e fingi que sabia o que estava fazendo. Ainda que eu não fizesse um pingo de ideia.

Mofei na fila por alguns minutos e fui surpreendida por um rapaz que usava uma maquiagem extremamente chamativa, tinha a cabeça raspada e barba cor-de-rosa, que entrava em um contraste muito bonito com sua pele negra. O rapaz se parecia muito com Polly, não só no tom de pele (negra, reluzente e meio dourada, parecendo ao mesmo tempo ter sido feita de veludo e de caramelo), mas também nos olhos esticados e no sorriso cheio de expectativas.

Num devaneio, me perguntei o que – naquele momento – Polly poderia estar fazendo e o que ela iria achar se eu contasse os detalhes mais sórdidos sobre o meu dia inteiro e onde eu estava.

– Qual é a senha? – me perguntou o rapaz, sem me olhar. Ele estava anotando algo na prancheta em sua mão. Pude perceber unhas postiças imensas pintadas de azul.

E eu não soube o que responder.

Ele voltou a me olhar e inclinou o pescoço pro lado, como se estivesse prestes a me pegar no flagra.

– Próximo! – Foi o que ele gritou para o meu silêncio.

Eu não acredito que andei isso tudo pra *nada*.

– Deve ter algum engano – me peguei dizendo, por impulso. – Eu realmente vim trabalhar. Eu devo estar esquecendo alguma coisa, mas...

– Ah. – Ele revirou os olhos. – Você é uma das garotas novas que está escalada pro show da Mamma Mia?! – indagou ele, impaciente. Eu fiz que "sim" com tanta força que quase desloquei o pescoço.

– *Girl*, por favor, entre logo. Vocês são muito irresponsáveis. Só dificultam meu trabalho, *Jesus Christ*...

Eu estou dentro?! Meu Deus, eu consegui?!

Passei por várias cortinas de miçangas, em um corredor que parecia não acabar mais. Tinha várias fotos de mamilos pregadas na parede. Sério. Mamilos. E alguns cartazes que eu não consegui parar para ler, porque eu estava muito empolgada pra cruzar aquele corredor, que parecia um portal. A música ia ficando cada vez mais ensurdecedora. Pude ouvir muitos barulhos aleatórios em segundo plano para aquela batida viciante. Entre eles, risadas, sons de estalos (o que me lembrava beijos), copos brindando e muitas (mas muitas!) vozes misturadas em infinitos tons diferentes.

Quando finalmente cruzei a última cortina, pude ter a visão formada do que os meus ouvidos captaram. Tinha tantas pessoas diferentes. Homens maquiados e vestidos com perucas gigantescas, pessoas que eu não sabia distinguir entre garoto ou garota, mulheres como eu, mulheres como Édra, mulheres até como a Dona Símia, só que mais modernas. Um mundo de cabelos coloridos em tons hipnóticos, como a barba do rapaz na entrada.

Pessoas que se beijavam em grupo, pessoas que só conversavam, pessoas que sorriam, pessoas que encaravam as outras com um olhar enciumado. Pessoas dançando no – e fora do – ritmo. E que batida gostosa!

Eu só não conseguia encontrar Édra no meio de tanta gente.

Fui andando, me sentindo uma formiga no meio daquilo tudo. Vários balões transparentes pulavam de pessoa em pessoa, e só pude perceber isso quando um deles atingiu a minha cabeça. Uma idosa de jaqueta de couro e óculos escuros me perguntou "Cadê seu espírito, garota?".

Eu não sabia onde estava, mas não queria sair dali nunca mais.

Vi incontáveis corpos que beijavam outros incontáveis corpos do mesmo gênero. Vi muitos beijos que terminavam em sorrisos. E notei um que terminou em tapa *na cara*.

O lugar continuava parecendo mágico, e os refletores em luzes néon rosa, roxa e azul (que pareciam brigar para ver qual prevaleceria) só tornavam tudo mais fantasioso. Não dava pra acreditar que eu estava vendo tudo aquilo. Parecia tão *afrodisíaco*. Parecia coisa de novela! Ou melhor, vou me arriscar a dizer isso: parecia *melhor* que novela!

Esbarrei no balcão do bar acidentalmente, porque estava andando enquanto olhava para todos os lados, menos para a frente. O choque no meu joelho me trouxe pro mundo.

– Perdida? – a voz surgiu com um rosto amigável. Eu não sabia identificar se se tratava de um garoto ou de uma garota. Mas parecia uma garota pra mim. As pintinhas desenhadas em rosa-néon se destacavam nas maçãs do seu rosto retinto, o cabelo volumoso e crespo lhe dava um ar de estrela hollywoodiana. – Sua primeira vez aqui, né?!

– Ah, oi – respondi, meio atordoada. A música estava realmente muito alta. – Sim! Tava procurando uma *amiga*.

– Que bonitinha! – A pessoa riu, mostrando dentes lindos, separadinhos no meio. Como a minha atriz "naturalmente" francesa preferida, Jané, que interpreta Carlota em *Amor em atos*. Mesmo a novela sendo mexicana. – Como é a sua amiga? Eu conheço todo mundo daqui. Meu nome é Nicole.

Ah, então era uma garota. Olhei para os seios só pra confirmar, mas a blusa cropped parecia não ter nenhum volume. Agora eu estava definitivamente confusa.

– É, isso aqui eu ainda pretendo resolver. – Ela deu de ombros, olhando para o decote do cropped. – É que ainda estou em processo de transição. Mas vai chegar a minha vez de *brilhar!*

– Transição? – perguntei, curiosa. Sentei na banqueta giratória presa na frente do balcão.

– Ah, você não faz ideia do que eu estou falando, né? Nem te culpo, essa cidade é atrasada. – Ela riu de mim. – Eu sou trans. Uma mulher no corpo de um homem. Não me identifico com isso aqui, e tudo bem. Mas essa é só a minha forma de explicar a minha própria transexualidade. E isso passa por dentro das minhas próprias disforias. No fim das contas, meu bem, se você perguntar a dez pessoas trans o que é transexualidade pra elas, você vai ter dez respostas diferentes. Somos plurais demais. O corpo, no meio de toda a nossa complexidade, é só um binário detalhe.

Eu sabia tão pouco sobre pessoas diferentes do que eu acreditava ser normal, talvez eu fosse mais atrasada que São Patrique. Era inacreditável. Apesar de que eu sempre fui atrasada em tudo. Devo ser a única pessoa jovem aqui que não fica na internet ou nas redes sociais. Eu assisto a novelas com uma senhorinha de idade. Nas novelas a que a gente costuma assistir não se vê muita diversidade. Eu não sei sobre quase nada. Mas quero descobrir *tudo*.

– Eu te achei muito bonita – elogiei, sorrindo. – E o meu nome é...

Eu deveria dizer o meu nome verdadeiro por aqui?!

– Júlia – disse, abrindo um sorriso maior ainda. Agora não existia vestígios de mim naquele lugar, e ninguém poderia me dedurar no futuro.

– Júlia, você é uma gracinha. – Ela se virou, remexendo nas garrafas do bar. – Eu daria em cima de você, *mas* já tenho namorada.

Me peguei rindo. Senti o meu rosto ficar muito quente. Provavelmente tão vermelho quanto os morangos que ela colocou num copo e arrastou para o meu lado do balcão.

– Tome, por conta da casa. – Nicole piscou um dos olhos pra mim. – Essa bebida se chama "amor à primeira vista", e costumam pedir muito quando chegam aqui de primeira.

Incrível.

– Nem sei o que dizer – tentei agradecer. Cara, eu tava mesmo me sentindo importante. E pra uma pessoa completamente desconhecida. Se metade dos alunos do São Patrique fossem assim...

– Bem-vinda ao *Submundo*, Ju. – O sorriso de Nicole se abriu pra mim de novo e ela foi atender um grupo de amigos que tinha acabado de chegar, bem do meu lado.

Girei o canudo dentro do copo, brincando com os morangos picados. Olhei em volta, mas nada de Édra.

Comecei a sugar a bebida, acho que mais rápido do que deveria. Minhas pernas sacudiam no banco. Eu estava ansiosa demais pra achar aquela garota e saber o que ela estava fazendo. E, obviamente, como ela agia *nesse* universo.

Não demorou muito para que a bebida me desse coragem pra ir me balançando até a pista de dança. Falando sério, não tenho costume de beber. Então, qualquer coisa me deixa com carga *extra* de bateria, se é assim que posso dizer. Eu sabia que não era algo *certo* a se fazer. Não só a bebida, que, a essa altura, era o menor dos meus problemas. Mas *essa coisa* de seguir uma pessoa. Isso é crime, cara. Mas olha essas luzes, que incríveis. *Tanto faz.*

Fui me balançando no ritmo da música e ganhei um leque estampado com bolinhas de uma mulher vestida de anjo assim que cruzei meu caminho para o centro da pista de dança (onde as pessoas realmente se sacudiam). Alguma coisa possuiu meu corpo. Naquele momento, eu era Júlia. E ser Júlia era tão ousado e divertido. Mesmo considerando que não sei dançar direito, eu estava me balançando entre várias outras pessoas. E aquele calor diferente foi subindo. *E que música!*

– Você vem sempre aqui? – Uma garota se aproximou de mim. Ela tinha um cabelo lilás muito bonito. – Oi?!

– Ei! – respondi, meio zonza. – É a minha primeira vez aqui! – Me peguei rindo, não sabia exatamente do quê, mas estava engraçado.

– A primeira vez a gente nunca esquece, né? – A garota mordeu os lábios olhando pra mim. Me virei de costas pra ela e continuei dançando. Eu não sabia como deveria reagir a isso. Deus, acho que estou meio bêbada.

– Você é muito bonita, sabia?!

Foi o que a garota disse, no *meu* ouvido. Tipo, ela estava colada no meu pescoço. Meu... Deus... Do céu. Não sei se estou pronta pro que vem depois disso. Queria evaporar numa nuvem de fumaça. Acho que devo ter deixado tudo isso bem claro com a minha expressão facial. A garota parecia confusa, mas um *certo alguém* me conhecia bem demais.

– Desculpa, ela tem namorado. – Uma segunda voz surgiu do outro lado do meu pescoço (que nunca tinha recebido tantas visitas na vida). Me virei abruptamente e dei de cara com ninguém mais, ninguém menos que... *Maurício.*

– Héteros no Submundo?! – A garota revirou os olhos. – Fala sério.

– Amor, você acabou de descobrir a bissexualidade, eu tô muito emocionado. – Maurício forçou todo seu deboche, passando o braço por cima do meu ombro e me raptando. Quando ficamos frente a frente, ele cruzou os braços.

– Primeiro você perde a virgindade e não me conta. Agora você também gosta de garotas, Íris?! – indagou, com as sobrancelhas juntas na testa.

– *Shhhh!* – Puxei-o para uma parte mais tranquila da pista (se é que eu posso usar essa palavra). – Eu menti o meu nome pra conseguir entrar. Maumau, sério, é uma história muito longa e não sei se eu posso te contar.

– Tá procurando quem aqui, Íris?!

Maldita intuição "mauriciana".

– Ninguém – eu disse, tentando disfarçar.

Só que como o destino gosta muito de me sacanear, um segundo depois d'eu ter fechado a boca, avistei Édra Norr dançando na pista. A camisa social, antes intacta, agora estava amassada e com uns botões abertos. O cabelo tinha umas pontas molhadas, que caíam suadas por cima das sobrancelhas.

Ela estava cercada por algumas pessoas, segurava no alto um copo com uma bebida azul e, com os olhos fechados, dublava a música que estava tocando na pista.

Édra se movia de um lado pro outro no ritmo das batidas. Ela estava cercada por amigas. Uma garota, que parecia um pouco com ela, se inclinou em seu ouvido e disse algo que a fez parar de sibilar a canção para rir. Foi quando ela abriu os olhos e inclinou a cabeça para olhar na direção que a garota apontava. Elas conversavam alguma coisa engraçada, provavelmente sobre alguém ou algo que estava acontecendo naquele canto da festa. Eu não tinha a menor curiosidade para olhar em outra direção. Captei cada detalhe. Ela passou os dedos entre os cabelos molhados de suor (formando o penteado pós-banho que eu tinha visto). Não durou muito, o penteado foi, fio a fio, se desmanchando e caindo no mesmo lugar de antes... *Perfeitamente.* O cabelo dela costumava ser bagunçado pra cima, só que, com absoluta certeza, o suor estava pesando os fios, e jamais deixaria que eles ficassem do mesmo jeito que vejo no colégio.

– Maurício, preciso ir embora daqui – comentei, porque me deu alguma coisa. Me senti meio desconfortável. Provavelmente foi a bebida. Fiquei meio enjoada, meu estômago estava revirando de forma esquisita. E minhas mãos suavam demais.

– Ué?! – Maurício arregalou os olhos. – Não tô entendendo nada.

– Te conto uma outra hora – eu disse, tentando não olhar pra mesma direção de antes.

Principalmente porque Camila Dourado tinha acabado de surgir em cena. E não levou três segundos para que ela enfiasse a língua dentro da boca de Édra Norr. Enrolando-a pela nuca com os braços magricelos.

Voltei a encarar Maurício.

– Você pode chamar um táxi pra mim?! – perguntei, me abraçando. Estávamos bem embaixo de um aparelho de ar-condicionado. E comecei a sentir frio, por causa do vestido.

– Claro! Vamos saindo, lá fora eu ligo. Depois eu volto pra cá – disse ele, num tom preocupado e atencioso. Eu já estava muito grata só por ele ser o meu salvador e me arrancar daquele lugar. – Me espera só avisar a uns amigos – pediu, sumindo entre as pessoas.

Quando (contra a minha vontade) voltei a olhar na direção onde Édra estava, não havia mais nenhum sinal dela.

6.

Apesar da noite passada, eu não conseguia parar de olhar para a cadeira vazia de Édra Norr durante a aula inteira. Alguma coisa dentro de mim estava torcendo para que ela chegasse atrasada. Mas ela não apareceu. Hora nenhuma.

Passei meu intervalo inteiro sozinha, já que depois da mensagem de Polly – *abre aspas* Luiz me pediu desculpas por não ter ligado e vamos conversar no intervalo *fecha aspas* –, fui deixada para trás.

Quando passei pelo corredor para guardar meus livros no armário, pude ouvir as fofocas diárias invadirem meus ouvidos.

– Estou com pena dele, para falar a verdade – disse Tatiele, enquanto eu enfileirava meus livros para que coubessem naquele armário *micro* que o CSP (a sigla do campo de resistência que chamamos de Colégio São Patrique) nos oferecia por um aluguel de 35 pratas. – Parece que ninguém anda dando atenção pra ele, tadinho.

– Cadu Sena precisa se acostumar a não ser mais o assunto principal das garotas, sabe... – Priscila Pólvora deu de ombros, passando por mim. – Eu só acho maldade demais as pessoas excluírem ele por causa disso. Ele não tem culpa se a Camila está namorando uma *garota*. Isso não significa que ele seja inferior a *Norr*.

Em algum lugar da minha cabeça, pude ouvir Polly gritar para que eu me aproveitasse dessa oportunidade *única*. Cadu Sena não tem como me ignorar, porque ele não tem mais ninguém. *É a minha chance*. Meu bilhete de loteria.

Com certeza foi o que eu pensei quando me sentei na mesa onde Cadu Sena comia sozinho, no canto do refeitório. Segundos depois, enquanto ele me encarava confuso, pude perceber o que eu tinha *acabado* de fazer.

Então, levantei abruptamente. Como se nada tivesse acontecido. Desapareça, Íris. *Desapa...*

– Ei, você é a filha da Doutora Jade, né? – A voz de Cadu foi capaz de parar todos os meus músculos.

Sim, feliz ou infelizmente. Não consegui decidir ainda.

– É. – Eu sorri, sem graça, com a minha bandeja na mão. – Não sei o que eu tô fazendo, você provavelmente tá ocupado com alguma coisa.

Disse isso porque percebi os livros e cadernos abertos ao redor da bandeja dele.

– Não, tudo bem. – Cadu parecia empolgado, um sorriso nos lábios dele me mostrava isso. – Pode sentar aqui, sim. Isso é só o meu trabalho, não posso ficar em recuperação em pleno terceiro ano.

– Legal. – Me peguei sorrindo de volta. – Minha turma também anda superlotada de trabalhos.

– Mas você tá de boa, tipo, dá pra passar? – me perguntou ele, se inclinando sobre a mesa e ficando um pouco mais perto do meu rosto.

Deus, *que nervoso*.

– Eu tô nervosa – disse. *Cara, simplesmente escapoliu*. – Quero dizer, os trabalhos. Os trabalhos me deixam nervosa, mas tá tudo indo bem. – Sorri, tentando amenizar a besteira que tinha acabado de dizer.

Que idiota.

– Caramba, seu sorriso é muito bonito – disse Cadu, olhando para a minha boca. – Mas também, né, cê é filha da melhor dentista dessa cidade. – Ele se afastou mais do meu rosto.

– É... – Olhei para o suco e o sanduíche na minha bandeja. Porque, claro, eu me lembrei de quando estava doida para que ele me visse sem aparelho, mas Camila Dourado surgiu em cena muito antes de mim, no primeiro ano. Fala sério.

– Sua mãe é uma figura! – exclamou Cadu, dando uma mordida na maçã que estava, pouco antes disso, solitária em sua bandeja. Disseram que ele andava comendo pouquíssimo desde o término com Camila. – Você me lembra muito a Doutora Jade, sério. Eu acho que você vai arrasar nas vendas do feriado de São Patrique.

Me senti lisonjeada e pude perceber que estava ficando vermelha, como a maçã que ele devorava.

– Eu espero também – falei, tentando não prestar atenção naqueles dentes. – Se o baile for mesmo no Palácio Alfredinni, vai ser *demais!*

– Você já tem par? – Sim, isso mesmo, Cadu Sena me perguntou isso. Ele queria saber. Meu Deus, me diga que essa pergunta tem um propósito.

– Não, e você? – rebati a pergunta, já sabendo a resposta. Mas não queria soar *tão* desesperada. – Aposto que estão fazendo fila! – brinquei.

– Nem tenho. – Ele riu pra mim meio cabisbaixo, com a maçã entre os lábios. Pude ver que os olhos dele cruzaram algumas mesas do refeitório. Notei que Camila Dourado estava passando do outro lado... *Sem Édra.* Onde essa garota se meteu?! – O que você vai fazer hoje, Íris? – Cadu Sena perguntou, *pra mim.* – É Íris, né?

Tá, tudo bem ele *ainda* não ter decorado meu nome. Até porque, naquele dia do recrutamento para arrecadar o dinheiro da formatura, ele teve que anotar milhões de outros nomes.

– Sim, é Íris. – Me peguei sorrindo, lembrando de "Júlia". Não precisava ser Júlia, não com Cadu. Com Cadu eu só queria ser Íris mesmo. – Eu não tenho planos. – Tentei não surtar. Eu precisava parecer uma pessoa normal prestes a ser convidada pra sair.

– Você quer ir no Banana Club mais tarde?

Socorro. Isso está mesmo acontecendo. Cadu Sena está me convidando para sair. Eu estou sonhando. Meu Deus, preciso contar isso para minha amiga exageradamente sexual e para minha outra amiga idosa!

Polly e Dona Símia, quero dizer.

– Fechado – eu disse, segundos antes que o sinal tocasse.

Eu não acredito que isso está acontecendo.

É CLARO QUE PASSEI A ÚLTIMA aula inteira bastante pensativa, por inúmeros motivos. O primeiro, claro, porque Cadu tinha finalmente me convidado para sair e isso ainda parecia um sonho. A gente trocou número de celular e voltamos pras nossas salas, mas tínhamos um encontro. Isso é incrível demais pra ser verdade. O segundo motivo era Polly. Ela simplesmente me disse que Luiz e ela passariam o intervalo juntos e não me enviou *sequer* uma mensagem depois disso. Polly estava completamente desaparecida. Não só Polly, como o meu terceiro motivo: Édra Norr. Sua cadeira vazia me irritava demais, e eu não pude fazer nada durante a aula além de encará-la enquanto pensava sobre todos os itens acima. Cadu, Polly e Édra. Hoje deve ser o dia oficial da sorte e dos sumiços.

Não pude evitar abrir um sorriso quando Cadu Sena me enviou uma mensagem no meio da aula, mas não dava pra abri-la. A professora Olga já tinha reclamado comigo na aula anterior porque notara que eu estava aérea. Eu não podia simplesmente usar o celular na frente dela. Ela estava de marcação comigo. Então é claro que eu tive que usar a embaraçosa desculpa do "Preciso muito ir ao banheiro". Sim, essa mesma que faz as pessoas questionarem se você está com dor de barriga ou se você sujou a sua calça inteira (garotas irão me entender). O desespero para ir ao banheiro sempre é mal interpretado no Ensino Médio, e *sempre* vai existir alguém na sua classe pra rir quando invocarem essa desculpa. Mas podiam rir à vontade. Eu estava indo para o banheiro responder Cadu Sena.

Entrei na sexta cabine e a tranquei. Peguei o celular e meu sorriso parecia ter dobrado de tamanho. Pude sentir; sério, o meu maxilar deu uma beliscada. Respondi a mensagem de Cadu com o horário do nosso encontro (19h, guardarei para sempre) dizendo que estava tudo certo. Antes que eu pudesse destrancar a porta e voltar para o tédio da sala de aula, a voz de Camila surgiu em eco através dos azulejos do banheiro.

Não dei *sequer* um passo.

– Cara, onde você está, posso saber? – ela começou a dizer. Pelo visto não sou a única pessoa que usa a emergência do banheiro para mexer no celular. – Fazendo o que no Leoni's uma hora dessas?! – pausa. – Sim, e daí? Por que não fez essa pesquisa antes? Caramba, Édra, eu *preciso* de você hoje. Combinamos de sair do colégio mais cedo pra escolher o *meu* vestido de formatura. Você *disse* que ia me ajudar nisso – outra pausa. – Claro que eu estou chateada! Se eu soubesse que você tinha uma pesquisa importante pra entregar amanhã, não teria deixado você beber tanto ontem.

Tentei ao máximo olhar pela greta da porta, mas só conseguia ver aquele cabelo loiro e a farda superjusta de Camila Dourado, de costas pra mim. Ela estava inclinada na pia do banheiro, se olhando no espelho.

– A gente se vê mais tarde, então? No shopping, né, *denguinho*. Caraca! Você é muito esquecida! – pausa. – Tudo bem, tudo bem. Eu sei que você ainda precisa de nota pra passar. Eu tô muito ansiosa pra formatura! Não acredito que vamos juntas. Você bem que podia simplesmente aceitar as coisas do seu pai, né? Aquele carro é *incrível*. Imagine só a gente chegando *naquele* carro! Que luxo! – pausa. – Ai, eu sei que você não gosta de falar nisso. Mas deveria repensar, né? Aquela bicicleta já tá *velha*...

Meu braço empurrou a maçaneta sem querer. *Droga*. Camila Dourado olhou em volta, desconfiada. E pude enxergar seus olhos verdes vibrantes semicerrados em direção à minha cabine.

– Preciso voltar pra sala, fala comigo por mensagem – disse ela para Édra, antes de ajeitar o cabelo e sumir dali em segundos.

Certo, agora temos um pequeno detalhe a absorver nisso tudo. Édra Norr é da minha sala e não temos *nenhuma* pesquisa pra entregar amanhã. Não consigo acreditar que ela está mentindo.

Não, não... Ela jamais faria isso. Ela não tem cara de mentirosa. Na verdade, ela parece ser bem sincera. Pude perceber pela forma como ela falava com o pai dela. Ela não mentiria, certo? Ou mentiria?

Deus, Edgar nunca pareceria alguém capaz de ser acusado de roubo na empresa dos Abrantes, em *Amor em atos*, mas foi acusado mesmo assim. A gente pode esperar o pior das melhores pessoas, às vezes.

Impressionante como alguém pode subir e cair tão rápido no seu conceito... (Científico, é claro.)

Não acredito que Édra Norr seria capaz disso. E se for? E se manipulou Camila para que ela terminasse com Cadu e agora só está enganando Camila de novo?

Mas e se não for nada disso? E se uma coisa não tiver nada a ver com a outra, porque na verdade o grande culpado por tudo é Cadu Sena? E se Cadu

Sena for um grande monstro planejando algo terrível contra mim no nosso primeiro encontro? (Na verdade, *meu* primeiro encontro. E *centésimo* encontro dele.) Será que alguém marcaria de fazer algo ruim a outra pessoa num lugar chamado Banana Club? Imaginem as notícias nos jornais. Não teria nem credibilidade. Meu Deus, dentro de mim vive uma fofoqueira.

"Jovem é encontrada morta sem a língua no Banana Club."

Viu? Nenhuma credibilidade.

Agora eu não consigo parar de pensar sobre isso. Entre Édra e Cadu, quem seria mais propício a causar o término? Considerando que agora Édra Norr é uma mentirosa em potencial. E que eu não a conheço como conheço Cadu Sena.

Quem será o *verdadeiro* culpado pelo fim desse namoro?!

Mais uma vez, gastarei papel e canetinhas em prol da investigação e da ciência.

Fiquei relembrando mil cenas ao mesmo tempo enquanto secava o cabelo. A imagem de Cadu Sena comendo maçã e me chamando para sair se misturava na minha mente com a tela do celular e a mensagem da Polly (que foi o último sinal de vida que ela tinha me dado, já que continua desaparecida) e, por fim, a cadeira vazia de Édra Norr, junto ao espaço – também vazio – no bicicletário. Não teve bicicleta preta hoje. E também voltei em linha reta. Me recusei a fazer o zigue-zague, porque isso me lembrava Édra; que me lembrava o quanto ela era charmosa dançando com aquele cabelo molhado de suor, que me lembrava o quão surreal é essa coisa de ser *tão* bonita e igualmente *tão* mentirosa.

Preciso deixar essa garota pra lá, porque já está mais que evidente que o Cadu não foi o vilão nessa história. Pelo contrário, ele inclusive me ofereceu uma carona até a minha casa.

Incrível...

Mas eu não podia deixar a minha bicicleta sozinha. E também não quis falar que era por *esse* motivo. Sei lá, eu não sabia qual seria a reação dele ao saber disso. Ainda mais a yellow, que é tão infantil. Já fui zoada por ter a mesma bicicleta faz anos. E o Cadu sempre foi visto com Camila, que, bom, tem um carro bacana. Apesar de que, considerando o desespero dela hoje no banheiro, o carro dela não é nada comparado ao carro de Édra.

E Édra mesmo assim prefere morrer pedalando. Mas é por causa da mãe dela, né? E isso é bem bonito, se você for pensar por esse lado.

Bonito? Fala sério, *quase* me deixei levar por dois segundos. Ela é uma mentirosa. Pessoas mentirosas *não são* bonitas.

De todo modo, não é como se eu achasse que as pessoas são mais interessantes por causa das coisas que elas possuem. Financeiramente falando, claro. Eu não ligo pro conversível de Cadu Sena, se é o que você quer saber. Mas não tenho certeza se ele pensaria o mesmo da yellow. Os adolescentes são projetados para serem fúteis e insuportáveis. Eu queria ter estudado com idosos, porque eles, sim, são adoráveis. Não acredito que Cadu seja fútil e insuportável, é só uma questão de precaução... Melhor deixar a yellow no segundo plano. Não quero que nada estrague *a chance* que o universo tá me dando. Talvez eu não leve a yellow pro colégio esses dias, assim posso aceitar a carona.

Isso se ele me oferecer carona de novo. Olha só esse cabelo! Horrível...

Queria ter um pingo da autoestima que tive sendo Júlia. Eu estava me sentindo muito estranha encarando meu reflexo no espelho. Suéter, jeans e sapatilhas. Eu não sabia o que vestir. Preciso mesmo fazer compras, não tenho nada nível Camila Dourado no meu guarda-roupa. Não dá sequer pra competir com isso.

Infelizmente, vai ter que ser assim mesmo. E falando em "Júlia", preciso passar rápido no Leoni's antes de ir para o Banana Club encontrar com o Cadu. Maurício deve tá se perguntando...

– Que merda estava acontecendo com você ontem? – Maurício arregalou os olhos pra mim, preparando café para algum dos três clientes espalhados na loja. Provavelmente pro senhor no canto da janela, o único que ocupava uma mesa.

Olhei em volta lembrando que mais cedo Édra tinha dito à Camila que estava ali. Será que ela realmente disse a verdade e fui a única que não ficou sabendo sobre esse trabalho? Do jeito que ando esquecida, não duvido nada.

– É uma longa história, mas não tô pronta pra te contar sobre isso ainda – respondi, apreensiva. Sim, eu quero muito contar para Maurício sobre meu experimento científico. Mas acredito que ninguém precisa saber sobre isso agora. Ainda mais com minha possível desistência dessa história. Eu me recuso a seguir uma pessoa mentirosa por aí. *Credo.*

(Apesar de mentir pra Polly. São situações diferentes.)

– Se você tiver paciência – disse, assistindo a Maumau combinar ingredientes na caneca, formando desenhos –, eu ainda te conto tudo. Mas preciso muito que você me responda uma coisa. Tem que ser rápido, tô atrasada pra um compromisso.

É, eu não queria que Maurício soubesse sobre Cadu Sena ainda. Cadu é ex da irmã da namorada do chefe dele; ou seja, ex da Camila, irmã de Renata, que namora o Léon, que é o dono do Leoni's. Que confusão! Imagine só? Consigo me lembrar perfeitamente da Renata postando a foto dela com Camila, Cadu e Léon no Facebook. Eu estava stalkeando, obviamente, as fotos em que Cadu Sena tinha sido marcado. E lá estava a imagem fofa de todo mundo abraçado fazendo caretas com a legenda "Os denguinhos das sisters" e vários emojis de coração. Só de lembrar, sinto a mesma ânsia de vômito.

A Renata era a fã número um do Cadu e vivia puxando o saco dele em todos os momentos que consigo recordar, tanto em eventos do colégio, quanto nas vezes que os vi passeando pela cidade. Sempre ela, Camila, Cadu e Léon. O *perfeito* encontro de casais. Se ela *sonhar* que eu estou tentando destruir as chances de Cadu e Camila reatarem nessa encarnação, ela provavelmente jogaria uma prateleira de livro dessas na minha cabeça.

Melhor deixar Maurício fora disso. *Por enquanto.*

Até porque ele nem gosta do Cadu.

Eu tinha tentado achar o perfil de Édra no Facebook enquanto procrastinava ao invés de estudar, mas não consegui achar nada dela por lá. Dizem que o Instagram, sim, é a nova rede social que as pessoas usam, mas eu não sei mexer direito. Queria nunca ter deixado o Orkut. Será que Édra é como eu e não usa muito a internet? Quais seriam as marcações de fotos no perfil de Édra Norr? Será que teria alguma foto da mãe dela? Cara! Será que elas eram parecidas?

Muito estranho eu não ter encontrado nada sobre Édra nas buscas. Qual adolescente nessa cidade não tem uma conta no Instagram? Exceto por mim, eu não conto. Sou burra demais com essas coisas do futuro. Mas todo mundo usa rede social hoje em dia e coloca a vida toda disponível lá. É um Big Brother Brasil online. Todos confinados na mesma rede social. A diferença é que quem faz textão são as pessoas que você segue e não o Pedro Bial. Até a minha prima de cinco anos tem perfis em redes sociais. Ela nem sabe digitar, mas está incluída precocemente na era digital. Com um clique descubro tudo sobre todos os famosos das novelas que eu gosto. Às vezes, sem clicar, descubro coisa até demais sobre os adolescentes dessa cidade. Porque todo mundo hoje conta tudo lá. E Édra Norr pensa que é quem pra *não* fazer parte disso? Rolei umas mil páginas sem achar nada. Preciso de informações.

Não, não preciso de nada.

De absolutamente nada que venha de pessoas mentirosas.

Foco, Íris. Foco.

A única coisa de que eu *preciso* agora é encontrar Cadu Sena no Banana Club, como combinado. Mas, antes, uma pequena informação de Maurício, da qual eu *também* preciso muito.

– O que você quer, Íris? – Ele revirou os olhos quando me encontrou, depois de ter entregado o café.

– Alguma garota com o cabelo bem curtinho castanho-escuro esteve por aqui? – perguntei de vez. – Ah! – lembrei de acrescentar mais detalhes na descrição. – Ela provavelmente ficou coçando a nuca, se parou na frente de alguma prateleira por muito tempo.

– Quê?! – foi a resposta de Maurício, completamente confuso. – Coçando a nuca? Íris, me diz que não tá metida com nenhuma droga. Você tá estranha demais esses dias.

– Sério! – insisti, olhando de relance o relógio na parede. Eram quase 19h e eu ainda não tinha saído do Leoni's. Já podia me considerar atrasada. – Você viu alguma garota assim?!

– Coçando ou não coçando nuca, não teve ninguém por aqui mais cedo – disse Maurício, limpando o balcão. – Até porque a loja estava totalmente vazia de manhã, o Léon nem sequer colocou a placa de "aberto". A gente passou a manhã inteira fazendo o descarregamento dos novos livros que chegaram.

– Obrigada, Mau! – Tentei disfarçar meu desapontamento em escutar aquilo. – Preciso mesmo ir agora, tô muito atrasada. Te explico tudo depois.

Ótimo. Édra Norr é definitivamente uma mentirosa.

Eu nem conseguia prestar atenção direito no que Cadu e eu estávamos conversando. Na verdade, só ele estava falando. Porque eu não sabia exatamente o que deveria dizer sobre futebol, natação e faculdade. Não que ele estivesse me dando brecha, Cadu falava sobre si mesmo o tempo inteiro. E isso não era algo tão ruim assim (não *nessa* situação), é óbvio, ele está se sentindo sozinho. E estou aqui pra dar um pouco de atenção a ele. É normal que Cadu tenha se empolgado durante a conversa. Não o culpo por isso. Ele continua sendo incrível.

Estávamos tomando milk-shake e ele tinha elogiado o meu cabelo quando cheguei. A nossa conversa, quer dizer, *eu prestar atenção no que ele falava* estava funcionando. Fluía bem, posso arriscar que estava inclusive rolando um *clima*. E as pessoas do colégio que dividiam conosco aquele espaço amarelo do Banana Club já tinham nos visto juntos quando passaram pra entrar. Estávamos bem perto da porta, numa mesa abaixo daquela escultura de banana *incrível* pendurada na parede.

Pude notar que as pessoas comentavam sobre nós dois e observavam absolutamente *tudo* o que estávamos fazendo. Que, a esse ponto, tinha sido consumir milk-shakes e balas artesanais, fora o ph.D. que eu estava fazendo em Cadu Sena, que me contava de onde surgiu sua paixão pelo futebol, o amor pela natação e essas coisas que tornaram ele um astro esportivo no colégio.

Só que tudo logo foi por água abaixo. Eu não conseguia mais prestar atenção em Cadu Sena com Édra Norr jogando sinuca do outro lado do espaço, na área de jogos, bem na ampla visão dos meus olhos. Digo, na direção da nossa mesa.

E agora tudo o que eu conseguia pensar era "que mentirosa!". Apesar de que, caramba, essa garota consegue ser atraente fazendo coisas tão idiotas. Não acredito que eu tô achando bonito o jeito que alguém joga sinuca. Fala sério.

Ela estava cercada por alguns garotos, e o bolo de dinheiro no canto da mesa de bilhar provava que se tratava de uma aposta. Édra parecia extremamente concentrada e fazia jogadas bem pensadas. Ela mirava com o taco, fechava um olho, encarava o alvo por longos segundos com o olho que permanecia aberto. Um toque e todas as bolas corriam pela mesa, uma, duas, três se perdiam pelos buracos. E Édra comemorava com um sorriso torto. Olhava debochada para os garotos enquanto pendurava o taco sobre o ombro, esperando sua vez chegar para repetir tudo de novo.

Era *inacreditável* como as garotas que acompanhavam os rapazes espiavam Édra de canto de olho. Como é que você está acompanhada e deixa de prestar atenção no *seu* carinha pra olhar outra pessoa? Que ridículo.

– Íris? – Cadu me chamou, inclinando o pescoço.

Detalhe que eu estava fazendo o mesmo. *Ignorando Cadu.* A hipócrita ataca novamente. Eu acenei com a cabeça e disse a ele que concordava com sei lá o quê.

De repente, no meio do jogo, Édra foi puxada por Camila para o banheiro. Eu não sabia de onde Camila tinha surgido, mas, pelo semblante dela, parecia muito irritada. Não sei o que me deu. Algo mais forte que eu me disse que eu precisava contar para Camila Dourado sobre Édra não ter passado no Leoni's. Eu *sabia* que Édra iria convencê-la com alguma desculpa, como fez por telefone. E, apesar de não ser a fã número um de Camila Dourado, não acho que ela mereça passar por isso. Então, me levantei.

– Preciso muito ir ao banheiro. Eu já volto, certo? – disse para Cadu, com um sorriso sem graça.

Meu Deus, o que eu estava fazendo?!

Entrei no banheiro quase desistindo do que pretendia fazer. E como eu ia falar? Na frente de Édra? Melhor pedir para conversar com Camila a sós e contar tudo. Cara, minhas mãos estão tremendo demais.

Assim que cruzei a porta do banheiro, Édra apontou para mim. Parecia aliviada por ter me visto.

– Aí. – Édra continuou com a mão estendida na minha direção. – Pergunta pra ela.

Eu não fazia ideia do que estava acontecendo. Congelei onde eu estava.

Camila se virou para mim, me fuzilando com o olhar esverdeado.

– Vocês são dupla nesse trabalho *idiota* de literatura? – indagou Camila, revirando os olhos logo em seguida. – Quer saber, não precisa me responder. – E, se virando pra Édra, continuou. – Até porque isso não muda o fato de *você* ter me deixado esperando por *horas*. Nem muda ter descumprido o nosso combinado.

– Camila... – Édra hesitou, me encarando com os olhos escuros arregalados. Parecia tentar me dar algum sinal.

– Depois a gente se fala, tá? Eu tô *cansada*. – Camila saiu, o salto alto ecoando no piso do banheiro. – Me ligue quando pensar num bom pedido de desculpas.

E ficamos eu e Édra, nos encarando.

Eu? Sem entender nada do que tinha acabado de acontecer. *Ela?* Com uma cara de preocupação.

– Eu posso explicar – disse ela, quebrando o nosso silêncio. Seu olhar parecia atravessar o meu corpo. E fui ficando mais nervosa do que já estava.

Vim acabar com uma mentira e, em segundos, passei a fazer parte dela.

Alguém, por favor, me diga o que tá acontecendo com a minha vida.

Édra foi até a porta por onde Camila tinha saído batendo os pés. Olhou em volta. Em seguida, saiu empurrando todas as entradas das cabines do banheiro, para se certificar que estávamos sozinhas.

– Eu menti pra Camila sobre uma *parada* – ela começou a dizer, quase sussurrando. – Desculpa ter te metido nisso, não tive outra escolha. Você caiu do céu nesse banheiro, *cara*.

– Como assim, *cara*?! – perguntei, incrédula. Eu estava tentando absorver o que realmente tinha *acabado* de acontecer, bem e*mbaixo* do meu nariz.

– Amanhã, depois da aula, você pode ir comigo num lugar? – perguntou Édra, enfiando as mãos nos bolsos da calça. – Eu te mostro.

Não me vi com muitas alternativas. Então, me sentindo bem inútil, apenas balancei positivamente a cabeça.

– A gente se encontra no bicicletário, então? – combinei, dando de ombros.

– Pode ser – respondeu ela, me deixando completamente sozinha no banheiro.

Fiquei horas deitada no chão, ponderando sobre aquilo. Eu não conseguia *sequer* pensar sobre como meu encontro com Cadu tinha se transformado numa grande falha depois daquele episódio no banheiro. Nosso assunto morreu automaticamente e ele decidiu me trazer pra casa mais cedo que o esperado. Nos despedimos com um beijo no rosto (que eu nunca vou esquecer). Ele tinha um cheiro muito bom, de perfume, mas era *só* de perfume mesmo. Não havia fragrâncias misturadas, como as de Édra. Ela saiu do banheiro e conseguiu deixar tudo naquele lugar cheirando a ela.

Eu ainda me sinto extremamente desapontada por, além de mentir, ela ter *me* incluído nisso. Essa é a minha primeira vez em contato com meu objeto de estudo científico e eu não esperava que fosse desse jeito. Ela me usou pra acobertar alguma coisa que fez. Agora entendo a Rosa ter ficado tão sem rumo quando Edgar foi acusado pelo crime na empresa dos Abrantes. Eu estava com aquela cara de desolada, igual a Rosa faz pra câmera que sempre foca no rosto dela.

E, pela primeira vez, a Margot não estava me olhando como se estivesse me xingando mentalmente. Ela só me encarava, sem entender o que estava acontecendo. Acho que ela sentia pena de mim. Eu estava deitada na cama, com os pés apoiados na parede. Eu adorava deitar assim, parecia que o quarto inteirinho ficava de cabeça pra baixo.

É estranho as coisas de cabeça pra baixo parecerem mais corretas que o "normal"?

– Você pode subir o zíper desse seu moletom? – Édra me deu um susto, porque eu estava desacorrentando a yellow e não esperava que ela aparecesse *tão* do nada.

Ela não tinha me olhado hora nenhuma, sendo que eu passei o dia inteiro olhando pra ela. Até quando Cadu Sena me chamou pra sentar com ele no intervalo e ficamos conversando sobre coisas aleatórias, como o recrutamento de alunos pra arrecadar dinheiro pra formatura e sobre o Palácio Alfredinni ser irado pra esse evento (de novo). Eu realmente achei que ele fosse me convidar pro baile, ali mesmo, na mesa, enquanto comíamos nossos sanduíches e eu encarava Édra Norr rabiscar a garrafa de água mineral com marca-texto amarelo-fluorescente. Ela e Camila ficaram o intervalo inteiro meio distantes, mesmo considerando o fato de que conversavam com o mesmo grupo de pessoas. Édra estava mais empolgada em pintar a garrafa de forma psicodélica, e Camila, como sempre, mais empolgada em se exibir. Eu conseguia ouvi-la se gabar de como tinha achado o vestido perfeito pro baile de formatura e que não podia mais esperar pra usá-lo.

Polly era definitivamente uma pessoa desaparecida. Eu tentei mandar mensagem e fui até a sala dela, mas a cadeira em que ela costumava se sentar estava vazia. Também não vi Luiz em lugar nenhum. Ou seja, deduzi o óbvio: eles estavam juntos em *algum lugar*. E não "desaparecidos".

Ela podia, pelo menos, ter me avisado.

– Oi?! – Édra balançou a mão na frente dos meus olhos.

– Ei – respondi, subindo o zíper do meu moletom. – Mas pra que isso?!

– Se eles perceberem que estamos de farda, posso me ferrar – disse Édra, destrancando a bicicleta preta dela. – Melhor prevenir.

Aí eu percebi que ela não estava usando a farda do São Patrique, como de costume. Tinha trocado a camisa masculina do uniforme por uma blusa preta de manga longa. A blusa combinava perfeitamente com o cabelo e os olhos dela.

Subimos nas nossas bicicletas e partimos rumo a... Bom, não sei exatamente.

Era estranha a sensação de pedalar perto de Édra Norr. Principalmente porque, quanto mais o vento batia, mais eu me sufocava com aquele cheiro bom que vinha dela. E agora eu podia ver tudo de perto, digo, sem binóculo... O que me deixava meio nervosa pra pedalar.

Eu conseguia ouvir o barulho de nossas mochilas sacudindo com o balançar das bicicletas. Também podia escutar todo o trânsito e o som das correntes girando e girando. O vento bagunçava nossos cabelos inteiros. E me desequilibrei algumas vezes, prestando mais atenção nela do que nos obstáculos no caminho.

Édra parou a bicicleta na frente de um prédio comercial. Disse "É aqui" para mim. Tranquei a yellow e entrei com ela.

Esperamos o elevador enquanto uma recepcionista, que mascava chiclete com a boca aberta, nos encarava com um olhar de desdém.

Não dissemos uma palavra sequer no elevador e subimos todos os seis andares encarando coisas aleatórias. Édra assistia ansiosa ao mudar dos números. Depois de olhar seu rosto, desci a minha atenção para os tênis pretos, que já tinha visto antes.

Assim que o elevador abriu, escutei o barulho contagiante de risada de crianças. E vozes muito finas que se mesclavam. Respirei fundo, o cheiro de giz de cera agora era mais forte que o próprio cheiro de Édra Norr. Conforme atravessávamos o corredor rumo a uma porta amarela, o barulho infantil só aumentava.

– Concorde com tudo o que eu disser – me aconselhou Édra, em voz baixa. – Não se assuste e, principalmente, não assuste eles. Vou te mostrar o que eu faço quando mato aula e na saída te explico por que eu te usei como desculpa pra despistar a Camila.

Eu não sabia o que falar.

– Tudo bem?! – Ela olhou pra mim. Parecia preocupada.

– Tudo bem – respondi.

E Édra abriu a porta.

Dei de cara com múltiplos olhos de diversas cores me encarando, curiosos. Mas, ao mesmo tempo, se alegravam com a imagem de Édra ao meu lado. Era tudo muito colorido. Vários cartazes, um varal de fotografias e desenhos com tinta, texto, letras de música, cartinhas...

Simplesmente *adorável.*

– Pró Édra! – foi o que uma garotinha de franja gritou, correndo em nossa direção. Parecia uma mini Branca de Neve e tinha um tampão no olho esquerdo, por baixo dos óculos. Faltava um dente no sorriso que ela abria.

– Ei, Su! – Édra se inclinou, pegando-a no colo. E, virando-se para a turma, foi dizendo em uma voz bem séria (como a que as nossas professoras usam com a gente na sala). – Todo mundo treinou os exercícios da aula passada? Ontem teve reunião com os pais e as mães de vocês e recebi um montão de reclamações.

– O bicho-papão comeu o meu dever, tia! – Escondendo o próprio rosto, o garoto, de cabelos cheios de cachinhos, gritou da cadeira onde estava.

Eu queria poder engolir todas aquelas crianças, de tão fofas que elas eram. Meu coração tinha até se aquecido. Queria me mudar pra aquela sala.

– Não caio nessa não, Gustavo – respondeu Édra, rindo enquanto colocava a mini Branca de Neve de volta na cadeira. – Vamos pegando os cadernos, tá na hora de fazer música!

Os gritos empolgados tomaram conta da sala. Eu me peguei rindo.

– Ah, já ia me esquecendo... – Édra abriu um sorriso, virando-se pra mim. – Essa aqui é a minha ajudante de hoje. O nome dela é Íris.

Ela sabia o meu nome também.

– Oi, pró Íris! – o coral de crianças disse, olhando pra mim.

Eu preciso muito engolir eles.

Mas eu só acenei, sorrindo *tanto* que meu maxilar estava doendo.

Édra passou por trás de mim para recolher algumas coisas. Não consegui ver, continuei encarando as crianças com meu sorriso congelado. Édra se aproximou do meu ouvido, por trás do meu corpo.

– Bem-vinda a bordo – disse ela, baixinho. – *Pró Íris.*

7.

Eu estava encantada. Era ***incrível*** **a** paciência de Édra com as crianças. Ela conseguia prestar atenção em todo mundo na mesma proporção, sem o *favoritismo* que alguns dos nossos professores possuem em relação a *certos* alunos. Não pude ajudar em muita coisa, o que foi meio chato, porque eu realmente queria me atracar naquelas crianças e não sair dali nunca mais. Pelo menos distribuí os papéis com cifras impressas e também ajudei duas garotinhas a apontar o lápis, o que pra mim já significa muita coisa.

Édra, apesar da aula de música, não cantou nada. Só tocou a demonstração de como a música deveria soar usando seu uquelele amarelo (que eu já tinha visto no quarto dela). Pensei em questionar isso, mas o garoto dos cachinhos gritou que ela estava com vergonha de mim e por isso se negava a cantar *justo* naquela aula.

Ou seja, ela canta. Só não na minha frente (o que eu – particularmente – achei um absurdo).

Mas tudo bem, até porque, pelo menos, conheço um pedaço do universo secreto de Édra Norr agora. E serei paciente até que ela se sinta segura em me mostrar o resto. Fala sério, eu esperei – junto a Rosa – até que o Edgar tivesse coragem de mostrar os quadros que ele pintava longe do holofote de empresário. E isso me custou quase vinte episódios. Tenho um grande histórico de paciência aqui. Édra é como o Edgar, ela precisa de confiança para que mostre seu lado artístico. Pessoas talentosas geralmente são tímidas. Com exceção de mim, que sou *só* tímida mesmo. Nessa coisa do talento, alguém com certeza errou feio lá em cima e me pulou (apesar de que a minha torta de cenoura é inegavelmente saborosa e cozinhar também é uma arte. Mas é a única coisa que eu sei fazer. É tipo ser muito boa cantando apenas uma música ou fazendo apenas um desenho.)

Cara, a que ponto cheguei... Meu (pelo visto) único talento envolve uma torta de cenoura. *E seguir pessoas sem que elas saibam.*

Se bem que, vendo por outro ângulo, até que eu posso ser a próxima Maritza da televisão. Tenho uma mente bem fértil pra montar cenas. Minha cabeça é uma televisão secreta. As cenas que imagino são quase em *HD*, tipo, sério. Acho que eu consigo escrever uma novela ou coisa assim. Com certeza teria muito drama, romance e beijos com zoom.

Sim, falei que *acho* que consigo montar uma novela e que minha torta de cenoura é excelente. Mas em nenhum momento eu disse que era justo que esses fossem os meus talentos, ainda mais perto de uma pessoa que consegue ser charmosa até destrancando uma bicicleta.

Édra Norr é atraente fazendo absolutamente qualquer coisa.

Isso pode ser considerado um talento? Ou é só coincidência e alguém no céu, na hora da criação de Édra Norr, usou (e abusou) de *favoritismo*? Eu com certeza fui largada pelos anjos projetores de pessoas. Porque, cara, fala sério... Ela só tava destrancando *uma* bicicleta. Não é justo eu precisar levar horas arrumando meu cabelo pra conseguir 40% do charme que ela tem só por fazer isso.

– E aí? – Ela olhou pra mim, ainda agachada, retirando a corrente que enrolava o pneu. – Cê curtiu?

– Tá doida?! – indaguei, achando absurda a pergunta. – Eu achei *incrível.*

Édra abriu um sorriso enquanto se levantava, arrastando a bicicleta junto.

Eu também quase fui.

– O trabalho é voluntário, mas rola uns benefícios do governo pra quem ajuda – Édra disse, subindo na bicicleta. A voz meio distante, parecendo preocupada com alguma coisa. – Tem muita gente precisando desses benefícios. Mas tem dois problemas.

Meus olhos arregalaram, subi na minha yellow e começamos a pedalar devagarinho, uma do lado da outra, embaixo do céu nublado.

– O primeiro problema é que, tipo, eu não tenho nenhum curso nisso e não concluí o Ensino Médio ainda. – Ela pedalava em mini zigue-zagues. – E o segundo é que os benefícios do governo deveriam ser meus, mas eu repasso pra outra pessoa.

– Mas isso é o máximo! – Me empolguei, porque era *mesmo* admirável ela fazer isso.

– É... *o máximo* – Édra imitou a minha voz de empolgação. – Mas eu posso ser presa por isso.

– E você acha que a Camila te deduraria? – perguntei, sem entender. Porque, fala sério, qual seria o motivo pra que Camila não soubesse disso? Ela só ficaria mais apaixonada ainda. *Obviamente.*

– É que meu pai já me ofereceu vários cargos importantes no meio que ele trabalha, e a Camila fica muito chateada comigo por não topar nada. – Édra olhou para os próprios pés nos pedais. – Ela se preocupa muito com meu futuro depois da formatura, mas eu curto muito essas *paradas*.

– Que paradas?! – indaguei, sentindo uma gota de chuva cair na minha testa. O dia estava mesmo *muito* nublado. Podia chover a qualquer momento.

– Artísticas, sabe? – Édra me olhou de canto de olho. – Não enriquece ninguém, mas eu gosto muito. É o que penso em fazer, tipo, no futuro. E não sei como a Camila reagiria a isso, ela tem muita ambição de crescer na vida e essas *paradas*.

Paradas... Tão bonitinho esse "paradas".

– Crescer na vida é uma coisa que pode ser entendida de mil jeitos – eu disse, tentando imitar os mini zigue-zagues que Édra fazia com a bicicleta. – Não precisa necessariamente ter relação com dinheiro.

E é claro que esse foi um dos ensinamentos excelentes de *Amor em atos*.

– Você tá fazendo errado. – Édra me encarou, analítica.

Fiquei sem entender nada, minhas sobrancelhas se juntaram na minha testa.

– Pedale com menos força. – Os olhos de Édra pousaram sobre os meus pés. E, voltando a atenção pro meu rosto, ela continuou: – Relaxe mais seu corpo.

Respirei fundo, seguindo os conselhos. Meus zigue-zagues foram ficando mais leves e *perfeitos*.

– Quer tentar uma coisa? – me perguntou ela, empolgada. – Pega velocidade e faz isso entre os carros.

Como se eu já não tivesse feito isso enquanto te seguia, né, garota.

– Tá – respondi, me achando a expert porque já tinha feito isso antes.

Começou a chuviscar bem em cima da gente.

– Mas, calma! – gritou ela, no momento em que me afastei. – Respira fundo enquanto você passa pelos carros e só expira quando já tiver passado por *todos* eles.

– Entendi! – gritei de volta, respirando fundo, no meio do sinal aberto.

Desviei de alguns carros, em zigue-zague, e estava doida pra expirar logo, o que foi dando uma adrenalina faiscante pelo meu corpo. Quando finalmente tinha desviado de todos e expirei, foi como se o peso do mundo inteiro tivesse saído das minhas costas. Deus, que sensação de alívio! Isso é incrível!

Édra já estava atrás de mim, com um sorriso muito largo e contagiante na boca.

– Essa é a melhor sensação de *todas*! – gritei, empolgada.

– Muito maneiro, né? – Édra observou minha reação, entre risos.

Pude perceber que a chuva já tinha molhado uma parte do cabelo dela, o que me remeteu à cena da boate, quando aquelas ondas castanhas estavam molhadas de suor. Senti uma coisa remexer na minha barriga. Meus óculos tinham uns pingos de chuva, que iam se desmanchando pela proteção contra resíduos da lente.

– É. – Sorri, sem graça. – *Muito maneiro.* – Dessa vez, fui eu que imitei a voz de empolgação dela.

E, do nada, bem depois disso (completamente tomada pela chuva, porque o mundo real não é uma novela), eu espirrei.

– *Eita...* – Édra me olhou, preocupada. – Calma aí.

Sinal fechado, paramos as bicicletas. Édra estava prestes a virar na rua dela e eu estava prestes a seguir para a minha casa.

As mãos de Édra passaram por trás da cabeça e agarraram a gola da blusa de manga longa preta que ela vestia. Num puxão abrupto, ela arrancou a blusa do corpo. E, em resposta aos meus olhos arregalados, a farda do Colégio São Patrique apareceu por baixo. Estava ali o tempo todo.

Não levou segundos pra que a chuva molhasse os braços de Édra Norr inteiros. Não só os braços... O corpo dela escorria e eu estava prestando mais atenção nisso do que no fato dela estar estendendo a blusa pra mim.

– Melhor você cobrir a cabeça, ou alguma coisa assim – sugeriu, com o braço esticado na minha direção. – Amanhã cê me devolve.

Gotas, milhares de gotas escorrendo.

– Se secar, né. – Ela riu, enquanto eu agarrava a blusa. – Qualquer coisa eu pego outro dia com você.

E o sinal abriu.

Ah, a quadra de esportes do Colégio São Patrique... O que falar desse lugar onde nove em cada dez bancos têm uma coleção de chicletes grudados embaixo? Sim, eu sei disso porque é claro que fui escalada para a equipe de limpeza na gincana do ano passado. Em todas as gincanas, ninguém nunca me escalou para nenhuma outra coisa. Tipo, nunca. (Eu lembro da líder da nossa equipe dizer que eu tinha cara de garota que aparece em propaganda de sabão em pó.)

Além dos chicletes, quem entende o fato de o piso e alguns bancos da quadra serem vermelhos, se o nosso colégio é todo azul, cinza e branco? Procurar explicações para as loucuras desse colégio é pedir pra falhar miseravelmente. Nada aqui faz sentido.

E eu não tô falando só dos bancos, do piso ou das traves terem adesivos de caderno grudados. Quer dizer, olhe só o nosso corpo docente... O professor Marcelo sofreu um *acidente* e está nos *obrigando* a praticar exercícios físicos na quadra *sem demonstração*. Porque, claro, a perna dele *continua* engessada. Se você acha que isso tem algum nexo, com certeza é porque você não estuda aqui.

E nem está vendo Priscila Pólvora desenhar carinhas sorridentes com piloto nos halteres que o professor Marcelo trouxe.

– Professor Marcelo... – Me aproximei dele, só porque eu realmente preciso de nota nessa matéria. É, pois é, isso acontece quando você não participa de nenhum jogo, nem nada que seu professor de educação física propõe. – É pra fazer o que *exatamente*?

– Qualquer coisa, Glória – foi o que ele me respondeu, sem sequer tirar os olhos do celular, enquanto digitava alguma coisa. – Tem uns colchonetes espalhados aí, uns pesos... A aula é pra cada um usar a criatividade e fazer algum exercício físico. E vale nota.

Certo, mas eu sou a Íris. Revirei meu olhos.

Fui andando e me esquivando das coisas espalhadas pelo chão até avistar uma corda. *Finalmente um pouco de sorte.* Eu adorava pular corda, apesar de sempre me atrapalhar na contagem e nunca ter decorado todas as músicas.

Um homem bateu em minha porta e eu abri. Senhoras e senhores, eu não sei o resto...

Ao contrário de como era na sala de aula, minha turma parecia ter umas trezentas pessoas quando ficávamos em pé, espremidos em algum lugar. O que dificultou que eu encontrasse Édra Norr para explicar que a blusa dela tinha molhado demais e que eu decidi deixar tomar um pouco de vento antes de entregar de volta.

Eu podia ter dito antes, se não tivesse chegado atrasada. É que decidi vir de ônibus e ele demorou a passar. Queria poder aceitar as caronas que Cadu Sena me oferecia e a yellow estava meio que me atrapalhando nisso. Abandonar a bicicleta nessa manhã me fez perder o primeiro horário e já cheguei assistindo a minha turma inteira caminhar para a quadra (fazendo barulho em volume máximo, como sempre).

Inclusive, preciso muito saber o que aconteceu no primeiro horário. Não sei se eu sobreviveria ao estresse de uma recuperação no último ano do Ensino Médio.

E, pelo visto, todos os professores desse colégio decidiram passar milhões de trabalhos de uma vez. Saudade da época em que tudo o que eu precisava pra ganhar nota era fazer crescer um pé de feijão num pote vazio de iogurte com um pouco de algodão.

Entre algumas garotas fazendo polichinelo e alguns garotos que apostavam quem fazia flexões por mais tempo, estava Édra Norr, no canto, com fones de ouvido. Fazendo nada mais e nada menos que abdominais. A boca, ainda que não saísse voz alguma, contava os números conforme ela encostava as costas no piso vermelho e subia até o próprio joelho novamente.

Trinta, trinta e um, trinta e dois...

Os cabelos na nuca começavam a grudar no pescoço, molhados.

Trinta e sete, trinta e oito...

– Íris?!

Trinta e nove, quarenta, quarenta e um...

– Íris?! – Rebecca Gusmão apareceu na minha frente, arfando. – Você ainda vai usar a corda ou não?

E aí percebi que, durante esse tempo inteiro, eu tinha *simplesmente* parado de pular.

– Ei, Íris! – Édra Norr surgiu enquanto eu amarrava o meu tênis, sentada naquele banco que sempre range, no vestiário feminino da quadra.

A maioria das pessoas já tinha tomado banho ou simplesmente lavado o rosto e retocado o desodorante. Eu não tinha farda extra no meu armário, então não pude tomar meu banho, como de costume. E, pra minha sorte, Rebecca Gusmão arrancou a corda da minha mão, então nem tive tempo de ficar suada, pra falar a verdade.

Mas Édra Norr pingava de suor. Tipo, literalmente mesmo. Ela se aproximou de mim de top, com a calça de moletom da farda e uma toalha de banho estendida no ombro. E, sério, talvez essa coisa de binóculo esteja acostumando meus olhos... Eu vi uma gota perfeitamente brilhante escorrer pela barriga dela, que, preciso dizer, é muito bonita. Não que ela seja magricela como Camila Dourado, mas os ossos do quadril dela são bem saltados, e, cara, acho tão curioso o corpo humano. Cientificamente falando.

Talvez eu esteja exagerando, já tirei fotos no espelho desse banheiro. É que a luz daqui é meio laranja e todo mundo fica de um jeito mais bonito coberto por essa luz. A iluminação alaranjada, refletida nas gotas de suor de Édra, dava a impressão de que ela estava suando suco de tangerina.

Que engraçado...

Que charmoso.

– Ei – respondi, olhando para a barriga dela.

– Te coloquei como minha dupla em um trabalho de literatura que a professora passou no primeiro horário e você não tava. – Édra se virou em direção aos armários, atrás do banco onde eu amarrava o meu tênis (eu estava levando mais tempo que o necessário porque não queria sair dali *naquele momento*). Pude ver, assim, de canto de olho, o armário dela, várias embalagens de plástico em vários tamanhos diferentes. Um desodorante, um sabonete líquido e um spray de alguma coisa (como tinha um cara correndo na embalagem, acho que era pra dor muscular).

– Mas se você não quiser, tudo bem falou Édra, porque eu nem tive resposta pra aquilo. Ela me colocou numa dupla. Finalmente uma dupla que não era Igor Grécia. – Seria suave, até porque a "mentira" viraria "verdade", se ligou? Sobre o trabalho de literatura e as aulas – continuou explicando, de costas pra mim. E, então, entrou em um boxe.

Ouvi a tranca da porta girar e, logo em seguida, o chuveiro ligar.

– Ah, não, tá tudo certo – respondi, encarando a única coisa que eu conseguia ver do boxe onde ela estava: o chuveiro ligado. Não precisava mais fingir que amarrava o cadarço, até porque ela não podia me ver. – Você anotou as instruções do trabalho? – perguntei.

– Quê?! – Édra gritou pra mim, de dentro do boxe.

– Você anotou as instruções do trabalho? – repeti a pergunta, um pouco mais alto, por causa do barulho do chuveiro misturado ao som de água caindo no piso.

– Ah... – respondeu ela, ainda gritando. – Tirei foto do quadro. Espera eu acabar aqui que eu pego seu número e te mando.

Fiquei escutando o chuveiro enquanto esperava Édra Norr desligá-lo. É errado imaginar o que acontecia atrás daquele boxe?

Deus, a que ponto eu cheguei? O que eu *acho* que estou fazendo?!

Depois de alguns minutos me perguntando se Deus estava me vendo, o barulho de água cessou. Édra apareceu de top, com a toalha enrolada na cintura. Sim, eu olhei, e *aquilo* não era a borda de uma *calcinha*. Eu sei disso, é claro que *eu sei disso*. Já vi mamãe comprar aqueles kits de cuecas pro papai. E elas tinham as *mesmas* bordas, digo, o nome "Skaleno" se repetia circulando a tiragem de lycra.

Coisas para pontuar no caderno: o objeto do experimento científico *realmente* usa cuecas.

Édra passou desodorante e borrifou em si mesma um perfume que saía de um vidro redondo, pequeno e preto. O cheiro que se espalhava pelo ar foi me dando um troço nas pernas, um desequilíbrio, apesar de estar sentada.

Eu tenho uma coisa muito forte com cheiros e cores. Sério. E *aquele* cheiro de Édra Norr, em particular, me dava uma *coisa*.

Uma *coisa* muito *esquisita*.

Observei enquanto ela, ainda de toalha, deslizava o zíper da mochila preta e capturava de dentro da divisória uma folha de caderno e uma caneta. Não demorou para que apoiasse o papel na porta do próprio armário e escrevesse os números do próprio telefone.

Esticou o braço na minha direção (o cheiro veio junto), com o papel dobrado na mão.

– Me dá um *oi* por lá. – Édra sorriu pra mim, de lábios selados, amigável.

Não que eu estivesse prestando atenção *necessariamente* ao sorriso dela. Eu tava meio atordoada, na verdade. Devia ser a mistura das lâmpadas laranja com esse perfume.

Saí dali em passos apressados, antes que eu tivesse que ver mais alguma coisa.

Deus, como eu sou estranha.

TINHA ACABADO DE PEGAR A MINHA bandeja quando Polly apareceu do meu lado com uma cara de decepção no rosto. Um rosto que estava "desaparecido" esses dias.

– Ai, tenho tanta coisa pra te contar – disse ela, quando sentamos.

Revirei meus olhos com tanta força que fiquei com medo deles não voltarem mais pro lugar.

– Cara, você *desapareceu*. É claro que tem muita coisa pra me contar. Não seria assim se você tivesse dado um sinal de vida. – Mordi meu sanduíche natural, procurando por Cadu Sena entre os garotos no pátio.

– Desculpa se eu estava ocupada demais tentando deixar de ser virgem – rebateu Polly, irônica. – Você não sabe o quanto isso é difícil.

– Não me importo com sexo – falei, ainda de boca cheia. Minha cabeça, em sabotagem, rebobinou a cena de Édra Norr fazendo abdominal.

Trinta, Trinta e um, Trinta e dois...

Engasguei com o sanduíche.

– Deveria, porque já soube que você e Cadu Sena estão saindo. Tipo, cara, é o seu sonho acontecendo! – Polly abriu a lata do refrigerante. – A gente tá finalmente conquistando coisas, imagina só nós duas e todos os nossos desejos realizados antes da formatura?! O Ensino Médio, pelo menos, vai ter valido de alguma coisa.

– Eu e Cadu só saímos uma vez e passamos uns intervalos conversando. – Respirei fundo. – Não é como se ele tivesse apaixonado por mim, ou alguma coisa do tipo.

(Apesar de eu querer muito que isso aconteça.)

– Mas é um começo, né, Íris?! Acorda, cara, ontem mesmo eu estava na casa do Luiz e *quase* rolou. Tipo, foi um começo. Apesar de sempre alguma coisa dar errado quando estamos *tentando*. – Polly parecia inconformada, mas olhava com um olhar apaixonado para Luiz, do outro lado do pátio entre os garotos do time.

– Você deveria aproveitar sua chance com Cadu. Isso acontece, sei lá, uma vez em um milhão de anos?!

– Não vim de bicicleta hoje pra aceitar a carona dele – eu disse, engolindo o suco logo depois. – Mas não quero me iludir e terminar igual...

Pensei em citar *Amor em atos* e os ensinamentos de Dona Símia. Mas Deus parou a minha língua.

– Igual a... *Tanto faz*! Você vai ser a única aluna virgem quando entrar na faculdade. – Polly me reprovou com os olhos. – Não é algo fútil, é necessário. São coisas da vida adulta. É *importante* participar. Não vejo a hora de entrar pro clube das pessoas que transam. E gostaria que, como minha melhor amiga, você se importasse mais com você mesma e me acompanhasse nisso. E nem é só disso que eu tô falando, porque, independente de sexo, você pode até conquistar o Cadu Sena de verdade. Olhe só pra eles...

O olhar de Polly voou longe. Eu o segui, vendo que, agora, Cadu Sena também fazia parte dos garotos do time, que conversavam em um círculo. Ele estava meio acanhado e usava o moletom listrado (que era o meu preferido). Eu amava ver Cadu vestido com ele. Ficava tão fofinho...

– Todos esses caras fazem parte do clube das pessoas que transam – a voz de Polly parecia analítica. – Não só eles, como o resto do colégio. Com exceção de nós duas e Wilson. E ele até que é bonitinho, mas duvido muito que depois daquela fantasia de preservativo ele consiga alguma coisa.

– *Tadinho* – me peguei pensando em voz alta.

– Tenho a sensação de que esses caras só namoram garotas que fazem parte do clube. – Polly suspirou, cabisbaixa. – Não é justo, mas essa é a verdade. As garotas do clube das pessoas que transam sempre serão mais interessantes pra eles. – Os olhos claros sugavam a imagem de Luiz.

– Se alguém gosta de você de verdade – comecei a dizer –, essa pessoa vai esperar o seu tempo certo pra isso.

– Ai, Íris... – Polly revirou os olhos pra mim. – Você é *tão* ingênua. Aposto que você nunca nem pensou em sexo. Nem imaginou, nem nada. – E, abrindo um sorriso malicioso, me aconselhou: – Experimente *só* imaginar. Você vai ver que não é esse monstro.

O FATO É QUE CADU SENA era mesmo uma coisa de outro mundo dirigindo. *Deus, que charme!* Eu sei que não deveria existir nada de charmoso nisso, mas, cara... Sério. Ele trocando as marchas e prestando atenção na rua, com aquele braço bronzeado, conversando comigo de canto de olho...

Não tenho palavras pra me expressar. Minha perna teve um troço e senti uma *coisa* por dentro.

Mas é claro que eu não estou falando da mesma *coisa* que aconteceu em relação a Édra. Um experimento científico é um experimento científico. E Cadu Sena é Cadu Sena.

E justamente por entender a diferença entre os dois, eu estava cheirando a blusa preta de Édra Norr minutos depois de arrancá-la do varal e me afundar na cama. Precisamos fazer coisas extremamente duvidosas quando decidimos cair de cabeça em certos projetos. Já li sobre absurdos que cientistas famosos fizeram antes de suas descobertas. A ciência é realmente cheia de bizarrices que no final fazem sentido.

Eu já tinha memorizado todos os aromas que encontrei.

Eu sei que, no final, cheirar essa blusa vai ter alguma lógica ou relevância nesse projeto. Então, Margot, não adianta me olhar com essa cara.

Tinha acabado de jantar com meus pais e de conversar sobre os planos do feriado de São Patrique. Eles estavam pensando em viajar pra visitar os parentes, mas é óbvio que eu não decepcionaria Cadu depois dele ter me dado a importante posição de vendedora no mutirão pra arrecadar grana pra formatura. Então deixei Jade e Ermes Pêssego logo avisados sobre a minha não participação em seus planos.

Saí de fininho quando eles começaram a discutir como fariam pra viajar sem que eu fosse. Com quem eu ficaria, como eu sobreviveria... Pouco dramáticos.

Ainda bem que tirei a blusa de Édra do varal antes que mamãe percebesse a existência dela e automaticamente deduzisse alguma coisa absurda, tipo, que eu roubei a blusa de alguém, ou algo pior.

os cheiros na blusa
do experimento científico

Subi as escadas correndo, desacelerando só pra me jogar na cama. Mas, por acidente, cheirei de novo a gola e desde então não consegui mais parar.

Comecei a pensar sobre o meu dia inteiro, dedicando uma parte dos meus pensamentos ao assunto principal que tive com Polly no refeitório. E fui pegando no sono assim...

– Íris Pêssego! – A voz de Cadu Sena foi surgindo com a imagem dele dirigindo numa rua misteriosa. – Você sabia que sou apaixonado por você desde a oitava série?

– Fala sério! *Eu* sou apaixonada por *você* faz *séculos* – respondi, incrédula.

– E o seu corpo... – A mão de Cadu segurou o meu joelho com força. – É o corpo mais bonito que já vi na minha vida inteira.

Eu sorri sem graça, observando enquanto a mão áspera (e, devo dizer, pesada) de Cadu alisava a minha coxa. Eu sentia a minha perna estremecer por dentro da calça jeans, que era a única coisa que separava Cadu Sena da minha pele.

Ele continuava dirigindo. E eu fui sentindo aquela *coisa* de novo.

A mão de Cadu Sena correu, coxa acima, em direção ao botão do meu jeans. Ele prestava atenção na rua, apesar de saber exatamente onde o zíper da minha calça estava.

Conforme o zíper deslizava, meu coração acelerava dentro do meu peito.

– Espera. – Cadu me olhou, malicioso. – Vamos pra um lugar *mais reservado*.

E tudo ficou esfumaçado, virou nuvem e névoa rosada. Entre elas, o meu quarto foi surgindo, móvel por móvel, objeto por objeto...

Cadu Sena me puxou contra o corpo dele pela cintura. Ele se inclinou para mim, de olhos fechados, e eu também fechei os meus. Nos beijamos lentamente enquanto ele me guiava até a minha cama. Os beijos foram ficando cada vez mais intensos e envolventes, até que caí de costas no colchão. Minha pele foi esquentando no lençol gelado, e o corpo de Cadu Sena pesava sobre o meu. Tive a atitude de correr a minha mão entre os cachos do cabelo dele e senti a sua boca devorar o meu pescoço em beijos e chupões que pareciam puxar a minha alma junto.

Meu pescoço foi ficando molhado... Eu já respirava ofegante e algo *lá*, entre as minhas pernas, pegava fogo.

Deus, o que estava acontecendo?

– *Eu sei o que você quer* – Cadu Sena sussurrou no meu ouvido, com seu hálito quente, em um tom de voz rouco e sério.

O peso de seu corpo sobre o meu foi diminuindo conforme ele escorregava para baixo do edredom. A mão áspera puxava, com cuidado, a minha calça jeans já aberta. E eu sentia a sua respiração contra a minha barriga. Fui ficando inteiramente arrepiada e mordi os meus lábios espontaneamente.

Senti a língua quente deslizar pela minha barriga em *zigue-zague*.

A saliva se alastrava em seu caminho, até parar na lateral interna da minha coxa, sugando a minha pele para dentro daquela boca que parecia ferver, de tão aquecida. Eu sentia os dentes... Isso me fez *latejar* em um espasmo, não consegui conter o gemido que escapou pela minha boca.

Procurei os cabelos para que me segurasse neles em vez de no lençol que eu apertava e esticava sem nenhuma piedade. Quando os encontrei, em mechas entre os meus dedos, embaixo do edredom, estranhei a falta dos cachos. Parecia, hum, mais liso?!

Tudo bem, porque a textura do cabelo de Cadu Sena pouco importa agora.

Fui assistindo ao edredom se mover, escondendo o corpo por dentro dele.

Os chupões seguiam intermitentes, dessa vez na outra coxa. Mordidas e lambidas em sincronia ameaçavam entrar pela borda da minha calcinha. Eu sentia o furor dos atos. Minha respiração ofegante era o oposto do ar quente e pesado, calmo e malevolente, que soprava na minha perna.

As mãos, nesse momento, pareciam menos ríspidas que antes. Uma delas foi subindo pela minha barriga, deslizando devagar por baixo do tecido da minha camisa. Se atreviam por dentro do meu sutiã. Deixei escapar outro gemido com o aperto que acabara de ganhar no seio.

– *Shhhh...* – foi o som sutil (mas autoritário) que escapou de baixo do edredom pra mim em resposta.

A mão agora, por sua vez, foi descendo do meu seio para acompanhar a outra, puxando a minha calcinha para baixo. O tecido foi resvalando *tão vagarosamente* que eu quis morrer de agonia, a lentidão parecia proposital. Eu já estava inteiramente arrepiada e não podia sequer imaginar o que viria depois.

Só que, pro meu desespero, minha calcinha foi largada daquela forma, na metade do *caminho*.

O corpo foi subindo por cima do meu, me obrigando a soltar as mechas de cabelo que eu segurava.

– A gente pode continuar isso depois? – Édra Norr surgiu do *meu* edredom, em cima de *mim*. Na *minha* cama. – É que você já tá atrasada pra aula.

Os olhos escuros me descompassaram. Eu estava em choque.

– Ah, já ia me esquecendo... – Ela me encarou com um sorriso torto e cínico. Numa cara amassada de sono, com o cabelo mais bagunçado que o normal e... *Sem nenhuma blusa*. Embora eu só conseguisse vê-la da clavícula pra cima, por causa da posição de seu corpo sob o edredom. – Bom dia – disse ela, desaparecendo.

E eu abri os olhos, me levantando da cama num susto. Arranquei o celular debaixo do travesseiro abruptamente e percebi que meu alarme já tinha despertado três vezes. Esfreguei os olhos, me afundando de volta no travesseiro.

Meu coração só faltava sair pela boca, e meu corpo, apesar do clima frio, estava inteiramente suado.

Tentei respirar fundo, suspendendo o edredom para ver por dentro dele. É, eu estava *mesmo* sozinha ali. Dentro do meu pijama de girassol, com Margot dormindo bem ao lado dos meus pés.

Nem Édra Norr, nem Cadu Sena.

Apenas Íris Pêssego, lunática e atrasada pra aula.

É CLARO QUE EU NÃO SABIA onde enfiar minha cara depois daquilo. Parecia que todo mundo que me olhava tinha plena noção do que eu havia sonhado. A impressão que dava era de que as pessoas *sabiam*. E eu não pude fazer nada além de encarar meus tênis até que chegasse ao meu armário. Nunca demorei tanto para alcançá-lo. Parecia o corredor da morte, como nos filmes a que minha avó assistia sempre que tomava conta de mim.

Pude ver, rotineiramente, Édra Norr beber água no bebedouro perto de mim.

Tentei focar meus pensamentos no trabalho e no fato de não ter mandado mensagem pra ela, mas não consegui me controlar. Meu cérebro é mesmo muito sabotador, e eu não fazia ideia do que estava acontecendo no mundo *dentro* e *fora* de mim.

Quero dizer, era impossível não "dar zoom" na boca dela e lembrar de tudo *aquilo*. A última coisa que a minha cabeça queria fazer agora era pensar no trabalho de literatura.

Minha mente, como se fosse uma grande tela de cinema, me fez repassar as sensações e o momento em que Édra Norr saiu do meu edredom, bem diante dos meus olhos. E eu, claro, fiquei vermelha involuntariamente.

Édra deixou de se inclinar no bebedouro, terminando de tomar água. E veio, em seu andar despojado e arrastado, na minha direção.

Quando seus olhos me encontraram, me senti *completamente* vulnerável. Era como se ela também soubesse sobre o sonho.

No mesmo instante, minhas pernas desvencilharam e senti *a coisa* de novo.

Calor absurdo, respiração ofegante, inquietação incontrolável...

E todos os meus hormônios em ebulição.

– Ei, Íris – disse ela, quando passou por mim. – Bom dia.

8.

Acontecem sempre as mesmas coisas nos corredores do Colégio São Patrique. Tipo, sério. Parece que os alunos aqui são meros robôs em modo *repeat*. Quero dizer, com as fofocas de Priscila Pólvora, os flertes subjetivos, alguém falando muito alto para algum amigo sobre alguma coisa extremamente pessoal... Sempre tem algum aluno rasgando um cartaz, sempre um professor pregando algo novo no quadro de avisos antes de ir pra sala, sempre um chiclete sendo cuspido na lixeira perto do meu armário.

Tudo do mesmo jeito. Todos tínhamos uma espécie de roteiro para seguir, ou alguma coisa assim (que com certeza *não* foi feito por Maritza, o que explica ser tão comum, monótono e sem graça).

No script de Cadu Sena, ele passava todos os dias abraçado com Camila Dourado, sendo escoltado – uns passos atrás – pelos colegas de time. No script de Camila Dourado, ela sempre era bajulada por alguém. E a mão dela sempre alisava a mão de Cadu, caída em um de seus ombros, como todas as manhãs em seu caminho para a sala de aula.

No roteiro do resto de nós, tinham as pessoas que gostavam das fofocas de Priscila Pólvora (presa no seu próprio roteiro) e que, logo depois das atualizações, propagavam por todos os cantos o que escutavam. Os alvos fáceis de chacota, como Wilson Zerla, somados aos isolados eram as únicas pessoas que gastavam um pouco da manhã lendo os avisos dos professores no quadro. Os irresponsáveis já chegavam com os trabalhos abertos nas mãos, tentando decorar o que deveriam ter feito sete dias antes.

Falando da visão de mundo são-patricense, as sub-celebridades, abre parênteses jogadores do time, galera do jornal, pessoas bonitas demais que deveriam fazer comerciais de pasta de dente fecha parênteses, têm, como roteiro, passar pelo corredor sendo cumprimentadas por todo mundo que tenha uma boca.

Já na minha cena, eu chego entediada, com um gosto do que comi na boca, ligeiramente atrasada. Me complico com o meu armário – que parece querer me sacanear todos os dias –, escuto um pouco das fofocas, procuro o livro da minha próxima aula, olho os adesivos que colo nessa porta de metal há três anos e também reparo nos adesivos e frases de "I. A.".

Não sei se foi um garoto ou uma garota, não sei nada sobre I. A. Nada além dos rastros que essa pessoa deixou no meu armário antes de mim. Uns poemas, uns desenhos; uns adesivos de planetas, astronautas e do universo.

Polly sempre me encontra no meu roteiro. Temos uns scripts juntas. A gente se vê nos corredores e conversamos até a nossa sala (isso quando não comemos algo na lanchonete antes da aula).

Seja lá quem for o roteirista, acho que se atrapalhou ultimamente. Alguém trocou os papéis de todo mundo, sei lá, talvez um estagiário tenha distribuído os nossos scripts errado. Ou foi demitido e Maritza assumiu o seu lugar.

A maioria dos nossos papéis mudou. Nunca reparei no roteiro anterior de Édra Norr, mas agora é ela quem abraça Camila Dourado pelos corredores. Polly não participa mais das minhas cenas como antes, mas ela ainda surge de vez em quando. Cadu Sena sorri pra mim quando passa, como se me desejasse "bom dia" com os dentes irritantemente brancos.

E eu? Continuo observando todos os outros atores, digo, alunos, em seus respectivos atos.

Mas, nessa manhã em particular, não eram só os alvos de chacota, como Wilson Zerla, e os isolados que cercavam o quadro de avisos na parede. Parecia que todo mundo que atravessava o corredor congelava ali (ainda que por alguns segundos).

Nem preciso dizer que fui guiada pela minha curiosidade a ver o que estava acontecendo...

Ou preciso?

O cartaz era claro e pode ser resumido em: Feriado de São Patrique. Arrecadar dinheiro para a formatura. Show de talentos. Nota.

– Íris! – disse Polly, empolgada, atrás de mim enquanto eu fitava a parede.

Cara, essa é a chance perfeita.

– Íris, você não vai acreditar na oportunidade de ouro que caiu bem na nossa cara! – continuou Polly, sem aparecer no meu campo de visão. – Eu preciso *muito* gritar!

E eu preciso mostrar um cartaz desses pra Édra Norr.

As mãos de Polly agarraram meus ombros e me giraram de frente para ela, que me encarava com as sobrancelhas juntas na testa.

– Você pode prestar atenção em mim por três segundos?!

– Bom dia, Polly – respondi, respirando fundo. – Qual a ideia mirabolante dessa vez?

– Não é mirabolante – retrucou ela, revirando os olhos. – É *genial.*

– É sobre o quê? – Encarei seu rosto, analisando suas reações exageradas para cada palavra que ela dizia.

– Sobre a nossa virgindade! – exclamou Polly, um tanto quanto *alto demais.* – Quero dizer... – Olhou em volta, provavelmente percebendo que outras pessoas *também* perceberam. – Sobre *perder* a *nossa* virgindade – sussurrou.

Continuei fitando-a, muda. Fala sério, se tem uma coisa em que *não preciso pensar* (ainda mais depois do sonho dessa última noite) é justamente (perder) a minha virgindade. Ela precisa continuar aqui, e intacta.

– Vai ter uma festa na Praia da Sardinha, do time de futebol do colégio – Polly foi me arrastando pelo braço até o armário dela. Os cartazes foram se afastando pouco a pouco da minha vista e mais pessoas surgiram na frente deles, cobrindo-os por completo. – É a chance perfeita. Tanto o Cadu quanto o Luiz estarão lá. E, tipo, o clima vai surgir *naturalmente* depois de umas tequilas.

– Eu não sou acostumada com álcool, Pops – fui dizendo, observando Polly colocar a senha do armário. – A única coisa que vai surgir *naturalmente* depois de umas tequilas é vômito.

– Ai, Íris. – Ela revirou os olhos agarrando o livro de Biologia. – Você é *tão* desagradável. Acho que toda essa novela tá comendo a sua capacidade de interação social. Você é uma falha no sistema adolescente.

– Você é uma falha no sistema de melhores amigas. – Arfei. – Desde quando perder a virgindade é mais importante que nossos planos pra formatura?!

– Mas perder a virgindade *faz parte* dos nossos planos pra formatura. – Polly bateu o armário abruptamente. Os parafusos velhos rangeram em um som irritante. – *Precisa* acontecer, Íris. Me prometa que, se Cadu Sena te convidar, você *vai* aceitar. Mesmo que você saia virgem dessa festa.

– Eu não posso prometer uma coisa dessas, até porque, cara, Cadu não vai me convidar.

– Ele está vindo bem atrás de você. – Polly sorriu maliciosamente. – Diga *Sim*.

E saiu, agarrando o braço de Luiz, que passava se exibindo com a jaqueta do time de futebol, combinando com os outros garotos, inclusive com Cadu Sena, que me encarava com um sorriso nos lábios selados.

– O que você vai fazer no fim de semana? – Ele passou o braço por cima do meu ombro e fomos andando pelo corredor.

– Sem planos – eu disse, desconcertada. Estávamos andando... Abraçados... No corredor. – E o *senhor*? – tentei brincar, pra disfarçar o nervoso.

– Eu vou te levar pra sair. – Pude ver, pelo seu perfil, um sorriso malicioso se abrir. – Se você topar, é claro.

"Diga *sim*."

– É que vai rolar uma festa na praia, vai colar uma galera do colégio e tudo mais – Cadu continuou explicando.

Diga: sim.

– Se você quiser ir comigo... – O braço de Cadu, que enrolava o meu pescoço, me puxou mais pra perto no momento em que Édra Norr e Camila Dourado passaram abraçadas, do mesmo modo como nós estávamos, do outro lado do corredor.

Eu e Édra nos encaramos por uma fração de segundos. Seu olhar deslizou pelo corpo de Cadu Sena, em seguida para a mão dele (caída sobre o meu ombro) e de volta para o meu rosto.

Só que, antes que eu pudesse fazer qualquer contato visual de volta, ela desviou.

Quando nossos corpos passaram, um ao lado do outro, em direções opostas, o cheiro de Édra Norr invadiu a minha atmosfera. E fui obrigada a seguir em frente, com aquele aroma impregnado no meu nariz: frutas, hortelã, shampoo e algum perfume masculino.

Diga... Sim?

– Vamos? – perguntou Cadu quando paramos na frente da porta da sala dele.

Diga sim!

O som histérico da risada de Camila Dourado continuava audível, ainda que ela se afastasse com Édra, bem atrás das minhas costas. Revirei meus olhos.

– Sim – respondi. – Vamos.

PASSEI A AULA TENTANDO NÃO OLHAR para Édra Norr, sério, hora nenhuma (o que foi uma coisa muito difícil de se fazer, considerando que ela estava sentada na cadeira bem ao lado da minha).

Eu simplesmente não podia. Estava com medo de corar, ou, sei lá, de deixar escapar qualquer detalhe sobre o meu *sonho*. Imagine se qualquer pessoa no planeta Terra (além de mim) soubesse de alguma coisa dessas?! A minha cabeça iria parar na guilhotina de Camila Dourado e sua trupe, ou pior... Trancafiada na masmorra de Polly e Cadu Sena.

É claro que eu tinha que falhar miseravelmente na minha missão de não olhar pra Édra Norr. Quando menos esperei, entre as anotações do quadro no meu caderno, fui acertada por uma bolinha de papel que vinha de sua direção.

Levantei a cabeça, vendo-a acenar e apontar em direção à bolinha no meu colo.

"Essa é minha segunda tentativa de não ser um fantasma no trabalho de literatura, Íris. Tô escrevendo por carta, já que você não anotou o meu número."

Voltei a encará-la. "Desculpa" foi o que sibilei, para que ela entendesse. "Eu esqueci."

Édra balançou a cabeça negativamente e voltou a escrever no caderno, destacando a folha logo em seguida e amassando outra bolinha.

Essa eu peguei no ar.

Estávamos em uma das piores aulas da face da Terra. Isso porque o professor Cabral é realmente o ser humano mais ranzinza que já habitou esse mundo. Há rumores de que ele é um dinossauro.

Sério, eu consigo *sentir* seu corpo decompondo de *tão* velho. É cientificamente impossível que ele não tenha pelo menos quatrocentos anos, com aquela pele. Eu sei disso, eu *sou* cientista.

"A gente precisa decidir os livros do trabalho. Pode ser no Leoni's. Derruba alguma coisa se você concordar. E a gente se encontra no bicicletário."

Deixei minha caneta cair propositalmente, olhando para Édra o tempo todo, enquanto ela (a caneta destampada) deslizava cadeira abaixo. A movimentação fez com que, estranhando o barulho, o professor Cabral se virasse. Ele olhou de um lado pro outro, voltando a anotar coisas no quadro. O silêncio voltou a prevalecer.

Édra tentou segurar uma risada, e não pude evitar um sorriso.

Me abaixei para recolher a minha caneta e ela chutou uma nova bolinha de papel, que parou de rolar quando encostou na minha mão.

"Ele não parece aquele bebê da família dinossauro, só que velho?"

Certo, não dava pra *não* rir.

– Algum problema, Pêssego?! – O professor Cabral se virou para mim, tossindo, como sempre.

– Não, professor. – Tentei ficar séria. E, olhando para Édra (que me fitava de canto de olho, com um sorriso cínico na boca), continuei: – *Nenhum*.

Certo, eu preciso mesmo parar de fazer isso.

Mas é *tão* inevitável.

As costas de Édra eram a minha visão naquele momento. Não deveriam ser, até porque, assim como ela, eu deveria estar procurando livros que servissem como inspiração pro trabalho de literatura. Só que, como eu disse, é *tão*, mas *tão* inevitável. Como se existisse um ímã nos meus olhos e outro ímã no corpo de Édra Norr. E isso era um saco – mesmo considerando que eu realmente devia observá-la, já que ela é o meu atual objeto de estudo – pelo simples fato de que nem sempre eu quero olhar pra ela.

E eu simplesmente não consigo *parar*.

– É essa a namoradinha da *Carniça* Dourado?! – Maurício encostou em mim, tentando disfarçar enquanto fingia varrer o chão.

Eu ri do trocadilho. Fazia todo o sentido, se você considerar o fato de que Camila Dourado fez tudo o que estava ao alcance dela para transformar o emprego de Maumau num inferno durante todas as férias que o colégio concebeu nos últimos dois anos. Sim, por pura implicância mesmo. Tanto ela quanto a irmã, Renata, eram extremamente insuportáveis com Maurício. Assim, de graça, sabe?! Maumau nunca fez absolutamente nada contra nenhuma delas. Inclusive, ele já tentou uma aproximação. Mas, no fim das contas, Renata e Camila fizeram com que ele dirigisse o carro enquanto elas se acabavam em compras de supérfluos pela cidade. O que fez com que Maurício percebesse que elas sempre o enxergariam como um funcionário, não importava o que ele fizesse. Então eu não consigo julgá-lo. Daria a ela um apelido pior se eu fosse o alvo de todas as piadas e assédios moral sofridos por Maurício.

– É. – Suspirei, retirando um livro aleatório da prateleira. Só pra não parecer que eu não estava fazendo nada além de analisar Édra Norr, umas estantes a minha frente.

Édra tinha um jeito engraçado de procurar livros. Ela sentia a capa, cheirava as folhas, abria uma página aleatória e lia por um ou dois minutos. E aí, pronto, devolvia o livro de volta para a prateleira. Eu queria muito poder ver a cara dela enquanto fazia isso, mas só conseguia vê-la de costas. Com aqueles cabelos grudados na nuca e numa pose meio torta.

– Ela é linda, né? Misericórdia... – Maurício me deu uma cotovelada de leve. – Pode admitir, você anda meio lésbica ultimamente.

– É. – Suspirei de novo. – Ela é bonita.

– Eu sabia. – Maurício riu da *minha* cara. *Na* minha cara. – Íris, posso te perguntar uma coisa, assim, só por curiosidade?

Ai meu Deus, ele sabe o que eu sonhei. Eu tenho certeza. Ele é intuitivo.

– Pode – respondi, querendo ser microscópica e me enfiar dentro de um livro.

– Você não tá a fim dessa menina, nem nada do tipo não, né? – indagou ele, me analisando.

– É claro que não, Maurício... – Abri um livro qualquer, arfando. – Fala sério, que pergunta.

– Ai, amiga, sei lá, você tá há trezentas horas olhando essa menina escolher livro com a maior cara de idiota – Ele tentou se explicar, varrendo mais um pouco para disfarçar que estava conversando comigo. – Não adianta se apaixonar por quem já tá apaixonado, Íris. Conselho de amigo, viu? E experiência *própria*.

Maumau respirou fundo, se apoiando na vassoura. Tracei o caminho que seu olho fez entre as cadeiras e tábuas de madeira, até a caixa registradora, no andar de baixo, onde Léon fazia anotações e contava o dinheiro.

– Tá, Mau, mas eu não preciso desse conselho. – Ri de nervoso. – Eu até precisaria uns meses atrás, mas agora eu tô apaixonada por uma pessoa *finalmente* livre. E que, falando nisso, é um cara.

– Então tá, né? – Pude sentir o sarcasmo em seu tom de voz. – Se você tá dizendo...

Cara, sério, que absurdo o Maurício achar isso. Nada a ver *mesmo* ele confundir as coisas nesse ponto. Eu não olho pra Édra Norr *desse* jeito. Tá, ela é bonita e charmosa na maioria das coisas que faz. Ela também é engraçada e inteligente. E eu também acho muito fofo o jeito como ela coça a nuca quando tá indecisa. Nem preciso mencionar aquele quarto e as aulas pras crianças. Só que não é como se eu fosse apaixonada por ela, ou coisa assim.

Eu sou apaixonada por Cadu Sena. *Completamente*. Desde a oitava série. E não tenho dúvidas disso, ainda que ele tenha falado só sobre ele mesmo durante todo o nosso primeiro encontro.

Finalmente eu tenho a chance. E eu disse sim.

Então, por favor... Urgh, Édra Norr...

Não.

– Curti esse aqui. – Édra surgiu do meu lado com um livro de capa vinho na mão. – Mas falta o seu, né? Mesmo sendo em dupla, cada uma precisa de um livro pra se basear na hora de construir o poema. – Apertou os olhos, me analisando. – Teria te explicado melhor... – Foi entrando na minha frente, se apoiando na prateleira que eu remexia. – Se você tivesse adicionado o meu número.

– Eu esqueci – repeti desconcertada, tentando não olhar nos olhos dela.

– Qual foi o livro que você escolheu pra se inspirar? Vai que o seu me ajuda a decidir o meu.

Tentei parecer o mais amigável possível, tendo em vista que Maumau, agora, limpava livros perto de nós duas.

– *Lapsos de desejo* – respondeu Édra, me olhando assim por cima, por causa da inclinação do seu corpo na prateleira. Foi curta e direta. Como tirar um band-aid.

E isso pareceu o suficiente para Maurício tentar conter o riso do outro lado.

Eu precisava consertar a situação. Para que não parecesse o que Maurício queria que parecesse.

– Hum. – Folheei um livro qualquer. – E é sobre o quê? Um romance?

– Eu acho que sim – respondeu Édra, pro meu alívio. – Mas eu peguei esse só por causa do sexo mesmo.

Subi mais o livro para o meu rosto. *Deus*, eu não posso ficar vermelha agora.

– É um tema mais fácil de escrever – continuou Édra, em um tom de voz embargado. – Pra mim, pelo menos.

– Eu não sei nada sobre esse tema – respondi, em um tom convincente. Tentei não olhar nem pra ela, nem pra Maurício enquanto falava.

Meus olhos passavam pelas palavras do livro que eu folheava, mas, na verdade, eu não estava lendo nada. E nem conseguiria, mesmo se tentasse.

Meu desespero só aumentou quando o livro escapou dos meus dedos, puxado pelas mãos de Édra, que me olhou certeira, com as sobrancelhas juntas na testa.

– Você é virgem? – perguntou, me atravessando com aqueles olhos.

Antes que eu pudesse responder qualquer coisa, meu rosto ficou mais quente que qualquer outra coisa. Meu corpo também borbulhou, como água no fogão. Não que eu soubesse o que responder, é claro. Ainda mais depois daquele sonho. Eu não deveria sonhar essas coisas se não sei *exatamente* como elas são, certo?

Certo.

As sobrancelhas de Édra foram se erguendo e um sorriso – que eu só pude classificar como lascivo – foi se abrindo (mais torto pro lado esquerdo) em sua boca.

– Você *é* virgem.

– E daí?! – Revirei os olhos, capturando o meu livro de volta. – Não é como se eu fosse um alienígena por isso.

– Eu não disse isso – explicou Édra, cautelosa.

Mesmo com a voz suave e cuidadosa, o olhar continuava faminto. Isso era muito confuso. Não importava a expressão facial que tentasse fazer, ou o tom de voz que usasse... Nos seus olhos *sempre* haveria fome. Mas é claro que essa é só uma observação como outra qualquer. Não estou observando Édra Norr como Maurício acha que estou. São coisas necessárias de pontuar, sei lá. Podem ter uma utilidade depois. Não se deve questionar as inclinações científicas.

Ótimo. Agora eu vou ficar paranoica com isso.

Nossa, que saco essa história toda.

Édra pegou o celular que vibrava, iluminando o bolso de sua calça jeans preta.

– Eu achei uma gracinha, até. Nunca conheci ninguém que fosse virgem no terceiro ano – disse ela, sem me olhar, porque prestava atenção na tela do celular. – Nossa geração anda meio precoce.

– Prazer, o alien virgem do terceiro ano. – Fechei o livro que eu folheava minutos antes, sem nem saber sobre o que era. Decidi olhar a capa.

Descobrindo o amor.

– Prazer, alien virgem – disse Édra entre risos, digitando no celular com uma cara apreensiva. – Eu sou o alien pervertido do terceiro ano. – Ela levantou os olhos para me ver, por poucos segundos, deixando-os cair sobre a tela do celular novamente.

– Aconteceu alguma coisa aí, alien pervertido? – perguntei, curiosa e preocupada.

– Nada de mais. – Ela enfiou o celular para dentro do bolso onde estava antes. – Camila tá me enchendo o saco pra ir com ela no shopping. Mas qualquer coisa eu saio daqui correndo e encontro com ela lá. Eu tô de bike, é tranquilo.

– Acho que escolhi o meu livro. – Eu sorri para a capa de *Descobrindo o amor.*

– Por que você é virgem ainda? – Édra voltou pro assunto anterior, se sentando no chão de madeira.

– É meio idiota falar isso nesse século... – Me deixei deslizar para o lado dela. – Mas estou esperando *a pessoa*.

– Eu realmente não acho essa *coisa toda* ser virgem, porque... – Édra abriu seu livro, *Lapsos de desejo*. – Se você for parar pra pensar, todo mundo é virgem de alguma coisa.

– Você é virgem de quê? – indaguei, me sentindo menos um alienígena.

– Eu sou virgem de, bom, garotos... – Ela riu brevemente e começou a folhear as páginas do livro. Pude ver algumas gravuras de mulheres nuas. – De pular de paraquedas, de pizza...

– Que absurdo ser virgem de pizza! – exclamei, incrédula.

Eu gasto todo o meu dinheiro em pizza, é óbvio que eu acharia isso surreal. Quem não gosta de pizza?! Quem nunca comeu pizza?!

– Eu não sou um alienígena por isso – ela brincou, me olhando de lado.

– É. – Sorri. – As pessoas costumam achar um absurdo quando digo que sou virgem de sexo. Deve ser a mesma sensação.

– Pois é. – Ela estirou a mão pra mim. – Prazer, alien virgem de pizza.

Eu ri até morder os lábios. Nossa pele foi se encostando. A minha mão parecia menor na mão de Édra (e era uma pele *tão* macia).

A minha mão com certeza estava suada... e trêmula. A mão dela, mesmo macia, parecia firme enquanto apertava a minha.

– Nossas mãos acabaram de perder a virgindade uma da outra. – Édra sorriu, e seus dedos foram me soltando com cuidado. – Viu? Tem virgindade pra *tudo*.

– Você precisa perder a virgindade de pizza! – disse, empolgada.

Na verdade, estava tentando não parecer nervosa. Meu coração tinha acelerado involuntariamente com o que ela tinha acabado de falar.

– Eu preciso.

Então, seu celular começou a vibrar contra o piso de madeira, fazendo um barulho muito alto, que ecoava por toda a livraria.

Fiquei imóvel, observando enquanto ela digitava e respirava fundo, agoniada.

– Tenho que correr até o shopping. – Édra se levantou, abruptamente. – Pedalar, no caso. – Forçou um riso, colocando a mochila novamente nas costas.

– Tudo bem, a gente vai se falando. – Me apoiei na estante para levantar também.

– Tchau, alien. – Ela sorriu torto pra mim, me olhando com *aqueles* olhos.

– Tchau, alien.

Fiquei ali em pé, observando Édra Norr descer as escadas de madeira com a pressa do mundo inteiro. Rangendo as tábuas a cada passo. Ela falou alguma coisa com o Léon e saiu, deixando apenas o tilintar do sino pendurado na porta do Leoni's.

Não consegui conter a vontade de cheirar a minha mão não virgem de Édra Norr. Parecia que uma parte do cheiro dela tinha grudado ali.

– "Alien", né?! – Maurício surgiu, com os braços cruzados.

Fui recolhendo minhas coisas como uma fugitiva. Precisava evaporar dali. Percebi que Édra tinha deixado o livro caído no chão. *Droga.*

– Eu não sei do que você tá falando, Maurício – respondi rispidamente, colocando a minha mochila nas costas e abraçando *Lapsos de desejo*.

– Íris, sério. – Maurício foi me puxando para dentro das estantes. – Eu venho trabalhar todos os dias porque é o único emprego bom que eu achei nessa cidade. – E, passando a falar em um tom de voz baixo, completou: – Mas é como se fosse uma prisão. É tortura, cara. Léon me pede opinião "de homem pra homem" sobre que gravata usar pra sair com a Renata quando o expediente acaba.

– Quê?!

– É – Maumau parecia cabisbaixo e frustrado. – Pois é. A gente não tem como prever por quem se apaixona, nem impedir. Você acha que eu queria isso? Cai na realidade, garota, até as tábuas sabem que eu sou apaixonado pelo Léon.

– Mas eu não estou apai...

– Mas pode ficar, Íris! – Ele me segurou pelos ombros. – Em nome de Cher, cai fora. Sério. A pior sensação do mundo, depois de arrancar um dente, é se apaixonar por uma pessoa com quem você, sei lá, nunca vai perder todas as suas virgindades.

Engoli seco.

– Você tá entendendo o que eu quero dizer?! – Maurício inclinou toda a sua altura para me olhar nos olhos, liberando os meus ombros de suas mãos.

– Maurício... – Eu o encarei de volta, apertando *Lapsos de desejo* contra o meu peito. – Não faço *ideia* do que você tá falando.

Pedalei muito rápido até o colégio, o que me deixou meio enjoada. Eu tinha acabado de almoçar com os meus pais e minha mãe me obrigou a ajudá-la com as caixas de produtos novos para o consultório. Menti que precisaria voltar no colégio pra assistir uma aula extra. Na verdade, eu estava indo lá com o intuito de cometer um crime.

Mas, calma, eu posso explicar.

Mentira, não posso.

Deus, estou muito estranha ultimamente. Primeiro eu roubo um binóculo, agora falsifico uma assinatura. Quem sou eu?!

Rebobinando a fita, eu sabia que Édra Norr nunca participaria do Show de Talentos. Isso é óbvio, se formos considerar que ela nem cantou na minha frente por timidez. Mas, sei lá, eu quero muito que ela "perca a virgindade" do palco. Ela parece ser extremamente talentosa. Posso sentir isso.

Fala sério, só estou tentando ajudar.

E se os diretores do curso de música para crianças pudessem ver que ela é mesmo talentosa, independente de estar no terceiro ano?! Sem precisar de uma formação universitária, ou coisa assim. Não desmerecendo quem estuda anos pra essas coisas, mas existem pessoas com dons. Sabe, tudo isso deveria ser levado em consideração. Não deveria ser *apenas* um pedaço de papel que comprova se você é bom ou não em alguma coisa. Existem exceções.

Édra é uma excelente professora de música para criancinhas. O mundo precisa reconhecer isso. As pessoas precisam *perder a virgindade* do talento dela.

Certo, estou obcecada por virgindade igual a Polly. Me recuso.

Não, não me recuso. Não é *só* sobre sexo. É a virgindade das coisas.

É um crime perdoável. Édra Norr *vai* me perdoar.

"O número que você chamou está fora de área ou desligado. Deixe seu recado, você só será tarifado após o sinal..."

– Ei, alien! Você esqueceu o livro lá no Leoni's. Eu posso te entregar amanhã, ou mais tarde. Calma, vou digitar uma mensagem pra você parar de encher o meu saco.

Desliguei o celular, ainda encarando o pôster cheio de assinaturas.

Ei, alien virgem de pizza, me responde onde posso entregar o livro.
Não me faça perder ponto nessa matéria! >:[

Fui pra casa e demorei o dobro do tempo pra chegar. Não consegui passar pela Avenida Principal. Estava uma agitação, cheia de repórteres, como se uma celebridade tivesse parado por lá ou coisa assim. Provavelmente os famosos estão vindo fazer suas reservas para o feriado. Alguns atores já passaram o feriado por aqui. Vi o carro do telejornal da cidade, então cortei o caminho.

Tomei um banho e...

"O número que você chamou está fora de área ou desligado. Deixe seu recado, você só será tarifado após o sinal..."

Droga.

Respondi a mensagem da Polly, perguntando se Cadu tinha me convidado pra festa na praia que aconteceria no fim de semana. Ela surtou, me mandando um bilhão de emojis de garota dançando e fogos de artifício.

Só me resta fazer uma coisa agora pra passar o tempo...

– Quer chá?! – Dona Símia perguntou, como de costume, assim que fechou a porta atrás de mim.

Afundei no sofá, entre Lanterna e Loriel, pensando no quanto eu tinha extrapolado todos os limites quando assinei o nome de Édra nas inscrições para o Show de Talentos sem autorização.

– Não, obrigada – repeti, como mandava nosso script de sempre.

– Tudo bem, um dia você aceita. – Ela sorriu, sentando do meu lado. Chá numa mão, controle na outra.

A sala, antes escura, foi iluminada por um raio de luz azulada que clareou tudo em seu tom fluorescente, até ganhar outras nuances do comercial de sabonetes que estava passando. A mão de Dona Símia, sempre trêmula, foi trocando os canais.

Talvez um dia eu perca a minha virgindade de chá, pensei.

Vi que o lugar onde o binóculo do falecido marido de Dona Símia ficava *ainda* estava vazio. Graças a mim. O que me deu um nervosismo.

Eu ando muito criminosa ultimamente.

– Onde tá sua cabeça agora? – perguntou Dona Símia, ainda trocando os canais.

Me ajeitei no sofá, tentando parecer menos aérea do que eu estava. O lado bom de ter uma melhor amiga idosa é que você não precisa mentir pra ela. Não sobre tudo.

– O fim de ano tá me deixando meio doida da cabeça. – Respirei fundo. – Parece que tá tudo acontecendo ao mesmo tempo.

– Que saudade da minha época de escola, viu?! – disse ela, tossindo. – Você devia aproveitar, depois vai fazer falta.

– Como foi sua formatura, Dona Símia?

– Ah, eu não tive uma formatura. – Ela balançou a cabeça negativamente, com aquele olhar de juventude que ela tinha, mesmo naquele corpo que dizia o contrário. – Queria ter ido. Todo mundo foi, mas fiquei em casa. Meus pais eram muito religiosos. Eu costurei um vestido por semanas. Ficou foi bonito...

– E aí?! – Meus olhos arregalaram.

– Meu pai rasgou o vestido inteiro quando viu, achou vulgar, disse que eu estava andando demais com as moças da cidade. Ele me proibiu de ir pra formatura e acabei ficando em casa mesmo, sabe?

– Poxa, Dona Símia... – Fui tentando desfazer meu nó na garganta. – Eu sinto muito por isso.

– Não sinta pelo que ele fez. Eu devia era ter fugido! Sinta muito por eu não ter tido coragem. Porque, por isso, até eu sinto. – Ela me olhou de lado, repousando o controle no colo e girando a colher na xícara de porcelana. Pude ouvir a abertura de *Amor em atos* começando. – A gente precisa parar de viver pensando no que os outros vão achar da gente.

– Eu me sinto de outro mundo às vezes. – Alisei a cabeça de Lanterna, me ajeitando no travesseiro.

– Não tem problema nenhum em ser de outro mundo. – Ela tossiu, voltando a olhar para a televisão. – Só não deixe ninguém rasgar o seu vestido.

Voltei pra casa naquela noite pensando em todas as vezes que eu deixei que alguém rasgasse o meu vestido e isso foi me apertando o peito.

Também pensei no que Dona Símia disse sobre aproveitar agora, já que depois me faria falta. E depois de muito relutar, criei coragem pra convidar Édra Norr pra tirar a virgindade dela de pizza. Acho que seria legal fazer isso, já que, mesmo me chamando de alien, ela fez com que eu me sentisse menos alien. Ou, sei lá, uma alienígena menos sozinha.

Mas...

"O número que você chamou está fora de área ou desligado. Deixe seu recado, você só será tarifado após o sinal..."

Fui subindo as escadas quase que em câmera lenta, desanimada e arfando.

– Ei, filha – A voz do meu pai me interrompeu no quinto degrau. – Vem ver o jornal, aconteceu alguma coisa com um aluno do seu colégio.

Desci correndo.

– Quê?! – Fui sentindo o aperto no peito e um embrulho no estômago, até dar de cara com meus pais abraçados no sofá e a televisão ligada, com a repórter do *Boa Noite, São Patrique* ao vivo da avenida que eu tinha evitado mais cedo.

"A estudante foi identificada como Édra Norr, filha do empresário Augustus Norr, conhecido por investir em boa parte das pequenas empresas da cidade. O acidente aconteceu no início da tarde, mas repercutiu durante o dia inteiro, parando todo o trânsito da Avenida Principal. Segundo informações, a estudante se acidentou enquanto manobrava entre os carros, aqui na avenida. Depois de colidir com um carro, a vítima foi arremessada a dois metros de onde estava. Câmeras de vídeo dos estabelecimentos locais mostram o momento em que tudo aconteceu. Nos vídeos, Édra Norr arrasta a bicicleta da rua até o passeio, mas desmaia no local. O motorista responsável não foi identificado ainda, e as filmagens já estão sendo averiguadas pela polícia. O estado da estudante ainda não foi revelado. Estamos aguardando um posicionamento do Hospital Hector Vigari. Eu sou Alícia Boaventura, ao vivo da Avenida Principal. Agora é com você, Fábio."

Meu celular escapou por entre os meus dedos no tapete da sala.

O número que você chamou está fora de área ou desligado. Deixe seu recado, você só será tarifado após o sinal...

9.

Era sempre a mesma coisa e já fazia quatro dias. Eu acordava para ir ao colégio sem a yellow, porque meus pais me pediram para evitá-la por um tempo. Cadu Sena me mandava uma mensagem dizendo "Ei, Íris, hoje a carona fica por minha conta". Depois, eu pegava um ônibus até o Colégio São Patrique e cumprimentava Polly no corredor, que, em todas as vezes, aparecia com a farda molhada de suco de laranja e me dizia "Dá pra acreditar que eu quase fui atropelada pela sua coleguinha de sala, Tatiele? Olha o que ela fez com a minha farda! Aposto que é ciúme do Luiz, antes do intercâmbio eles ficavam." E então eu encarava a cadeira vazia de Édra Norr durante todas as aulas, rezando pra chegar logo a tarde e eu poder visitá-la, depois de finalmente descobrir o quarto dela no hospital, através do meu pai e sua amizade com Augustus Norr. Cadu me dava carona até em casa e me lembrava da festa no fim de semana. Eu almoçava alguma coisa e me arrumava pra ir de bicicleta até o Hector Vigari, levando quase uma hora pra escolher uma roupa legal o suficiente e que ainda tivesse "cara de hospital", sabe? Tipo, passando seriedade. Eu não queria visitar Édra Norr parecendo que estava indo, sei lá, pro Submundo, por exemplo.

– Eu vim visitar Édra Norr – dizia para a recepcionista assim que chegava, me inclinando sobre o balcão de mármore. Que mais parecia uma pedra de gelo, naquela sala fria de ar-condicionado e azulejos azul-bebê do Hospital Hector Vigari.

– Édra Norr? – Ela me olhava com certa cautela. – Senhora, eu sinto muito, mas... – E tudo ia escurecendo, sobrando somente a voz dela, em eco: – *Édra Norr faleceu hoje de manhã.*

E, então, eu acordava.

Quatro dias, o mesmo sonho. Ou pesadelo. E eu já tinha decorado todos os detalhes dele. Já sabia como era o clima, como o céu estava e a temperatura dos ambientes. Tinha gravado a cor dos carros que passavam na rua enquanto eu pegava o ônibus até o colégio. Tinha memorizado *todas* as falas de *todas* as pessoas que passavam por mim durante esse *sonho-pesadelo.*

Não aguento mais sonhar com isso todas as noites e acordar sempre às 5h47, pingando de suor, com o coração acelerado.

O pior é que não paro de pensar em Édra Norr durante todo o meu dia. Eu tomo banho pensando nela, eu escovo os dentes pensando nela, eu converso com outras pessoas pensando nela e eu não consigo mais passar pela Avenida Principal porque, só de imaginá-la caída naquele asfalto, sinto um nó na garganta.

Inclusive, estão circulando fotos (acredite se quiser, *fotos*!) de uma mancha de sangue no passeio que a prefeitura – mesmo depois de limpar – não conseguiu remover.

Admiro a inconveniência de alguns alunos desse colégio, e também acho que a imaginação fértil de outros merecia um prêmio no Grande Fanfiqueiro Idiota Awards. Sério, Priscila Pólvora está especulando que Édra Norr não sofreu um acidente, mas que foi atropelada de propósito. As garotas da igreja da Alma de Deus dizem que isso foi castigo divino e que, depois do acidente, Édra vai retornar como uma garota hétero e cristã. Wilson Zerla foi novamente contratado pela diretoria e peguei 28 panfletos sobre cuidados no trânsito, só pra que ele não ficasse ali em pé sendo alvo de mais atentados contra sua vida social.

O lado bom desse colégio é que, se você engasgar hoje no refeitório, amanhã teremos uma palestra sobre mastigação. E é claro que nesses últimos quatro dias fui obrigada a ver um trilhão de cartazes sobre acidentes de trânsito. O que eu acho bacana, já que é uma forma de evitar mais problemas e alertar os alunos daqui sobre alguma coisa que realmente importa.

Só que isso é um saco quando você não consegue tirar uma pessoa da cabeça e tudo o que vê e escuta está relacionado a ela.

Quatro dias sem nenhuma notícia. Apesar de ter tentado muito, meu pai não conseguiu se comunicar com Augustus Norr para saber sobre Édra e desejar melhoras. O mais próximo dele que meu pai tinha conseguido chegar foi mandar flores pro seu escritório.

Camila Dourado simplesmente não comentou sobre nada com ninguém.

Muito pelo contrário, ela está agindo como se a namorada não tivesse sido atropelada na Avenida Principal. Tipo, sério. Camila está mais ativa do que nunca nas atividades escolares e eu tenho certeza de que isso tem alguma coisa a ver com a ambição dela em ser a rainha do baile de formatura. Parece que, de alguma forma, ela quer cativar o máximo de pessoas que puder, pra conseguir votos. Acho que ela está preocupada que o término com Cadu Sena tenha prejudicado sua imagem perante o nosso *adorável* corpo estudantil. Estamos cada vez mais perto da formatura, e as concorrentes de Camila são muitas. Mas, sei lá, Camila Dourado não deveria sorrir tanto como ontem, durante o debate sobre leis de trânsito e segurança nas ruas de São Patrique. Sinceramente, ela não parecia a namorada da vítima, e sim o vereador Jimmy no comercial eleitoral do ano passado. Ela está mais interessada em *cativar* pessoas que em *alertar* pessoas. E, por isso, eu não consegui ouvir nada sobre o estado de saúde de Édra Norr durante esses quatro dias que se passaram.

Não saber sobre Édra Norr estava me matando por dentro.

Sempre fazemos três tentativas. Três vezes parece o máximo de vezes que conseguimos suportar alguma coisa. Sempre ouvi a minha mãe dizer que iria contar até três e, se na terceira vez que ela chamasse eu não fosse comer, eu ficaria de castigo. Geralmente é assim. Três tentativas máximas. No meu quarto dia de pesadelo, decidi que não aguentava mais ficar tão paranoica. Minhas três tentativas de suportar aquilo já tinham se esgotado. Então decidi fazer tudo diferente. E quando acordei de novo às 5h47, tomei banho mais cedo e fiz um café da manhã caprichado pra mim mesma.

– Ai, meu Deus! – exclamou minha mãe quando me viu. Ela me pegou pelas bochechas e encostou a minha testa em seu rosto. – Você tá com febre?

– Ha-ha-ha, Jade Pêssego – Balancei a cabeça negativamente, voltando a mexer o meu suco de laranja. – Como a senhora é engraçadinha...

– Você não come direito desde a sétima série, quando eu desisti de te obrigar a tomar um café da manhã que preste.

Minhas torradas saltaram da torradeira... Queimadas.

– É... – disse ela, enquanto abria a geladeira. – Algumas coisas sempre serão do mesmo jeito.

– Bom dia, Íris. – Papai surgiu com seu jornal matinal embaixo do braço. – Bom dia, amor. – E, apertando os olhos para a torradeira, continuou: – Bom dia, dotes culinários da minha filha.

– Ela *nunca* consegue fazer uma torrada, né?! – Mamãe riu, abrindo ovos numa frigideira. – *Incrível.*

Um dia eu perco a minha virgindade de fazer uma torrada direito.

– Alguma notícia sobre a filha do seu investidor, papai? – perguntei, tentando parecer o menos preocupada possível, engolindo um pouco de suco. Estava tão ansiosa pela resposta que o meu gole não quis descer.

– Nada ainda. Nenhuma notícia boa, mas também nenhuma notícia ruim. E as flores que eu mandei foram recebidas pela secretária dele. Pelo visto, não está indo trabalhar. – Papai arrastou uma cadeira pra se sentar, abrindo o jornal. – Augustus é bem reservado com tudo, então não me admira que ele tenha sumido pra estar com a filha num momento desses.

Meu coração diminuiu de tamanho.

E o meu celular começou a vibrar em cima da mesa.

Você tem uma (1) nova mensagem de Cadu Sena:

Ei, Íris, hoje a carona fica por minha conta ✓✓

Enviado 6:56

Não, isso não pode estar acontecendo. Entrei no ônibus completamente apavorada. Isso *não* pode estar acontecendo. Definitivamente, não. Fugi da janela, tentei não me sentar do lado dela, mas tudo continuava uma réplica do meu *sonho-pesadelo* que esteve em modo *repeat* durante todas essas quatro noites. As mesmas pessoas entravam no ônibus quase que na mesma ordem que elas apareciam no meu sonho. Os mesmos carros passavam buzinando, nas mesmas cores e marcas. O rapaz que tinha dado o troco errado voltava na catraca pra entregar mais moedas. O clima nublado de São Patrique com um sopro frio cheirando a mar...

Tudo o que eu tinha sonhado ganhava vida bem na minha frente. Isso *não pode* estar acontecendo.

Desci do ônibus, em desespero. Decidi andar o resto do caminho até o colégio. Eu não estava suportando ficar ali, parada, assistindo a tudo o que tinha visto antes.

– Ei, bom dia – me cumprimentou Wilson Zerla quando cheguei ao corredor. – Você sabia que a Avenida Principal não tem um guarda de trânsito? – perguntou, me entregando um panfleto. – Assine o abaixo-assinado pra melhorar o tráfego e a segurança dos pedestres e ciclistas da cidade!

Peguei o meu panfleto e continuei encarando-o.

– Ei, bom dia – disse ele novamente, o que me fez apertar os olhos, meio atordoada. – Você sabia que a Avenida Principal não tem um guarda de trânsito? – E, dessa vez, o panfleto se estendia para Priscila Pólvora, ao meu lado.

– Ei, Priscila – disse, quando a alcancei no corredor. – Você sabe alguma coisa sobre Édra Norr? Ela é a minha dupla no trabalho de literatura...

– Ai, eu não sei não, viu – disse Priscila Pólvora em sua voz desinteressada, mascando um chiclete. – Toda hora alguém fala alguma coisa diferente sobre ela, não dá pra saber o que é verdade e o que é mentira.

Passamos pelas garotas da igreja da Alma de Deus segurando cartazes com frases bíblicas apocalípticas.

– Vocês deveriam ter mais respeito com as pessoas – eu disse, pela primeira vez na minha vida opinando sobre alguma coisa nesse corredor. – Ela não foi *punida*, ela só sofreu um acidente.

– Você pode ser a próxima – ameaçou Gênesis. Ela era tão obcecada por religião quanto seus pais, que deram a ela esse nome. – Deus sabe de tudo e ele não falha. Algumas coisas acontecem pra nos acordar sobre os nossos erros. E o que Édra Norr estava fazendo é um pecado imperdoável.

– Íris, não perde seu tempo com a ovelhinha de Jesus. – Priscila Pólvora me puxou pelo braço. – Julgar o próximo também é um pecado imperdoável, Gem, cuidado com os carros na rua.

E, pela primeira vez na vida, Priscila Pólvora tinha sido verdadeiramente legal comigo. Vi Gênesis amassar o próprio cartaz, furiosa com o que tinha acabado de escutar.

– Então, sobre Édra Norr – começou Priscila, quando chegamos no armário dela. – Um garoto daqui, um tal de Victor Pesquim, disse que a mãe dele é enfermeira no Hector Vigari e que Édra chegou por lá bem ensanguentada. Mas não dá pra saber assim, entende? Às vezes foram só cortes. Eu sei lá. Meu tio caiu do telhado uma vez e não quebrou um osso sequer. – Ela abriu o armário, recolhendo os livros das nossas aulas.

– Ei, Pri. – Tatiele nos interrompeu. – Vamos lanchar alguma coisa antes da aula?

– Por favor! – disse Priscila, trancando o armário e caminhando com Tatiele como se eu não estivesse ali parada conversando com ela segundos antes.

É como mamãe disse mais cedo: algumas coisas *sempre* serão do mesmo jeito.

Rastejei até o meu armário com o desânimo que parecia pesar o meu andar. Era horrível destrancá-lo para recolher os livros e não encontrar Édra Norr bebendo água a alguns passos de mim. Eu encarava o bebedouro vazio como se aquilo estivesse me esvaziando por dentro.

"Somos um grão de poeira para o universo, mas, para alguém, em algum lugar do mundo, o sol." I. A. em marcador azul permanente no meu armário.

Édra Norr estava sendo o sol no universo da minha cabeça desde o acidente.

– Cara... – Polly se aproximou de mim. E, pro meu desespero, com a blusa manchada de suco. – Dá pra acreditar que eu quase fui atropelada pela sua coleguinha de sala, Tatiele?

Isso *não pode* estar acontecendo. Eu não quero chegar até o fim do meu pesadelo.

– Íris?! – chamou ela, acenando na minha frente. – Você tá chorando?

Respirei fundo e passei a mão rápido no rosto.

– Polly, você não vai acreditar, mas – comecei a tentar explicar, sem parecer maluca e *sem* mencionar Édra. – Tudo o que eu sonhei no meu pesadelo tá acontecendo e eu acho que uma coisa muito ruim vai acontecer...

– Como assim?! – Polly me olhou confusa. – Tá me assustando.

Mas o que eu ia explicar, afinal? Não iria fazer sentido pra mais ninguém além de mim. E, provavelmente, Polly estranharia muito se eu contasse toda a *verdade* sobre isso.

– Nada, só tô com um mau pressentimento, sabe? – eu disse, me enfiando o mais dentro do meu armário que eu conseguia caber pra esconder a minha cara. Meu nariz fica muito vermelho quando eu quero chorar (ou acabo chorando).

– Ai, amiga... – Polly me fitou com pena, do mesmo jeito que ela faz pra filhotinhos de cachorro quando visitamos abrigos. – Eu nem posso te abraçar agora, ou você vai virar um copo de suco de laranja, como eu.

O sinal tocou bem acima das nossas cabeças.

– Eu preciso trocar de blusa antes da aula, fala comigo por mensagem se precisar de alguma coisa. – Ela alisou o meu ombro, com um sorriso acolhedor. – Hoje eu não tenho todas as aulas, mas se quiser carona, posso te esperar. Vai ficar tudo bem.

– Cadu Sena me ofereceu carona – disse, como se não fosse uma coisa que sempre quis a minha vida inteira. Porque eu estava chateada demais pra ficar feliz com ele me levando pra casa.

– Minha garota! – Polly deu um gritinho histérico, se afastando de ré. – A festa na praia vai ser o máximo! Sério! Se você não tá animada agora, vai ficar.

E se virou, apressando os passos.

Bati o meu armário com o resto da energia que eu tinha poupado pra aula. *Ótimo*, agora que gastei todo o ânimo que tinha, estou completamente ferrada.

Só conseguia pensar na recepcionista do Hospital Hector Vigari me dando *aquela* notícia. A cena não saía da minha cabeça. Isso estava me angustiando muito. E um nó foi se formando na minha garganta, como se uma das bolinhas de papel de Édra tivesse ficado presa por lá, me engasgando.

Fitei o bebedouro vazio mais uma vez e respirei fundo. Olhei as pessoas em volta, correndo eufóricas para a primeira aula, esbarrando umas nas outras pelo corredor.

Priscila Pólvora e Tatiele seguiam para a nossa sala, fofocando entre elas, tomadas por sorrisos e olhares sugestivos.

– Ei, Íris – disse Priscila, quando passou por mim. Eu ainda estava imóvel na frente do meu armário. – Édra Norr tá aí.

– Quê?! – Meus olhos arregalaram e uma excitação subiu por meu corpo inteiro. – Tipo *aqui*, no colégio?

Senti um frio na barriga tão forte, parecia que estava numa montanha-russa.

– É, a gente viu quando ela chegou na diretoria. – Tatiele fez uma bola com a goma de mascar cor-de-rosa. E, quando a estourou, continuou: – Mas pra que você quer tanto saber? Ficou felizinha. – Ela lançou um olhar interrogativo na direção de Priscila Pólvora. – Achei que você tivesse saindo com Cadu Sena.

– É que ela é a minha dupla no trabalho de literatura. – Tentei disfarçar.

– Preciso passar mais tempo com você, Íris – disse Priscila, soando maliciosa. – Agora que você anda por aí com Cadu Sena, podia ser a *minha* cupido! Tipo, sério, você deixou o garoto caidinho. Eu preciso da sua tática!

Parecia que, por um momento, eu era popular para aquelas garotas. O que me colocava numa posição que eu e minhas marcas de catapora jamais ocupamos. Eu não queria ser uma pessoa popular que exclui pessoas. Então, mesmo me regando a vácuo na esmagadora maioria das vezes, decidi ser legal com Priscila Pólvora.

– Vai ter uma festa na praia, se vocês quiserem aparecer.

– Ai, garota, a gente já te ama, sério – agradeceu Priscila, dando uma cotovelada discreta em Tatiele. – Né, Tati?

Tatiele fez que sim com a cabeça, mas os olhos triplicaram de tamanho e olhavam além da minha direção. Priscila Pólvora falou algo que meu cérebro não processou direito. Porque tudo o que consegui ouvir foi "Édra Norr" e "de volta".

Me virei tão rápido que me senti zonza. Não consegui pensar na hora se soaria estranho o meu desespero. Eu estava tão nervosa que podia vomitar a qualquer momento.

Édra estava numa cadeira de rodas preta e prata. A mochila do colégio estava deitada em seu colo e eu pude perceber os arranhados expostos em seus braços. Os olhos pareciam menores, como de quem não estava dormindo direito, ou, talvez, estivesse meio dopada de remédio. Tinha uma fita bem embaixo do queixo que, conforme ela se aproximava, percebi que era um band-aid bege. Ela também estava com o nariz meio arranhado e a testa tinha um pequeno corte com três pontos, bem acima da sobrancelha.

O que era o mais absurdo de tudo isso? Ela parecia mais bonita do que *nunca*. Como se tivesse saído de um filme de ação. Apesar de querer correr pra ajudá-la a girar a cadeira de rodas, não dei *sequer* um passo. Não consigo decidir se por nervosismo ou se porque aquela cena, quer dizer, Édra Norr arrastando a própria cadeira, fazendo uma força (que tinha como consequência a aparição de veias saltadas por baixo da pele de seus braços) enquanto mordia os lábios, é provavelmente a coisa mais charmosa que já vi nesse corredor. Sei que nem é certo pensar tudo isso, mas eu não consigo evitar: vejo tudo com olhos cinematográficos. Tinha uma trilha sonora internacional tocando em algum lugar nesse momento dentro da minha cabeça. A preocupação sobre como ela estava só me veio depois que o choque de vê-la novamente foi se dissipando pelo ar.

– *Misericórdia...* – deixei escapar da minha boca entreaberta. Percebi que Priscila e Tatiele me olharam como se eu tivesse cometido um crime, ou coisa assim. – Quero dizer, olhe os braços dela, coitada.

Não deu para pensar muito no que estava acontecendo, especialmente porque, naquele momento, Cadu Sena se aproximou de nós com alguns garotos do time de futebol.

– Ei, meninas. – Cadu sorriu, me abraçando pela cintura. – Ei, *gatinha*.

Tatiele e Priscila se entreolharam como se arquitetassem um plano maligno. E começaram a mexer compulsivamente nos cabelos enquanto fitavam os garotos que acompanhavam Cadu.

– Você não esqueceu da festa, não é? – perguntou ele próximo ao meu ouvido. – Você é a *minha* companhia.

– Íris? – chamou Édra, num tom de voz baixo e firme. – Posso falar contigo?

Os garotos do time, Priscila, Tatiele e até o próprio Cadu Sena pararam para analisar Édra Norr em sua cadeira de rodas, a poucos passos de nós.

– Ei, Édra – eu disse, me concentrando o máximo para não corar ou gaguejar. – É sobre o trabalho de literatura? – Tentei dar a entender que não tínhamos nada de mais privado para conversar antes que Cadu e as meninas achassem o que não deveriam.

– É, eu meio que fiz uma parte no hospital – respondeu ela, com um olhar atencioso. – A gente pode ir no refeitório agora, antes de entrar pra primeira aula?

– Você não sabia que é falta de educação interromper a conversa dos outros, não? – Cadu encarou Édra. E, olhando em volta para os amigos, continuou: – Algumas pessoas fazem de tudo pra ter um segundinho de atenção. Mal levou uns arranhões e surge no colégio parecendo uma réplica malfeita do Professor Xavier.

Os amigos de Cadu começaram a rir. Priscila e Tatiele forçaram uma risada pra ter aprovação dos garotos. Eu franzi minhas sobrancelhas. Não esperava isso dele. Quero dizer, ele odeia Édra Norr por motivos óbvios: ela está com a ex-namorada dele, que Cadu provavelmente não superou ainda, porque nem eu superei. Mas, cara, ela acabou de sofrer *um acidente*. Isso foi *desrespeitoso*. E ainda que nada tivesse acontecido com Édra nos últimos dias, descontar nossas frustrações nas pessoas é covardia. Mas é claro que eu não consegui dizer nada disso em voz alta, nem tomar as dores de Édra Norr na frente de todas aquelas pessoas. Quando a gente não defende o que acha certo, estamos sendo covardes também. Naquele momento, eu *fui*.

– Verdade, Cadu. Que falta de educação a minha! E eu ainda cheguei sem dar bom dia. – Édra, bizarramente, abriu um sorriso caloroso para ele. Eu podia jurar que ela estava mesmo sendo cordial. Mas tudo foi por água abaixo logo depois disso: – Você prefere que quem receba o bom dia primeiro? Você ou o seu ego frágil?

Os garotos do time ficaram em silêncio, tentando não rir, dessa vez, de Cadu Sena. Eu lancei para ele um olhar completamente reprovador, mas cauteloso. Que dizia "Não procure confusão". Ele respirou fundo, sibilando algo para os amigos.

– Essa discussão não vale a pena. – Cadu foi dando uns passos para trás. – Deixa pra lá. – E, se virando para mim, avisou: – Mais tarde eu te levo pra casa, *gatinha*.

Depois, se juntou com os outros garotos. Deu pra ouvir que eles ainda faziam piadinhas infames enquanto se afastavam. E já que Tatiele e Priscila Pólvora decidiram seguir o rastro do time de futebol, agora éramos eu e Édra.

E eu estava me sentindo extremamente desconfortável com a cena que tinha acabado de presenciar. Para além dos motivos óbvios. Dentro da minha cabeça insegura e sabotadora, era impossível não pensar que toda aquela troca de farpas dizia muito a respeito de como os dois se sentiam em relação a Camila. Cadu, de ego ferido, não aceita muito bem o término com a sua ex-namorada perfeita (Camila Dourado). E Édra Norr, apaixonada, não vai permitir que o ex de sua "garota" (Camila Dourado) a diminua ou se sinta no direito de expressar qualquer coisa negativa sobre elas.

Eu estava de pé bem ali no meio. Mas eu não sou Camila Dourado.

Percebi que Édra Norr estava me olhando enquanto eu divagava sobre tudo o que tinha acabado de acontecer silenciosamente.

– Desculpa – disse ela em um tom de voz cabisbaixo, me olhando no olho.

– Não, tudo bem. – Respirei fundo. – Eu só odeio as "briguinhas" desse colégio.

– Eu também odeio. – Édra foi girando a cadeira mais pra perto.

– Você quer ajuda? – *Finalmente* perguntei. Mas, pela expressão em seu rosto, vendo que ela iria negar, fui logo segurando os pegadores e deslizando o peso de Édra Norr em direção ao refeitório.

– Eu não disse que queria ajuda – reclamou ela, tentando me olhar, inclinando a cabeça para cima. – Eu tô bem, na verdade. A cadeira é só pra me dar um descanso.

– Bem ou não, você tá perdendo a virgindade de ser ajudada por mim sem a sua autorização – brinquei, tomando cuidado com as falhas no piso.

– Eu perdi a virgindade de várias coisas nesses dias. – Ela riu, mexendo na mochila em seu colo. – Tipo a virgindade de ser atropelada.

– Como você começou a fazer o trabalho se esqueceu o livro no Leoni's? – indaguei, curiosa.

– Meu pai ligou pro colégio pra saber se tinha algo importante. Daí comprou outro correndo quando eu contei do trabalho – explicou ela, folheando o caderno. – Ele tá morrendo de medo que eu fique de recuperação, perca o ano, ou alguma parada dessas.

Parada. Que saudade de ouvir "*parada*".

– Você já começou a fazer o seu poema? – Ela inclinou mais a cabeça para me olhar. Parecia que ela estava de cabeça pra baixo. E eu gostei do rosto de Édra desse ângulo.

– Não – respondi, freando a cadeira de rodas. – Eu tava com a cabeça muito *cheia de preocupação*.

– Com o quê? – perguntou ela, analítica, me observando arrastar um banco do refeitório pra sentar.

"Tive pesadelos sobre você toda noite, temi sua morte e estou passando por uma fase difícil em aceitar o roteiro da minha novela preferida e da minha própria vida", foi o que passou pelo meu cérebro, e ainda bem que não se conectou a minha boca.

Eu fui sugada pelos olhos de Édra Norr por alguns segundos enquanto me sentava, pensando na desculpa mais plausível e idiota que eu pudesse inventar.

– Com o supermercado do meu pai. – Sorri, sem graça, e meus olhos despencaram pros meus pés. Os meus cadarços estavam amarrados de maneira horrível, já que nem isso eu soube fazer direito com o nervoso dessa manhã.

– Hum... – Senti seus olhos deslizarem por mim. – Eu não quero assistir a aula hoje, você quer fazer alguma coisa?

– *Que rebelde* – brinquei e senti um sorriso abrir involuntariamente na minha boca.

– É o que acontece quando você quase morre. – Édra riu, enfiando todas as coisas (que ela deveria me mostrar, afinal, era pra isso que estávamos no refeitório) dentro da mochila. – Se você me acha rebelde por matar aula, imagine se andasse comigo.

Nossos sorrisos congelaram na nossa boca enquanto nos olhávamos. Acho que, sei lá, meio que temos o hábito de encararmos uma à outra em silêncio. Não sei se é algo que Édra Norr faz comigo ou com todas as outras pessoas. Espero que só comigo.

– Que crime você pretende cometer hoje? – perguntei, quando me senti desconfortável (vulneravelmente falando) em estar encarando-a. – Tipo, estamos no Colégio São Patrique e você é o tema de todas as palestras e panfletos dessa vez.

– É, eu soube. – Ela coçou um pouco a nuca. – Camila vai presidir uma palestra hoje sobre isso, mas eu não tô a fim de assistir.

– Deveria – aconselhei, coçando os meus dedos. – Você deu um baita susto em todo mundo e, olha só, você deveria respeitar seu repouso. Não precisava ter vindo hoje.

Mas ainda bem que você veio.

– Pode admitir, Íris. – Édra sorriu, cínica. – Você sentiu falta de ler as minhas bolinhas de papel nas aulas.

– Claro que não! – Eu ri (de nervoso). – Mas também fiquei preocupada – e tentei amenizar: –, é claro, qualquer pessoa ficaria. Fora que, bom, você é a minha dupla no trabalho de literatura. Eu preciso de você viva... – Tossi. – Pela nota.

– Pela nota? – Ela me encarou, cética.

Eu não acredito que Édra Norr quase foi morta na Avenida Principal, mas tem disposição pra curtir com a minha cara quatro dias depois disso.

– Pela nota. – Revirei meus olhos, mas acabei sorrindo no final.

– Eu não acho que foi *só* pela nota, eu *sei* que você sentiu falta de reclamar das aulas comigo – continuou Édra em um tom zombeteiro. – Eu sou o Professor Xavier, lembra? Foi o que o seu namorado disse. Eu leio mentes, sei de tudo.

– Cadu Sena não é o meu "namorado" – remedei seu tom de voz. – Nunca nem beijei ele.

– É, ele realmente tem a fama de ser lerdo quando se trata de "contato físico". – Vi suas sobrancelhas arquearem. E ela se inclinou na cadeira, para mais perto de mim, dizendo: – Você acredita que, mesmo namorando com a Camila por anos, ele nunca tinha colocado a boca na...

– Eu não quero saber dessas coisas, Édra! – interrompi, tampando os ouvidos.

– Ah, é. – Ela fingiu seriedade. – Bati com a cabeça e esqueci que você é virgem.

Uma risada escalou a minha garganta e eu pude notar que ela também queria rir do que tinha dito.

– É menos absurdo que ser virgem de pizza. – Apertei os meus olhos para ela, lembrando que, pouco antes de saber do acidente, estava determinada a convidá-la para experimentar.

– Olhe pelo lado bom. – Édra Norr se apoiou na cadeira, descendo mais o corpo. – Eu, pelo menos, tô te alertando sobre o cara, ué. Cadu Sena não é a melhor pessoa pra você perder a sua virgindade de sexo.

– Como você pode ter tanta certeza? – Arfei. – Se você nunca *fez nada* com ele pra saber?!

– Mas eu converso muito sobre essas coisas com a Camila. – Édra parecia rebobinar cenas na cabeça; seu olhar ficou longe por poucos segundos. – Não só "converso", né.

Minhas coxas ralaram uma na outra de nervosismo. Cocei os dedos com mais força. Eu voltei a fazer isso toda vez que ficava tensa.

– Talvez ele não seja *tão ruim* assim – Édra voltou a olhar pra mim. – Mas se você pudesse escolher o "bom", ainda escolheria o "não tão ruim assim"?

Seus olhos pareciam enxergar através da minha roupa, de tão infringidores.

– Eu escolho continuar virgem. – Senti minhas bochechas esquentarem enquanto dizia. – Mas me diga uma coisa... – Essa sou eu tentando mudar completamente o tema da conversa. – O que foi que aconteceu com você?

– Eu fui atropelada – respondeu ela, tranquilamente, como se fosse uma coisa muito normal de se dizer. – E aí tive que levar uns pontos, fazer radiografia de tudo, mas só dei uma torcidinha no pé. Consegui andar pelo quarto tranquilamente. Então até o pé torcido tá bem. Nenhuma sequela, *nada.* Eu só vou ficar com uma cicatriz irada na barriga. Porque caí em cima de alguma parada que machucou.

– *Você é doida* – deixei escapar, incrédula com a naturalidade que ela lidava com o assunto. Tipo, se eu fosse atropelada, eu faria um drama tão imenso que ganharia um Oscar.

– E você precisa perder a sua virgindade de loucura – disse Édra, divertida. – *Vamos!* – Ela colocou as mãos em ambas as rodas. – Começando com uma coisa estúpida.

– Como assim?! – perguntei, me levantando do banco do refeitório. Não sabia o que Édra estava planejando por trás daquela cara de *quem iria aprontar alguma coisa.* – Segurei os puxadores de sua cadeira para que ela não tivesse que forçar.

(Embora eu quisesse ver as veias de seu braço de novo).

– Em direção ao auditório. – Ela apontou, mostrando o caminho velho para chegar lá. E com "caminho velho" eu quero dizer, na verdade, o caminho das rampas.

O nosso auditório fica numa espécie de subterrâneo. Antes, pra chegar lá, tínhamos que descer umas rampas enormes. E, pra voltar, tínhamos que subir as mesmas rampas. Era como enfrentar a subida de uma ladeira (ou escalar uma montanha).

Então, fizeram uma espécie de "corredor labirinto" com descidas menos bruscas que as rampas gigantes. A gente ainda descia até o auditório, mas não cansava muito. Foi um toque de gênio na reforma do ano passado. Tudo ficou claro e fácil. Mas Édra não parece ser o tipo de pessoa que gosta das coisas fáceis.

– Cara, o que você tá pretendendo fazer escolhendo *esse* caminho? – Fui arrastando Édra, sentindo um calafrio e sem saber identificar direito *o motivo*. Acho que porque quase ninguém desce até o auditório pelas rampas.

Então ficaríamos *completamente sozinhas*. E se alguém sonhasse com isso...

Quando chegamos na frente de uma das rampas, Édra Norr segurou as rodas pra que eu parasse.

– Tá, agora senta aqui na pontinha da cadeira – ofereceu ela, se afastando.

Eu não estava acreditando naquilo.

– Você sabe que eu não vou caber aí, não é?!

– Você pode sentar no meu colo, se quiser. – Ela me olhou, mas não houve malícia em seu tom de voz. Tentei entender o que ela queria daquilo, já que costumava ter um rosto expressivo. Mas ela estava indecifrável. Vamos, Íris, não é como se eu tivesse alguma coisa aqui que fosse saltar em você – brincou, rindo.

Eu ri junto.

– Certo... – Fui tremendo, suando frio. Mas parei na frente dos joelhos dela, que encostavam em mim. – Mas você tá doente...

– Mano do céu. – Ela gargalhou, revirou os olhos. – Cala a boca e senta logo, Íris.

– Certo – repeti, tentando não rir de nervoso, mas já estava meio que com uma cara consideravelmente idiota.

Agachei me apoiando na cadeira, pra não ter que fazer força com meu peso sobre ela. Minhas coxas foram encostando-se às delas e fui afundando em seu colo vagarosamente. Seu cheiro foi ficando cada vez mais forte enquanto eu me aproximava. E eu agora sentia todos misturados como socos no meu nariz. Eu suava muito e conseguia sentir o coração de Édra Norr bater tranquilo nas minhas costas. Também senti seus seios, pequenos, sendo apertados por mim enquanto eu me ajeitava, sentada em suas pernas.

– Tá, agora... – A voz de Édra estava muito perto, muito, *muito* perto. Eu sentia seu hálito morno perto da minha orelha enquanto ela falava: – Fecha os olhos.

– Meu Deus, o que você vai fazer?! – perguntei, apavorada.

Mas, antes que pudesse responder, Édra Norr girou as rodas da cadeira e descemos rampa a baixo em máxima velocidade.

Por impulso, agarrei o pescoço dela e fechei meus olhos com toda a minha força. Meu rosto franziu junto de medo.

Eu podia jurar que estávamos voando.

Meu Deus! Que maluquice eu estou fazendo? Essa garota é doida!

A cadeira parou repentinamente.

– Perdeu sua virgindade de loucura – Édra Norr foi dizendo entre risos. – Pode me soltar agora, antes que eu morra sufocada.

– *Desculpa* – respondi, abrindo os olhos. Eu realmente estava sufocando ela. O que eu posso fazer? Nunca desci uma rampa numa cadeira de rodas em alta velocidade.

Estávamos a centímetros da parede.

– Você é louca! – gritei, me levantando depressa do colo dela. – A gente *quase* bateu na parede! A gente podia ter morrido!

– De nada. – Ela sorriu torto.

A porta do auditório, a passos de nós, se escancarou, liberando vários alunos como se fossem formigas saindo de um formigueiro.

Camila Dourado, que nunca economiza na própria beleza, vestia um terno superjusto e estava usando uma armação de óculos de grau, e ela nem usa óculos. A cara de professora *sexy* de filme de comédia se transformou em curiosidade quando nos viu.

– Ei, amorzinho – disse ela, sorrindo. – E oi, você. – Camila me fitou, apertando os olhos, como se fosse uma lagartixa. – Incrível, nunca lembro o seu nome.

– É Íris – respondeu Édra Norr antes de mim. – Como foi a palestra?

– Um sucesso, baby! – ela deu um gritinho histérico, se jogando no colo de Édra. – Tô seriamente pensando em cursar alguma coisa assim.

Eu fiquei ali parada, feito um poste de luz. Não que houvesse alguma coisa que eu pudesse fazer além de sair correndo, já que segundos antes era eu quem estava no colo da namorada dela. O que, mesmo sem malícia nos olhos de Édra Norr, não sei se foi algo *correto*.

– Vamos comer alguma coisa?! – Camila se enrolou no pescoço de Édra Norr. E vi suas unhas postiças gigantescas pintadas de vermelho correndo entre os fios de cabelo na nuca dela. *A nuca que eu acho bonita.*

– Vamos, sim – Édra respondeu e se virou pra mim: – Íris, você quer vir com a gente?

Édra estava sorrindo, esperando minha resposta. Camila Dourado deixou claro, pelos lábios torcidos pra um lado e as sobrancelhas esticadas em deboche, que ela não me queria por perto. Ela balançou a cabeça negativamente de forma quase imperceptível.

– Tô meio sem fome. – Eu me apressei a dizer.

– Então eu te ligo pra falar sobre o trabalho depois, pode ser? Não vou assistir a mais nenhuma aula hoje.

– Ah, tudo bem – respondi, sem muitas opções restantes. – Certo. Então, eu vou indo...

Eu disse, não que elas tivessem escutando. Édra saiu empurrando a cadeira de rodas, já que Camila "Sem Noção" Dourado continuou no colo dela. (A sorte é o novo caminho alternativo: um corredor sem rampas, ou Édra Norr estaria sem braços antes de voltar pro colégio.) Será que ela não percebe que Édra *acabou* de sair de um hospital? Ainda que (graças a Deus) não tenha acontecido nada sério. E tudo o que Camila Dourado fez foi dar palestras e fingir que se importa com o colégio pra chamar atenção das pessoas.

Eu não sei o que seria "bom", mas Édra Norr definitivamente estava escolhendo o "não tão ruim assim".

Fui pra casa me sentindo meio esquisita por dentro. Cadu Sena passou toda a nossa carona falando sobre a festa na Praia da Sardinha e como queria que eu fosse. E cheguei em casa desejando um banho de banheira, já que nunca mais tinha tomado um. Aproveitei que estava sozinha – meus pais estavam muito ocupados com o novo estoque do supermercado – e deixei a banheira encher.

Quando desabotoei a calça jeans, meu celular vibrou.

Número desconhecido.

– Alô – atendi.

– Ei, *alien* – A voz de Édra parecia misturada a um barulho de ventilador. – Posso ler o meu poema pra você me dizer se ele tá ficando legal? Opinar se mudo alguma coisa ou sei lá. Não sou tão boa... E preciso da nota.

– Agora eu tô indo tomar banho, mas... – respondi, mas Édra me interrompeu.

– Ah, Íris – insistiu. – Estamos no celular, não é como se eu estivesse te vendo nua, ou alguma *parada* assim.

– Édra... – Arfei, semicerrando os meus olhos para a torneira ligada da banheira.

– Eu leio daqui e você ouve daí, beleza?

– ...

– Pode ser?

– Ai, cara... – Abaixei a minha calça jeans. – Tá. Vai, lê logo de uma vez.

Coloquei o celular em viva-voz e comecei a tirar a minha roupa, me sentindo meio que *insegura* em fazer isso. Mesmo que ela não pudesse me ver, eu sentia como se estivesse ali dentro do banheiro *comigo*.

– Anda logo! – mandei quando já estava na última peça que restava: meu sutiã.

Muitos barulhos de páginas sendo folheadas até que Édra respirasse mais perto do telefone e começasse a recitar o que deveria ser nosso trabalho de literatura.

– Tá, escuta.

– Estou escutando.

– Meu corpo: em hortelã, no seu corpo: em vício. E os nossos beijos de manhã: em eucalipto. O cair do seu cardigã é o meu beirar do precipício. Se despe distante pra me atiçar, você lá e eu cá... lipto. Feita de fantasia, como água na boca e saliva no mar e tudo isso chega a soar fictício. Lambo, dedilho e me alegro em seu suplício. Você goza na minha boca e eu*calipto*.

Eu fiquei completamente em silêncio. Meu coração batia tão forte que eu podia jurar que dava para ouvi-lo ecoar por todo o banheiro. Podia jurar que dava pra escutar meus batimentos desgovernados do outro lado da linha. Podia jurar que algo tinha acabado de acontecer comigo. Eu só não sabia o que era.

– Íris?! – A voz de Édra Norr ecoou pelo banheiro. – Ficou bom?

Me deixei afundar na banheira lentamente.

– Íris?!

10.

Eu estava sem blusa no banco daquele carro e o ar-condicionado ligado arrepiava meus braços. Eu não sentia frio. É claro que a bebida corria quente na minha corrente sanguínea. A essa altura, nem me lembrava mais quantas doses tinha tomado.

Eu a olhei. Não sabia direito o que estava sentindo sobre tudo o que tinha *acabado* de acontecer e o que *ainda* estava por vir. É claro que não planejei absolutamente nada disso. As coisas aconteceram de repente e, em uma fração de segundo, a situação simplesmente saiu do meu controle. E deixei que Édra Norr, de certa forma, assumisse a responsabilidade por mim.

Sei que não deveria, mas o que eu posso fazer? Bebidas alcoólicas me deixam tão... *Júlia.*

– Você tá pronta? – perguntou Édra Norr, cautelosa, enquanto se inclinava na minha direção com um olhar sério. – Posso?!

9 HORAS ANTES

– O que você quer que eu faça? – perguntei, mais baixo, quase enfiando o celular dentro da minha boca para que meus pais não ouvissem o que eu estava prestes a dizer: – Quer que eu fale "Ei pai, ei mãe, será que eu posso ir para uma festa na praia e dormir na casa de um garoto que só tem saído comigo faz umas, sei lá, duas semanas?"

– Íris... – Polly arfou. – Você não sabe mentir? Fala sério, diz que vai dormir aqui. Eu cubro você. Eu acho que você está nervosa, pra falar a verdade. E tá inventando desculpa pra não ir.

Com a pistola de etiquetas atirei em mais alguns pacotes de chocolate granulado enquanto respirava fundo, procurando uma resposta exata para Polly. Já que, pela milésima vez, ela estava esfregando a verdade na minha cara.

– Certo, mas e se eles ligarem? – continuei sussurrando, enquanto colocava os preços. – Tipo, a minha mãe é amiga da sua.

– Caramba, Íris! – Polly quase que gritou no telefone. – Relaxa! Só fala que vai dormir aqui na minha casa. Você pode se arrumar aqui, inclusive. Depois, se rolar mesmo, você pode dormir na casa do Cadu Sena e eu cubro pra você.

– E o Luiz?! – indaguei, sem saber *exatamente* qual era o plano.

– Eu vou dar um jeito de trazer ele pra cá. É que o irmão dele está na cidade e eles estão dividindo o quarto, então não dá pra ser lá.

– Ué, e eu vou dormir onde, se Luiz for dormir aí?! – Minhas sobrancelhas se juntaram na minha testa.

– Na casa de Cadu Sena com ele, ué! – exclamou Polly do outro lado da linha.

– Cara, eu não disse que iria. – Olhei em volta, só para me certificar de que *nem* Seu Solizeu *nem* Carina estavam escutando a nossa conversa.

– Mas também não disse que *não* iria – Polly insistiu. – Por favor, Íris, se dê uma chance! Por *mim.*

– E se não rolar? Sei lá, Polly, nunca se sabe. Mas se não rolar – continuei, tentando entender a sacada de mestre que Polly pretendia fazer para que Sandra Rios não notasse um adolescente na casa dela. – Onde eu vou dormir?

– No sofá? – Polly riu. – Ai, amiga, sério. Não é como se eu fosse passar a noite inteira com Luiz. Ele vai embora depois, pula a janela, ou sei lá. Costuma funcionar nos filmes.

– Polly... – Apertei os meus olhos para o pacote de granulado em que eu atirava uma etiqueta de preço, como se ele fosse Poliana. – Nós *não* estamos em um filme.

– Positivismo! – Pude ouvi-la saltitar. – Preciso correr pro salão agora, quero estar uma deusa hoje à noite.

3 HORAS ANTES

Você já teve aquela sensação de que, bom, tudo vai dar absolutamente errado pelo simples fato de você ter mentido pros seus pais?! É como se o universo fosse uma mãezona que odeia mentiras e conspira para que seus pais te peguem no flagra sempre que você decide trapaceá-los.

Não que eu não minta pros meus pais, é claro. Sei que isso não é correto, mas como eu vou olhar nos olhos de Ermes Pêssego e dizer que a macarronada com almôndegas que ele faz no meu aniversário é horrível? (E ele continua acreditando que é meu presente favorito...) Como vou enfrentar a fúria de mamãe e dizer que sou eu quem rouba todos os palitinhos doces que ela distribui no consultório, se eu culpo crianças aleatórias há quase oito anos?!

Às vezes mentir é a única saída. Só que, sério, não existe nada que dê mais tensão que mentir pros seus pais sobre sair. Parece que tudo vai dar errado. Parece que você vai se entregar na hora de pedir. E é impossível não mentalizar qual será o seu castigo se eles descobrirem.

"Boa noite do pijama, filha." Foi o que a minha mãe me desejou quando me deixou na porta do casarão de Sandra Rios. Ela subiu o vidro do carro em câmera lenta; posso jurar que minha mãe meio que já sabe que estou mentindo e quase gritei que estava mentindo mesmo. Momentos assim me fazem entregar todo o jogo. Eu não sei lidar com essas coisas, devo ser meio cardiopata, como a maioria das pessoas nessa família.

Isso está mesmo pesando a minha cabeça e eu estou há trezentas horas tentando fazer um delineado legal no meu olho (que pareça mesmo um delineado, não essa asa de gavião).

E não consigo *não* sentir que vai dar tudo errado.

– Cara, já são quase dez horas da noite e você continua limpando e recomeçando isso – disse Polly, deitada na cama, e eu quis simplesmente que alguma bigorna caísse na cabeça dela, como acontece nos desenhos animados.

– É claro! – Nem me dei o trabalho de encará-la, continuei tentando consertar a "asa de gavião". – Você se arrumou num salão de beleza e eu tô aqui – e sussurrei: – *quase correndo risco de ser presa por roubo de aves.*

E, sério, ela parecia que tinha saído de um filme de comédia romântica no Havaí. Com aquele quimono bordado, shortinho jeans e maiô-grudado brilhante. Os cachos estavam extremamente volumosos e a boca parecia muito maior e mais desenhada naquele batom vermelho aveludado, como se fosse um coração perfeito.

– Ai, Íris, fala sério. Você é linda e você sabe disso. O cara mais disputado do colégio inteiro tá no seu pé. O que mais você quer da vida?!

– Que meus delineados fiquem iguais. – Arfei.

– A gente precisa sair daqui *agora* – disse Polly, e vi seu reflexo do espelho, mexendo no celular. – Luiz me mandou uma foto *brindando* com Cadu Sena. Como eles conseguem ser *tão* bonitinhos assim?

– Tô pronta! – Pulei da cadeira, de frente pro "camarim" que Sandra Rios tinha instalado no quarto de Polly quando ela fez quinze anos.

Mas Polly me olhou de um jeito muito reprovador.

– Não, você *não* tá pronta. – Ela levantou da cama, respirando fundo. – Vamos mudar a sua roupa, ninguém vai à praia de jeans e tênis, Íris.

Deixe eu te contar uma coisa sobre os cidadãos de São Patrique... Nenhum deles sabe exatamente o que a palavra "limites" significa. E, eu sei, não posso falar muito sobre isso ultimamente, mas, cara... Olha só para essa festa *inofensiva* em comemoração ao time de futebol do colégio. Quero dizer, tem um cara surfando *na areia* de *tão* louco. E quantas tochas acesas... Alguém vai pegar fogo!

Estávamos todos meio amarelados por causa da chama das tochas cravadas na areia. As pessoas já pareciam consideravelmente bêbadas, e uma pilha de latinhas e garrafas empilhadas na placa sinalizadora de coleta de lixo confirmava isso. Nem preciso falar sobre a multidão dançando, pessoas só de sunga e biquíni e essa boia de pato sendo arremessada para o alto.

Deus, quantos anos de castigo eu estou prestes a ter que cumprir só por fazer parte disso?

– Que cara é essa, Íris?! – Polly me deu uma cotovelada. – Ânimo!

Eu estava com uma roupa tão apertada que mal cabia no meu corpo. Polly me fez usar uma blusa de amarrar que, se alguém triscar no laço, eu fico nua. Na verdade, minhas costas já estão à mostra (com exceção do meu sutiã preto aparecendo, porque a brilhante Polly não teve uma ideia melhor e eu simplesmente não podia não usar sutiã com uma blusa dessas, nunca fiz isso na vida). Fora esse microshort que, cara, as minhas pernas parecem que vão explodir a qualquer momento pra se libertarem dele. E eu estou aqui, passando frio numa praia à noite em nome da beleza.

– Estou dois graus abaixo de zero – resmunguei, me abraçando. Um pouco do meu umbigo estava aparecendo.

– Você precisa se *esquentar*. – Ela sorriu maliciosamente para mim e, em seguida, olhou pros garotos preparando drinks variados.

Polly me puxou pelo braço e meu pé, naquela sandália rasteira que ela me obrigou a calçar, foi se arrastando pela areia fria. Senti o calor das tochas enquanto passava por elas. Também, respirando fundo, um cheiro mixado de perfumes, álcool e sal.

Quando Cadu Sena me viu, olhou diretamente pras minhas pernas.

– Chegou quem tava faltando. – Ele sorriu para mim, enquanto sacudia a coqueteleira de inox.

Tudo bem, porque eu também estava olhando para os braços dele, naquela camisa polo amarela.

– Onde o Luiz se meteu?! – indagou Polly, olhando em volta. – Eu podia jurar que tinha visto ele por aqui.

– Ele disse que ia pra tenda. Tá tendo uns jogos lá, a galera organizou um monte de coisa pra animar – explicou Cadu, abrindo a coqueteleira e despejando o líquido verde num copo.

– Vou procurar o Luiz! – Polly sorriu, beliscando o meu braço “discretamente”. – Vocês dois não sumam, hein? – Ela me olhou, tentando me dar uma espécie de sinal. – Fiquem *juntos*.

– E aí? – Cadu me olhou, com copos da bebida verde na mão. Pelo cheiro, chutaria caipirinha. Vovó é viciada em caipirinha. – Vamos pra um canto? – disse ele, me oferecendo o braço.

Eu o agarrei e fomos caminhando pela areia (enquanto eu torcia para que a minha roupa não explodisse conforme eu andava).

Cadu se abaixou numa canga perto de algumas tochas. Estávamos entre as pessoas, mas, mesmo assim, meio isolados. Isso porque, ao contrário dos grupos de amigos amontoados, apenas nós dois dividíamos a nossa canga preta cheia de sóis amarelos.

– Toma. – Ele me estendeu a caipirinha. – Fiz pra você. É *irrecusável*.

Eu sorri, pegando o copo. Dei um gole e foi um choque refrescante dentro da minha boca. Meus dentes trincaram, mas eu sobrevivi. E o sabor de limão tomou todo o céu da minha boca.

– E aí, o que você achou? – perguntou ele, abrindo um sorriso malicioso.
– Não sei ainda, porque eu fiz, mas não provei.

– Hum... – segurei o riso, porque eu parecia muito idiota encarando Cadu Sena, mesmo desapontada com ele. Ele tinha aquela *carinha* incrível e eu simplesmente não conseguia. – Tá ótimo! Prove aí, pra você ver – sugeri.

– Certo – disse ele, olhando pra minha boca.

A palma da mão – grande e áspera – de Cadu Sena foi passando pela minha bochecha, se esquivando dos meus cabelos e parando perto da minha orelha. Ele se aproximou com os olhos fechados e é claro que, a esse ponto, os meus estavam arregalados. Quero dizer, estava esperando por aquilo desde a oitava série. Não podia ser verdade. Eu não estava acreditando que...

Meu Deus, ele vai me beijar! Ele vai mesmo me beijar.

Então, eu fechei meus olhos. Seus lábios grudaram nos meus e ele foi, em uma velocidade que eu não sei exatamente como classificar, roubando todo o sabor de limão que estava na minha língua.

Eu só conseguia pensar se estava beijando direito e em como acompanhar a língua dele dentro da minha boca. Tipo, sério, ninguém pensa nisso quando fica muito tempo sem beijar? É como andar de bicicleta, quando você não pratica, parece que você esqueceu e tem que reaprender.

Quando ele se afastou, eu tentei disfarçar a minha cara de apavorada. Surpresa, talvez. Talvez não, com certeza *surpresa*. *Cadu Sena*, *O* Cadu Sena, me beijou na boca, na frente de *todo mundo*.

Mas depois foi impossível disfarçar minha cara de "uau". Édra Norr saindo do mar... De noite... Usando uma bermuda e um de seus tops de academia.

Édra parecia caminhar em câmera lenta, porque eu consegui captar todos os seus detalhes enquanto ela andava em nossa direção. A princípio, ela vinha do breu, não havia tochas naquela área perto do mar, mas eu *sabia* que era *ela*.

Conforme ela se aproximava, seu corpo ganhou o tom amarelado das tochas em chamas. Cada gota que escorria em diferentes partes, cada cicatriz que não estava totalmente curada, cada ponto cirúrgico pingando, cada arranhado em cor viva... Em cor de fogo. Seus passos molhados deixando rastros perfeitos na areia enquanto os grãos, que levantavam com seu caminhar, grudavam em sua perna. Ela não andava direito, mancava mais para um lado, se movendo devagar enquanto passava a mão direita entre os cabelos de forma abrupta, mas eu assistia a tudo em câmera lenta. Cada fio de cabelo (expelindo gotas que voavam para o ar) caindo de forma assimétrica, formando ondulações perfeitamente bagunçadas. O arranhado do queixo em carne viva, os pontos perto da sobrancelha pingando água de mar. E eu sabia que estava ardendo. Como não arderia? Era água *salgada*.

Édra tinha acabado de tomar banho de mar e era quase meia-noite. E, com tantos machucados, ela deveria estar ardendo por completo. Mas ela não parecia se importar com isso. E, quando passou na frente da nossa canga, me olhou de canto de olho percebendo Cadu comigo. Seu olhar era uma mistura de desdém e decepção enquanto ela tirava uma chave de dentro do bolso da bermuda molhada. Seus olhos caídos saíram dos meus. Ela apertou um botão e pude ouvir o apitar de um carro, misturado ao som da música que tocava na festa, um pouco afastado da canga onde eu estava.

– É, acho melhor eu procurar os meninos. – Cadu Sena foi se levantando da canga, como quem quisesse desaparecer.

– Cadu?! – perguntei, gritando para as costas dele. – Mas eu vou ficar sozinha!

Sobramos eu e duas caipirinhas. Revirei meus olhos com tanta força que quase fiquei cega. O que eu tinha feito de errado dessa vez, cara? Tipo, tá, uma pessoa passou e eu olhei pra pessoa que estava passando. Pessoas *olham* pra *pessoas*.

Eu sabia que alguma coisa iria dar errado nessa droga de festa.

– Só me resta beber – disse pra mim mesma, virando o meu copo de caipirinha. O líquido entrou na minha boca depois da saliva de Cadu Sena.

Pensar nisso me deu um arrepio, mas eu consegui estragar tudo. Porque, bom, eu sou Íris Pêssego, o que é que eu não estrago, afinal?!

20 MINUTOS ANTES

Certo, lembre-se de uma coisa: nada é tão ruim que não possa piorar. E eu nunca vi uma frase se aplicar tão bem na minha existência. Acho que quando eu for pro céu, ganharei de Deus um prêmio por ter passado por tanto perrengue. Quero dizer, se eu sei que não tenho costume de beber, por que diabos eu fui beber tanto? Agora eu não consigo parar. Minha cintura ganhou vida própria.

Eu dançava descalça na areia, tinha deixado as sandálias rasteiras, que Polly tinha me emprestado em algum canto (que eu definitivamente não vou me lembrar agora). E a sensação de dançar descalça na areia é *tão* gostosa.

Mas é claro que não sou eu no comando agora.

Seja bem-vinda de volta, Júlia.

Não sei como eu estava conseguindo fazer aquilo numa sincronia perfeita, mas, de alguma forma, eu estava. Minha cintura rebolava por conta própria, meu pé descalço levantava a areia e meus braços pro alto batiam palma e sacudiam no ritmo da música.

Eu sei que, talvez, eu tenha sido uma grande idiota com Cadu Sena. E eu sei que, talvez, eu seja mais idiota ainda em admitir isso, mas Édra Norr chegou de volta na festa usando uma blusa social azul-marinho e uma calça preta dobrada abaixo dos joelhos. Combinava com o relógio e suas sapatilhas. Ela tinha tomado um banho em casa e voltado. E agora que ela estava sentada sozinha numa cadeira de praia, abrindo com o dente uma garrafa de Saborozzo (uma bebida famosa entre os adolescentes daqui, de frutas e vodka), eu só queria que ela me olhasse dançando. E não sei exatamente por que diabos eu queria isso.

Na verdade, eu sou um ser humano horrível.

A verdade precisa ser dita em alguma hora.

Eu deveria estar preocupada com Cadu Sena; deveria estar indo atrás dele ou procurando minha melhor amiga, que desapareceu desde que chegamos. Mas não, eu tinha que estar dançando e desejando que os olhos de Édra Norr, de alguma forma, me achassem entre as pessoas que também dançavam a minha volta.

Eu sou um ser humano horrível.

Na verdade, Júlia. Júlia é um ser humano horrível.

– Ei, gatinha – uma voz rouca, como de quem fuma cigarro (sei por causa de vovó), se aproximou. Uma pessoa encostou em mim, segurando minha cintura. – Tá sozinha?

– Tô. – Me virei com um sorriso falso. – E quero continuar assim.

Fala sério... Raul Mirante, o mais "ficha suja" de todo o colégio.

– É porque você não me conhece ainda. – Ele riu, com os dentes amarelados, e passou a mão (cheia de anéis pesados) no meu rosto. Eu quase vomitei, sério.

– Quem em São Patrique não te conhece, Raul? – Revirei os olhos, tirando a mão dele de mim.

Fui me afastando, mas Raul Mirante agarrou o meu braço.

– Eu quero dançar com você. – Ele arregalou os olhos. Suas pupilas dilatadas me apavoraram. Tentei me soltar e dei as costas pra ele mais uma vez.

E, então, senti a minha blusa escorregar para fora do meu corpo. O vento soprou na minha pele, despida, me arrepiando por inteiro. Meus olhos foram arregalando. *Ele puxou o laço da minha blusa.* Me virei abruptamente.

Foi tudo muito rápido.

Quando dei a volta para surtar com Raul Mirante, ele já estava segurando o próprio nariz com força, e Édra Norr sacudia a mão direita enquanto dava uns passos pra trás.

O que tinha *acabado* de acontecer?!

– Você tá louca?! – Raul avançou em cima dela e eles caíram na areia, bem na minha frente.

Eu tentei amarrar a minha blusa. Todo mundo estava olhando pro meu sutiã. Raul se embolava com Édra na areia.

Foi um soco de um lado e outro soco de outro... Até que alguns garotos do time de futebol apareceram pra separar os dois.

Raul Mirante foi pego pelo braço por dois garotos. Seu lábio estava cortado e seu nariz (possivelmente quebrado) sangrava muito. Édra Norr foi levantada do chão pelo goleiro do time, Elias, e eu pude ver o sangue escorrer de cima da sua sobrancelha, os pontos abertos.

– Vem. – Ela me deu a mão. – Vou te tirar daqui.

Saímos passando pelas pessoas, os pés afundados na areia fofa. A mão de Édra segurava firme a minha, enquanto que, com a outra mão, eu tentava cobrir o meu sutiã. Ela tirou a chave abruptamente do bolso de sua calça e apertou na direção de um carro preto, estacionado no passeio, quando atingimos o calçamento. Eu continuava descalça, havia perdido mesmo a sandália de Polly. Não só a sandália, como Polly em pessoa. Eu não deveria estar indo com Édra Norr, fora que todas as pessoas nos viram sair de mãos dadas. Mas o que eu posso fazer? Estava me sentindo completamente exposta. O colégio inteiro me viu assim. Não sei exatamente o que pensar, só segurei a mão de Édra e deixei que ela fizesse o resto.

Édra abriu a porta do carro pra mim e deu a volta até a outra porta.

– Você quer buscar uma blusa e voltar? – Édra começou a perguntar, cautelosa. – Ou eu te deixo em casa? – continuou, ajeitando o retrovisor pra que pudesse ver a própria sobrancelha.

– Eu não quero voltar – eu disse. E aí lembrei que tinha mentido pros meus pais. – Mas também não posso voltar pra casa. Eu meio que disse pros meus pais que estaria na casa de uma amiga e ela simplesmente sumiu na festa.

– Você pode ficar na minha casa até amanhã de manhã então, não tem problema – sugeriu Édra, me olhando. Pude perceber que ela estava desconfortável com a minha "situação". – Posso te deixar na minha casa e volto pra buscar Camila. Você pode dormir no meu quarto, se quiser – ofereceu, girando a chave.

– Calma – eu disse, abraçando os meus peitos pra cobri-los. – Eu não sei se isso é certo, sabe? As pessoas são fofoqueiras... E, tipo... O que sua namorada acharia disso?

– Cara, eu não tenho *namorada*. – Édra me encarou, confusa. – Eu e a Camila estamos só ficando.

– Continua sendo errado, porque... – Olhei pras minhas pernas, pra não ter que olhar naqueles olhos escuros de Édra enquanto uma gota perfeitamente vermelha de sangue escorria na lateral de seu rosto. – Se eu fosse sua namorada, eu odiaria isso.

– Mas você não é minha namorada. – Édra Norr arfou. – Nem Camila. E eu só tô tentando ajudar, o que tem de errado nisso?

– Você pode me deixar na casa de Polly de manhã? – perguntei.

– O que você quiser – disse Édra, trocando a marcha.

Eu estava sem blusa no banco daquele carro e o ar-condicionado ligado arrepiava meus braços. Eu não sentia frio. É claro que a bebida corria quente na minha corrente sanguínea. A essa altura, nem me lembrava mais quantas doses tinha tomado.

Eu a olhei. Não sabia direito o que estava sentindo sobre tudo o que tinha *acabado* de acontecer e o que *ainda* estava por vir. É claro que não planejei absolutamente nada disso. As coisas aconteceram de repente e, em uma fração de segundo, a situação simplesmente saiu do meu controle. E deixei que Édra Norr, de certa forma, assumisse a responsabilidade por mim.

Sei que não deveria, mas o que eu posso fazer? Bebidas alcoólicas me deixam tão... *Júlia*.

– Você tá pronta? – perguntou Édra Norr, cautelosa, enquanto se inclinava na minha direção com um olhar sério. – Posso?!

– Pode – respondi, me encolhendo no banco.

Édra acelerou cidade adentro.

E todos os postes nos viram passar.

– Cara – reclamei. – Será que você pode parar de se mexer?! – Arfei, encostando, de novo, o gelo em cima da sobrancelha dela.

Eu estava usando uma blusa de Édra Norr, de modelagem bem folgada. Na verdade, nem parecia uma blusa no meu corpo. Estava mais pra vestido. Ela também me deu um moletom, que ajustei pra que coubesse em mim.

Chegamos na casa dela andando de fininho, na ponta do pé. Fiquei sentada na cama dela, balançando minhas pernas, enquanto ela revirava o guarda-roupa, procurando uma blusa pra me emprestar. Era engraçado ver as coisas do quarto de Édra Norr assim, na minha frente. Quase deixei escapar um "eu estava doida pra ver esses desenhos de perto", mas, graças a Deus, me lembrei que ela não pode saber que eu sou uma louca obcecada. Digo, cientista competente.

E, pra retribuir o que ela estava fazendo por mim, me ofereci pra usar as minhas habilidades de filha de dentista na sobrancelha dela. Sei que dente não tem nada a ver com sobrancelhas, mas, mesmo assim, eu estava tentando melhorar o aspecto daquela ferida aberta.

Só que Édra não parava quieta.

Ela estava inclinada com as mãos no balcão da cozinha e eu meio que estava em pé na frente dela, tentando enxergar o que eu estava fazendo.

Pausa para dizer: que casa! Parecia muito a casa de Luiza Abrantes em *Amor em atos*. Tipo, estou falando muito sério aqui. O pai de Édra Norr deve usar dinheiro como guardanapo.

– Mano... – Édra franziu a sobrancelha, fazendo sangrar um pouco mais. – Tá doendo. Como você quer que eu fique quieta?

– Você tomou banho de água salgada, isso deve doer muito mais que gelo. – Revirei meus olhos. – Não achei que você fosse dramática.

– Você beijou Cadu Sena, cara. – Ela fechou o olho quando encostei a compressa. – Isso, sim, doeu. Eu esperava mais de você.

– Você é mesmo dramática. – Eu ri, enxugando a ferida com cuidado. O gelo estava parando o sangramento aos poucos. – Cadu é um cara legal, apesar de tudo.

Édra revirou os olhos e grudei um band-aid em sua sobrancelha.

– Preciso buscar Camila. – Ela se desinclinou do balcão, saindo do meu campo de visão. – Eu já deixei cobertor e essas *paradas* na cama pra você.

– Certo. – Respirei fundo, jogando as gazes e algodões no lixo perto da porta que dava para os fundos da casa. Pude ver a piscina enquanto o fazia.

– Já, já eu tô de volta – me disse Édra, antes de atravessar a porta. – Depois, eu tô aqui no sofá, caso você precise de alguma coisa.

– Certo – repeti, me abraçando enquanto caminhava em direção à escada para o quarto de Édra.

Ela saiu e fui subindo os degraus com pressa. Fechei a porta nas minhas costas e corri pra janela, que já tinha observado do outro lado da rua. Apoiei a minha cabeça em uma das mãos, enquanto meus cotovelos se apoiavam no batente da janela.

Édra Norr bateu a porta do carro e deu a ré, partindo em alta velocidade.

Fiquei olhando a rua vazia, me imaginando do outro lado, com o binóculo do falecido marido de Dona Símia na mão. Depois, me virei, dando conta de onde realmente estava. Eu não esperava por *nada* disso. Não consegui deter o sorriso que foi se formando na minha boca.

Saí tocando e cheirando tudo o que eu tinha visto antes. O abajur azul, os desenhos, os livros, a mesa...

Me joguei na cama de Édra Norr e o cheiro dela subiu para a minha atmosfera, depois de ter se desprendido de seu travesseiro e do lençol.

E eu encarei o teto, torcendo pra que o meu sono chegasse antes dela.

11.

Me virei naquela cama umas trezentas e vinte e quatro vezes. Eu estava completamente agitada. Parecia que tinha engolido pilhas de bateria da sessão de utilidades no Pêssego's, ou alguma coisa do gênero. Talvez eu possa culpar o álcool por isso. (Não vou me responsabilizar sozinha por ter parado na cama de Édra Norr.)

Deus, meu corpo está exatamente no lugar onde ela costuma deitar. Quão *surreal* é isso?!

Quero dizer, eu sei, eu não deveria estar pensando *nisso* agora. Na verdade, toda a minha energia mental deveria estar sendo gasta em... Bom, na verdade, no *meu* vacilo com Cadu Sena. Mas, cara, tenho certeza de que ele está viajando na maionese. Porque, tipo, eu só *olhei* Édra Norr. Isso *não* necessariamente deveria ser um motivo pra ele me largar sozinha, deveria?! Digo, ele nem sabe que eu persigo ela pelas ruas da cidade, isso, *sim*, poderia ser uma razão para que ele me largasse sozinha naquela praia (me fazendo perder as rasteirinhas de Polly).

Mas nem ele nem Édra e nem *ninguém* sequer sonha que eu faço essas coisas altamente questionáveis (pra quem não é um cientista).

Se arriscar é algo inerente a um bom cientista.

Eu acho que Cadu Sena está muito surtado com essa coisa de ter sido trocado por uma garota, deve ter subido a cabeça dele. Se isso tudo foi por eu ter encarado Édra Norr, imagina se ele abrisse o meu caderno de anotações... Ou se alguém contasse a ele sobre eu ter saído da festa com ela, usando apenas o sutiã, na frente de todos os seres vivos que frequentam o Colégio São Patrique.

Deus, é verdade. *Todas as pessoas viram.*

Certo, agora *eu* estou surtando. Vamos tentar concentrar em alguma outra coisa, Íris Pêssego, você ainda não está sóbria o suficiente para criar teorias sobre o fim da sua vida social. Obrigada, Senhor, por já ser fim de ano e por faltar poucas semanas até a formatura, o que torna todo o incidente do sutiã "menos pior".

Fui me concentrando no ventilador de teto e no barulho que os galhos faziam quando arranhavam o vidro da janela. Até que o som abafado de porta de carro batendo atrapalhou toda a concentração que eu me esforçava para ter.

Édra Norr tinha chegado em casa. Mais rápido do que eu pensei que ela fosse chegar. (Só por hipótese, o tempo meio que pode estar passando muito rápido pra *mim*, já que *eu* ainda estou consideravelmente bêbada).

Acompanhei os sons, sem me levantar da cama.

Chaves, porta, sapatos, chave de novo, dessa vez caindo sobre algum lugar.

Desci as escadas, passo por passo, sentindo o mármore gelado congelar os meus pés, degrau por degrau. Percebi algumas fotos da família de Édra Norr penduradas em molduras luxuosas de vidro na parede ao meu lado direito. O lado esquerdo, por sua vez, era o corrimão de ferro preso a placas de vidro que se uniam, limitando a escada. E, daqui de cima, dava para ver a sala inteira. Encontrei, entre as fotografias, uma Édra Norr em miniatura, uniformizada com boné e camisa (que a engoliam), com os cabelos desgrenhados na altura do pescoço. Ela segurava um taco de baseball e sorria sem um dos dentes da frente. *Adorável.* Completamente adorável.

Os barulhos na cozinha foram aumentando conforme eu me aproximava. Pude ouvir o arranhar de panelas, um abrir e fechar de gavetas somado a um palavrão sussurrado.

Fui me envolvendo com os meus braços quando cheguei na sala e me arrastei até a cozinha, como quem não queria ser vista. Encostei na parede e cruzei meus braços bem embaixo dos meus seios. Apertei meus olhos diante da cena que eu estava vendo.

Édra Norr quebrando ovos, às 2 da manhã, dentro de uma frigideira preta fosca. A blusa pendurada no ombro, as costas à mostra, usava o top e ainda vestia a calça da festa. Procurei a nuca, porque realmente me agrada encarar aqueles minifios de cabelo grudados ou assanhados. E eles estavam lá.

O som dos ovos começou a estalar na frigideira e o cheiro foi se espalhando pela cozinha. Ela coçou a nuca, encarando uma prateleira de madeira repleta de condimentos pendurada na parede em sua frente.

E eu acabei rindo. Na verdade, rir não foi o problema. É que, bom, saiu o som de "porquinho" que sai às vezes (digo... raramente. Não é como se eu ainda tivesse oito anos) e fui *pega no flagra*.

– Ah – disse ela, quando se virou pra mim. – *Você*. – Virou-se de volta, mexendo os ovos com uma colher de madeira. – Cê tá precisando de alguma *parada*?!

– Não. – Eu fui me aproximando, como se estivesse na lua. Sério, eu levei quase dois minutos pra dar meio passo. – Só vim beber água mesmo.

– Quer comer alguma coisa? – perguntou ela, me olhando por segundos, voltando a se atentar aos ovos. – Cheguei com fome.

– Eu não sabia que você cozinhava. – Dei de ombros, impressionada. Porque o cheiro estava ficando cada vez melhor.

Édra desligou o fogo, abrindo a enorme geladeira bem ao lado dela. Começou a vasculhar alguma coisa lá dentro.

– Eu já pensei em fazer gastronomia, mas... – Pausa pra fechar a geladeira com o pé, já que ela estava abraçando uma pilha de ingredientes – não penso em ser cozinheira. Eu só gosto muito de cozinhar, sabe? É maneiro.

– O que você tá fazendo? – Tentei espiar detrás do balcão da cozinha americana.

Édra começou a amolar a faca no mármore da cozinha. Estava bem arranhado o lugar em que ela passava a faca, provavelmente já era um costume dela. O bom disso foi poder ver suas veias surgirem mais uma vez com o esforço.

– Só ovos mexidos com bacon. – Ela tentou me olhar por trás do próprio ombro. – Mas eu juro que sei cozinhar comida de verdade.

– Aham – respondi, cética, ficando na ponta do pé pra sentar na banqueta de frente para o balcão sobre o qual eu me inclinava. Quando sentei, pude ver melhor o que Édra fazia na pia. Agora, ela cortava tiras de bacon ultrafinas, com muito cuidado. Achei bonita a forma como ela manuseava a faca.

Posso dizer isso porque, antes de *Amor em atos*, sempre passa *Quem quer ser um mestre cuca?* e eu tenho plena noção da importância de saber segurar uma faca. É claro que ela passaria nesse teste se fosse pro programa. Mas eu jamais admitiria isso em voz alta. Provocar Édra Norr com ceticismo é mais divertido.

– É sério. – Ela tentou não rir, ligando o fogo mais uma vez e colocando sobre a chama uma nova frigideira. – Palavra de escoteiro.

– Quê?! – Eu ri com aquele som nasal idiota. Deus, porquinho, simplesmente pare. – Você foi escoteira?!

– Acho que todas as crianças de Nova Sieva – disse Édra, estirando as tiras de bacon sobre a frigideira.

Minha barriga quase que roncou só pelo aroma.

– Eu não acredito que você cresceu em Nova Sieva! – Minha boca tinha virado um "O" perfeito. – É, tipo, a cidade dos sonhos de todo mundo na região. Lá parece que as coisas *realmente* acontecem. Tipo, até a Maritza já esteve em Nova Sieva pra uma sessão de autógrafos!

Édra me olhou rapidamente, com os olhos apertados.

– Quem é Maritza?!

– Ninguém. – Comecei a coçar os meus dedos de nervoso. – É só uma diretora e roteirista que eu gosto, sabe. Só que esse não é o tema da conversa. Meu Deus... – Eu ainda não podia acreditar. – Você cresceu em Nova Sieva!

É, isso é sério. Nova Sieva é, sei lá, a pequena Nova Iorque do nosso país. Tipo, quem não adora esse lugar? É ainda mais turística que São Patrique (e não por causa das sardinhas ou do bom clima para acampar). Nova Sieva tem prédios lindos, museus admiráveis, um grande teatro que recebe espetáculos bem famosos e a Universidade de Sieva é, tipo, como eu posso usar outra palavra que queira dizer mais que "espetacular"? É a cidade da arte! É o sonho de qualquer pessoa que pensa em, sei lá, viver uma fantasia. Um verdadeiro roteiro de *Amor em atos* na vida real.

E, do mesmo jeito que é maravilhosa, é igualmente cara. Os aluguéis em Nova Sieva são um absurdo. Isso quando você acha um aluguel. Mas o que falar da cidade em que Maritza passa as férias?!

É incrível. E é claro que Édra Norr *tinha* que ser de lá. Ela nem tem cara de gente daqui.

– É uma cidade grande como qualquer outra. – Édra virou as tiras com uma espátula. – Minha mãe era de lá, ela estudou na Universidade de Sieva.

– Jura?! – Suspirei, achando tudo aquilo o máximo. – Eu queria muito poder cursar algo lá, mas eu nem sei o que eu quero. Fora que lá é tudo muito caro.

– Hum – respondeu ela. – Tem as repúblicas, tem o projeto de trabalho para estudantes. Rola muito estágio e essas coisas.

– Você vai voltar pra lá depois da formatura? – Me apressei em perguntar.

– Não – respondeu Édra, de forma ríspida, quando desligou o fogo.

Eu não quis insistir no assunto, porque, bom, ela realmente respondeu com uma voz muito conclusiva. Parecia não querer falar sobre. Eu sei disso, ando estudando os tons de voz de Édra Norr. E esse foi um tom de voz meio que "mude de assunto, Íris".

– Aposto que ficou ruim – brinquei, me balançando de um lado pro outro, em giros que não se completavam, na banqueta.

Ouvi Édra rir, muito brevemente. Uma risada gostosa que ela tinha, bem oposta ao meu porquinho assustador.

Às vezes parece que mora uma criança de seis anos dentro do meu corpo.

– Não deduza se alguma coisa é ruim ou boa... – Édra Norr veio, exibida, com um prato na mão e o nariz em pé, caminhando lentamente até o balcão. – Se você ainda não perdeu a virgindade dela.

O som do prato de porcelana estalou no mármore do balcão. E o impacto fez desprender dos ovos e do bacon um aroma muito agradável de temperos misturados.

Eu olhei para baixo. As fatias de bacon bem fritas estavam estiradas em um canto, enquanto os ovos mexidos se espalhavam do outro lado. Acima dos ovos? Um raminho de salsa. Sim, Édra *tinha* enfeitado a comida. Eu sorri com isso, inevitavelmente.

– Disse a pessoa virgem de pizza e garotos. – Arfei, puxando o prato para a minha direção.

– Eu nunca comi pizza porque nunca tive vontade. – Ela deu de ombros com um sorriso discreto nos lábios, arrastando uma banqueta para o outro lado do balcão e sentando de frente pra mim.

– E garotos?! – Apertei meus olhos.

– Garotos não se aplicam a essa regra. – Ela apertou os olhos de volta pra mim. E foi quando percebi que nunca mais deveria fazer isso, já que eu não aguento quando ela faz de volta. Pelo simples fato dos olhos dela terem esse poder de abdução estranho.

– Cadê seu prato? – perguntei, percebendo que tínhamos talheres pras duas, mas um prato só.

– Vamos comer juntas. – Ela pegou o garfo dela, cutucando os ovos mexidos. – Eu levei um murro por você, acho que você deveria ser menos exigente comigo.

Tentei engolir a minha risada, por medo do porquinho. Mas acabou saindo um barulho muito mais estranho que ele. O que fez Édra Norr rir também.

– Você sempre gostou de meninas?! – eu perguntei. Simplesmente escapou da minha boca. Acho que eu só estava pensando nisso pela afirmação sobre os garotos, e acabou que deixei escapar. Então, tentei consertar o meu desespero: – Tipo, não que seja da minha conta, é que...

Mas os olhos de Édra Norr já estavam me analisando enquanto ela mastigava. Ficamos em silêncio até que ela engolisse.

– Eu sempre soube – respondeu ela, mexendo na comida, sem tirar os olhos dos meus.

– Mas quando foi a primeira vez que você soube? – Me inclinei no balcão, curiosa.

– Tipo... – Édra Norr explicou, entre uma mastigação e outra. – A primeira vez que a minha cabeça perdeu a virgindade de pensar em uma garota foi com a minha melhor amiga, Sammy, do grupo de escoteiro.

Meu coração foi acelerando, palavra por palavra, como se escutasse nossa conversa.

– Ela trocou de roupa na minha frente e eu nunca mais consegui parar de pensar sobre aquilo. – Édra sorriu de boca fechada, meio sem graça, com as bochechas inchadas de comida.

– E aí? – perguntei, tentando não arregalar tanto os meus olhos.

– E aí que eu beijei Sammy no dia do meu aniversário. – Os olhos de Édra se voltaram ao prato. – E ela não falou comigo nunca mais depois disso.

– Nossa! – Arfei. – Que história triste, Édra.

– Mais triste que isso só você ter beijado Cadu Sena – retrucou.

– Você não precisa sentir ciúme. – Arrebitei o meu nariz e dei um sorriso. – Ainda sou sua dupla no trabalho de literatura.

Édra Norr deu uma gargalhada, estreitando os olhos na minha direção.

– Eu não tô com ciúme – respondeu ela, cortando a tira de bacon de forma veemente. O prato rangeu quando a faca encostou a tintura da porcelana.

– Falando nisso... – Escondi as mãos por baixo do balcão, para coçar os meus dedos sem ser pega. – E Camila Dourado? Eu acho que todo mundo viu a gente saindo junto.

– Relaxa. – Édra levou até a boca o garfo com o bacon cortado. – Camila não é ciumenta. E ainda que fosse, não temos nada sério nem exclusivo uma com a outra.

– É? – Meus olhos deslizaram para cima. – Sei lá, é que eu achei que fosse uma situação completamente diferente. – Cocei os dedos com mais força. – Meio grave.

– A única coisa grave aqui, *Íris Pêssego*, é que eu tô quase terminando a comida e você ainda nem segurou o seu garfo. – Os olhos de Édra me atravessaram, como de costume. Acompanhados do seu tom de voz sério e, ao mesmo tempo, sarcástico.

– Claro, eu sei que tá *horrível*. É tipo você com garotos – brinquei. – Prefiro não provar.

– Você tá com medo de perder a virgindade da minha comida e *adorar* – rebateu Édra, com um sorriso torto no canto da boca.

– Não, agora é sério – respondi, coçando os dedos com mais força. – Não consigo comer quando eu tô *desconfortável*.

– O que eu faço pra você se sentir *confortável*? – indagou Édra, suas sobrancelhas se juntaram na testa.

Dei de ombros. E ela me fitou como quem está olhando para peças espalhadas de um quebra-cabeça.

– Você vem sempre aqui? – perguntou ela, finalmente, largando os talheres num canto.

– Essa é a minha primeira vez aqui. – Eu sorri, sem graça. – E você?

– Não costumo passar muito por esse planeta, não. – Seus olhos escuros olharam em volta por poucos segundos, até voltarem pros meus. – Só quando eu tô com muita fome. Ou a fim de cozinhar.

– Esse planeta é *muito* gelado – eu disse, sentindo uma brisa passar pelas minhas pernas por baixo do balcão.

– Eu tô suave. – Ela piscou os olhos, quase que em câmera lenta. – Seu corpo extraterrestre não tá quente o suficiente.

Eu não soube o que responder. Então, agarrei os meus talheres e comecei a remexer a comida no prato. Claro que por puro escape, mesmo tendo certeza de que aquela comida estava mesmo deliciosa.

– De que planeta você veio? – perguntou Édra, pra quebrar o silêncio.

– Do planeta das pessoas que estragam tudo e são extremamente confusas *e* curiosas *e* desastradas – respondi, enchendo a minha boca de ovos mexidos para que eu não precisasse continuar falando.

E, como eu esperava, tinha ficado gostoso demais. Não parecia que estava comendo ovos, sei lá, tinha um tempero diferente. Nunca provei ovos mexidos com esse gosto picante. Me lembrou a comida mexicana de vovó.

– Eu já passei por lá. – Édra deu mais uma de suas risadinhas, aquela que eu acho que quer dizer que estou falando besteira, mas que ela parece gostar.

Minha cabeça ainda estava meio zonza.

– É. – Suspirei, ainda de boca cheia. – É um planeta de merda.

– Eu ia dizer que pelo menos as habitantes são bonitas – completou ela, e meu coração foi acelerando. – Mas você fala de boca cheia, então, não.

Gargalhei como um porquinho quando finalmente engoli.

– Não acredito que você me chamou de feia na *minha* cara.

– Eu vim do planeta da sinceridade. – Édra sorriu, mordendo os lábios.

– Nossa! Mais uma palavra e sua cara inteira vai provar da sua comida – ameacei, apertando bem os olhos, como o Xerife Romanéz, de *Amor em atos*.

– Você tá me ameaçando?! – Ela apertou os olhos de volta.

Quando eu vou aprender que não posso fazer isso, porque não aguento quando ela faz de volta?! *Deus...*

– *Talvez...* – Larguei os talheres, enfiando minhas mãos entre as pernas abruptamente para coçar os dedos de nervoso.

Nos encaramos por alguns segundos, não sei quantos, não consegui contar. Édra Norr me observava de uma forma que eu não conseguia decifrar, embora seu olhar fosse *sempre* voluptuoso e penetrante. Comecei a respirar e me senti desajeitada na banqueta, como se eu não coubesse mais nela. Não sei explicar.

Eu estava um tanto quanto fora de órbita.

Édra levantou, pegando o prato.

– Acho melhor eu limpar isso aqui logo. – Ela levantou da banqueta, soando meio desconfortável.

Eu sei, eu também estava. O nosso ar, de legal, ficou assim, meio não identificado.

Não de um jeito ruim, era mais como se não soubéssemos de que forma reagir.

– É, eu... – comecei a dizer, me levantando da banqueta. – Vou beber água. – Forcei um sorriso sem graça. – Desci pra... pra beber água – gaguejei.

– É – disse Édra, jogando o restinho do ovo no lixo. – Cê disse.

Senti que o sorriso que ela me deu, nos três segundos que inclinou o pescoço pra me olhar, também foi forçado. Como o meu.

Édra Norr começou a colocar os pratos dentro da lava-louças e eu não conseguia me aproximar dela para pegar água. E também não conseguia pedir que ela pegasse pra mim. Sei lá, só congelei onde eu estava.

– Tem água na geladeira – disse ela quando passou por mim, enxugando as mãos numa toalha que, posteriormente, ela largou em cima do balcão.

Revirei meus olhos com bastante força, já que eu odeio quando as pessoas fazem isso. Odeio ter que mexer nas coisas da casa dos outros.

Certo, eu toquei e cheirei o quarto dela inteiro, mas, cara, é completamente diferente.

Caminhei até a geladeira, porque, bom, eu não queria que parecesse que eu só desci pra vê-la. (Não que eu tenha descido por isso, óbvio.) Eu *precisava* beber água.

Mas é claro que eu precisava esbarrar na lata de lixo também. Meus pés "chutaram" a lixeira de aço contra a parede quando cheguei perto da pia. E o barulho ecoou pela casa inteira.

– Édra?! – A voz áspera do pai dela cortou o silêncio que fizemos logo depois do incidente. – Vai dormir, tá tarde. Você tem que estudar pro seu exame.

– Exame?! – perguntei, sussurrando.

Mas Édra apagou a luz na hora.

– Tá doida?! Eu tenho medo do es...

Ela chegou abruptamente em dois passos largos. Senti uma de suas mãos atrás da minha nuca, enquanto a outra prensou a minha boca, impedindo que qualquer palavra escapasse. Dava pra sentir, nos meus lábios, a divisão dos seus dedos.

– *Shhhh!* – soprou ela pra mim, quase que sem voz.

Meus olhos arregalaram pra ela, no escuro. Eu só conseguia ver parte do seu rosto, do nariz pra cima, por causa do feixe de luz azulada que escapava da janela centelha, acima da pia, bem atrás de mim.

– *Pegue a sua água e suba em câmera lenta* – disse Édra Norr, enquanto me soltava.

Senti os seus dedos deslizarem pelos meus lábios até o meu queixo quando sua mão me desprendeu de vez.

Respirei fundo, me agarrando no mármore da pia, nas minhas costas.

Abri a porta da geladeira, bem devagar e com cuidado. A luz amarelada foi clareando a cozinha inteira, especificamente Édra Norr, que se inclinava para pegar o copo, no armário.

Olhei pro meu próprio corpo, dentro das roupas dela, agora iluminado de amarelo.

Alcancei a primeira garrafa de água que vi, de vidro com a tampa verde. E me virei para Édra, ainda com a geladeira aberta, erguendo a garrafa para ter certeza de que era essa mesmo a que eu deveria pegar.

Não disse uma palavra, nem ela. Édra só acenou com a cabeça, me olhando com aquela cara séria que ela faz às vezes quando ficamos em silêncio.

A luz amarela iluminava todos os seus detalhes. Suas feridas, seus arranhados, o curativo que fiz em sua sobrancelha, os fios desgrenhados de seus cabelos escuros. Sua barriga despida, a blusa caída sobre seu ombro, seu pescoço, seu queixo, seus lábios (eu já disse que odeio essa palavra, mas inegavelmente...) carnudos. Para cima de seu piercing de argola, prata, no septo, mais outro arranhado no nariz, até os seus olhos, escuros, de abismo, escondidos atrás de cílios longos e sobrancelhas arqueadas. Dando a Édra um olhar analítico sobre mim, observador e preocupado.

Fui fechando a geladeira, vendo o corpo dela escurecer de novo, aos poucos, enquanto a porta chegava ao fim do seu ciclo. Foi quase que um pôr do sol inclinado pro lado errado, de um jeito certo. Um pôr do sol de geladeira.

No escuro, o copo de vidro refletia a luz da janela, sendo estendido para mim por Édra.

Peguei o copo fazendo todo o esforço para que nossas mãos não se encostassem hora nenhuma. E o mais absurdo foi me sentir chateada porque, de fato, elas não se encostaram. E Édra imediatamente me largou sozinha na cozinha, com uma cara meio estranha.

Nessa altura, seria natural que eu já tivesse digitado trezentas mensagens para Édra Norr, que estava online, a uma escada de mim. Mas eu não queria soar tão estranha quanto ela soou me abandonando na cozinha. Então, só repeti mil vezes para mim mesma: Íris Pêssego, por favor, não digite *nada*.

Você tá chateada comigo?! √√
Enviado 3:49

Foi mal ter acordado o seu pai √√
Enviado 3:49

Não √√
Enviado 3:51

Relaxa √√
Enviado 3:51

Você me largou na cozinha,
eu podia ter morrido. √√
Enviado 3:51

Hahahaha Morrido de quê?
Eu fui tomar banho √√
Enviado 3:52

O planeta da cozinha
é um lugar seguro √√
Enviado 3:53

O que é mais importante:
minha vida ou seu banho? √√
Enviado 3:54

Meu banho √√
Enviado 3:54

Boa sorte com seu trabalho
de literatura √√
Enviado 3:54

Hahaha Sua vida* ✓✓
Enviado 3:55

Tarde demais. Você já tá numa dupla com você mesma ✓✓
Enviado 3:55

Isso é cientificamente impossível. ✓✓
Enviado 3:55

Então você não conhece Igor Grécia ✓✓
Enviado 3:56

Mas eu conheço a ciência ✓✓
Enviado 3:57

Não ✓✓
Enviado 3:57

Eu conheço a ciência, você é só um experimento! ✓✓
Enviado 3:58

Como assim? ✓✓
Enviado 3:59

Íris? ✓✓
Enviado 4:03

– Oi – respondi a Polly, na milésima vez que ela me chamou. Eu só estava tentando procurar uma desculpa esfarrapada que fosse perfeita. – Eu dormi com Cadu Sena.

– O carro de Cadu Sena não é aquele. – Ela apertou os olhos na minha direção. – Quem te trouxe até aqui?!

– Cadu Sena, Polly, Deus. – Revirei os olhos, tentando não soar nervosa. – Eu já falei.

– Não me parece real, ué. Como é que você dormiu com Cadu Sena se você tá com essa cara? – Ela arregalou os olhos, enfiando a colher na tigela de cereal e derrubando um pouco do leite no vidro da mesa. – Quem dorme com Cadu Sena e acorda com essa cara?

Alguém que está prestes a ter todas as mentiras descobertas por todo mundo. Por pouco eu não abri o jogo inteiro para Édra Norr numa conversa de celular.

– Eu não dormi com ele do jeito que você está pensando. – Pigarreei, franzindo a sobrancelha. – Ele me emprestou as roupas dele, me ofereceu a cama dele pra dormir... E ficou no sofá a noite inteira, pra falar a verdade.

– Deus! – Polly abriu a boca cheia de cereal mastigado. – Cadu Sena é um príncipe.

Ou talvez Édra Norr seja.

– Pois é, ele é incrível – eu disse, coçando os dedos. – E ele cozinhou ovos mexidos com bacon e até comi um pouco, foi muito fofo.

– Não brinca! – Polly enfiou mais uma colher na boca. – Estou nadando em inveja. Tipo, perder a virgindade é importante, mas, cara... Eu esperaria por uma pessoa dessas. Ele deve estar esperando o *momento certo*. Isso é *muito* fofo.

– Você acha que eu posso estar gostando do Cadu Sena? – perguntei, coçando meus dedos com tanta força que fiquei com medo deles desprenderem da minha mão. – Tipo, conversamos a madrugada inteira pelo celular e, sei lá, eu meio que senti um frio na barriga.

– Ué. – Polly apertou os olhos pra mim. – Você já não é apaixonada por ele desde a oitava série?

– Sou. – Meu coração acelerou dentro do meu peito. *Quase* descoberta, *de novo*. – Mas, tipo, é diferente, né? Quando a gente conhece a pessoa de verdade. Você meio que pode desgostar ou se apaixonar pra valer.

– É. – Polly respirou fundo. – Eu sei bem como é isso. Luiz é meio estranho, sei lá. Mas eu não vou estragar o seu clima amoroso te contando nada.

Se você me deixou lá por causa de Cadu Sena – ela foi dizendo, de boca cheia –, eu apoio, porque sei que ele é o seu *maior* sonho.

– É. – Sorri sem graça. – Ele é o meu maior sonho.

ÉDRA NORR TINHA ME ACORDADO DE manhã com uma ligação de celular e me levou para a casa de Polly sem falar quase nada comigo. Na verdade, ela só perguntou se eu tinha dormido bem, se eu queria comer alguma coisa... Parecia que estava no automático. Não sei se por causa da mensagem que eu mandei. Eu mencionei a palavra "experimento". Não acredito que eu fiz isso.

É *claro* que ela sacou.

É claro que ela *não* sacou.

Deus, eu sou louca. E pensei nisso o dia inteiro.

Édra Norr já é quase uma residente na minha cabeça. Aposto que já tem uma escova de dente pra ela em algum lugar no meu cérebro, como acontece quando os casais começam a dormir juntos com muita frequência e passam a ser "de casa", assim dizendo.

Na minha cabeça, Édra Norr era de casa.

Não só na minha cabeça, metaforicamente falando, mas nos meus olhos literal e definitivamente falando.

Já que eu, no ápice da minha insanidade mental, estou atrás de um arbusto dando zoom em sua janela.

Cara, alguém, por favor, me diga: *Qual... É... O meu... Problema?!*

Ela estava afinando o uquelele e dedilhando-o, para testar os sons. Não sei o que estava cantando, não dava pra ouvir *nada*, já que a janela estava completamente fechada. Tudo o que iluminava Édra Norr era a luz de seu abajur azul aceso.

E, contra a minha vontade, eu só conseguia dar zoom e achá-la *cada vez mais* (na mesma proporção do zoom) *bonita*.

Sei que alguma coisa muito estranha anda acontecendo porque, sério, eu já estou sóbria faz quase dezenove horas. O que eu vou culpar dessa vez?!

Cara, *eu quero muito vomitar.*

(Quase na mesma intensidade que eu quero muito saber o que ela está cantando do outro lado.)

Ontem mesmo eu estava lá em cima, olhando ela ir embora no carro preto que ela despreza. E agora eu volto pra cá, para o lugar a que eu pertenço. Pro meu roteiro, script, *que seja*. Atrás de um arbusto, pinicando, totalmente desconfortável, numa postura tão péssima quanto a que ela usa para assistir às aulas.

Tudo pra quê?

Por quê?

(Ela está sorrindo enquanto canta, *exatamente agora.)*

Meu celular vibrou no meu bolso.

Você tem (1) mensagem de Cadu Sena.

Ainda estou aqui, quando você tiver pronta
para me pedir desculpa ✓✓
Enviado 21:16

Pedalei com toda a minha força pelas ruas de São Patrique e, por pura ironia do destino, cruzei com uns quarenta e nove casais apaixonados. Eu não sei o que isso significa, se você quer saber. Talvez algo queira esfregar na minha cara que todo mundo tem sua metade da laranja, ou a própria laranjeira, menos eu.

Quanto mais eu pedalava, mais flashes de Édra Norr vinham na minha cabeça: Édra Norr cortando a comida, mastigando, sangrando, apertando os olhos de dor, sacudindo a mão depois de ter me defendido de um idiota, girando a cadeira de rodas, rindo, destrancando a bicicleta, bebendo água, dançando no Submundo, apontando para a bolinha de papel no meu colo, saindo do banheiro, saindo do mar, fazendo abdominais, abotoando a blusa social, afinando o uquelele...

Eu quero *mesmo* vomitar.

Eu *preciso* de ajuda.

– Quer chá?! – Dona Símia perguntou instantaneamente, quando me viu parada de pé na porta. Eu não disse nada, mas acho que ela conseguiu ler a minha expressão no rosto. Que, para falar a verdade, não era necessariamente sobre o chá e sim sobre "todo o resto". – Tudo bem. – Ela abriu mais a porta para que eu entrasse. – Um dia você aceita.

– Eu meio que nunca tomei chá, Dona Símia – respondi, parecendo mais assustada do que deveria parecer.

– Tem gente que odeia chá. – Dona Símia fechou a porta às suas costas, arrastando os chinelos até a cozinha. – E tem gente que ama chá.

Lanterna pulou no meu colo quando me sentei no sofá, e Loriel farejava os meus pés.

– Mas você só vai saber se gosta de chá... – Ouvi o som da xícara sendo cheia. – Se você *experimentar* chá.

– Eu tenho medo de experimentar chá. – Arregalei meus olhos, encarando a parede, apavorada.

Dona Símia se sentou do meu lado com duas xícaras cheias na mão e apertou bem os olhinhos miúdos na minha direção.

– Minha filha, estamos *mesmo* falando de chá?! – Ela me encarou, com aquela cabeça trêmula, como se fosse uma tartaruga.

– É claro que estamos falando de chá. – Arfei, coçando os dedos, como se ela tivesse dito uma coisa realmente absurda.

– Bom, então, pare de fugir do chá. – Ela recostou no sofá, esticando um dos braços com a xícara para a minha direção. – Experimente de uma vez, não é como se o mundo fosse acabar se você não gostar.

– Hum... – Balancei a cabeça negativamente, encarando a fumaça que dançava para fora da xícara.

– Vamos tentar mais uma vez. – Ela abriu um sorriso. – Quer chá?

12.

Eu estava há quase três horas encarando a tela azulada do meu computador, enquanto comia freneticamente uma mistura louca de pizza e pipoca de micro-ondas sabor bacon. Sim, eu gastei um pouco mais do meu dinheiro do vestido de formatura ligando pro Orégano's e pedindo uma pizza de frango com catupiry tamanho médio. E o meu histórico do computador parecia, sei lá, algo que uma garota de treze anos pesquisaria.

"Querer beijar garotas é normal?"

"Como saber se eu gosto de garotas?"

"Misturar pizza e pipoca mata?"

E agora eu estava pesquisando "O que chama a atenção de garotas?", sendo que, bom, eu acho que o meu computador deve ser heterossexual, porque ele me deu um guia do que chama atenção de garotas em um cara. Falava algo sobre caras com um "corpo saudável", sorriso acolhedor, jeito chamativo, que consegue se destacar entre amigos tão bonitos e legais quanto ele. Ou seja, eu tive que ler tudo o que fazia Cadu Sena *ser* Cadu Sena. Tanto em traços físicos quanto em traços de personalidade.

Não julgueis o histórico da internet alheio, porque todo mundo tem curiosidades bizarras e eu só queria saber mais sobre essa coisa de, ah, cara, sei lá... Gostar de uma garota.

E foi a primeira coisa que fiz depois de ter dito "não, Dona Símia, obrigada. Fica pra próxima". Eu simplesmente subi até o meu quarto, tirei meus sapatos, disquei o número do Orégano's Pizza e esperei o meu computador ligar.

Cá estou eu: mentirosa, hipócrita e de meias.

Digitei trezentas vezes na janela de Cadu Sena, mas apaguei todos os caracteres. Eu meio que queria aproveitar esse tempo pelo qual ele estava me esperando para ver se algo de inacreditável aconteceria comigo. Eu não sei explicar. É como se eu sentisse que, no momento que respondesse a mensagem de Cadu Sena, eu estaria colocando um ponto final no meu experimento científico.

Porque, de verdade, depois que se beija a boca de alguém, só se beija pela segunda vez se você quer *alguma* coisa (mesmo que essa *coisa* não tenha um rótulo definido). Beijos só se repetem se você gosta deles. E quando eles começam a se repetir com frequência, você cria um vínculo com essa boca. E não sei se quero um vínculo com boca de Cadu Sena agora. Estou apavorada, confusa, mentirosa, hipócrita e de meias. É bem difícil decidir alguma coisa nesse fundo do poço que consegui alcançar.

Não é como se eu não gostasse mais de Cadu Sena nem como se ele beijasse mal, ou qualquer coisa do tipo. Na verdade, se eu fechar os olhos agora, consigo sentir a língua de Cadu Sena dentro da minha boca, com o jeitinho lento e preciso que ele tem de beijar. Mas, automaticamente, também sinto o nervoso que me deu. E a areia. E o vento. E a gota de água salgada que espirrou na minha perna quando Édra Norr passou por nós dois.

A memória inteira está conectada, como uma teia de aranha. Então meu primeiro beijo com Cadu Sena tem minha insegurança. E também tem Édra Norr.

Não é uma memória muito boa de primeiro beijo, apesar de não ter sido um beijo ruim. E ter sido largada sozinha, depois de um primeiro beijo, foi uma experiência horrível.

No final, é isso o que está arquivado na minha cabeça sobre meu beijo com Cadu. São todas essas pequenas sensações. Não é *tão bom* assim de lembrar, se posso ser sincera.

É difícil ser sincera quando você é tão mentirosa, hipócrita e de meias.

Eu só queria entender o que anda acontecendo com os meus hormônios e com os meus impulsos. *Deus,* eu estou perseguindo uma pessoa. Tipo, eu posso ser presa. E eu dormi na casa dela. E ela me salvou e cozinhou pra mim. E eu cheirei um abajur.

Quão bizarra eu consigo ser? Onde foram parar os meus sensores de limites?

Tudo isso precisa de uma explicação.

Uma explicação que, talvez, o meu histórico de internet consiga me dar. Mas que, sendo tão mentirosa, hipócrita e de meias, eu não consiga admitir por inteiro.

Meu Deus do céu, eu sinto alguma coisa por garotas? É isso? É por isso?

Será que eu precisei que um casal de garotas caísse bem em cima da minha cabeça, como uma bigorna cai em cima de desenhos animados, pra perceber que sinto alguma coisa por elas? Digo, não Camila Dourado e Édra Norr, mas por garotas no geral?

Será que eu sou a fim de garotas e nunca me dei conta disso?

"Como saber se já fui a fim de uma garota e nunca percebi", pesquisar.

Novamente, fórum sobre homens querendo ser correspondidos por garotas.

Revirei os meus olhos, esticando o queijo da pizza.

Margot pulou no meu colo, tentando alcançar o balde de pipocas que eu abraçava com o braço esquerdo.

Você tem (2) novas mensagens de Édra Norr.

Expulsei Margot rapidamente, sacudindo minhas pernas para que ela saltasse. Soltei a pizza e a pipoca pra agarrar o celular, deslizando o dedo para desbloquear a tela.

Fingindo doença nível: ancião ✓✓

Enviado 00:42

Gargalhei como um porquinho com a foto da perna dela enfaixada errada com gaze. Édra tinha removido todos os curativos (escondida do pai dela) e estava indo contra todas as regras hospitalares. E, depois que nos adicionamos, ela mandava de hora em hora a foto de um curativo novo que ela tentava forjar.

Você vai ganhar um Harper Avery de medicina em curativos, como em Grey's Anatomy ✓✓

Enviado 00:43

Eu sempre apago as mensagens em arquivo de foto, mas não consigo apagar as imagens que Édra Norr me envia. Tem uma foto que ela tirou errado e tá tudo embaçado, não dá pra ver absolutamente nada além de um borrão branco. E, mesmo assim, eu não consigo deletar isso. Também tem a sua *selfie* sorrindo com o band-aid no queixo e fazendo um joinha pra me mostrar sua réplica de mais um curativo. Ela estava *profissional* em forjar curativos e eu estava *profissional* em não conseguir me controlar, já que todas as vezes que seleciono essas fotos pra deletar, acabo cancelando *tudo* e mantendo *todas*. Inclusive o maldito borrão.

Fala sério, estou ficando sem espaço.

"Não consigo apagar as fotos de uma pessoa do meu celular. O que significa?", pesquisar.

"Saiba como aprimorar o seu celular atualizando as funções! Siga esse manual completo do Club do Cyber!"

Arfei, revirando os olhos. Não fui feita pra internet.

Certo, garotas.

O que se tem pra *reparar* em garotas?

Decidi ir de ônibus para o colégio, só para que eu pudesse ser o meu próprio experimento científico do dia. Meu principal objetivo? Dividir-me em duas. Uma para reparar em garotas; a outra para testar com honestidade as minhas reações. E, do fundo do meu coração, ou escondido em qualquer parte entre os meus órgãos, eu esperava que isso funcionasse. Mas eu preciso ser um ser humano horrível e julgar as pessoas por coisas idiotas.

Odiei os brincos dessa garota. Não vou conseguir olhar pra ela de nenhum jeito que não seja com um "por Deus, garota, tire esses brincos". É realmente assustador, porque são cabeças de bonecas sem olhos. E são seis da manhã, ninguém é tão sombrio pra fazer isso nesse horário. E ela me encarava de volta com desprezo, como se desejasse a minha morte por trás daquelas mil camadas de rímel. Certo, eu nunca beijaria *cabeça de bonecas*.

Tem essa outra garota, sentada aqui do meu lado, com fones de ouvido. Está ouvindo uma música com sons de piano e alguém cantando em alguma língua que não consigo identificar. Mas ela se parece muito com Polly, e Polly é como uma irmã pra mim.

O ônibus parou perto da loja de CDs que vi quando segui Édra Norr naquele dia. E subiu uma garota meio parecida com ela. Digo, por não ser assim feminina. Só percebi quando ela já estava passando pela roleta, apressada. Usava uma jaqueta jeans meio surrada, uma blusa com alguns escritos que não deu pra ler, uns óculos escuros meio quadrados e tinha a cabeça raspada. Tentei reparar em mais que isso. Só sabia que era uma garota porque consegui ver o contorno dos seios desenhado na blusa. Não vi direito porque ela sentou bem atrás da minha cadeira. Então, não tinha como eu simplesmente entortar a cabeça.

Meu desespero foi aumentando tanto quando o ônibus começou a chegar perto do colégio que eu simplesmente olhei pra uma mulher que poderia ser a minha mãe. Ela tinha um sorriso muito bonito enquanto digitava no celular, aí deu uma risada de porquinho, parecida com a minha. Acabei rindo também, pra dentro, lembrando da minha conversa na cozinha de Édra Norr.

Desci do ônibus meio decepcionada. Não sei explicar. Sei lá, só queria sentir alguma coisa. Qualquer coisa.

Fui andando pelo passeio com umas trezentas pessoas usando fardas idênticas às minhas, como um grande formigueiro. Passei por rostos conhecidos e desconhecidos. Reparei em várias meninas em frações de segundos, passo por passo. Loiras, negras, altas, baixas, brancas, amareladas, bronzeadas, com óculos de grau, sem óculos de grau, com o cabelo preso, solto, em um coque no topo de cabeça. Elas riam, conversavam, tomavam suco, mastigavam chiclete, digitavam no celular, folheavam algum livro, flertavam com garotos.

E eu olhava pra todas elas, como um grande processador de garotas. Tentando sentir qualquer coisa que fosse.

Achei algumas bonitas; gostei de alguns sorrisos, alguns cabelos, alguns olhos, alguns jeitos de ficar em pé. Gostei de alguns cheiros, algumas bocas, alguns narizes, algumas vozes.

Tudo enquanto caminhava para dentro do Colégio São Patrique num andar vagaroso, tentando absorver um pouco de cada uma delas, desacelerando o tempo nos meus olhos, para que elas passassem em câmera lenta e eu pudesse ver coisas mínimas, como sardas, espinhas, sinais de nascença.

Mas eu não senti nada.

– Ei, bom dia! – Wilson Zerla me parou quando eu estava prestes a cruzar o corredor. – Falta quase uma semana para o feriado de São Patrique! A secretaria deu passe livre pra gente se organizar no auditório, no primeiro horário durante todos os dias de aula até o feriado. – Ele sorriu, entregando uma folha pra mim.

Olhei para a folha rapidamente, com os meus novos horários de aula. Todos os primeiros horários marcados como "Reunião Preparativa para o feriado".

Tive vontade de ser sincera e dizer a Wilson Zerla o quanto eu acho ele mais legal que todos os caras idiotas do time de futebol. Senti que devia ser sincera com meus sentimentos, pelo menos de vez em quando. Já que hoje eu sou meu próprio experimento, e às vezes cansa ser tão mentirosa, hipócrita e de meias.

– Ei, Wilson. – Voltei uns passos, para onde ele estava. – Você é um cara muito legal.

Wilson Zerla sorriu para mim como se tivesse ganhado o dia e acenou positivamente com a cabeça, os lábios selados. Como se dissesse "dever cumprido" ou "alguém finalmente notou". Como se ele soubesse que era um cara legal e tudo o que faltava era alguém reparar nisso.

– Obrigado, Íris – agradeceu ele, dentro de um suspiro. E fui andando em ré, me sentindo muito bem por ter dito aquilo. Wilson Zerla se virou, estendendo outra folha. – Ei, bom dia, falta quase uma semana para o feriado de São Patrique!

Fui caminhando para dentro do corredor como se algo incrível tivesse acontecido. E realmente tinha. Fui sincera sobre o que eu estava sentido. Tipo, cara, isso é *libertador*.

Não vejo a hora de agradecer a Édra Norr direito por ter me salvado de um grande idiota. Aquilo significou tanto pra mim e eu nem disse nada. *Nada do que eu queria ter dito*. Nem sequer dei um abraço nela pra mostrar o quanto fiquei agradecida. Ninguém nunca fez algo tão legal por mim antes. E ela fez, sem nem me conhecer direito.

Caminhei até o auditório com toda aquela euforia inchando o meu peito e escalando até a minha garganta. Minha mão começou a suar frio.

Eu não sabia exatamente *o que* deveria falar, nem *como* deveria falar. Não queria parecer mais estranha do que a Íris Pêssego consegue parecer. E senti, no meu âmago, que aquele seria o primeiro grande passo para algo incrível. Eu realmente poderia, sei lá, me oferecer parar tirar a virgindade de pizza que Édra Norr ainda tinha. Sabe, para agradecer, já que ela tirou a minha virgindade de ser salva por alguém.

Ah, claro, ainda tem isso. Ainda tem o fato de que talvez hoje seja o velório da minha vida social nesse colégio e eu, no meu mundo da lua em históricos de internet altamente duvidosos, nem reparei se as pessoas estavam falando nas minhas costas sobre o ocorrido.

Não, espere. Não posso perder o foco.

Foco, Íris. Foco.

Independente das pessoas me acharem uma ladra de namorados ou não, Édra Norr precisa ser recompensada por ser *tão incrível* e de graça. O oposto das pessoas desse colégio, que sempre cobram pelas coisas boas que fazem.

O que eu vou falar?

Deus, não sei fazer essas coisas.

Desviei de algumas pessoas mais altas que eu, que bloqueavam a minha visão do que estava acontecendo lá dentro. Tinha muita gente saindo e entrando do auditório ao mesmo tempo. Estava uma confusão. Uma grande euforia em oitenta tons de voz diferentes que se sincronizavam a barulhos que vinham ecoados do salão, como cadeiras sendo arrastadas e passos de todo tipo de calçados.

Levei algumas pisadas no pé até me ver entre as cadeiras vermelhas do auditório. E, para além da minha vista, uma centena de cadeiras à minha frente, sentada em cima do palco, na borda, balançando as pernas no ar... estava Édra Norr. Recortando uma letra "S" de uma cartolina azul-marinho. Concentrada, como se não pudesse errar naquilo.

As sobrancelhas juntas na testa conforme ela dizia algo para Marina Tuli, sentada ao lado dela, fazendo a mesma coisa. Nada que eu pudesse ouvir, claro, com o barulho absurdo que aquelas pessoas todas faziam conversando. E com os ecos de Lulu Matias, dando ordens e dividindo as pessoas em grupos de tarefas.

"Ei, Édra Norr, você quer comer pizza?"

Não; muito óbvio, convidativo e sem graça.

"Ei, Édra, chegou a sua vez de perder a virgindade de pizza!"

Não.

Édra abriu um sorriso para alguma coisa que Marina Tuli disse e exibiu o seu gigante "S" recém-cortado, como se fosse um troféu. Consegui sentir a prepotência em seu olhar, como quem sabe que fez um bom trabalho. Marina deu uma cotovelada no braço dela, o que fez com que ela risse mais ainda. Exibindo aqueles dentes insuportavelmente bonitos.

Certo, eu preciso ir lá. Eu preciso dizer. Não é tão difícil assim, sabe, vai ser como fiz com Wilson Zerla.

Eu só precisava de 5 segundos de pura coragem.

– Ela é uma *gracinha*, não é? – Camila Dourado surgiu do meu lado, repentinamente. As longas unhas vermelhas brilhavam na cor marrom-fosco da prancheta que ela segurava.

Me senti desconfortável. Como se tivesse sido flagrada fazendo alguma coisa *muito* ruim.

– Sabe, eu tenho muitos contatos nesse colégio, Íris. – Ela sorriu para mim, mas os seus olhos não sorriram junto. Ela me olhava como uma lagartixa furiosa. Com aquele rosto simetricamente perfeito, quase de plástico. E aqueles cabelos dourados presos num rabo de cavalo que, mesmo bagunçado, não tinha um defeito. Como se tivesse sido bagunçado propositalmente.

Quando eu faço um rabo de cavalo, posso cobrar por anúncios na minha testa. E até nisso Camila Dourado era impecável. Sua testa era tão pequena e perfeita que chegava a ser irritante.

Eu queria chutar a cabeça dela.

– Não é fácil abafar alguma coisa – Seu tom de voz foi de simpático para atroz. – Mas é fácil fazer com que a cidade *inteira* saiba.

– Quê?! – indaguei, sentindo a atmosfera pesar. Mesmo que eu fizesse um pouco de ideia *do que* ela estava falando.

– Não se faça de desentendida. Eu tô cansada de todas vocês sempre quererem a pessoa com quem eu escolho estar. Antes, era Cadu. De repente, todo mundo quer Édra Norr. Você não percebe quão desrespeitoso é você ficar pra cima e pra baixo com a minha namorada? – Camila Dourado estendeu o celular dela para que eu o visse. – Se você continuar tentando ter algo em *segredinho* com a *minha* namorada, eu te tiro à força de dentro do armário. – Ela semicerrou os olhos para mim, tocando em uma tecla.

O meu celular vibrou no bolso. E, no mesmo momento, Camila me deu as costas, descendo rumo ao palco, onde Édra estava recortando letras.

Você tem (1) nova mensagem de Número Desconhecido.

Diminuí todo o volume do meu celular, como se minha vida dependesse daquilo, e dei play no vídeo que recebi. Provavelmente tinha sido enviado por Camila Dourado, que conseguiu o meu número de alguma forma. Na verdade, o que é que alguém como Camila Dourado não consegue?

O vídeo só tinha seis segundos, mas dava para *me* ver bem nele. Não só *eu*, como *Édra Norr*, segurando a minha mão e me puxando para o meio de várias pessoas. Diretamente para fora da Praia da Sardinha, quando ela me salvou.

Na mesma noite em que eu não fui honesta com os meus pais, com a minha melhor amiga e com Cadu Sena.

Aquele vídeo podia acabar com toda a minha vida com apenas um clique na opção de "Enviar para todos os contatos".

Foi o que me fez apagar a tela do celular abruptamente, para que nem eu mesma pudesse chegar perto desse botão no aplicativo.

Meu coração começou a acelerar muito.

E, diante de todas as cadeiras, eu vi Édra Norr pular do palco para beijar o topo da cabeça de Camila Dourado com os braços afastados, já que uma mão segurava a tesoura e a outra, um pedaço consideravelmente grande de cartolina.

Camila se virou para onde eu estava e me olhou por poucos segundos, como se quisesse ter certeza de que eu estava assistindo, enquanto ela agarrava o rosto de Édra Norr com suas unhas vermelhas brilhantes. Depois disso, sem me olhar, amassou as bochechas de Édra, dando um selinho em sua boca.

Dei meia volta de imediato, atropelando todas as pessoas que tentavam entrar de uma só vez no auditório. Passei por todas elas com máxima velocidade e aproveitei a minha altura para conseguir me enfiar entre algumas, encurtando meu caminho. Apressei meus passos, de cabeça baixa, quando passei pelo corredor.

E me enfiei na minha carteira, com a sala completamente vazia, torcendo para que ninguém aparecesse. Fiz um casulo com meus braços e escondi a minha cabeça lá dentro. Já que hoje é o dia da sinceridade... Eu *quis* chorar, mas engoli bem fundo e, no meio disso tudo, depois de ter ido dormir supertarde pesquisando coisas na internet, simplesmente apaguei ali mesmo.

Quando abri meus olhos, o nosso professor já estava com metade da lousa coberta de anotações em piloto preto e vermelho. E no meu colo (também ao redor do meu pé) tinha umas seis bolinhas de papel.

Eu sabia de quem era, mas me recusei a olhar pro lado. Porque eu sabia que ela estaria lá.

Cocei os meus olhos por baixo dos óculos e bocejei, ajeitando o cabelo.

– Gênesis – chamei, já que era a pessoa mais próxima de mim. – O que tá acontecendo nessa aula?

– Desculpa, Íris. – Ela me olhou com uma cara enojada e piedosa. – *Eu não posso falar com lésbicas.*

Revirei os olhos, trincando os dentes.

– Cara, eu não sou lés... – hesitei, percebendo que outras pessoas se esticavam em suas cadeiras para escutar nossa conversa.

– Camila Dourado não pode me comprar – sussurrou ela para mim. – Nada corromperá os meus princípios.

– Do que você tá falando?! – indaguei, olhando em volta.

– Do seu vídeo. – Gênesis ergueu as sobrancelhas. – Quando eu conseguir esse vídeo de novo, tenha certeza que nada vai me impedir de entregá-lo a seus pais. Eu trabalho apenas pra Deus e em nome Dele, não pra vocês.

Voltei a olhar pra lousa, me concentrando o máximo para não explodir. Era oficial: todo mundo queria acabar com a minha vida social nesse colégio.

Minhas mentiras iniciaram uma guerra contra mim mesma e, no momento que isso vazar, serei uma pessoa *morta*. Pelos meus pais, por Polly e por Cadu Sena, que *com certeza* vai pensar que eu fiz com ele o mesmo que Camila Dourado.

Eu era definitivamente uma mentirosa, hipócrita e de meias.

Como eu me tornei esse tipo de pessoa?

Uma nova bolinha de papel caiu no meu colo.

Deus, eu estou tão ferrada.

– Íris? – Wilson Zerla me chamou num canto, quando me viu passar pelo corredor, na hora do intervalo. – Foi bom você ter falado comigo mais cedo. É que preciso muito conversar contigo sobre uma coisa que aconteceu.

Eu estava ocupada mexendo no celular, tentando silenciar as notificações.

Você tem (6) novas mensagens de Édra Norr.

Ótimo.

– Íris? – Wilson me chamou novamente. Carregava uma pilha de folhetos entre os braços cobertos por uma jaqueta do time de futebol da escola.

– O que você tá fazendo com a jaqueta do time de futebol? – perguntei, tirando meus olhos da tela do celular e seguindo pelo corredor ao lado dele. – Eu não sabia que você jogava.

– É do meu melhor amigo, Luiz. – Wilson sorriu. – Meio que não cabe mais nele, e como eu sou muito fã do time, ele me emprestou.

– Quê? – Minha boca virou um "O" perfeito. – Você é melhor amigo do Luiz? Digo, ele é seu melhor amigo?

É claro que eu estava chocada. Luiz é tipo, meu Deus, o líder da turminha que zoa o Wilson por tudo o que ele faz dentro desse colégio.

– É. – Ele olhou para os próprios pés enquanto caminhávamos. – A gente sempre jogou videogame juntos, desde criança.

– *Entendo.* – Arregalei os olhos, me sentindo desconfortável em estar conversando com Wilson Zerla sobre o novo namoradinho de Polly. Que, nas horas vagas, é a minha melhor amiga.

– Só que eu acho que ele nunca mais vai querer olhar na minha cara – disse Wilson de uma vez, nervoso, apertando os folhetos contra o peito.

– Por quê? – Meus olhos só faltaram pular da minha cara.

– *Eu beijei Poliana Rios na praia da Sardinha* – sussurrou Wilson. – Eu não sei se alguém viu, mas... Eu tava *meio* bêbado. Nem lembro de tudo que aconteceu direito.

– Quê?! – Parei de caminhar na hora. – *Poliana?* A *minha* Polly?!

– Por favor, Íris. – Wilson olhou em volta, com uma cara de cachorro abandonado. – Se ela comentar alguma coisa com você, por favor, peça desculpas por mim.

Wilson saiu a passos largos, como se tivesse visto um monstro vindo atrás dele. Me largando, completamente sozinha e imóvel, com aquela bomba nos braços. Bem ali, no corredor.

– Íris, eu preciso muito te contar uma coisa. – Polly me puxou pelos braços. – Eu deveria ter te contado antes, mas não quis estragar o seu clima perfeito com o Cadu Sena. Sabe?!

Paramos no refeitório, quando Polly arrastou uma cadeira pra mim e outra pra ela.

Eu me sentei, tentando absorver tudo o que estava acontecendo ao meu redor.

– Cara, acho que eu fiquei com outro jogador do time de futebol – contou ela, desesperada. – Tipo, amiga, eu lembro *bem* da jaqueta, sabe? Mas não lembro do rosto dele. O time inteiro provavelmente já tá sabendo. E o *pior* de tudo é que eu acho que não foi *só* um beijo, sabe? Eu só sei que alguém me beijou *tão* bem, foi o melhor beijo da minha vida. E eu agarrei a pessoa logo em seguida, porque o beijo me deixou louca! Eu tô o dia inteiro ouvindo música romântica e nem sei quem foi que me fez sentir tudo o que eu senti naquela noite. Me sinto aquele clichê idiota que se apaixona na primeira vez.

Deus, ela não lembra que foi o Wilson Zerla.

– Meu Deus, Polly! – tentei fingir que estava chocada. E eu meio que estava mesmo. Não pelo que ela tinha contado, mas por ela não se lembrar. – Você bebeu *o que* pra chegar nesse nível?

– Tava tudo *tão* doce, Í, eu achei que tivesse fraco! – Polly fez um beicinho, levando as mãos até o rosto. – *Eu quero morrer.*

– Calma, Polly – tentei dizer, alisando seu ombro. – Pra tudo tem um jeito. Pelo menos nenhum fanático religioso te filmou e está te ameaçando, né?

– Como assim?! – Polly interrompeu os soluços, falando sério. Me olhou de forma analítica, tentando assimilar o que eu tinha acabado de falar.

– Nada – respondi, e a abracei abruptamente, pra que ela não percebesse nada. – Vai ficar tudo bem – completei, dando uns tapinhas leves em suas costas.

Minha boca grande ainda me ferra.

São realmente inacreditáveis as situações que a vida tem me colocado. E eu tive que, da janela do ônibus, assistir a Édra Norr dirigindo seu carro preto, bem do meu lado, com um olhar extremamente impaciente no rosto. Era normal que ela seguisse o ônibus na volta pra casa, até porque meu ônibus faz o mesmo trajeto que o dela. Então os veículos só se acompanharam no tráfego.

Pelo menos, era isso o que eu achava, até descer do ônibus e notar que Édra Norr estava encostada no lado de fora do carro, com os braços cruzados, na frente do ponto em que eu costumo descer.

Édra não estava seguindo o ônibus porque ela estava indo pra casa. Ela estava seguindo o ônibus porque *eu* estava dentro dele. Ou seja, por ironia do destino, Édra Norr estava *me* seguindo. E *me* esperando descer. Para *me* olhar com um olhar furioso e *me* encurralar.

– Eu posso saber qual é o seu problema? – perguntou ela, por cima de seus braços cruzados, me olhando enquanto eu seguia pelo passeio. – Sério que você vai continuar andando?

– Eu não tô em um dia bom – disse, olhando pros meus próprios pés que, corajosos, continuavam andando. Apesar da voz de Édra Norr me deixar completamente fora de controle. Como se eu não mandasse mais no meu próprio corpo quando ela me olha com *aquela* cara.

– Isso não é motivo pra fingir que eu não existo. – Ela começou a andar do meu lado. – Por que você tá me ignorando?

– Porque eu não tô em um dia bom. – Eu dei de ombros, tentando não parecer uma mentirosa, hipócrita e de meias.

– E custava me dizer isso antes? – Édra parou na minha frente, bloqueando meu caminho. – Eu tentei falar com você hoje umas cem vezes.

– Eu... não estou... em um dia... bom – repeti, pausadamente, encarando-a de volta e desviando de seu corpo, ereto na minha frente.

– O que aconteceu, Íris? – Ela continuou andando do meu lado. – Existem paradas que você precisa fazer, mesmo quando teu dia tá um lixo. Tipo o trabalho de literatura. Cadê a sua parte?

– Vou fazer – respondi, rispidamente.

– Vai fazer? – indagou ela, num tom embargado.

– É – eu disse, agarrando as alças da minha mochila.

– Então você vai *mesmo* continuar me evitando?

Édra Norr parou novamente na minha frente, me fazendo frear. Pude sentir sua respiração encher e esvaziar seu peito por dentro da farda. Estávamos *tão* perto.

– Quantas vezes eu preciso dizer que só não estou num dia bom? – perguntei, me atrevendo a olhá-la nos olhos.

Suas sobrancelhas foram se juntando lentamente. E ela acenou positivamente com a cabeça para mim.

– Beleza – falou ela, andando para o lado oposto ao que eu seguia.

Escutei o som da porta do seu carro destravando.

Me virei, com o coração na garganta.

– Eu te mando a minha parte do trabalho depois – disse alto, para que ela ouvisse. E observei as costas dela, engolindo um nó que se juntou na minha garganta.

– Não precisa. – Édra abriu a porta do carro.

Ela hesitou antes de entrar. E eu quis muito dizer alguma coisa antes que ela entrasse. Mas nenhuma palavra saiu da minha boca, e ela sumiu para dentro do carro, batendo a porta com força.

Todo o ar que estava preso no meu peito (o ar covarde que não teve coragem de virar palavras) foi se esvaindo. E só sobrou o som do pneu arranhando na calçada, conforme ela manobrava e acelerava.

Loriel e Lanterna estavam competindo para ver quem me faria passar vergonha primeiro pelas calçadas de São Patrique. Era óbvio que eu andava ausente no quesito melhor amiga da minha vizinha idosa. Então decidi que levaria os filhos de Dona Símia para passear, já que essa é a minha obrigação, se eu ainda quiser um vestido de formatura. A verdade é que já juntei dinheiro pra comprar esse maldito vestido, e a quantia que juntei dava para três looks diferentes. Mas não, eu *precisava* gastar tudo com comida.

Sinceramente, não sei se passear com Loriel e Lanterna até o fim do ano letivo vai me render alguma grana pra compensar o valor que gastei em pizzas de frango com catupiry. Só que ajudar Dona Símia vai muito além do meu interesse em algumas notas da aposentadoria dela. Eu realmente adoro Loriel e Lanterna. E toda vez que passeamos parece que são eles que me levam para passear.

Acho que me divirto mais que os dois juntos.

Passamos pela porta de algumas lojas e Loriel latiu para alguns cães na rua. Lanterna, como sempre, estava mais interessado em comer qualquer coisa que ele farejasse por mais de cinco segundos.

E só me dei conta de que tinha me afastado demais quando Lanterna parou abruptamente para lamber um cigarro apagado, amassado e sujo de batom no chão da calçada. É claro que eu corri para arrancar aquilo da boca dele. E, quando me levantei do chão, percebi *exatamente* onde eu tinha ido parar.

Submundo.

Vi vários cartazes grudados na parede preta.

"Noite Retrô" era o que divulgavam.

Fui me dando conta de que não era a internet que poderia me dar as respostas que eu procurava. E nem era no ônibus que eu iria descobrir o que se tem para reparar em garotas. Eu estava fazendo tudo de um jeito errado. *Completamente errado.* E se quisesse *mesmo* descobrir o que eu queria tanto saber, só existia um lugar em São Patrique que eu poderia visitar.

Não dava pra desvendar tudo isso sendo uma mentirosa, hipócrita e de meias.

Estava na hora de acordar Júlia.

13.

Você já passou por algum momento decisivo? A grande final de um jogo, uma apresentação importante no colégio, a festa que você tanto esperou pra *finalmente* beijar quem você tanto queria... Nossa vida é feita de inúmeros momentos decisivos. E, quando passamos por eles, saímos com algum aprendizado. Momentos assim nos mudam em alguma coisa. Alguns são meio aterrorizantes, mas quando você finalmente passa por eles, você se dá conta do quão idiota foi ter se preocupado tanto. Em outros, você acha que vai tirar de letra e tudo termina em um completo desastre.

Eu estava passando por um momento decisivo da minha vida, contra a minha vontade. Se pudesse rebobinar a fita, jamais teria me metido nisso. Porque, bom, vamos recapitular tudo: Eu era Íris Pêssego, a pessoa que pegou catapora, faltou aula durante semanas e ninguém notou. A garota que assistia à novela escondida na casa da vizinha, que deu um primeiro beijo desastroso e ainda com o primo da melhor amiga. Alguém que não sabia manusear binóculos e que definitivamente não era salva por ninguém em lugar nenhum.

De repente, alguém pegou o meu roteiro e entregou nas mãos de Maritza, e minha vida deixou de ser um comercial sem graça de detergente a que ninguém assiste inteiro e virou a própria novela *Amor em atos*.

Desde quando eu passo por toda essa adrenalina? Desde quando persigo meus colegas de sala? Desde quando tenho dúvidas sobre qual tipo de pessoa me atrai? Desde quando fico na frente do fogão assistindo à água borbulhar para fazer chá?

– O que é isso? – Minha mãe apareceu com as mãos na cintura, deixando o roupão como uma capa de super-herói atrás dos seus braços. – Você fazendo chá? Desde quando você bebe chá?

– Desde quando você parece mais o Batman do que o próprio Batman? – resmunguei, vendo as bolhas se formar e se desfazer dentro da chaleira de alumínio. Elas, as bolhas, me olhavam de volta, como se duvidassem da minha coragem em fazer chá.

Sério.

– Eu ouvi castigo?! – Foi o que Irônica Pêssego (nome que a minha mãe deveria realmente ter) me deu como resposta.

– *Engraçadinha.* – Coloquei a língua pra fora, revirando os olhos.

Desliguei o fogo com muita dificuldade. Parecia que aqueles botões estavam superpesados, porque isto realmente me custou um grande esforço. E eu fiquei em pé, olhando a água aquecida, que ainda borbulhava e soprava um vapor quente na minha cara.

Senti que, atrás das minhas costas, minha mãe me observava, esperando eu me mover e começar a fazer o chá. Aposto que ela, assim como as bolhas, duvidava da minha capacidade.

E eu simplesmente coloquei o pacote com sachês em cima da pia, dei meia volta e subi até o meu quarto.

Fechei a porta nas minhas costas e deslizei até o chão do quarto, sempre recebida por Margot, que lambeu meus pés. É claro que ela estava consolando o meu fracasso. Eu não consegui. E não faço ideia de por que tomar um simples chá significa tanto.

É como eu falei, alguns momentos decisivos simplesmente parecem aterrorizantes, ainda que sejam, na verdade, bem idiotas.

O que a maioria das pessoas não sabe (*ou não aceita*) é que *não dá* pra fugir de momentos decisivos. Eles sempre voltam pra nos atormentar. Porque a gente precisa passar por eles, justamente por causa do aprendizado que está guardado para nós e que só conseguiremos ver depois de vencer, digo, vivenciar o "momento decisivo" (mesmo que ele seja idiota, como tomar chá).

Eu estava vivendo um momento decisivo dividido em várias etapas. E sentia que descobrir o gosto do chá estava entre essas etapas.

Uma hora seu cérebro te dá um momento curto de clarividência e você percebe coisas que normalmente não perceberia no seu dia a dia, por negação ou burrice.

No fundo do fundo do nosso âmago, a gente *sabe* quando está fugindo de algo, na mesma intensidade que a gente *sabe* que uma hora terá que encarar isso.

E eu soube, quando escorreguei da porta até o chão, entre as lambidas de Margot pelos meus dedos tortos, que existia uma linha tênue entre o sabor do chá e o sabor da saliva de garotas.

Era verdade. E eu sabia que as bolhas na panela sabiam, talvez a minha mãe, Margot e as paredes do meu quarto também soubessem: Eu, Íris Pêssego, estou obcecada por garotas.

Não necessariamente por Édra Norr, mas por como funciona a cabeça de garotas que gostam de outras garotas.

Tá, um pouco por Édra Norr.

Mas só um pouco.

Sim, eu disse um pouco. Por avô Félix, se fosse muito *eu* falaria.

Deus, clarividência, cale a boca.

Independente de Édra Norr, eu preciso desvendar essa charada. Preciso passar por esse momento decisivo que é descobrir se eu sou uma garota que possivelmente se atrai por *outras* garotas. E não vou saber isso até vivenciar o meu momento decisivo. E, por alguma razão que está para além do meu alcance de compreensão, eu simplesmente *sentia* que a resposta para todas essas dúvidas estaria no Submundo. Necessariamente amanhã, às 22h, na "Noite Retrô".

Eu *preciso* ir.

Na mesma proporção em que eu *preciso* beber o maldito chá.

Quando andei pelo corredor naquela manhã, entrei em um grande transe de pensamentos. Todas as pessoas estão passando por momentos decisivos o tempo inteiro. Vi Wilson Zerla entregar panfletos e lembrei da história entre ele e Polly, e o momento decisivo que os dois estavam vivendo, cada um de uma forma diferente. Tatiele e Priscila Pólvora, procurando aprovação dos rapazes, no próprio momento decisivo delas, já que o baile de formatura está chegando e elas estão secas atrás de um par. Gênesis e sua fé tão grande quanto seu desejo em vazar meu vídeo pros sete ventos, no momento decisivo dela, que ironicamente é acabar com a minha vida. Camila Dourado, passando com sua prancheta na mão, sendo escoltada por inúmeros estudantes, fazendo as perguntas mais aleatórias possíveis sobre a festa de formatura.

Entrei no auditório, ainda percebendo as coisas em uma velocidade mínima, em que eu podia jurar que conseguia notar até as partículas de poeira levantando com o ar, enquanto todos caminhavam para os lugares que deveriam ir.

Lulu Matias em seu momento decisivo de dividir todos os alunos em grupos, para ajudar na organização da nossa arrecadação de fundos para a festa. Cadu Sena conversando com os garotos enquanto carregavam caixas de papelão repletas de rolos de cartolina e todo tipo de material para a confecção dos nossos cartazes, banners e enfeites das barraquinhas que montaremos no feriado de São Patrique. Desviando o olhar quando me viu, já que, provavelmente, eu sou o momento decisivo dele. Inúmeros alunos espalhados pelo auditório, fazendo atividades em grupos, cada um em momentos decisivos que eu nem sequer faço ideia.

E Édra Norr, mastigando um sanduíche, escutando instruções de uma garota que nunca vi na vida, junto a um grupo de quatro pessoas.

Eu não faço a mínima ideia do seu momento decisivo. Não é injusto? Eu não ter nenhuma noção disso, nem sequer um palpite sobre o momento decisivo dela enquanto ela interfere *diretamente* no meu.

– Íris? – Lulu Matias surgiu à minha esquerda. – Íris Pêssego, não é? Você pode ficar com o grupo dos balões de papel hoje. Bem ali.

A mão de Lulu Matias, que segurava um piloto vermelho, apontava a direção. E o maldito piloto, aberto, traçava meu caminho até o grupo de pessoas em que Édra Norr estava.

– Você tem certeza que... – tentei contra-argumentar, pra não ter que lidar com a tensão que seria aquilo. Mas eu tinha sido largada sozinha entre todas aquelas pessoas que circulavam pelo auditório como formigas.

Rastejei até o grupo de Édra Norr, tentando soar o menos desesperada e desconfortável possível.

Quando ela me viu, continuou mastigando o sanduíche com agressividade, como se estivesse vários dias sem comer. E desviou o olho, como se não quisesse me olhar.

– Então, já entenderam, né? – a garota perguntou para a turma quando eu cheguei. – Você vai ficar nesse grupo dos balões de papel? – Ela se virou pra mim, inclinando a cabeça. Acho que ela, assim como todo mundo, percebeu que eu estava completamente aérea e perdida.

Eu só queria limpar o canto da boca de Édra Norr, sujo de farelos de pão. Pra que ela ficasse completamente impecável como sempre.

– Sim. – Acenei com a cabeça, observando a mastigação de Édra, que não me olhava de volta.

– Alguém pode explicar pra ela como fazer os balões? Acho que todo mundo entendeu, né? – A garota sorriu apressada. – Qualquer coisa me chamem.

– Então... – suspirou um garoto com os óculos desproporcionalmente grandes comparados ao seu rosto, fino como um peixe. – Por onde a gente começa?

E todo o nosso grupo se dispersou, cada um indo para um canto aleatório e agarrando as tesouras por conta própria.

Sobramos eu e Nemo, digo, o garoto com cara de peixe, sozinhos de pé.

Balancei a cabeça negativamente, arfando com um ar pesado. É claro que eu estava chateada. Ela simplesmente estava fingindo que eu *não* existia.

– Você vai mesmo ter essa atitude? – Minhas sobrancelhas franziram quando eu alcancei Édra Norr. Ela estava jogando o guardanapo do sanduíche na lixeira.

Édra continuou calada e seguiu caminhando em direção a... Não faço ideia. Até porque eu estava andando de ré na frente dela, tentando fazer com que ela me olhasse.

– Sério? – Eu parei, para que ela também parasse, já que me fiz de obstáculo no caminho.

– Sério *o quê*? – Foi quando os abismos castanhos me miraram.

O que durou segundos, já que ela desviou o corpo e seguiu o caminho para a mesa repleta de tesouras, cola e todo tipo de material para confecção dos balões.

– Você sabe do que eu tô falando, cara – eu disse incrédula, agarrando da mesa os mesmos materiais que ela. Para que aquilo não parecesse muito estranho sendo visto de fora. – *Você sabe o que tá fazendo* – sussurrei.

– Desculpa – ouvi seu tom de voz irônico, que parecia ter sido dito pelas suas costas, já que era tudo o que eu conseguia ver enquanto ela fugia de mim. – Eu não tô num dia bom.

– *Denguinho* – outra voz, dessa vez insuportavelmente fina, ganhou a atmosfera, com a presença de Camila Dourado e seu perfume *tão doce* que eu senti ânsia de vômito assim que ela ficou de pé a alguns passos de mim, de frente para Édra. – Eu tava te procurando, temos umas coisas pra fazer depois da aula.

Tentei ao máximo não revirar os olhos, ao mesmo tempo que eu quis desaparecer, já que a ameaça de Camila estava *bem* fresca na minha memória.

– Sua boca tá *sujinha.* – Ela sorriu, de um jeito histérico, conforme Édra arrastava uma cadeira aleatória, perdida no meio do auditório, para se sentar.

Camila se inclinou, limpando a boca de Édra com um lenço de papel que estava no bolso da sua calça jeans.

A cena toda foi a coisa mais ridícula que já vivenciei naquele auditório.

Quando Camila Dourado percebeu a minha presença, em pé, segurando uma tesoura e um rolo de papel machê, ela simplesmente foi de angelical para diabólica.

– *Oi?* – indagou ela, sem piscar os olhos, como se fosse um *serial killer* de filme. – Posso te ajudar em alguma coisa, querida? Você tá perdida? – Camila abriu um sorriso com os lábios selados.

Não sei que cheiro era pior: daquele perfume antipaticamente doce, ou de todo aquele cinismo disfarçado de simpatia.

– Nada. – Forcei um sorriso de volta quando percebi que Édra nos observava de sua cadeira. – Eu só vim perguntar pra Édra sobre o trabalho de literatura, mas já vou voltar pro meu grupo.

Minha risada saiu tão falsa quanto aquelas unhas vermelhas brilhantes dela.

– *O dever chama!* – brinquei. Desejando que teletransporte existisse.

MAURÍCIO ESTAVA ME ENCARANDO BOQUIABERTO FAZIA quase dois minutos. E quanto mais ele me encarava, mais os olhos dele apertavam. Como se, dentro da cabeça dele, ele estivesse juntando várias peças de um quebra-cabeça. Ou, assim como eu, ele também tivesse acabado de entrar em um momento de clarividência e chegado à conclusão de que, bom...

– Você é cínica – disse ele abruptamente para mim, sentada do outro lado da mesa, segurando meu copo de café bem embaixo do meu nariz enquanto soprava o vapor, tentando esfriá-lo. – Eu *sabia*. Eu *sempre* soube. Deus, como você é cínica, Íris.

– Em momento algum eu disse que *gostava* de garotas – tentei corrigi-lo antes que ele se "empolgasse demais". Mesmo ciente de que ele já tinha se empolgado "demais". – Eu só disse que tô meio *curiosa* sobre isso.

– Todo mundo começa com essa curiosidade, *meu anjo* – Maurício rebateu, cínico, se inclinando por cima da mesa para sussurrar: – *Ou você acha que eu já saí do útero flertando com meu médico?*

Minha risada ecoou pela livraria inteira. Com exceção do velhinho que lia um jornal enquanto bebericava um café expresso na mesa 6, estávamos completamente sozinhos. Talvez eu nem devesse contar o velhinho. Ele com certeza não estava dando a mínima para nós dois. Sem Léon, sem clientes, sem afazeres... Estávamos livres para falar sobre qualquer coisa.

– Como você soube que você... – hesitei, olhando para o velhinho por cima do ombro de Maurício – *gostava de garotos* – completei, falando bem baixo.

– Cara, eu passei um fim de semana inteiro na casa de praia dos meus tios – disse ele, abrindo um sorriso. – E eu era péssimo em jogar videogame. Então, meu primo mais velho, Raíque, foi obrigado a me ensinar. Meus tios meio que mandaram ele me dar atenção. E Raíque era, tipo, o garoto *mais* antissocial da face da Terra.

– E aí? – Meus olhos arregalaram enquanto eu aproximava minha boca da borda do copo.

– E aí que depois desse fim de semana eu nunca mais parei de pensar no Raíque. – Maumau deu de ombros, ainda com um sorriso na boca. – Eu adorava o jeito atrapalhado que ele tinha de conversar e de explicar as coisas.

– E aí? – perguntei novamente, dando um gole no café que ele tinha preparado pra mim de graça.

– E aí que nada, né? Ele era meu primo e obviamente não me enxergava do mesmo jeito. – Maurício ergueu as sobrancelhas. – Mas ele foi a minha porta de entrada pra *outros* garotos. Depois que você começa a sentir, não dá pra parar.

– E aí? – insisti, sem tirar o copo da minha boca. Como se eu quisesse me esconder atrás dele.

– E aí que eu fugi muito no início e tive muito medo, mas depois que beijei o namorado da minha melhor amiga na oitava série, eu soube que não tinha como voltar atrás.

Larguei o copo na mesa, em choque.

– Você beijou o namorado da sua melhor amiga? – indaguei, falando um pouco mais alto do que deveria.

Sei disso porque o velhinho parou de ler o jornal por alguns segundos para olhar a nossa mesa, com uma expressão confusa.

– Na verdade, *ele* me beijou. – O sorriso de Maurício era tão cínico quanto ele.

– E aí?! – minha boca virou um "O" perfeito.

– E aí que chega de *E aís*. – Maumau levantou da mesa, arrastando a cadeira de volta. – E aí que o tema da conversa nem deveria ser eu. Você acha que eu não te conheço, mas *eu* te conheço. E você vive fugindo, *Íris Pêssego*.

Meus olhos o acompanharam conforme ele caminhava até a caixa registradora do Leoni's.

– Eu não vivo fugindo – retruquei, encolhendo meus ombros.

– Ah, é?! – Ele me olhou através da vidraça, coberta de anúncios de recarga para celular e um baleiro logo embaixo. – Já que você não vive fugindo, vamos sair comigo mais tarde. E aí você mesma encontra a resposta pras suas perguntas lá.

– Sair pra onde?! – Virei o resto do meu café, já imaginando a resposta.

— Noite Retrô — explique, sendo analisada pelos olhos miúdos de Dona Símia. — Por isso eu preciso mesmo de um vestido da senhora emprestado. Juro que vou devolver em bom estado.

Dona Símia teve mais uma crise de tosse antes que conseguisse me responder.

— Não sei se meus vestidos antigos vão caber em você, mas a gente pode tentar resolver isso. — Ela sorriu, tossindo mais logo em seguida.

Pela primeira vez, eu fui até o andar de cima da casa de Dona Símia e, por mais inacreditável que pareça, ela tinha um *closet*. Pois é, um closet. Eu nem preciso dizer que dei muitos gritos histéricos por dentro quando ela deslizou a porta sanfonada e me deu a visão de vários vestidinhos pendurados em araras e sapatinhos enfileirados. Fora o espelho de corpo inteiro e o pisca-pisca de lâmpadas pregado na parede, que corria por todo aquele quartinho minúsculo. O papel de parede era rosê e o carpete tinha uma cor creme.

— Acho que tenho o vestido perfeito pra você. — Dona Símia arrastou os chinelos até as araras, revirando os cabides. — E, a propósito, quanto você calça, querida?!

Certo, eu estava parecendo uma garota recém-saída de um videocassete, daqueles que vovó sempre repetia com aqueles filmes que eu adorava a trilha sonora. E Dona Símia ainda me convenceu a colocar bobes no cabelo, o que me deu cachos volumosos e impecáveis. Ela ajeitou tudo com grampos e muito spray de cabelo. Eu não podia acreditar que Dona Símia sabia fazer todas aquelas coisas e tinha tudo aquilo. Ela parecia a fada madrinha da Cinderela. Mas é claro que eu não pude contar o verdadeiro motivo pelo qual eu queria *tanto* ir para aquela festa em um dia de semana banal.

Eu não podia simplesmente falar "Nossa, Dona Símia, eu preciso mesmo colocar meus pensamentos sobre garotas à prova. Me empresta uma roupa?".

Tudo bem, nem todo mundo precisa saber de tudo.

Muito menos meus pais. Pra eles, eu disse que preciso ensaiar pra apresentação de um trabalho na casa da Polly. No mundo ideal era o que eu realmente estaria fazendo, jogando conversa fora e comendo brigadeiro queimado. Mas, na vida real, Polly e eu estamos cada vez mais distantes. Fui trocada por um saco gigante de testosterona com uma jaqueta do time de futebol. Usar Polly como desculpa não é necessariamente uma mentira. É uma retratação.

O importante era que eu estava mesmo muito bonita, como se tivesse sido abduzida de antigamente. Ou como se tivesse viajado através de uma máquina do tempo.

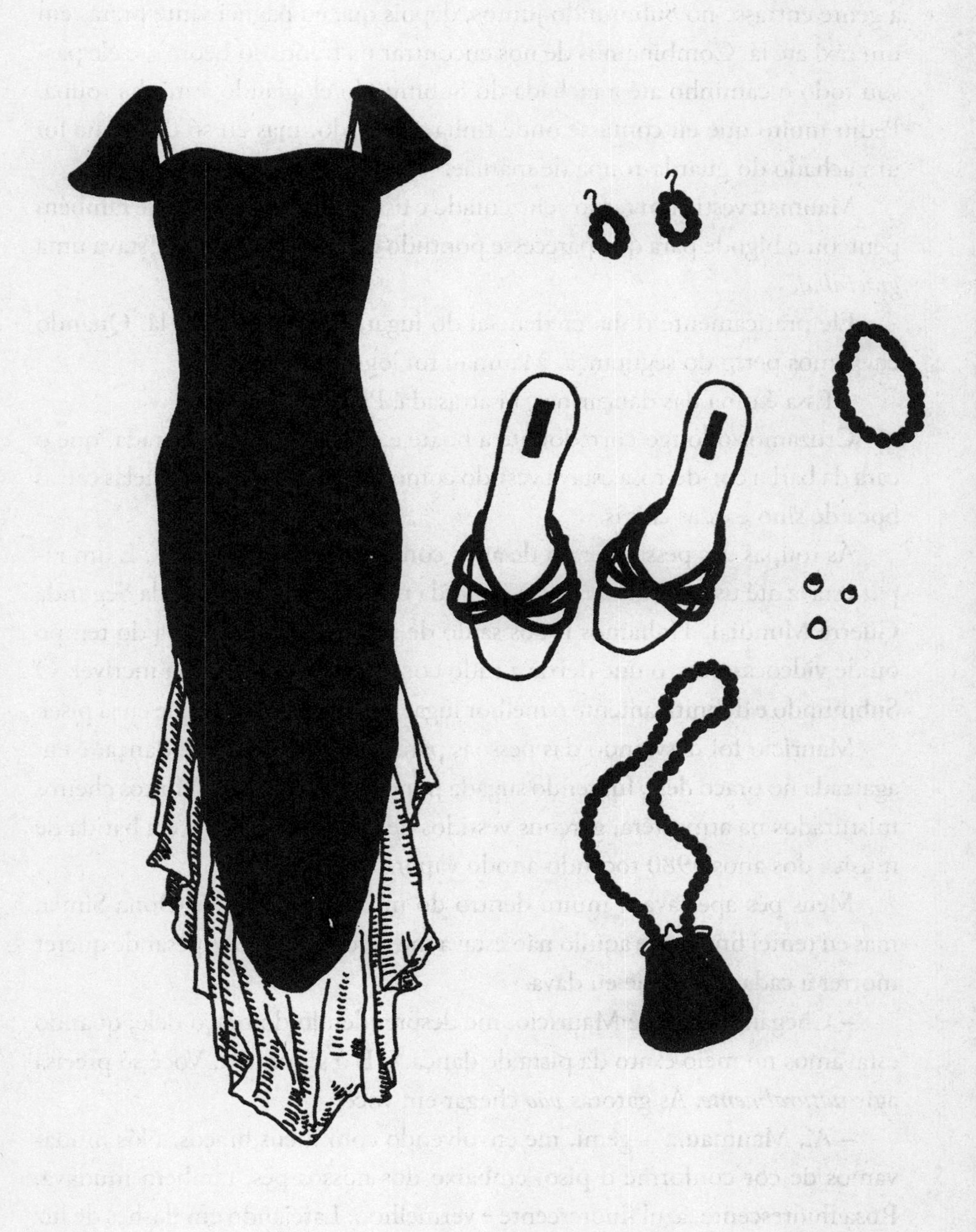

E Maurício concordou com isso, quando me estendeu o braço para que a gente entrasse no Submundo juntos, depois que eu paguei vinte pratas em um táxi até lá. Combinamos de nos encontrar na frente do Leoni's, e ele passou todo o caminho até a fachada do Submundo elogiando a minha roupa. Pediu muito que eu contasse onde tinha arranjado, mas eu só disse que foi um achado do guarda-roupa de mamãe.

Maumau vestia um terno acinzentado e usava um monóculo. Ele também penteou o bigode para que parecesse pontudo de ambos os lados. Estava uma *gracinha!*

Ele praticamente tinha credencial do lugar, de tanto que ia lá. Quando chegamos perto do segurança, Maumau foi logo dizendo:

– Essa é uma das dançarinas, tá atrasada! Precisa entrar logo.

Cruzamos o longo corredor até a boate e eu pude ver, na entrada, que o cara da barba cor-de-rosa estava vestido como na era disco, com aquelas calças boca de sino e essas coisas.

As roupas das pessoas eram de anos completamente aleatórios. E um rapaz estava até usando uma réplica da farda do Exército na época da Segunda Guerra Mundial. Tínhamos todos saído de uma grande máquina do tempo ou de videocassetes, o que deixava tudo com um clima de magia incrível. O Submundo é definitivamente o melhor lugar (e o mais incrível) que eu já pisei.

Maurício foi desviando das pessoas para alcançar a pista de dança, e eu, agarrada no braço dele, fui sendo sugada por entre a multidão. Muitos cheiros misturados na atmosfera, garçons vestidos de décadas diferente e a batida de música dos anos 1980 tocando a todo vapor.

Meus pés apertavam muito dentro do microssalto alto de Dona Símia, mas eu tentei fingir que aquilo não estava me incomodando. Apesar de querer morrer a cada passo que eu dava.

– Chegamos – disse Maurício, me desprendendo do braço dele, quando estávamos no meio exato da pista de dança. – É o seguinte... Você só precisa agir *naturalmente*. As garotas *vão* chegar em você.

– Ai, Maumau... – gemi, me envolvendo com meus braços. Nós mudávamos de cor conforme o piso, embaixo dos nossos pés, também mudava. Rosa fluorescente, azul fluorescente e vermelho... Latejando em flashes de luz e nos pisos iluminados.

– Eu queria caber nesse vestido. – Maurício me olhou com uma cara de cão sem dono. – Acho que você é a menina mais bonita na festa, Íris. Sério. Então, cara, se solta! Aja como tal!

– Eu não consigo! – balancei negativamente a cabeça, sentindo meu pé explodir e o meu corpo inteiro ficar rosa fluorescente.

– Espera, não saia daqui – pediu ele, erguendo a cabeça. Parecia procurar por algo ou alguém. E a minha testa virou um ponto de interrogação tentando entendê-lo.

– O que você vai fazer? – indaguei, tentando olhar para a mesma direção que ele. Só que, mesmo usando esse maldito salto alto, eu continuava baixa.

– Eu vou te dar coragem – disse Maurício, desaparecendo entre as pessoas.

Comecei a balançar minha cintura de um lado pro outro, bem de leve. Só para não parecer um completo alienígena virgem de pista de dança. (Embora eu, de verdade, não fosse.)

Reconheci as amigas de Édra Norr do outro lado da pista, no mesmo lugar que da última vez. E, como eu já imaginava, Édra *também* estava entre elas. Mas eu não conseguia vê-la direito, só a parte de trás de seu corpo. Édra se balançava no ritmo da música, usando uma calça verde-musgo, uma blusa social branca por dentro da calça, as mangas dobradas até os cotovelos, e um suspensório preto, que fazia um x perfeito em suas costas.

Olhei seu corpo de cima a baixo, tentando absorver todos os detalhes que eu conseguia. E fazer isso, obviamente, me deu um arrepio diretamente na nuca.

Eu não sabia se queria ou não que ela me visse.

Eu não sabia se ela queria ou não me ver.

Mas eu sabia que adorava observá-la sem que ela soubesse.

Édra Norr dançava de um jeito muito bonitinho. Porque ela se balançava, mais os ombros que a cintura, e os braços tentavam acompanhar o movimento, soltos no ar. E ela parecia estar conversando enquanto o fazia, ainda de costas pra mim.

Dei o máximo de zoom que pude com o meu olho, para captar os microcabelos grudados na nuca. Suados, de quem já tinha chegado por ali muito antes de mim.

Ela foi se virando, rindo de alguma coisa, com um cigarro apagado entre os lábios.

E, quando me viu, parou de sorrir.

– Aqui! – gritou Maurício, estendendo um copo para mim. Eu pude ver o reflexo de seu braço e ouvir sua voz, mas continuava encarando Édra Norr, do outro lado. Estávamos imóveis e nossos olhos nem sequer piscavam. – Beba de vez! – aconselhou Maumau, apertando a minha mão contra o copo.

Virei a bebida toda, ainda sem tirar os olhos dela.

Ela também escutava as amigas falarem ao redor, mas não tirava os olhos dos meus nem se movia. Acho que estava confusa em me ver ali, já que suas sobrancelhas foram se juntando aos poucos bem no centro de sua testa suada.

Uma música muito lenta começou a tocar, e a bebida quente na minha garganta me guiou a dançar no ritmo exato.

Pude sentir, num milésimo de segundos, Júlia assumir o controle pelo nosso corpo. E fui, sem tirar os olhos de Édra Norr, subindo a barra do meu vestido até a minha coxa. A outra mão arrancou um dos saltos do meu pé e fiquei desequilibrada. Zonza, por ter bebido tudo de uma vez. Tirei o outro salto. Segurei ambos com a mão esquerda, conforme a direita brincava de subir e abaixar a barra do vestido, deixando minhas pernas à mostra.

Édra inclinou a cabeça pro lado, como quem estudava o meu atrevimento. E vi seus olhos castanhos deslizarem para baixo, até as minhas coxas.

Metade de mim a olhava como quem implora por aproximação, enquanto a outra metade não estava acreditando no que estava acontecendo.

Eu quis chorar. Quis pedir desculpa. Quis que ela olhasse para as minhas pernas. Quis que ela quisesse.

Fui rebolando *contra* e *a favor* da minha vontade.

Senti o meu peito inflar e esvaziar, com a minha respiração ofegante. E não era pela música. Deus, não era mesmo pela música. Nem por estar dançando.

O rosto de Édra Norr parecia confuso e furioso ao mesmo tempo. Vi suas sobrancelhas arqueadas e juntas, seus olhos apertados e sua testa franzida. Eu não soube identificar o que aquilo significava. Ela arrancou o cigarro da boca e vi, em sua garganta, ela engolir em seco vagarosamente.

Fui me virando devagar enquanto rebolava. Tentei olhá-la por cima do meu ombro, até ficar completamente de costas.

Fui descendo até o chão... Rosa, azul, vermelho fluorescente.

E agora, de frente para mim e a alguns bons passos de distância, uma garota com os cabelos curtos, encaracolados e dourados me observava, encostada na grade de fumantes, enquanto folgava a gravata.

Ela parecia um anjo caído com aqueles cabelos. E me olhava como se estivesse completamente hipnotizada.

Fui levantando, me sentindo envergonhada pelo jeito como ela me olhava. E quando me virei para olhar Édra Norr mais uma vez, ela simplesmente não estava mais lá.

– Eu não acredito que a minha amiga é a própria Madonna em "Like a Virgin"! – berrou Maurício, quando eu estava completamente de pé.

– É, e não adiantou de *nada*. – Respirei fundo, decepcionada porque Édra Norr não teve coragem de ficar e *me ver*. – Preciso beber mais alguma coisa. – Revirei os olhos, saindo da pista de dança.

Caminhei descalça até o bar e forcei um sorriso para Nicole quando a vi. Estava ajeitando meu vestido para sentar e pedir, sei lá, qualquer coisa que me fizesse esquecer o que eu tinha acabado de fazer.

Senti uma presença do meu lado e, quando me virei, a garota que parecia um anjo, com os cabelos encaracolados e loiros, estava sentada do meu lado, com um sorriso na boca.

– Você dança muito bem – disse ela, com um tom de voz sereno.

Parecia ser um pouco mais velha que eu e tinha umas sardas espalhadas pelo nariz. O rosto dela também era muito angelical, mas o olhar dela não era. *Nem um pingo.*

– É – respondi, nervosa. – *Não que tenha servido de alguma coisa* – pensei alto.

– Talvez não tenha servido pra quem você *queria* que servisse. – Ela apoiou os cotovelos em cima do balcão, me olhando de canto de olho. – Mas isso é normal, a gente é que precisa *parar* de querer ser o sol para quem só nos enxerga como um grão de poeira.

– Já ouvi isso em algum lugar. – Apertei os meus olhos.

Mas eu não conseguia me lembrar. Talvez fosse a bebida, que fiz a burrice de virar de uma só vez. Eu estava muito zonza. Mas precisava ficar um pouco mais, se quisesse esquecer que fiz a loucura de dançar para Édra Norr.

– Mas *relaxa*, eu não quero ser o sol de ninguém. Ainda mais de alguém que me enxerga como um grão de poeira – arfei, balançando a cabeça negativamente.

A garota sorriu para mim, dócil.

E eu pude ver, por cima do ombro dela, Édra Norr se aproximando acompanhada de uma amiga enquanto conversava sobre alguma coisa.

Meus olhos se arregalaram instantaneamente e minha respiração ficou completamente desconcertada.

– Aham. – A garota balançou a cabeça negativamente. – Disse a poeira.

– Do que você tá falando? – perguntei, tentando disfarçar. Na verdade, eu sabia *exatamente* do que ela estava falando.

– Você não tira os olhos daquela menina, desde a pista de dança. – Ela deu de ombros, olhando para Édra Norr, parada do outro lado, um pouco distante de nós duas.

– Vocês vão querer alguma coisa? – Nicole se aproximou, estendendo o cardápio de bebidas.

– O mesmo de sempre, Nic. – A garota sorriu para Nicole, como se já a conhecesse.

– Eu quero qualquer coisa que tenha muito álcool – pedi, desesperada.

– É pra já! – Nicole deu um riso breve, nos deixando sozinhas no balcão mais uma vez.

– Ela é o seu sol e você é o grão de poeira dela – disse a garota, ríspida.

– Acho que você entendeu tudo errado. Eu não tenho um "sol" nem sou o "grão de poeira" de ninguém – resmunguei, tentando coçar meus dedos enquanto segurava os saltos que Dona Símia tinha me emprestado.

– Prove – insistiu ela, se aproximando.

Você já passou por algum momento decisivo?

A grande final de um jogo, uma apresentação importante no colégio, a festa que você tanto esperou pra *finalmente* beijar quem você tanto queria... Nossa vida é feita de inúmeros momentos decisivos. E, quando passamos por eles, saímos com algum aprendizado. Momentos assim nos mudam em alguma coisa. Alguns são meio aterrorizantes, mas quando você finalmente passa por eles, você se dá conta do quão idiota foi ter se preocupado tanto. Em outros, você acha que vai tirar de letra e tudo termina em um completo desastre.

– Do que você tá falando? – tornei a perguntar, engolindo seco. Meu coração começou a acelerar dentro do meu peito.

– Se ela não é o seu sol – disse a garota, se inclinando para perto de mim sem se levantar do seu banco. – E se você não é mesmo o grão de poeira dela... – Ela foi chegando perto da minha boca. – *Prove.*

Nossos lábios estavam separados por alguns centímetros de distância.

E eu pude sentir sua respiração quente encostando na minha boca.

Olhei para Édra Norr, conversando com sua amiga do outro lado.

Olhei para Nicole, trazendo nossos drinks.

Olhei para a garota com cabelo de anjo e olhar de diabo, bem na minha frente.

E ela me olhava de volta.

– Ira? – chamou Nicole. – Seu drink.

A garota não parou de me encarar, nem moveu *sequer* um dedo.

Respirei fundo.

Eu estava passando por um momento decisivo da minha vida.

Exatamente agora.

– *Prove* – sussurrou ela, para a minha boca.

E eu fechei os meus olhos.

14.

Os lábios da garota encostaram nos meus com uma delicadeza muito agoniante. Eles não tiveram pressa, e pude sentir quando sua língua abriu espaço para adentrar a minha boca. Nossas línguas foram se enroscando e dava para sentir todos os nervos colidirem e se esfregarem. Meu coração foi acelerando dentro do peito e pude sentir um calafrio subir da minha coxa até a minha nuca. Segurei seu rosto, aquecido, macio... Deslizei a minha mão cautelosamente para trás da orelha dela, sem interromper os movimentos intermitentes que nossos lábios e línguas faziam. Meu corpo só se enchia cada vez mais de euforia. Talvez fosse o álcool ou o fato de estar fazendo algo que nunca imaginei que tivesse coragem de fazer. Levei um soco de pensamentos, lembrando de tudo o que me trouxe até esse momento. *Binóculo, bicicletas, semáforos, luzes laranja, quadra, sala de aula, bolas de papel, casacos pretos, crianças adoráveis, um soco...* Meus dedos procuraram os cabelos. *O carro, a ferida aberta, o sangue, o quarto, os objetos, o cheiro da cama, a escada, a fotografia presa no quadro, os degraus, o cheiro de comida, o sorriso, a luz da geladeira, o "S" perfeitamente cortado, a discussão, a pista de dança, as luzes, o cigarro apagado, o olhar...* Quando notei os cachos, me afastei abruptamente. Abri os meus olhos, arregalados, enquanto respirava ofegante. Percebi o que tinha acabado de fazer.

Momentos decisivos... Eu disse que poderia ser um desastre.

Os olhos esverdeados de Ira me encaravam de volta, confusos.

E eles não me atravessavam. Não me abduziam, não me sugavam, não me davam nervoso, não me instigavam, não me despertavam, não me causavam *nada*.

Não era Édra.

– O que houve? – Ira inclinou um pouco a cabeça para trás, confusa.

– Os seus olhos – consegui dizer, desesperada. – Os seus olhos!

– O que têm os meus olhos? – Ela balançou a cabeça negativamente.

– Eles não me sugam. – Levantei, zonza, da banqueta. Vi o meu drink perdido no balcão. Um *shot* azulado. Virei de vez em um só gole. – Eu sinto *muito* – disse, limpando a minha boca com o braço.

Não sei onde eu tô com a cabeça. Eu costumo ter uma intuição muito forte pra beijos. Mas parece estar avariada. Não consegui prever o beijo dessa garota e acho que previ o beijo de Cadu Sena com expectativas demais. Talvez a minha intuição pra beijos esteja querendo me dizer alguma coisa com suas falhas técnicas. Talvez a nave espacial de Édra Norr pousada em cima da minha cabeça esteja dando mal contato. Talvez, só talvez, minha intuição esteja em greve. Protestando em prol de um beijo específico.

Segui descalça, de mãos vazias, tentando desviar das pessoas. Todo mundo estava meio triplicado. As pessoas pareciam turvas, tortas. Tive a sensação de que todo mundo estava me olhando com pena ou com um ar zombeteiro. Me senti estranha, confusa, perdida.

Foi se formando um nó na minha garganta.

– Você viu Édra Norr? – perguntei, esticando a gola da blusa social de um cara aleatório que estava vestido como Charlie Chaplin.

O rapaz balançou a cabeça negativamente, como se olhasse para um animal caído no chão da rua.

Sei que provavelmente eu estava soando como uma louca. Mas *eu precisava* encontrar Édra.

– Édra Norr? – perguntei, segurando o braço da garota vestida como marinheira. – Você viu em algum lugar? Ela tem o cabelo meio...

– Não, *querida* – disse ela, afastando minha mão de seu braço. – *Desculpa*.

– Alguém! – gritei, entre as pessoas. – Alguém, por favor...

– Íris? – Maurício surgiu, desesperado, me segurando pelos ombros. – Onde você estava? Cadê suas coisas? Seu sapato, seu celular, seus documentos?

– Eu não sei – disse, sentindo meus olhos encherem de lágrimas. – Deu *tudo* errado.

– Eu sei, cara, você não vai acreditar... – disse Maurício, soando muito nervoso e inquieto. – Léon estava *aqui*, agora há pouco. *Na festa*. Tipo, *sozinho*.

– Quê?! – Apertei meus olhos, tentando decidir para qual dos dois Maurícios eu deveria olhar. – Como assim?

– Pois é, eu não sei. – Maumau deu de ombros, completamente desnorteado. – Mas Camila Dourado viu e começou a maior confusão.

– Como assim?! – Tentei juntar os pontos, mas estava confusa demais.

– Ela começou a perguntar se o Léon gostava de garotos na frente de todo mundo e se ele estava traindo a irmã dela. – A voz de Maurício estava muito trêmula. – E agora eu não sei onde o Léon foi parar!

– Édra Norr – eu disse, olhando para o além, por entre as pessoas triplicadas. – E Édra Norr? Você viu Édra Norr?

– Quê?! – indagou Maurício, com a cara pálida de quem queria chorar de nervoso. – Édra Norr? Namorada de Camila?

– Elas *não* namoram. – Revirei meus olhos, sentindo ânsia de vômito por ter escutado aquela frase.

– Com certeza não mais, depois da discussão que tá acontecendo na área de fumantes. – Maumau olhou para o lugar onde, antes, a garota dos cabelos de anjo, Ira, folgava a gravata enquanto me assistia dançar.

– Maurício, eu preciso fazer uma coisa – expliquei, alisando os braços dele.

E segui até a área de fumantes, tropeçando entre muitos sapatos. Pessoas triplicadas, luzes néon, música alta... Tudo estava me deixando tão *completamente* confusa.

Avistei, encostada na grade, Édra Norr, discutindo com Camila Dourado. Ambas gesticulavam e pareciam gritar uma com a outra.

Me aproximei, enquanto tentava me esconder atrás de alguns corpos. Eu queria saber o que estava acontecendo, mesmo que estivesse muito difícil conseguir entender alguma coisa, naquela altura, com tudo girando e distorcido no meu campo de visão.

– Édra, pelo amor de Deus, você tá entendendo tudo errado. – Camila segurou ela pelo braço, tentando abaixá-los, enquanto Édra gesticulava.

– É? – indagou ela. – *Eu* entendi tudo errado? Porque não é o que parece. Você quer saber o que eu acho que parece?

– Hum. – Camila cruzou os braços, dentro daquele vestido de 1950, com o cabelo loiro preso com grampos em ondas feitas de gel. – O quê?

– Você não parece estar incomodada por Léon estar ou não traindo Renata. – Ela foi dando passos pra trás. – Você parece estar incomodada por ele não ser hétero! Você escutou os comentários que você mesma fez sobre ele estar numa "boate gay", segundo você?

– Foi um momento de raiva! – Camila sorriu sem graça. – Por que eu me incomodaria com isso se eu gosto de você?

– Eu também não sei, Camila. – Édra colocou as mãos na cabeça. – Eu também não tô entendendo mais nada. – E, se inclinando para chegar um pouco mais perto de Camila, ergueu o queixo, franzindo a sobrancelha: – Qual é a *sua*? Por que a possibilidade de Léon gostar de caras também mexeu tanto contigo?

Camila Dourado deu a entender que ia falar alguma coisa. Sua boca até abriu. Mas as palavras não saíram. E ela tinha uma expressão de culpa esparramada pelo rosto inteiro.

Ela tentou segurar Édra pelo braço, mas era tarde demais. Édra balançou a cabeça negativamente e saiu, esbarrando abruptamente nas pessoas. Como uma avalanche. Ela andou até passar pela placa escrito "Saída de Emergência" em vermelho e eu a segui, descalça, sem nada. Segurando nas mãos apenas a barra do meu vestido.

Dei de cara com uma escadaria, que levava ao andar superior, e com uma porta para a rua. Abri a porta, temendo que Édra estivesse lá fora. Mas não havia ninguém. Só gatos miando, sacos de lixo e bitucas de cigarro espalhadas pelo chão.

Voltei, respirei fundo e subi as escadas. Sentindo o cimento e a poeira se atracarem aos meus pés.

A música foi diminuindo conforme eu avançava os degraus.

E, do topo, vi Édra Norr sentada na beirada, com os pés pra fora da construção. Soltos no ar.

Édra escutou quando tropecei num pedaço solto de azulejo, perdido naquele terraço. Sei disso porque ela fez como se fosse olhar para trás, mas desistiu na metade do caminho.

Ventava muito, o que fez com que os meus cabelos só atrapalhassem mais ainda minha vista. Mas, mesmo titubeando, segui até onde ela estava.

Me abaixei com muito medo, porque estávamos em não sei que andar daquele lugar. Eu nunca tinha reparado em quantos andares tinha o Submundo. Embaixo dos nossos pés, não havia muito movimento de carros e pessoas, mas dali dava para ver boa parte da cidade.

As luzes se misturavam, alaranjadas, algumas mais acesas que outras. Como vários pontinhos luminosos. Como um pisca-pisca embolado que você tira da caixa de decoração de Natal e seus pais te mandam testar, pra ver se ainda funciona. Todas aquelas luzinhas emaranhadas, vendo quem brilha primeiro... Era assim, a vista da cidade.

Eu não disse nada, apenas olhei. Como se fosse a última coisa no mundo que eu fosse ver.

Édra tirou um cigarro do bolso e, em seguida, um isqueiro azul. As mãos dela estavam muito trêmulas.

– Parece um pisca-pisca embolado de Natal – comentei, tentando quebrar o gelo.

– 36 meses, 12 semanas, 4 dias e 23 horas – disse ela, sem olhar pra mim.

Respirei fundo, esperando que ela continuasse. Mas ela só encarava o cigarro.

– Eu não fumo faz 36 meses, 12 semanas, 4 dias e 23 horas – repetiu ela, esfregando o dedo no isqueiro, fazendo o fogo acender e apagar intermitentemente. – E hoje eu quero fumar.

– Dezessete anos, muitos meses e alguns minutos – eu disse. Esticando, o máximo que eu pude, as minhas pernas no ar. Parecia que eu estava pisando no pisca-pisca embolado que era aquela cidade. – Eu não beijava garotas fazia dezessete anos, muitos meses e alguns minutos. Aí... – Suspirei. – Eu beijei.

– Eu vi – respondeu ela, passando o dedo por entre o fogo do isqueiro aceso.

– E eu me arrependi, então... – Dei de ombros. – Não fume.

Meio minuto de puro silêncio.

– Você não lembra mesmo de mim, né, Íris? – Édra me olhou de canto de olho, com a cabeça baixa.

Apertei os meus olhos. Tentando decodificar o que ela tinha acabado de perguntar.

– Como assim *eu* não lembro de você? – indaguei, procurando respostas naquela expressão facial cabisbaixa e entediada que era típica dela.

– Nada. – Ela deu de ombros, balançando a cabeça negativamente. – Você *acabou* de responder a minha pergunta.

– Não sei o que é mais estranho... – Me abracei para me proteger do vento que passava por nós, sentadas naquele terraço. – *Você* ou a cidade parecer um pisca-pisca embolado de Natal.

– Por que eu sou estranha? – Ela apertou os olhos pra mim.

– Você nunca comeu pizza, acho que podemos começar por aí. – Tentei conter o riso, já que rir naquela situação deplorável em que eu estava era, com certeza, uma prova grandiosa de que eu preciso de remédios controlados.

Édra revirou os olhos, como se eu tivesse dito uma coisa absurda. E acendeu o cigarro.

– Você pode ficar 36 meses, 12 semanas, 5 dias sem fumar – aconselhei, inquieta. – Não quebra esse recorde, se você sabe que vai ser um desastre.

– Você sabia que ia ser um desastre? – perguntou ela, me atravessando com os olhos. – Tipo, quebrar o *seu* recorde.

– Sabia – engoli seco.

– E por que você fez? – perguntou ela, séria. As sobrancelhas franzidas no meio da testa.

– Não sei, eu precisava quebrar com alguém. – Cocei os meus dedos, caídos sobre a barra do vestido de Dona Símia, entre as minhas pernas. – *Mesmo que não fosse com quem eu queria* – resmunguei, de uma vez.

Os olhos dela, parados nos meus, foram deslizando pelo meu corpo. Boca, queixo, pescoço, gola do vestido, seios, barriga, coxas, joelho até os meus pés estirados no ar. Fiquei com medo que ela percebesse, já que eu estava respirando de uma forma tão pesada que meu corpo parecia que iria explodir dentro do vestido. A respiração de Édra também estava intensa, e pude ver seu peito inchar e desinchar dentro daquela blusa social, com aqueles suspensórios presos na calça.

Depois, ela voltou tudo de novo. Pés, joelho, coxas, barriga, seios, gola do vestido, pescoço, queixo, boca.

E ficamos assim.

Imóveis.

O mesmo vento que soprava meus cabelos sacudia os dela, que dançavam com a gola de sua blusa social.

Édra me olhava como se estivesse pensando em alguma coisa. Ela piscava os olhos olhando para diferentes partes do meu rosto. Em algumas delas, ela apertava mais os olhos. Em outras, abria mais. Seus olhos pareciam perdidos na minha cara, enquanto ela olhava de um lado pro outro, de forma milimétrica. Como se contasse cada sinal e cílio, como se memorizasse cada detalhe. Como quem está lendo as atrações disponíveis no cinema, o menu da cafeteria, um outdoor na rua com letras muito pequenas.

Meticulosamente; pensativamente.

De um lado pro outro, mas sempre no mesmo parâmetro.

Até que um vento muito forte escondeu todo o meu rosto. Meu cabelo voou para frente dos meus olhos e para dentro da minha boca, me escondendo por inteira. E o cigarro de Édra Norr, que antes soltava um fio de fumaça, se apagou, voando para longe.

Seguimos com os olhos o movimento do cigarro apagado, que ia soprado pra longe, dentro da corrente de ar, até sumir de vista.

– Não parece um pisca-pisca embolado de Natal.

Nossos rostos ainda estavam perto.

– E parece com o quê?

Então, ouvi o som do pedaço de azulejo perdido outra vez, bem atrás das nossas costas.

Ira estava de pé com os meus sapatos numa das mãos e o meu celular em outra.

– Vou deixar vocês sozinhas – disse Édra, apoiando as mãos no chão para levantar. E saiu esfregando uma na outra, para que os farelos de cimento caíssem.

– Boa noite – disse ela quando passou por Ira.

– Boa noite – respondeu Ira, confusa. Se aproximando de mim com todas as minhas coisas.

Quando finalmente ficamos sozinhas, Ira me olhou como se eu tivesse feito uma coisa realmente muito ruim.

– Ei, Cinderela. – Ela estirou os sapatos e o celular na minha direção. – Posso saber por qual motivo você não achou *relevante* me contar que você é menor de idade?

– Quê?! – Agarrei minhas coisas contra o meu peito, me sentindo desmascarada.

– Não adianta mentir, Íris. – Ela arfou, enfiando as mãos dentro dos bolsos da calça. – A proteção de tela do seu celular é uma foto sua com uma garota, usando a farda do Colégio São Patrique.

– E daí? – senti minha respiração se descontrolar. – Muitas pessoas da minha turma já fizeram 18 anos, quem te garante que não sou uma delas?

– Eu duvido muito disso – rebateu ela, apertando os olhos pra mim. – Eu já estudei lá, é um bom colégio. Aposto que é a sua turma que anda me dando tanta dor de cabeça.

– Quê?! – indaguei, sem entender.

– Alfredinni, Íris – suspirou ela. – Ira Alfredinni.

– Quê?! – repeti, e minha boca se tornou um círculo.

– Pois é, vocês querem alugar a minha casa no fim do ano. – Ela riu, debochada. – E isso não é um problema – explicou, se aproximando de mim. – O problema é você me beijar na boca tendo dezessete anos.

– *Você* me beijou na boca. – Balancei a cabeça negativamente, cerrando meus olhos em direção a ela.

– *Você* quis – respondeu ela, dentro de um sorriso torto.

– Mas foi você que beijou, de qualquer forma. – Apertei mais os sapatos de Dona Símia contra o meu peito. – Então *não* me culpe.

– É claro que eu te culpo! – Ira apontou para mim. – Você me beijou e nem me disse quantos anos *você* tinha.

– Você nunca *me* perguntou. – Dei de ombros, tentando manter minha postura.

– Se alguém sonhar com isso, eu tô completamente ferrada. – Ela chutou o pedaço perdido de azulejo, que quicou até saltar do terraço. – O que as pessoas mais querem é fofoca sobre a minha família. E eu já me meti em tanta merda que meus pais e meus avós estão ameaçando me cortar tudo. Até riscar o meu nome do testamento.

– Bom... – Ergui minhas sobrancelhas. – Não tenho nada a ver com isso. Quem me beijou foi você.

– É. – Ira também ergueu as sobrancelhas, como se tivesse duplicado minha expressão. – E você correu pro seu sol assim que eu terminei.

– Eu já disse que não tenho um sol – respondi, me levantando daquele chão. – *Ira Alfredinni.*

– Eu não acredito que você me transformou em poeira. – Ela revirou os olhos, fingindo que iria vomitar. – E você tem a idade da minha irmã mais nova.

– Eu não tenho a capacidade de te transformar em poeira – franzi o cenho –, a menos que você me transforme em sol.

– Você não tem nem idade suficiente pra ser sol. – Ela cruzou os braços. – Você é, no máximo, plutão.

– Acabou? – perguntei. – Posso me retirar agora?

– Me procure daqui a um ano. – Ela me encarou, tentando não sorrir.

– Eu tenho alergia a poeira – brinquei, rindo.

E, antes que ela pudesse me alcançar, desci a escada correndo.

A música foi ficando mais alta e fui voltando a me sentir como alguém que realmente estava em uma festa. O que não parecia do terraço.

Meu celular começou a vibrar no meu peito.

Você tem (1) nova mensagem de Édra Norr.

Parece com o céu, só que no chão ✓✓
Enviado 01:03

Tive a sensação de que havia feito tudo o que eu tinha de fazer. Passei por entre aquelas pessoas me sentindo diferente, me sentindo viva. Estava me sentindo como se não houvesse *nada* que eu não pudesse fazer. Levantei de cabeça erguida. Vi casais rindo, vi amigos brindando, vi beijos que pareciam infinitos. Tudo isso embaixo de luzes oscilantes. O Submundo abrigava as pessoas que, constantemente, são rejeitadas no mundo fora daqui. Mas, aqui dentro, somos todos tão importantes uns pros outros. Nos enxergamos. Nos gostamos. Nos cumprimentamos. Dançamos no mesmo espaço.

Me senti parte daquilo. Me senti como se eu fosse um dos pisca-piscas emaranhados. Como se nós fôssemos luzes.

Não foi *exatamente* como eu queria, não foi *exatamente* com quem eu queria. Mas eu tive coragem.

Eu fui corajosa.

Naquele momento, enquanto procurava a saída do Submundo, eu senti. Senti nos olhos de todas as pessoas que me olhavam, e sabia que elas também sentiam de volta...

Essa coragem pulsante. Essa conquista...

Em usar um vestido que *ninguém* rasga.

Laranja forte.

Laranja *(extraordinariamente)* forte.

CAMINHEI PARA MINHA CASA ME SENTINDO assim. Como uma grande guerreira vencedora numa arena contra o próprio medo.

Mas todas as peças da minha armadura foram caindo quando eu cheguei, descalça, na entrada da minha rua. Segurando os sapatos de Dona Símia e meu celular na mão.

Havia luzes néon, vermelhas e azuis. Não eram como as do Submundo. Elas giravam em cima de uma ambulância. As mesmas luzes pintavam a minha casa e as de todos os vizinhos. Meu rosto se coloria com a oscilação delas.

Uma agonia de homens uniformizados, com aquelas roupas brancas, discutindo entre si. Andando de um lado pro outro.

Os sapatos e o meu celular caíram, juntos, no chão. E pude ouvir o barulho da tela trincando contra o asfalto.

Corri. E quanto mais eu corria, mais distante tudo aquilo parecia estar de mim.

– Ei, ei, ei – eu disse quando alcancei os rapazes, com a respiração ofegante. – O que vocês estão fazendo? *Meu Deus!*

Loriel e Lanterna latiam muito. Lanterna tentava abocanhar a calça do rapaz que vinha arrastando uma maca para fora da casa.

– O que tá acontecendo? – perguntei, sem conseguir arregalar ainda mais os meus olhos. Eles estavam expandidos o máximo que eu conseguia. E eu *tentava* entender aquilo, sem necessariamente *querer* entender aquilo.

– Garotinha, se você não for um familiar, preciso que você se afaste da ambulância – pediu o rapaz, por trás de sua máscara.

– Eu sou! – gritei. – Eu sou um familiar! – Segurei o tecido da farda do rapaz.

Meu rosto foi esquentando e as lágrimas rolaram pelas minhas bochechas.

– Certo, qual é o seu nível de parentesco? – perguntou ele, sacando uma prancheta da ambulância.

A maca tinha travado na escada, vários homens tentavam descê-la. Eu não tive coragem de ficar olhando.

– Ela é a minha melhor amiga – expliquei. – Nós somos melhores amigas!

Corri até os rapazes que tentavam destravar a maca.

– Ei, ei, ei, vocês não podem fa-fazer isso, não. – Puxei os braços de um dos rapazes. Eles eram muito maiores que eu. E me olhavam como se eu fosse louca.

– Alguém tira essa menina daqui, por favor – um deles disse para o rapaz da prancheta, logo atrás de mim.

Lanterna não parava de morder a perna do cara que segurava a maca do outro lado.

– É-é sério, eu tô falando sé-sério – eu tentava dizer, dentro do meu choro e soluço. – Te-tem no-no-novela, amanhã tem novela! Ela não pode ficar sem ver a novela. Vocês não po-podem tirar ela daqui, não!

– Setenta e quatro anos, parada cardiorrespiratória. A gente precisa que vocês liberem uma sala. *Agora* – disse o rapaz da prancheta pra uma espécie de rádio que ele segurava.

– Me escutem, por favor! – implorei, dando socos nas costas dos rapazes. – Vocês não podem!

Então me enfiei no meio deles, para ter acesso à maca.

Dona Símia parecia desacordada e estava com algo enfiado no rosto. Um rapaz apertava o troço sem parar. Eu não estava entendendo nada. Eu não sabia se queria entender.

– Ei, você precisa acordar! – eu disse, séria, para ela. Foi me subindo uma raiva desesperadora no peito. – Você tá me ouvindo? Você vai perder o final! A novela tá perto do final! Você sabe disso!

Eles se entreolhavam e negavam com a cabeça.

– *Dona Símia!* – gritei, sacudindo o braço enrugado dela. – *Dona Símia!* Eu quero chá! Eu tenho coragem! Você precisa me ver, agora que eu tenho coragem!

Me virei para os paramédicos que me encaravam. E gargalhei.

– Gente, é sério, vamos levar ela pra dentro, cara – pedi, rindo, mas as lágrimas não paravam de escorrer. – Ela só tá cansada. Olha só a cara dela de cansada! Já, já ela acorda... Né? Já, já ela não acorda? E fala "quer chá?", porque ela não sabe escutar um não...

Minha risada parecia desesperada.

Todos continuavam em silêncio.

– Hein? Ela não acorda? Já, já? – continuei perguntando.

Meu sorriso foi sumindo aos poucos.

As rodas destravaram e eles foram descendo a maca.

– Vamos, pessoal, precisamos trabalhar rápido. Ainda bem que essa senhora ligou quando estava começando a passar mal, senão não daria tempo – ordenou o rapaz da prancheta, observando enquanto puxavam a maca de Dona Símia pelo chão rachado.

– Ei, ei, ei. – Puxei um deles pela farda. – Não! Vocês não podem fazer isso, não!

– Controla essa garota, Fred! – gritou o rapaz cuja farda eu puxava. O cara da prancheta me segurou pelos braços.

Eu me debati, tentando me soltar. Mas ele me apertava de uma forma muito firme.

Dona Símia foi sumindo para dentro da ambulância.

Eu não conseguia parar de chorar.

– *Por favor* – pedi, deixando todas as lágrimas rolarem. – *Vocês estão rasgando o meu vestido!*

E eles fecharam as portas, que, unidas, formaram o desenho de uma cruz vermelha.

Lanterna e Loriel começaram a latir, arranhando os pneus da ambulância.

Me deixei cair no chão. Oscilando entre azul e vermelho, enquanto eles se preparavam para ir embora.

Gritei pro vento, como se eles pudessem me escutar enquanto se afastavam. Arranquei a grama do jardim de Dona Símia com uma força que eu nem sabia que tinha. E fui me encolhendo, sem tirar os olhos da ambulância.

Até perceber o nome *Hospital Hector Vigari – Plantão Emergencial* escrito na lateral do veículo, quando eles viraram a esquina.

Corri para o outro lado da minha rua, até a minha casa, para pegar a yellow. Não me importei com o horário, em como eu estava ou se meus pais estavam ou não em casa.

Eu sabia onde ficava o Hector Vigari.

Prendi Lanterna e Loriel dentro da casa de Dona Símia e pedalei, de vestido, como uma verdadeira guerreira de arena.

Dizem que, quando você está perto de perder alguém, você costuma repassar dentro da sua cabeça todos os seus momentos com aquela pessoa. Momentos que você, provavelmente, nem se lembrava mais que tinham acontecido.

SÃO PATRIQUE – 10 ANOS ANTES

– Vizinhos novos? – indaguei, empurrando o meu prato de waffles para longe e me debruçando na cadeira para conseguir enxergar a janela.

– Não exatamente vizinhos *novos* – disse mamãe, sem parar de remexer os ovos na frigideira. – Um casal de idosos muito agradável. – Inclusive... – Ela se virou, desligando o fogo. – Vamos aproveitar que estão desempilhando coisas e entregaremos o bolo que eu fiz.

– Mãe... – Eu sorri, sem graça. – Seu bolo *é horrível.*

– Precisamos ser receptivos, Íris. – Mamãe apertou o meu nariz. – Vá trocar de roupa.

Atravessamos a rua naquela manhã ensolarada de verão de mãos dadas. Mamãe segurava o bolo dela, que tinha um cheiro muito bom, mas eu ainda tinha minhas dúvidas quanto ao gosto. Alguns rapazes ainda descarregavam caixas de um grande caminhão vermelho. Subi as escadarias, saltitando.

Mamãe tocou a campainha.

– Ei, *olá*. – Ela sorriu para nós, com os cabelos em um tom castanho-escuro com algumas mechas brancas, usando saia e blusa que combinavam, de cor creme. Parecia nossa candidata a prefeita, Selma Sal, só que um pouco mais velha e de batom vermelho-cereja nos lábios enrugados. – Posso ajudar?

– Ah, só vim dar boas-vindas. – Mamãe sorriu de volta, estendendo o bolo coberto por uma toalha de pratos florida. – Caso você precise de alguma coisa, pode nos chamar! Moramos bem aqui na frente.

– Que querida! – Ela agarrou o bolo, sorrindo muito docilmente. – Estou bem por enquanto, meu marido e minha neta que estão bagunçando tudo. Mas pode deixar, se eu precisar de alguma coisa...

– Somos do 302! – Mamãe sorriu. – Qualquer coisa, é só apertar a campainha da casa 302!

– Vovó! – A voz surgiu de dentro da sala, atrás da senhorinha. – Eu e vovô acabamos com a raça de um ninho de vespas!

Me inclinei, sem soltar a mão de mamãe, para ver quem era.

A garota, de boné e taco de baseball caído sobre o ombro, me encarou de volta. Com os olhos castanhos, profundos e enormes. Quando ela me viu, parecia que estava olhando pro ninho de vespas de novo. Fez uma cara muito feia e séria. As sobrancelhas franzidas exalavam desconfiança.

– Que ótimo, meu bem! – respondeu a senhora para a garota. E, virando-se para mamãe, abriu um novo sorriso. – Você aceita um pouco de chá?

– Não, obrigada, acho melhor a gente ir agora. Eu deixei umas coisas no fogo! – respondeu mamãe, sem graça. – Nos vemos em breve... – Ela estendeu a mão.

– Ana. – Ela sorriu, segurando a mão de mamãe. – Ana Símia.

– Jade Pêssego! – Mamãe sacudiu a mão. – É um prazer, Dona Símia.

– O prazer foi todo meu – Ana Símia riu, bem brevemente. Os dentes brancos contrastavam com o batom. – E você? – Ela se inclinou, me percebendo. – Qual é o seu nome?

– Íris – eu disse, me escondendo um pouco atrás da perna da minha mãe.

– Íris, que falta de educação a minha! Ofereci para a sua mãe, mas não ofereci para você. – Ela sorriu, se apoiando nos joelhos. – Quer chá?

– Eu odeio chá. – Fiz uma cara de nojo, sem querer parecer mal-educada. – É muito ruim o gosto.

– Tudo bem. – Ela sorriu, voltando a se levantar. – Um dia você aceita.

Descemos os degraus de volta para nossa casa. Olhei para trás, para a casa de Dona Símia, e vi que a garotinha com taco de baseball me observava da janela. Apertei meus olhos para ela, retribuindo a cara de desconfiança. E ela arrastou a cortina da janela de uma só vez, desaparecendo atrás do tecido branco.

SÃO PATRIQUE – DIAS ATUAIS

Cheguei muito ofegante ao Hospital Hector Vigari. Larguei a minha bicicleta destrancada no estacionamento. Estava descalça, minha maquiagem borrara toda a minha bochecha. O vestido que Dona Símia tinha me emprestado estava todo amassado e sujo.

Entrei, desnorteada, olhando de um lado pro outro, para ver se encontrava algum dos paramédicos que tinham levado Dona Símia embora.

Vi Édra Norr, com os olhos bem inchados e vermelhos, sentada numa cadeira, na segunda recepção.

Senti um choque diretamente na espinha.

Quando Édra me viu, ela se levantou abruptamente.

– Íris?

E antes que eu pudesse dizer qualquer coisa, tudo ficou escuro.

15.

Primeiro foi a visão. Quando abri os olhos, havia um clarão branco muito forte. Tudo estava desfocado e, de primeira, a luz irritou bastante minha vista. A claridade deu lugar à escuridão quando fechei as pálpebras, tomando um tempo cronometrado de três segundos para tentar vencer a luz de novo. Abri os olhos devagar e o clarão agora tomava uma forma, de pouco ao pouco, esférica, presa no teto.

Era uma lâmpada acesa.

Depois, a audição. O barulho de uma TV foi invadindo os meus ouvidos com calma, em rangidos. Eu não conseguia distinguir o que era dito, estava mesmo muito confusa. Mas aquele tom de voz era de alguma jornalista, eu podia jurar. Somado ao barulho de televisão, havia um apitar de máquinas.

E o olfato me pegou como um soco, com todo aquele cheiro de hospital e, bom, hortelã, frutas, sabonete, banho, perfume masculino...

Édra Norr.

– Ei, você está no hospital. Seus pais acabaram de sair do quarto agorinha – disse ela, ou foi o que eu consegui entender, enquanto ela guardava o celular abruptamente no bolso quando percebeu que eu a encarava. Édra se ajeitou logo em seguida na poltrona branca em que estava sentada (com seu jeito torto de sempre).

Parecia estar bem cansada, os olhos estavam fundos.

Me dei conta de que aquilo era um quarto de hospital. Mas é claro que precisei tentar levantar primeiro e sentir o beliscar de uma agulha na veia da minha mão direita para notar que *eu* era a paciente.

– *Pedra.* – Eu sorri, com dificuldade, voltando a me recostar vagarosamente na pilha de travesseiros atrás da minha cabeça.

– Esse foi um dos apelidos mais idiotas que já recebi na minha vida. – Édra revirou os olhos, tentando conter o sorriso. – Espero que você tenha consciência disso.

Arfei do meu travesseiro.

– Não acredito que eu não me lembrei antes. – Deixei o ar escapar, mordendo os lábios.

Ela entortou um sorriso para o canto da boca.

Nos olhamos por alguns segundos que pareceram minutos, com a trilha sonora das máquinas de hospital e da garota do tempo do jornal de São Patrique.

E aí ela respirou fundo, caindo os abismos castanhos para os próprios sapatos.

– Ela entrou em cirurgia faz algumas horas – disse Édra sem olhar pra mim; eu respirei fundo, entendo o porquê dos olhos terem caído. – E eu preciso ir até lá, pra alimentar a Loriel e o Lanterna – completou, com a voz embargada, subindo o olhar aos poucos.

– Eles estão bem, eu tranquei eles – eu disse, apressada, para que ela não se desesperasse. – E eles já ficaram um dia inteiro sem comer, quando ela esqueceu de comprar ração no feriado das ostras.

– Você tem a chave da casa da minha avó? – Édra espremeu os olhos, inclinando a cabeça um pouco para o lado.

– É. – Forcei um sorriso. – Eu meio que sou a babá da Loriel e do Lanterna.

– *Hum...* – Ela balançou a cabeça positivamente, esperando que eu falasse mais.

– E ela meio que é a minha melhor amiga também, nós vemos novela juntas – eu disse de vez, tentando coçar meus dedos. Mas a agulha enfiada na minha veia não me deixou chegar até lá, com aquela dor fina e insuportável. – Mas eles vão ficar bem, sério, você precisa tentar dormir – mudei abruptamente de assunto, sem deixar brechas para comentários.

Observei enquanto ela piscava os olhos bem lentamente, como quem estava mesmo morrendo de sono.

– Eu não vou a lugar nenhum – disse Édra, séria, conforme suas sobrancelhas se juntavam na testa.

– Você não precisa ir. – Respirei errado, com o que estava prestes a dizer. – Você pode dormir aqui. – Tossi. – *Pedra.*

– Eu não vou conseguir. – Ela moveu a cabeça, recusando. – Tô muito preocupada e paranoica.

– Eu também – concordei, me encolhendo um pouco na minha cama para que ela coubesse. – A gente pode ficar "*preocupada e paranoica*" juntas, vendo a garota do tempo no jornal. Ela tem um sorriso muito incrível.

Édra riu baixinho e breve, com as sobrancelhas ainda franzidas de zanga. O que eu não entendi direito, mas achei uma gracinha.

E aí ela levantou do sofá, apagou a luz e caminhou até o outro lado da cama, como quem estava pisando em ovos, ou sei lá o quê.

Hortelã, frutas, sabonete, banho e perfume masculino foram se espalhando pelo ar com mais força. Mas quando Édra Norr sentou na minha cama, senti mais cheiro de sono e de cansaço do que todos esses outros cheiros, embora eles ainda fossem perceptíveis.

Não sei explicar que cheiro o sono tem. Mas o cheiro de sono dela me deu uma tranquilidade imediata. Eu faria perfumes com o cheiro de sono dela, se pudesse. E me medicaria com eles quando precisasse de um pouco de conforto. E quando não precisasse também.

A garota do tempo estava falando sobre tornados perto da costa do estado e sobre a louca mudança de temperatura, por conta dos desastres ambientais no mundo. E ainda bem que esse era o tópico, já que, quando Édra Norr começou a afundar do meu lado, o meu coração começou a disparar na máquina que o monitorava.

E quanto mais perto ela chegava – passando as pernas pra cima da cama e afundando a cabeça no travesseiro (*bem perto de mim*) –, mais ele acelerava.

A máquina parecia o tornado da TV.

Eu parecia o tornado da TV.

No meu estômago estava se formando um tornado, como o da TV.

– Eu tenho medo de tornados – tentei dizer, desesperada.

Droga.

Droga, droga, droga.

Mas Édra já estava com um sorriso cínico (e não completamente identificado pelo meu cérebro) nos lábios.

– Boto fé – foi o que ela disse, completamente deitada ao meu lado.

Nossos braços estavam encostados. Nossas pernas, também. Lado a lado, naquela cama imensa e ao mesmo tempo minúscula do Hospital Hector Vigari.

Eu juro, tentei muito me concentrar na televisão e na garota do tempo, que tinha mesmo um sorriso incrivelmente lindo. Mas meu olho acabou caindo em Édra Norr. Eu podia ver assim, a uns centímetros de mim, a barriga dela subindo e descendo, o peito inflando e esvaziando com a respiração lenta. Podia ver a orelha dela tão estranhamente de perto. Ela tinha uma orelha bonita. (É estranho achar orelhas bonitas?) E eu gostava das costeletas dela. Cortadas assim, retinho, como se um minijardineiro tivesse escalado o rosto dela e aparado os fios com aqueles cortadores de grama.

E tinha aqueles sinais e uns sinais que eu nunca vi direito, mas que agora dava pra ver, porque são meio apagados e eu sofro de miopia em um nível que já me pergunto quando vou ficar cega. E penso que quando eu for fazer novos exames de vista, vou receber um prazo de seis meses até perder a visão completamente.

Também não pude *não olhar* para alguns fios de cabelo dela, que não eram tão escuros assim. Eles pareciam meio queimados de sol.

Certo, eu preciso voltar para a garota do tempo.

Deus, não consigo nem entender o que ela tá falando.

Eu preciso olhar pro lado.

Não, Íris, não olhe. Essa voz não é sua. Júlia está te sabotando.

Olhe, Íris.

Certo, só *uma* olhadinha...

– Eu continuo preocupada e paranoica – disse Édra, virada para mim.

De alguma forma incalculavelmente constrangedora, nos olhamos ao mesmo tempo. E como estávamos *muito* perto, eu vi seu rosto de uma forma *completamente diferente.*

Os cílios superiores muito longos se espetavam para a frente, e os cílios inferiores eram meio falhados e medianos. A luz azulada da TV me deixava ver uma pupila negra no meio de toda aquela imensidão castanho-escura. Édra tinha uma pupila, embora às vezes não parecesse.

– Você precisa prestar mais atenção na mulher da previsão do tempo – eu disse, atropelando uma palavra na outra pra acabar de dizer logo. De nervosismo.

– Você também – respondeu ela.

E era tão estranho poder ver até as veias riscarem o branco do olho dela.

Aí ela virou de vez. Bagunçando o cabelo todo no travesseiro que a gente dividia. E a luz azulada da TV foi se espalhando pelo rosto de Édra de um jeito errado, escondendo a pupila de novo, mas iluminando a boca.

E era tão estranho conseguir ver as listras discretas que riscavam os lábios dela.

Lábios que Camila Dourado beijava.

Que "Sammy" tinha beijado.

Que não sei mais quantas garotas já tinham beijado. E sobre quem eu nem posso resmungar mentalmente, porque nem sei quem elas são. Eu não tenho nem o nome delas pra adicionar numa reclamação curta.

Rolei os olhos, voltando a prestar atenção no jornal.

Eu queria muito que ela caísse da cama. Ou saísse. Ou parasse de caber. Fui me zangando por motivo nenhum. A birra foi crescendo como se eu tivesse botado fogo em uma folha de caderno. E foi, aos poucos, incendiando minha cabeça inteira.

Mas, aí, ela se moveu um pouco e os nossos dedos mindinhos se encostaram sem querer.

E alguém jogou um balde de água fria na folha de caderno.

– Será que se eu desmaiar eu ganho uma cama só pra mim? – perguntou Édra, virando a cabeça de lado, na minha direção.

Eu estava com as sobrancelhas juntas.

Respirei errado quando senti seus olhos me atravessarem.

– Preocupada – comecei –, paranoica *e engraçadinha*.

Os dentes irritantemente perfeitos foram aparecendo num sorriso largo que ela abria devagar. E um após o outro, seus olhos foram diminuindo, apertados. Inchados, de quem chorou. Fundos, de quem não dormiu.

Sorri um pouco, mas não deixei que o sorriso se esticasse muito.

– Hoje você beijou uma garota – disse ela, deixando o sorriso sumir.

– É, a gente já sabe disso. – Espremi meus olhos. – Foi o pior primeiro beijo, porque me senti esquisita depois.

– Vai ver você não gosta de garotas, ué. – Ela ergueu o cenho. – Acontece.

– Né, Édra? – Revirei os olhos, arfando. Usei todo o tom de ironia que tinha me sobrado. – Vai ver.

– Mas agora que a gente já sabe quem a gente era... – Ela foi se virando de lado. – No caso, você, porque eu sempre lembrei... *Eu* fui seu primeiro beijo lésbico de verdade.

– Quê?! – Senti minha testa franzir.

– Bonecas Sally – respondeu ela, entortando um sorriso.

– Você não pode tá falando sério. – Tentei esconder meu rosto com a mão livre de agulhas. – Você *não pode* tá falando sério.

Édra deu uma risada gostosa de se escutar.

– Pois é – continuou ela, entre risos. – Sua boneca beijou a *minha* boneca. E foi *você* quem tava controlando.

– Édra, pra começar, sua boneca era horrível – respondi, rispidamente. – Cindy Lou fez um favor a ela.

– Você não entende nada de cortes de cabelo. – Suas sobrancelhas subiram, enquanto ela balançava o rosto de um lado pro outro, me olhando com prepotência.

– E tinha o que pra entender? – Minha testa se franzia cada vez mais. – Aquela boneca nem tinha cabelo. Como é que ela iria ter um corte?

– Cabeça raspada é uma parada charmosa. – Agora balançava a cabeça positivamente, com o olhar distante. – Já raspei a minha, uma vez.

– *Deus, quem arranca os cabelos de uma boneca?* – murmurei, encarando a lâmpada desligada bem acima de nossas cabeças.

– E mesmo assim você beijou ela – rebateu Édra.

Apesar de ainda encarar a lâmpada apagada, senti, pela minha visão periférica, que ela me olhava. O que me deixou um tanto nervosa, mas eu precisava me controlar. Ou o meu coração apitaria nas máquinas de novo.

– *Eu* não beijei ela... Cindy Lou beijou. – Revirei os olhos. – E outra: era isso ou um dinossauro horroroso que você riscou em vários lugares com marcador preto.

– *Tsc.* – Ela também se virou para encarar a lâmpada. – Eram tatuagens.

– Dinossauros não se tatuam – arfei. – Qual é o seu problema com brinquedos?

– Qual é o seu problema com imaginação? – indagou ela, passando os braços para trás da cabeça.

– Pelo menos eu dei um final bonito para a sua Boneca Sally. – Virei para olhá-la. Bem rápido, para ver como ela ficava daquele ângulo.

Ela me procurou com os olhos, sem mover a cabeça. Naquela pose prepotente e folgada, tomando espaço na minha cama.

– Você *quis* – disse ela, séria.

– Eu quis o quê? – indaguei.

– Bonecas Sally não se controlam sozinhas. – Ela respirou fundo. – Você *quis*.

– Eu já disse que foi a Cindy Lou, mas tanto faz. – Revirei os olhos. – Qual é o *seu* problema com imaginação?

– Eu já disse que Bonecas Sally não se controlam – Ela arfou. – Qual é o seu problema com brinquedos?

Fiquei em silêncio, querendo muito que ela simplesmente caísse da cama no chão.

– Mas tanto faz, mesmo – ela quebrou o silêncio. – Vai ver aquela garota não era *a garota*. Você deve ter confundido tudo.

– *Por?* – questionei, fitando-a de canto de olho.

– Porque você não entende nada de cortes de cabelo. – Ela riu brevemente, me fitando de canto de olho também.

Balançamos a cabeça negativamente na mesma simetria. E voltamos a encarar a lâmpada apagada ao mesmo tempo.

O nosso silêncio foi me deixando nervosa de novo.

E, para piorar tudo, Édra se virou para mim na cama. Abruptamente. Sem nenhum "aviso corporal prévio" de que ela iria fazer aquilo. Digo, me encarar, sem motivo nenhum. Eu fui pega de surpresa.

Isso foi me descompassando. Fiquei num ritmo completamente errado.

E a abertura daquele programa, *Galera coruja*, a que meu pai adora assistir de madrugada, começou a tocar. Escuto sempre que tenho insônia.

– Você deveria tentar de novo – disse Édra. Sua voz se misturou à do apresentador no fundo.

Eu só queria evaporar dali. Não conseguia me conter mais. E as máquinas me entregaram com os barulhos desgovernados do meu coração.

Era óbvio que ela iria saber que eu estava nervosa. *Claro*. Ela ia saber de *tudo*. Até sobre o binóculo e sobre conhecer o quarto dela *antes* de *entrar* no quarto dela. Eu não podia deixar que ela simplesmente percebesse.

Os barulhos só aumentavam no quarto.

Eu *precisava* fazer alguma coisa.

– Eu tenho muito medo de tornados – disse, engolindo seco. Tentando ignorar a minha visão periférica de Édra Norr me encarando, a alguns centímetros do meu corpo.

– O jornal já acabou, Íris. – Pude sentir que ela estava apertando os olhos pra mim.

Deus, ou sei lá, *aliens virgens* de alguma coisa, me abduzam. Sério, chegou a minha hora.

– Eu sei. – Enruguei o meu rosto, querendo que ele afundasse. – É que tornados são *mesmo* horríveis – tentei explicar, falando bem baixo.

O corpo de Édra foi se inclinando para muito perto do meu, como se ela estivesse prestes a passar para cima de mim de alguma forma *sem* encostar em mim.

Nossos olhos se encontraram. Tentei traduzir a cara dela; que parecia confusa, impressionada, inquieta e prestes a ativar uma bomba, ou coisa assim. A respiração dela estava irregular, eu pude sentir. E suas sobrancelhas franzidas acompanhavam o olhar perdido, que me fitava de um lado a outro, em diferentes pontos do meu rosto.

– Íris... – ela começou a dizer alguma coisa.

E o quarto ficou extremamente claro.

Sério? Agora? Eu pedi a abdução antes.

No susto, ela pulou da cama.

E uma enfermeira, que parecia ser descendente de japoneses, com uma prancheta na mão e o cabelo preso com uma caneta surgiu. Nos encarando, completamente confusa.

Olhava para Édra e depois para mim; depois para Édra de novo.

– Eu vim checar o seu soro. – Ela se aproximou, com uma cara muito estranha. Como eu fico quando tento enxergar algo sem meus óculos.

Continuava nos encarando enquanto remexia nas coisas.

– Eu vou tirar a agulha, fazer um curativo e você vai descansar um pouco, certo? – avisou ela, repousando a mão sobre a minha.

– Tudo bem – eu disse, endireitando minhas costas no colchão.

Ela estalou as luvas de borracha branca nas mãos, se aproximando do meu braço.

Depois de um *"au"* meu, a agulha estava completamente fora do meu corpo. E ela limpou o furo com algodão embebido em um líquido que cheirava a álcool. Me grudou um band-aid branco, removeu os sacos vazios de soro que estavam pendurados e saiu do quarto, sorrindo para mim, mas fazendo uma cara reprovadora para Édra Norr.

– É, eu vou... *Hum* – Édra tentou dizer, enfiando as mãos no bolso, meio confusa. – Comprar alguma coisa pra comer?

Ela "perguntou afirmando", atrapalhada, tirando uma das mãos do bolso pra apontar para a porta. Quando tomei fôlego pra falar alguma coisa, ela simplesmente fez "sim" com a cabeça e se virou, me largando sozinha.

Mas não demorou nem cinco segundos para que Édra abrisse a porta novamente.

– Você quer que eu apague a luz? – ressurgiu, colocando apenas o tronco para dentro do quarto.

O cabelo bagunçado de quem estava deitada, pouco antes, do meu lado.

– É... *P-pode.* – Suspendi os ombros, tentando empurrar as palavras de dentro da minha boca. – Pode ser.

Ela acenou positivamente mais uma vez, antes que fechasse a porta com todo o cuidado, para não fazer barulho.

A fresta de luz foi diminuindo até sumir completamente.

E, sozinha no quarto escuro, com todo o cheiro de Édra Norr e o sono pairando sobre o travesseiro ao lado da minha cabeça, fui sentindo, pouco a pouco, o tempo nublar... E as nuvens se formarem e dançarem em círculos dentro de mim.

A garota do tempo deu todas as previsões, mas ninguém me avisou sobre esses tornados no meu estômago.

Respirei fundo, sentindo aquela coisa revirar tudo dentro de mim.

E, dando o braço a torcer, fechei os olhos.

Achei que tivessem se passado só alguns minutos quando os abri com dificuldade.

– Bom dia – a voz de Édra ecoou do meu lado direito. Mas eu ainda encarava o teto do quarto.

Fui virando a cabeça bem devagar, até vê-la enfiada na poltrona ao meu lado.

Sorri instantaneamente.

– Acho que vão te liberar – Édra continuou dizendo, tirando as chaves do carro do bolso. – Eu tô indo pra casa da minha avó já, já, preciso de um banho. – Entortou um sorriso. – Vou passar o olho em Loriel e Lanterna também.

– Hum. – Apertei meus olhos. – E Dona Símia?

– Já fez a cirurgia – respondeu. O meu sorriso foi se alargando mais. – Mas não acordou ainda – completou, sem me olhar no olho.

Parei de sorrir e respirei fundo, voltando a encarar o teto.

– Você quer uma carona?

"Você quer uma carona?", remedei a voz de Édra Norr dentro da minha cabeça. Era desprezível me sentir tão eufórica com qualquer coisa que ela falava diretamente pra mim.

– Acho que dá pra levar todos vocês no meu carro – Édra comentou.

– Todos vocês quem?

Eu perguntei, mas ela não precisou responder pra que eu lembrasse que tinha pais e que, muito em breve, eles iriam me matar. ME ESGANAR. Me picar em pedacinhos. Não há nada que eu possa dizer minha mãe que a impeça de quebrar todos os meus ossos. Nem há nada que eu possa dizer a meu pai, mas vou pedir que ele reze por mim. Pra que eu chegue bem no céu. *Meu Deus!* Eu passei uma noite *inteira* fora de casa.

Meus pais nunca vão me perdoar por estar agindo de forma completamente inconsequente e irresponsável. Minha vida virou uma novela e eu não avisei a eles.

– Calma, não precisa se desesperar. – Édra, pelo visto, percebeu que eu estava perto de ter um ataque de pânico seguido de três paradas cardíacas.

– Você conhece a minha mãe? – Foi tudo o que eu consegui dizer, desesperada.

– Conheci quando ela chegou e salvei a sua pele – disse ela, se levantando da poltrona. Parecia olhar alguém através das persianas entreabertas. – *Não diga nada.*

A maçaneta girou e surgiram os meus pais, como se estivéssemos bem no meio de um apocalipse zumbi e eu estivesse prestes a ser devorada.

– Meu bebê! – disse meu pai, quando me viu. Antes mesmo de me alcançar na cama. Ele e mamãe me agarraram pela cabeça e me esmagaram coletivamente.

– Sirizinho! – Minha mãe parecia ter sido possuída pela mãe de alguém.

Eu estava boquiaberta. Não sabia o que Édra tinha dito a eles. Mas tinha funcionado. Ninguém queria me matar por ser a pior filha do mundo. Só queriam me encher de beijos na testa e de abraços.

Édra estava de pé, imóvel, com uma cara de quem não fazia ideia do que deveria fazer. Mas eu podia jurar que, em algum lugar dentro da cabeça dela, ela estava se vangloriando por ter me acobertado com alguma desculpa épica que fez com que meus pais – em vez de me colocarem na forca – me amassem ainda mais.

Jade e Ermes Pêssego, em toda aquela euforia familiar, nem notaram a existência dela. E quando ela percebeu que eles realmente não tinham reparado, movimentou os lábios, sem proferir nenhum som:

"Depois a gente se fala." E ergueu a minha cópia da chave da casa de Dona Símia, balançando para que eu a visse. "Peguei emprestado, ok?"

Dentro do abraço de papai e mamãe, tentando fazer com que ela enxergasse a minha boca, fiz o mesmo de volta: "Ok."

E ela saiu do quarto, de fininho.

Eu não fazia ideia do que poderia acontecer se ficássemos sozinhas de novo, como na madrugada. Foi uma coisa meio esquisita toda aquela situação. E o pior é que eu não consigo parar de pensar no que teria acontecido se aquela enfermeira não tivesse aberto a porta; se aquele clarão não tivesse cortado o nosso escuro; se Édra Norr não tivesse saltado da cama para comprar alguma coisa pra comer, só para não ter que prolongar o clima estranho que consumiu a atmosfera do quarto.

Talvez eu soubesse no que o nosso silêncio se transformaria, *se* tivesse ganhado mais tempo antes que os meus pais aparecessem no quarto.

Eu pensei sobre isso durante todo o caminho, olhando a cidade passar através da janela.

Respondi as perguntas dos meus pais no automático, coisas sobre como eu estava me sentindo, o que queria comer quando chegasse em casa, se estava tudo bem mesmo, se eu queria faltar aula para descansar. Para as perguntas que exigiam mentir sobre a noite anterior me fingi de "cansada demais para responder".

Passamos pela avenida da praia de carro e fui silenciosamente remontando aquela festa na minha cabeça. Édra Norr estava em tudo. Pude nos ver saindo entre os coqueiros, de mãos dadas, rumo ao carro dela, estacionado bem naquele passeio logo ali.

Quando chegamos na nossa rua, meu pai foi dando a ré para estacionar e eu me virei no banco para ver, através do vidro traseiro, a casa de Dona Símia.

As luzes acesas me deram frio na barriga.

Não era a minha melhor amiga idosa que estava lá dentro. Era *Pedra Norr*, a companhia mais esquisita que eu tive naquelas férias.

E agora eu lembrava de tudo sobre ela. Desde os brinquedos bizarros (tatuados e sem cabelo), até a mania irritante de remedar tudo o que eu falava com Dona Símia.

Abri a porta do carro e corri para o meu quarto antes que meus pais inventassem de fazer mais alguma pergunta ou o efeito da poção do amor que Édra deu a eles passasse (e eles me dessem uma bronca de duas horas). Eu quase tropecei nos degraus, passei por Margot, que miou muito alto quando me viu, e abri a minha mochila, como se estivesse em um filme de caratê ou coisa assim.

Saquei o binóculo e corri para o meu banheiro.

Especificamente, para a janela minúscula bem alta na parede. Que só existia por motivos de: 1, ventilação e 2, luminosidade.

Fiquei na ponta dos pés e dei o máximo de zoom que pude.

Eu conseguia ver a sala de Dona Símia, mas as cortinas ainda me atrapalhavam um pouco.

O vulto de Édra Norr passou de um lado para o outro, e os latidos de Lanterna e Loriel ecoavam abafados no silêncio da nossa rua.

Respirei fundo, deixando os meus pés encostarem no chão.

Apertei o binóculo contra o peito.

Eu preciso fazer alguma coisa.

Certo, vamos lá. Édra está do outro lado da rua, na casa da minha melhor amiga idosa, com os meus sobrinhos cachorros, andando de um lado pro outro numa sala onde a gente já brincou de comandos em ação.

Eu preciso mesmo fazer alguma coisa.

Mas nunca vou conseguir dar um passo sem que alguém me empurre. Eu preciso ser empurrada. E Júlia não vai acordar agora.

Droga.

Droga, droga, droga. Mil vezes droga.

Ah, espere.

Eu ainda não consegui agradecer pelo que ela fez.

É isso! Deus, é isso!

Só que ainda preciso ser empurrada. Nem que seja pelo acaso.

Corri de volta para dentro do quarto e virei minha mochila aberta de cabeça para baixo, deixando todos os meus materiais escolares caírem sobre a minha cama. Saquei papel, caneta e tesoura.

É isso. Eu vou sortear. E seja o que o acaso quiser.

Tirar a virgindade de pizza *ou* não tirar a virgindade de pizza?

Não, espere. Deve ter alguma coisa errada com esse papel. São só dois. O acaso nem tem tempo pra pensar direito. Vamos incrementar mais.

Agora vai.

É, acho que eu deveria fazer mais papéis com a opção "não". Porque se for sim, pelo menos, vou ter certeza. Não é? É. Eu acho que sim.

Então, certo. Ok. Vamos lá.

Dane-se, eu vou mesmo assim.

É claro que só tive noção do que eu realmente estava fazendo depois de já ter batido na porta da casa de Dona Símia. Deus, como eu sou idiota.

Esperei meus pais dormirem e os convenci de que ficaria vendo série sozinha no meu quarto. Deixei o computador ligado com *Grey's Anatomy* rolando. Tranquei minha porta por fora. Saí da minha casa pela porta dos fundos, na ponta dos pés, como se tivesse acabado de assaltá-la. Meia hora antes disso, liguei para a Orégano's Pizza. Meu pedido foi tamanho grande, metade frango com catupiry e metade portuguesa. É claro que pedi que não trouxessem sachês de mostarda, já que eu sempre desperdiço os sachês de mostarda, e só depois de desligar o telefone foi que eu me dei conta de que talvez Édra pudesse gostar e talvez fosse mais perfeito para ela com sachê de mostarda, ou seja, eu estaria estragando tudo. Então, liguei mais uma vez e disse "Ok, Gabriel, sachês de mostarda dessa vez". Tomei banho, porque sempre levam uns vinte e três minutos (adivinha quantas pizzas eu já comi para ter esse cálculo?). Procurei uma roupa bonita, mas sem parecer que eu estava querendo impressionar ninguém. Precisava ser confortável, mas não desleixada. Precisava ser bonita, mas não extravagante.

Calma, fala sério, desde quando eu tenho roupas extravagantes? Eu nem deveria ter me preocupado com isso. Eu mal tenho roupa, muito menos "extravagante".

Levei um tempo maior no banho, acho que passei sabonete no mesmo lugar umas sete ou oito vezes.

Short folgadinho confortável? *Check*. Blusa de *Coragem, o cão covarde*, o melhor desenho de crianças que já existiu? (Quem não gosta desse desenho não merece habitar esse planeta. E minha blusa ainda era simbólica. Dona Símia é a avó e eu sou o cachorro). *Check*. Sandálias ridículas porque não achei nada além delas? *Check*.

Tudo estava... *Check*.

E eu estava dizendo para mim mesma que eu estava bonita e que tudo ia dar certo. Ainda que meu papel tivesse dito não, no final das contas, eu estava lá. Segurando uma caixa de pizza enorme com uma das mãos (torcendo pra que ela não caísse no chão e despedaçasse inteira) e, com a outra mão, batendo na porta de Dona Símia.

E foi aí que minha ficha caiu. Não era uma idosa adorável que iria abrir a porta e me perguntar se eu queria ou não tomar chá. Seria... *Ela*.

Será que dá tempo de dar meia-volta?

Loriel e Lanterna começaram a se agitar do outro lado e pude ouvir os arranhados na madeira da porta.

Eu posso simplesmente me virar e ir embora, certo?

Os barulhos dos trincos da porta sendo destrancados foram tilintando e o meu coração parecia escalar a minha garganta. Senti o tempo nublar no meu estômago mais uma vez.

Édra foi surgindo com o rangido de porta velha se abrindo.

Ela estava de calça moletom cinza-escuro, um top (como sempre, de academia) preto e uma blusa branca caída sobre o ombro esquerdo. Os cabelos desgrenhados em ondas amassadas, o corpo iluminado pela luz amarelada do poste e uma cara de sono inegavelmente bonita.

O som de TV ligada se misturou aos latidos empolgados de Lanterna ao me ver tentando passar por entre as pernas de Édra, sem nenhum sucesso.

– Ei – disse ela, coçando o olho.

Parecia tentar entender o que estava acontecendo. Olhou dos meus pés até o meu rosto. E, em seguida, para a caixa da Orégano's Pizza que eu trazia em minha mão.

Suas sobrancelhas juntaram na testa. E ela inclinou um pouco a cabeça para o lado, esperando que eu dissesse alguma coisa.

O tornado começou a girar no meu estômago.

– Ei – foi o que eu consegui dizer, tentando falar mais alto que os batimentos cardíacos dentro de mim. Os quais eu conseguia escutar perfeitamente bem, como a bateria de uma banda.

Mas nenhuma palavra saiu depois disso.

Édra apertou os olhos para mim. Sua boca estava entreaberta.

Engoli aquele bolo de nada que tampava a minha garganta.

Quando percebi que ela tomava fôlego para falar alguma coisa, interrompi, abruptamente. Antes que tudo ficasse mais constrangedor do que já estava.

– Quer pizza? – perguntei de vez. Como se tivesse arrancado um band-aid dessas palavras.

E um sorriso cínico começou a se entortar para o canto da boca de Édra Norr.

16.

COMO QUE SE EXPLICA UMA VONTADE?

Às vezes, é muito difícil explicar uma vontade. É claro que existem vontades explicáveis, como querer tomar sorvete porque o dia está insuportavelmente quente. Mas tem coisas que você olha e *simplesmente* quer. E quando você mesmo tenta entender o porquê disso, se atrapalha nas respostas. É frustrante não entender a razão desses nossos impulsos. É bizarro você não saber o porquê de você mesmo querer um sorvete e não, sei lá, um picolé. E isso acontece. Tem dias que você está inerte, em puro ócio, e a vontade de algo aleatório te atinge como um soco na boca. Daqueles fortes, que sangram. E você não faz ideia de onde surgiu esse desejo louco de viajar, ligar pra um amigo qualquer, cortar o cabelo, comprar algo, comer pizza, atravessar a rua e bater na porta da casa da sua vizinha idosa para ver a neta dela.

Existem vontades explicáveis, como querer tomar sorvete porque o dia está insuportavelmente quente. Mas tem coisas que você *simplesmente* quer. E, como eu disse, às vezes a gente tenta entender o porquê e se atrapalha – completamente – nas respostas.

Mas foi o cabelo amassado de sono. Eu tenho certeza disso.

– Cara, eu tenho quase um dia inteiro nessa casa – disse ela, virada de costas para mim. *Talvez sejam as costas.* – E nem sei onde ficam os talheres.

Édra Norr estava remexendo as gavetas de Dona Símia como se estivesse cavando pra achar ouro, ou coisa assim. E, deitado embaixo da cadeira onde eu estava sentada, Lanterna lambia os dedos descalços dos meus pés. O que meio que me dava cócegas.

– Você tem cara daquelas pessoas que não sabem procurar nada direito – eu disse, deslizando os dedos sobre a mesa, me divertindo com o desespero dela.

– Você sempre vem aqui. – Ela se virou, com um olhar semicerrado. – Podia pelo menos saber onde achar uma faca.

Talvez seja esse olhar semicerrado.

Eu sabia onde ficavam as facas, garfos e até os sutiãs de Dona Símia. Mas e depois? Levaríamos dez minutos pra comer toda essa pizza e eu teria que ir pra casa, porque, fala sério, que desculpa eu iria dar pra ficar mais tempo?

E por que diabos eu quero ficar mais que dez minutos aqui?

Vontades... Nem todas são explicáveis.

– Eu não faço ideia de onde fica *nada* nessa casa – arfei, usando meu tom mais mentirosamente convincente.

Acho que tô me tornando uma mentirosa profissional. E eu não me orgulho disso.

– Que *caralho...* – Édra apoiou os dois braços sobre o mármore da pia, fazendo os músculos das costas saltarem. – A pizza vai ficar fria.

– É, mas – enchi o meu peito de orgulho pra abraçar a causa do meu gosto estranho: – pizza fria é uma delícia.

E só sei que gosto de pizza fria por causa de uma vontade inexplicável. Um dia eu simplesmente encarei as duas últimas fatias que não tinha aguentado comer no dia anterior, e pensei: Hum, bom, por que não? E foi uma vontade bem sem justificativas mesmo. Até porque, quando eu fiz isso, eu estava de barriga cheia. No final das contas, não foi fome nem a reprodução de algo que papai faria (ele não desperdiça nada). Eu só queria saber o gosto da pizza fria.

E hoje em dia eu adoro quando as pizzas esfriam e posso comê-las com esse gosto que, pra algumas pessoas, é insuportável. Mas, hum, pra mim? É *genial.*

– Não sei. – Ela arrastou a cadeira para sentar. – Nunca comi pizza fria.

Talvez seja o jeito que ela senta errado.

Édra bocejou exatamente como a Margot quando acorda. Só que apoiando os cotovelos na mesa.

– *Deus.* – Revirei os olhos pra ela. – Que *ânimo.*

– Foi mal. – Ela coçou as pálpebras, com *aquela* cara de sono. – Eu cochilei vendo o jornal.

Olhei diretamente para os ombros nus dela, percebendo os sinais que o lustre da cozinha – bem acima das nossas cabeças – iluminava.

– Percebi – falei, abrindo a caixa da pizza para espiar. – Achei que as pessoas ficassem mais animadas pra perder a virgindade.

A pizza suava dentro do papelão e recebi uma explosão de cheiro enquanto fechava a caixa. Não queria que minha barriga roncasse, ou que eu agisse naturalmente na frente de Édra. Com agir naturalmente eu quero dizer, é claro, comer toda aquela pizza antes mesmo que o comercial de shampoo, que estava passando na TV, acabasse.

Quando olhei para Édra, ela parecia me encarar como quando os nossos professores escrevem embolado no quadro e a gente meio que aperta o olho e inclina o pescoço, tentando entender o que aquilo quer dizer.

– Então você tá animada pra perder a virgindade? – Sim, foi o que ela me perguntou.

E é claro que fiquei mais vermelha que os tomates que eu tinha acabado de espiar.

Talvez seja esse jeito de olhar que ela tem, que parece uma flecha atravessando uma maçã. E, no caso, a maçã sou eu.

– Argh. – Encolhi meus ombros, arrastando um pouco a cadeira enquanto me ajeitava. Parecia que meu corpo inteiro tinha entortado e não cabia ali mais. – É claro que não. Eu nem acho que sexo seja assim *tão* importante.

Édra parecia desacreditar no que eu tinha acabado de dizer. E ela estava do outro lado da mesa, cheia de deboche no rosto.

– Aham – provocou. – Como se você nunca tivesse pensado em sexo.

Minhas coxas ralaram uma na outra e eu acabei chutando (sem querer) a boca de Lanterna.

– Pensar em sexo é natural, não é como se eu fosse uma obcecada por isso. – Revirei os olhos, tentando não coçar meus dedos até eles caírem.

Principalmente porque eu tinha sonhado com Édra Norr na minha cama, fazendo zigue-zague (e não foi com uma bicicleta).

Senti que ela ia falar alguma coisa muito sacana, mas aí ela soprou todo o ar que tinha tomado para falar, e sua cara parecia ter mudado de ideia.

– Eu gosto muito – disse, arrastando a caixa de pizza para perto de si mesma.

Talvez seja o fato dela ser muito sincera, quando eu não consigo ser.

O barulho fez com que Lanterna latisse embaixo da minha cadeira.

– Normal – foi o que eu disse, em vez de "é óbvio, está escrito na sua cara cínica toda vez que você sorri torto e parece que os botões da roupa das pessoas se abrem sozinhos", que era o que eu queria ter dito. – A maioria das pessoas na nossa idade gostam muito. Minha melhor amiga, por exemplo, mas não sei se ela pratica.

Édra suspendeu a caixa, espiando a pizza.

– É importante praticar – disse ela, divertida. Com aqueles olhos brilhando mais que as azeitonas na pizza.

Minhas coxas prestavam bastante atenção na conversa. Fiquei em silêncio.

– Você tem vergonha, né? – perguntou ela, arrancando uma fatia de pizza com as próprias mãos. – Você pode me contar as coisas, relaxa – e agora vem a frase que eu não queria ter escutado: – Somos amigas – disse Édra, arrancando uma grande mordida da pizza de frango com catupiry.

E foi assim que eu tirei a virgindade de pizza de Édra Norr. Com ela me dizendo que "somos amigas". E sim, somos amigas, mas eu não tava com nenhuma vontade – explicável ou não – de ter escutado *aquilo, naquela hora*. Que saco.

Ela podia simplesmente engasgar agora, e eu não me importaria.

Não acredito que estou fingindo que não devoraria essa pizza inteira como um leão matando veados no canal fechado sobre vida na selva... Pra uma pessoa como Édra, que é a minha *amiga*.

E que nem parece se importar com o fato de eu estar ali, depois de ter passado sabonete sete vezes, tendo que assistir enquanto ela suja a boca inteira de catupiry.

– Você já se masturbou, pelo menos? – perguntou ela, depois de engolir.

– *Deus,* Édra. – Encarei minhas próprias mãos, suadas, sobre o meu colo. – Eu não sei você, mas eu não discuto essas coisas com minhas – arfei – *amigas.*

– Que besteira. – Ela mexeu nas fatias dentro da caixa, arrancando mais um pedaço. – Quantas vezes?

– Quantas vezes o quê? – Arregalei meus olhos.

Édra parecia não dar a mínima pro assunto da conversa. E nem para comer como eu normalmente comeria, se não quisesse parecer mais uma garota bonita e menos o leão do canal fechado na frente dela.

Qual é o problema dessa garota?

– Por dia – perguntou, enchendo a boca com tanta pizza que as bochechas incharam.

– Quê?! – Me afastei da mesa. – Você não pode tá falando sério. Pra que você quer saber disso?! – Minha testa franziu e eu podia sentir minhas sobrancelhas se juntarem.

– Ué. – Édra deu de ombros. – Eu sempre falei disso com as minhas amigas.

– Eu não sou sua amiga – disse de uma vez, e levei um tempo para perceber que tinha dito rápido demais, o que não me deu tempo de ser uma mentirosa. Então, tratei de me corrigir, com uma cara amarelada. – Eu quero dizer... – Ajeitei minhas costas na cadeira. – Não *esse* tipo de amiga.

– E que tipo de amiga você quer ser? – indagou Édra, sem me olhar. Estava catando as ervilhas da pizza e deixando no canto da caixa.

Do tipo de amiga que não é a droga da sua amiga. O tipo na frente de quem você não come feito um leão, porque quer ser bonita, sabe? Que inferno.

Mas isso foi só o que eu pensei.

– Do tipo que não fala sobre coisas íntimas e meio constrangedoras.

E isso foi o que eu disse.

– Ah. – Ela acenou com a cabeça. – É que a gente não tem muitas paradas pra falar sobre. Não é como se a gente ainda brincasse de boneca ou como se eu fosse passar horas te contando sobre como eu tô a fim de algum cara do time de futebol.

– Como você sabe que Polly faz isso? – perguntei, boquiaberta, tentando não dar risada de quão patético era isso.

– Porque todas as garotas naquele colégio não falam sobre outra coisa. – Édra tirou mais uma fatia de pizza.

– Você pode me falar por horas sobre garotas, já que os meninos do time de futebol não fazem o seu tipo. – Eu sorri, tentando fazer uma piada idiota. Porque, bom, essa sou eu.

– Hum. – Ela ergueu as sobrancelhas. – Eu e a Camila meio que não estamos fluindo direito.

– Meus pêsames – retruquei, áspera. É, estava mesmo difícil disfarçar as coisas. – Digo, deve ser horrível não combinar com quem você se apaixona, né?

– É. – Édra jogou um pedaço da pizza para Lanterna, que parecia uma rocha, imóvel ao lado dela. Acompanhando cada mordida com os olhos pedintes.

Nem preciso dizer o quanto eu estava decepcionada a essa altura. Ela estava lá, com a boca suja de pizza, a cara amassada de sono e os ombros nus para mim. Não é como se ela estivesse feia, eu comeria todos aqueles farelos no canto da boca dela se pudesse, ainda tiraria uma foto escondida e revelaria.

Ela continuava bonita. Mas ela não estava se importando em *estar* bonita.

Édra Norr estava sendo Édra Norr versão "para amigas" e isso me confundiu a cabeça inteira, porque, bom, eu sei lá, é errado achar que aquilo no hospital pudesse significar algo? Não sei o que pensar sobre isso.

Nem sei por que estou decepcionada por ter confundido as coisas na minha cabeça. Quero dizer... não é como se eu estivesse a fim dela. Eu só tenho *vontades inexplicáveis*. Mas achei que ela estivesse, tipo, a fim de mim. Ou, eu não sei, ela parecia querer me impressionar. Ela parecia querer ser mais uma garota bonita e menos o leão devorando o veado no canal fechado.

Mas ela estava lá, sendo a minha amiga-*amiga*, se sujando inteira de comida e falando sobre Camila Dourado bem na minha cara (apesar de ter sido uma notícia boa).

Édra Norr é bizarra, se é o que você quer saber.

Porque, cara, tudo isso é muito confuso. Uma hora ela quer ser bonita, outra hora ela não liga de ser o leão do canal fechado.

E olhe só essa boca suja! Ela não está *mesmo* dando a *mínima* para me impressionar.

E é ridículo ela continuar me impressionando mesmo assim.

Nesse momento, Lanterna tentou puxar – em vários pulos seguidos – a caixa inteira da pizza para que ela caísse e ele pudesse devorar mais pedaços.

Édra gargalhou, afastando a caixa para que ele não fizesse um grande estrago.

Mas Lanterna continuava aos pulos, desesperado.

– Não adianta. – Respirei fundo. – Você precisa falar sério com ele, senão ele não vai parar.

– Ah. – Ela se inclinou para trás na cadeira, me analisando. – Então você conhece mais os meus cães que eu?

Abrimos um sorriso na mesma fração de segundos. Ela? Mostrando os dentes. Eu? Tentando não mostrar nada que estivesse dentro de mim (inclua os dentes nisso, mas não só eles).

– Você sumiu, né? – Dei de ombros. – Você pode se culpar por isso. – E, entortando a boca para um lado, observando o balançar de rabo de Lanterna, continuei: – Não só por Lanterna não te obedecer, mas pelo nome "exótico" dele.

– Vovó nunca te contou? – perguntou Édra, juntando as sobrancelhas na testa.

– Me contou o quê? – indaguei.

– Ué – ela soava como se fosse algo muito óbvio. – O porquê dos nomes.

– A gente não fala muito sobre ela na vida adulta – expliquei, tentando não parecer indelicada. – Em todas as histórias que já ouvi, eles ainda não existem.

– Bom... – Édra se ajeitou na cadeira. – Vovô meio que estava "marcado" pra ficar cego, entende? – fez um silêncio longo. – *Diabetes.*

– Entendo. – Engoli seco.

– E aí que o nome do Lanterna sempre foi Lanterna... Porque lanternas iluminam as coisas e nos guiam no escuro.

Édra suspirou e eu suspirei junto. Meu carinho pelo Lanterna se triplicou com aquele detalhe novo sobre ele.

– E a Loriel? – perguntei, curiosa.

– Esse aí eu acho melhor a vovó te explicar. – Ela sorriu amarelado, perdendo os olhos nos detalhes da cozinha.

Me arrependi imediatamente depois de ter feito a pergunta. Dona Símia não costumava falar muito da vida dela e parecia estar se virando com a falta que sentia de quem já tinha partido. Eu também nunca fui de agoniar ela com esses assuntos. Mas me lembro de ouvi-la resmungar algumas vezes que Loriel era cheia de manias, porque sua filha tinha acostumado assim. Reclamações espontâneas, que ela parecia fazer em voz alta sem muita consciência. Nunca me atrevi a puxar assunto sobre isso. Os olhos marejados de Édra Norr me fizeram conectar tudo. Loriel, cheia de manias, pertencia a filha de Dona Símia. Loriel era da mãe de Édra.

A verdade é que a gente tava se esforçando, tipo, *sério*. Mas a preocupação com Dona Símia sugou boa parte do nosso ânimo e da nossa estabilidade mental. Então, estávamos sorrindo amarelado uma pra outra e tentando agir normalmente para aliviar toda a tensão do momento.

Dona Símia estava no Hospital Hector Vigari, se recuperando de uma cirurgia. A bicicleta da mãe de Édra estava destroçada. Fora todo o drama envolvendo Léon e Camila Dourado no Submundo. É claro que Édra Norr ainda tinha algumas feridas abertas... Ou várias, se é que você me entende.

Então, é compreensível que ela não estivesse tão animada assim pra perder a virgindade de pizza. Sou uma grande idiota, eu acho. Escolhi o *pior* momento pra *melhor* coisa. E eu sempre toco nos assuntos mais desnecessários. E eu sempre estrago tudo. E eu sempre entendo tudo errado. E eu sempre termino no chão do meu quarto ouvindo Whitney Houston.

Porque eu sou Íris Pêssego. Às (ou na maioria das) vezes, é como se eu fosse um asteroide se aproximando da Terra. Sabe aqueles gigantescos? Que passam nos jornais e que blogs religiosos usam para fazer matérias sobre o fim do mundo? Pois é, sou eu. Um grande risco; enorme e desajeitado. Que, mesmo com uma grande chance de destruir tudo, só quer passar por perto, entende? Assim, de lado. E ser visto no céu de alguém.

O problema é que eu me esqueço com frequência da parte em que posso destruir tudo.

E agora Édra Norr está assim, com essa cara não identificável. E não sei dizer se ela quer ou não chorar.

– Me desculpa, Édra – eu disse, me levantando abruptamente da cadeira. – Eu só queria passar perto.

Édra pareceu tomar um susto quando eu puxei ela para fora daquele estado de "vista descansada" em que ela estava, encarando propositalmente os ímãs da geladeira.

– Do que você tá falando? – Ela espremeu os olhos. *Tanto* que os cílios quase grudaram.

– Asteroides... – Respirei fundo, encarando o teto.

– Quê? – perguntou, confusa, enquanto eu tentava não afastar meus olhos do forro da casa. Não durou muito tempo, porque, bom, tente ficar muito tempo sem olhar pra Édra Norr.

Quando deixei meu olhar cair novamente nos olhos dela, pude ver seu sorriso torto no rosto. Rindo – *descaradamente* – da minha cara.

– Íris, você é *muito* estranha – foi o que ela se atreveu a me dizer.

– Eu só queria te animar um pouco... – tomei fôlego e paciência para continuar a frase: – Amigos são pra essas coisas, *né*?

Tomara que não tenha soado sarcástico como foi dentro da minha cabeça.

– Tem *uma coisa* que definitivamente me animaria agora. – Ela me atravessou com o olhar lascivo.

– *Sexo?* – deduzi, mais brincando que falando sério.

– Deus, não! – Édra gargalhou, arrastando a cadeira pra se levantar. – Era andar de bicicleta.

– *Ah!* – Arfei, com os olhos arregalados. E claro, me sentindo uma completa idiota. Nessa hora, eu queria mesmo ser um asteroide e flutuar pra bem longe. Ou, sei lá, entrar num buraco negro.

– Mas se você quiser tentar a sua alternativa... – Ela ergueu os ombros nus, suspendendo a caixa da pizza.

Meu rosto inteiro ferveu imediatamente.

– *Engraçadinha* – respondi, coçando os meus dedos. O que não é nenhuma novidade perto de Édra Norr. Já que ela coloca todos os meus hormônios dentro de uma panela e esquenta em fogo máximo; e tudo o que me sobra é coçar os dedos.

– Eu tô brincando. – Ela piscou o olho, rapidamente, se virando com a caixa da pizza em direção ao balcão ao lado da pia. – Ou não – brincou, de costas pra mim.

E, Deus, obrigada por ela estar de costas e não poder perceber a minha cara estúpida de vergonha agora.

– Amigas não transam – retruquei, cruzando meus braços.

– Existem vários tipos de amizade – disse ela, ainda de costas. *Ai, os cabelinhos na nuca*. – Nós somos o tipo que tira virgindades uma da outra.

– Não somos, não! – falei tão rápido que acho que soou meio desesperado.

– Ah, é? – Édra se virou por alguns segundos para me encarar, e depois me deu as costas de novo, voltando a limpar as coisas na pia e no balcão. – Então devolva a minha virgindade de pizza.

Eu não pude segurar a risada.

E o porquinho ataca novamente.

– Não é bem isso o que eu quis dizer – expliquei. – Só que sexo não está incluso no nosso acordo de amizade.

Meu coração foi acelerando dentro do peito, mesmo ciente de que aquilo era só uma *brincadeira idiota*. Eu também estava em dúvida se o fato de ser só uma "brincadeira idiota" era bom ou ruim.

– Hum, não fui eu que sugeri, mas me desculpa, então – senti seu tom de voz brincalhão tirar sarro da minha cara. – Eu só queria passar perto.

– Do que você tá falando? – perguntei, desconcertada.

Édra se virou, secando a mão numa toalha bordada de Dona Símia. Nossos olhos tão fixados pareciam dar choque.

– Asteroides. – Ela sorriu torto. – Só asteroides.

Um silêncio gostoso se colocou entre nós conforme ela se aproximava da mesa.

– E como você pretende andar de bicicleta sem a sua? – perguntei bem rápido, antes que ela chegasse ainda mais perto e aquele silêncio todo me engolisse.

– Ué. – Édra deu de ombros. – Com a sua.

– E eu? – Franzi o cenho, me sentindo "de fora".

– Ué. – Édra deu de ombros mais uma vez. – Comigo.

– Então, ok, certo – eu disse, enfiando as mãos nos bolsos do meu short. – Eu só preciso da chave da gara...

Vazios. *Todos* os bolsos vazios.

– Droga – resmunguei, em um sussurro. Mas Édra Norr ouviu.

– O que foi? – indagou ela.

– Eu sempre trago a minha cópia da chave da garagem. Agora já era. Se eu triscar o meu pé em casa pra pegar a chave, não vou conseguir sair mais. E vou ficar de castigo até me formar na faculdade. Meus pais vão acordar e fazer a maior cena de todas, não é uma boa ideia – doeu pra dizer isso tudo. – Já é tarde – e doeu pra dizer isso também.

Pra mim ainda não existe um horário que especifique se é ou não tarde pra estar com Édra Norr.

E o asteroide ataca novamente, não destruindo o planeta, mas destruindo os planos. *Argh,* como eu sou estúpida às vezes.

– Calma. – O rosto de Édra foi formando feições de quem teve uma ideia brilhante. – Acho que eu sei um jeito da gente dar uma volta de bicicleta. – Ela sorriu, ligeiramente. – Mas eu não sei se vai funcionar...

– Ai, meu Deus! – Eu levantei, nervosa. – Diga logo.

Minutos depois, estávamos em pé na frente da garagem de Dona Símia. E eu nem sabia que ela tinha uma. Era tudo muito empoeirado, cinzento, e a maioria das coisas estavam cobertas, então não sei exatamente o que era aquilo tudo amontoado pelos cantos.

Os olhos de Édra, no entanto, só notavam a bicicleta velha, roxa e prateada, com assento de couro e uns detalhes bem vintage. *Bingo*, era a nossa *carona*.

– Era do vovô, não sei se funciona mais – disse Édra, me fazendo reparar no moletom branco que ela tinha vestido. A cor do forro do capuz combinava um pouco com a bicicleta.

Eu tive que esperar ela vestir o moletom, me oferecer mil casacos, negar todos os mil e procurar a chave da garagem da Dona Símia antes de chegar onde estávamos. A gente tinha perdido tempo demais.

– Se tem rodas e pedais, funciona. Só vou calibrar aqui. – Sorri, empolgada e preocupada ao mesmo tempo. – Eu não posso demorar... Se você quiser ir, vamos logo. Meus pais estão um porre com tudo o que tá acontecendo e eu tive que esperar eles apagarem pra vir até aqui.

– Tomara que você seja leve – disse ela, olhando séria para as minhas coxas. – *Ou tomara que não.*

Abaixei mais o meu short, sentindo meu rosto esquentar.

– Qualquer coisa, você dá duas viagens. – Revirei os olhos querendo rir. – Anda logo!

Édra ficou de frente pra mim, dentro daquele moletom branco que ressaltava a cor do cabelo e dos olhos dela (*superescuros*). Ela me olhava em todos os movimentos. Sua respiração estava calma, mas intensa. Meu coração já foi imediatamente escalando até a minha garganta, o que não é mais do que o esperado. Estávamos perto demais. O cheiro dela pairava inteiro sobre a minha atmosfera, a poucos centímetros de mim. Édra afastou uma mecha do meu cabelo pro lado...

Ai, meu Deus, vai acontecer alguma coisa. Ela está agindo como no hospital!

... E colocou a palma da mão suavemente contra a minha testa.

– Você deve tá com febre – brincou, no tom mais cínico. – Topando fácil a aventura.

Argh! Meus dentes trincaram e eu dei um "empurrãozinho" nela. *Garota idiota.*

– Cara, eu tô falando sério. Você vai ter que enfrentar a fúria de Jade Pêssego se continuar demorando assim – ameacei, me enrolando com os meus braços.

Estava ventando, mas eu *não podia* aceitar nenhum casaco de Édra Norr. É meio chato, porque eu já peguei um emprestado daquela vez, entende?

Deus, quem eu quero enganar? Eu não aceitei por medo de não devolver nunca mais.

– E aí? – Édra me puxou dos meus pensamentos direto para o planeta Terra. Para a garagem de Dona Símia, pra ser mais específica.

Vasculhei o meu campo de visão rapidamente, pra localizá-la. Só que Édra já estava atrás de mim, em cima da bicicleta empoeirada.

– Vamos? – perguntou ela, de costas para mim, me olhando de lado.

– Vamos – respondi, dentro de um sorriso desajeitado.

Subi na bicicleta sentindo as minhas pernas surrealmente trêmulas. Rezei internamente pra que Édra Norr não percebesse esse *pequeno* detalhe. Ela pediu que eu me segurasse firme, por causa das ladeiras, curvas, dos buracos e das pedras que encontraríamos (como sempre) pelo chão de São Patrique. Por isso, eu tive que abraçá-la pela cintura. O moletom dela era tão quentinho e macio, parecia o meu cobertor, sério. Ela começou a pedalar e o meu cabelo se pôs a dançar no vento que soprava conforme ela ganhava velocidade. Na cintura de Édra, meus braços se moviam, acompanhando os movimentos de sua perna. Não foi só o meu cabelo que dançou com o vento, os fios negros de Édra também foram tirados pra dançar. E isso causou o que eu chamo de soco. Sim, eu estou falando do cheiro de Édra Norr se desprendendo inteiramente dela e me acertando em cheio, no banco de carona da bicicleta.

Também tenho que dizer que havia um rangido meio engraçado de alguma peça enferrujada. Édra resmungou por causa disso. Eu sei que ela xingou bem baixinho pra que eu não ouvisse. Mordi meus lábios com muita força, pra que o porquinho da minha risada não atacasse bem *naquele* momento.

Passamos por todos os sinais abertos, e tudo estava tão deserto que a cidade naquele momento parecia nossa. Éramos verdadeiros asteroides orbitando São Patrique. Eu sei que ela estava pedalando em chão firme. Mas, na minha cabeça, tudo tava bem de cabeça pra baixo mesmo. E era céu no chão. Pude sentir o pânico das pessoas e todos os blogs religiosos comentando sobre nós. Éramos asteroides gigantescos passando.

O chão do céu estava cheio de estrelas. Como na empoeirada garagem de Dona Símia, onde todas as estrelas eram ciscos. A lua cheia amarelada nos pintava de amarelo também, embora eu enxergasse tudo laranja forte nesse momento.

Eu daria qualquer coisa pra poder ver a cara de Édra Norr enquanto desviávamos dos buracos pela pista. Nos arriscando no sinal aberto, no meio de trânsito nenhum. Eu só conseguia ver seus braços dentro das mangas brancas do moletom, seus pés pedalando com força, suas costas quase que encostando no meu nariz.

Eu fui me deixando e me deixando e me deixando...

E colidi contra as costas de Édra Norr, deitando a minha cabeça ali mesmo, capturando o máximo que pude da lua cheia. No céu-chão empoeirado que parecia nosso. E que, naquele momento, era o suficiente pra ser incrível. E ainda seria incrível se fosse nublado, ou se não fosse nada.

Tudo com Édra era dez vezes mais bonito. E eu queria saber o porquê. E não queria também. Nem tudo precisa ser compreendido.

Do mesmo jeito que nem todos os asteroides destroem tudo. Eu sei disso porque colidi com Édra Norr bem agora. E, às vezes, colidir pode ser *extraordinário*.

Fui remontando todas as situações em que a vi pela cidade, durante todo o nosso caminho até *não-sei-onde* (já que era ela quem nos guiava). Meu cérebro viu várias Édras; na loja de CDs, no sinal, na banca de jornal, na frente do colégio. E, em uma velocidade menor, atravessamos o caminho da praia. Nessa hora, Édra inclinou um pouco a cabeça, tentando me ver. Nossos rostos se encostaram um pouco e foi estranhamente aconchegante. Fora que o cheiro dela no ar ficou ainda mais forte, assim, pertinho de mim.

– Você tá viva? – perguntou, e eu senti que ela estava sorrindo, pela pressão que a bochecha dela fez.

– Muito. – Respirei fundo. E repeti baixinho pra mim mesma: – *Muito.*

E voltamos pra dentro do melhor silêncio do mundo. Tudo tinha som de mar, rangido de ferrugem da bicicleta e vento soprando contra as nossas roupas, como bandeiras sendo assopradas. Apertei Édra Norr um pouco mais forte do que eu precisava. E ela se inclinou para tentar me olhar em algumas vezes, mas não disse nada. O coração dela batia calmo perto dos meus braços enlaçados. O meu batia acelerado contra as costas dela.

Passamos pelo Submundo e olhei bem para o topo do prédio, relembrando de nós duas ali em cima. Passamos pelo Leoni's e me peguei sorrindo, recapitulando nossas conversas doidas sobre aliens dentro da minha cabeça. E fomos nos aproximando do caminho de casa. E, por Deus, como eu queria que as ruas se esticassem mais nessa hora. Pra que demorasse só mais um pouco. Só mais alguns segundos. *Por favor...*

– E, *voilà* – disse Édra, soltando a corrente da bicicleta, desacelerando para dentro da rua da minha casa. – Chegamos.

Pensei em mil coisas que eu queria dizer pra ela quando eu descesse daquela bicicleta e pisasse no chão-chão. Que, quando ela parasse na frente da casa de Dona Símia, não seria mais chão-céu.

Obrigada, Édra, você é incrível. Foi maravilhoso colidir com você. Você deixa tudo dez vezes mais bonito. E eu queria que você terminasse o que *eu sei* que você começou a fazer naquele quarto de hospital. Ou que você fosse a sua boneca ridícula e careca e eu fosse a minha Cindy Lou. Porque eu como pizza pra ser bonita, mesmo que você prefira ser o leão do canal fechado. Porque é um querer inexplicável e porque...

– Íris? – Édra me arrastou pra Terra novamente. – Eu preciso trancar a bicicleta agora. – Ela riu baixinho. Eu ainda estava agarrando ela e já estávamos paradas no passeio de Dona Símia.

Certo, eu *preciso* falar.

– Obrigada, Édra – eu disse, assim que encostei no chão. E fui andando pra perto dela, que continuou na bicicleta, me olhando com uma cara gostosamente confusa. – Você é incrível.

Eu *preciso* falar.

Édra continuava me olhando, agora com um sorriso doce nos lábios. Embora os olhos continuassem penetrantes, intensos e famintos encarando os meus.

Engoli seco.

– Foi maravi...

E o celular dela começou a tocar.

– Pera, Íris, só um minutinho – pediu ela, tirando o aparelho do bolso da calça de moletom. – *Calma,* não precisa ligar *500 vezes* – disse, mas não pra mim. – Eu tô indo pra casa e já te ligo de volta. *Ok?* – E deslizou o dedo sobre o celular, fazendo com que a luz azulada que iluminava seu rosto se apagasse.

Tentei engolir, sem muito sucesso, o bolo que foi se formando na minha garganta.

– Pode falar, *alien.* – Édra sorriu, ainda sentada na bicicleta.

Senti que iria chorar a qualquer momento. Só queria que um buraco negro me engolisse. E o bolo na minha garganta só ia se expandindo. Eu quase não conseguia *respirar.*

– Eu só ia dizer que foi maravilhosa a volta de bicicleta. – Forcei um sorriso, sentindo o meu olho se encher de lágrimas. Me apressei para fora do passeio de Dona Símia. – A gente se fala!

Édra disse alguma coisa e depois outra, mas não consegui processar direito. Eu já estava chorando. As lágrimas escorriam quentes pelas minhas bochechas. E eu simplesmente não podia me virar daquele jeito... O que eu iria dizer?

Desculpe, Édra, não sei o que está acontecendo. Talvez eu goste da sua boneca careca e do jeito horroroso que você tem pra comer pizza. Talvez eu entenda o porquê de Cadu Sena ter sido trocado. Eu trocaria ele também. E eu meio que já troquei.

Talvez eu prefira as coisas dez vezes mais bonitas. E que só ficam assim por sua causa, quando você tá perto. Mas, como sempre, a vida insiste em me lembrar, em pequenos detalhes idiotas, que eu não pertenço a *certos* lugares. E que *certas coisas* só vão acontecer nos meus sonhos.

Eu nem sei do que eu tô falando mais. Eu nem sei o que eu tô *sentindo* mais.

Mas me desculpe, Édra, por não conseguir desgrudar os meus olhos de você.

Me desculpe por ter colidido.

É, tirando que nem faz sentido e que eu jamais diria isso. Só se eu tivesse uma passagem pra fora do planeta, aí sim, eu teria coragem.

Tranquei a porta e subi as escadas correndo desesperada, como se os degraus estivessem se desfazendo embaixo dos meus pés. Prendi a respiração durante todo esse tempo e só soltei o ar depois de passar a chave duas vezes na minha porta, me trancafiando dentro do meu quarto.

Deus, como eu sou idiota.

O que eu acho que estou fazendo?

Enxuguei o rosto rápido e corri para a janela minúscula do banheiro. O binóculo ainda estava pendurado no gancho onde deveria estar a minha toalha. Saquei com rapidez e fui observar o meu planeta ser destruído por um asteroide...

Édra Norr, em silhueta, andando de um lado pro outro com o celular grudado na orelha. Ela estava sorrindo e brincando com Lanterna enquanto conversava. Orbitando do outro lado da linha? *Camila Dourado.*

Fui me despedaçando em um milhão de partes.

Não dava mais. Meu braço perdeu toda a força e o binóculo foi descendo com ele até as minhas coxas. Deixei o binóculo de lado e me arrastei até a cama, desviando de Margot no caminho.

Senti o meu corpo inteiro afundar no colchão e puxei o cobertor até a minha cabeça. Fiquei imóvel, como se estivesse dentro de um casulo. A textura do cobertor cruelmente me lembrava o moletom branco de Édra Norr.

Lá dentro estava escuro.

Como um buraco negro.

17.

Antes de mais nada, declaro que eu não estava em condições mentais estáveis quando me apossei do livro da – segundo ela mesma e seu público – "guru do amor" Ashley Minisoto, que estava no armário do banheiro de mamãe. Livro este que eu sei que mamãe utiliza como passatempo enquanto exerce suas atividades fisiológicas diárias. (Um minuto de silêncio para a minha dignidade.)

Então, *não*, eu não estava completamente sã quando fiz isso.

Mas também não me arrependo. Ashley Minisoto é mesmo uma gênia do amor. E eu passei toda a minha madrugada acompanhada de papel-toalha, o primeiro volume do livro dela, *Entendendo o amor*, e cookies integrais do papai (e também pretendo culpar minha instabilidade mental quando ele descobrir e vier me questionar sobre isso).

Quando finalmente decidi dormir – tipo, literalmente quando fechei o livro e coloquei embaixo do meu travesseiro –, meu alarme apitou.

E cá estou eu, escovando os dentes, já que a vida quis assim.

Sinto que vou desmaiar de sono a *qualquer* momento.

– Alguém já acordou parecendo novinha em folha. Bom dia, *Siri* – cumprimentou-me papai, sem abaixar o jornal, assim que meus tênis derraparam no piso limpo da cozinha.

Manchete: "São Patrique se prepara para acolher cerca de 200 mil turistas durante toda a temporada."

– Bom dia, pai. Eu estou ótima. – Arrastei minha cadeira em direção ao meu prato de ovos mexidos, que já estava lá mofando e esperando por mim desde que eles me gritaram para descer logo. – Bom dia, Jade. Ainda tendo um ataque de amor materno? – eu disse para mamãe, que estava de costas para mim, cortando alguma coisa na pia.

Eu e o papai nos olhamos, divertidos.

– Agora que tudo já voltou ao normal, fique sabendo que eu vou deserdar você.

Ela resmungou de volta quando se virou para sentar conosco.

Nesse momento, senti que teríamos uma conversa séria sobre alguma coisa. Porque eles estavam se entreolhando daquela forma que, traduzindo, significa "Vai, você diz primeiro" e "Não, eu acho melhor você dizer".

– Filha – papai pigarreou, deixando o jornal de lado. – Precisamos conversar sobre várias coisas.

O amor, às vezes, pode ser rigoroso. Isso porque quem nos ama tende a tomar decisões difíceis para o nosso bem maior. E, muitas vezes, nós não conseguimos enxergar o nosso "bem maior" com os próprios olhos. É aí que as pessoas que nos amam entram. Elas são o nosso maior guia quando paramos no meio da estrada e encontramos dois caminhos em lados opostos para onde seguir. Isso foi algo que Ashley Minisoto, a guru do amor, é claro, disse.

– Você anda meio desligada, sabe? Você precisa se conectar mais ao seu futuro. Nós não sabemos quais são seus planos pra faculdade. Você nem sequer fala da formatura.

Papai parecia estar estrelando sua própria cena de drama. Dirigida pelo olhar reprovador de Jade Pêssego, minha mãe.

– Vou alugar um vestido que não me deixe parecendo um sushi e quero fazer faculdade em Nova Sieva. – Nesse momento, eu soube instintivamente que eles iriam começar um discurso sobre 1, eu morar fora; 2, eu me sustentar morando fora. – Mas, antes que vocês falem alguma coisa, só vou se eu conseguir um estágio em algum lugar bacana. Não quero dar trabalho pra vocês de qualquer forma. Até porque... – Abaixei os meus olhos para o meu prato antes de dizer o que eu iria dizer: – Eu sei que boa parte dos clientes de mamãe são os meus colegas de colégio, que já perderam boa parte dos dentes de leite, então...

Mamãe odeia que mencionem a queda na clientela dela. Faço para irritar.

– Nem ouse finalizar essa fala – ameaçou, apontando o garfo pra mim. Mas ela já não levava o assunto tão a sério quanto antes. Estava amando passar mais tempo em casa.

De qualquer forma, irritar Jade, às vezes, faz bem para a minha saúde.

– Eu sei que Nova Sieva é um sonho distante, mas andei pensando depois de uma conversa que eu tive com uma... – pigarreei. – *Amiga.* E eu decidi que queria tentar, pelo menos.

E, de fato, eu precisava pensar no meu futuro, embora ele não fosse mais interessante que ver novela. Não nas minhas perspectivas. Só que quando eu começava a fantasiar sobre a faculdade, eu sentia esse beliscão e ouvia essa voz que dizia "Íris, as coisas serão extraordinariamente incríveis". Talvez porque todos os meus filmes de romance favoritos são sobre universitárias. Ou talvez porque eu preciso (pelo menos) *torcer* pra que essa fase seja boa, já que estou *fadada* a passar por ela.

É uma decisão difícil e nem tenho total certeza ainda. Porque eu penso nos meus pais, nos meus amigos, nos meus lugares preferidos, no cheiro de café que a Livraria Leoni's tem, nas rachaduras dos passeios por onde passo todos os dias e brinco mentalmente de "se você pisar, você morre"... São muitas coisas pra considerar e ao mesmo tempo tenho noção de que eu não posso ter amarras.

Sempre sonhei em ir pra um lugar completamente desconhecido. Começar do zero, como uma nova pessoa. Um lugar onde eu pudesse ser quem eu quisesse. Tentar de novo, com novas pessoas. Conhecer novos lugares, ter novos amigos, fazer novas coisas favoritas. Como acontece em alguns filmes e novelas. Eu sempre quis apagar a "Íris Pêssego invisível" da história. A Íris que só observa e nunca participa. A Íris que nota absolutamente tudo, mas nunca é notada. Sempre imaginei um futuro como esses pra mim, com tudo novo em folha.

Só que não tenho tanta certeza se eu conseguiria deixar tudo pra trás. Talvez eu me arrependesse completamente e voltasse correndo em dois meses. Mas eu gostaria de tentar.

E, talvez, essa fosse a melhor opção pra mim.

– Vamos te apoiar em qualquer coisa, mas você precisa decidir o que você realmente quer – disse papai, em um tom de voz preocupado. – O que você *realmente* quer?

*

– Bom dia, estranha.

Sim, Édra Norr estava bem na *minha* porta *me* esperando sair. Com aquela farda masculina do Colégio São Patrique que caía *tão* bem nela. E – o que não deveria ter me deixado tão surpresa – montada na bicicleta velha do avô dela. A que usamos na noite anterior e que rangia naquele barulho enferrujado.

– Você saiu ontem, tipo, correndo – disse, me observando destrancar a minha bicicleta, ainda dentro da garagem da minha casa. – E me largou sozinha com um monte de paradas não ditas.

Édra estava do outro lado, perto do meu passeio. Uma perna no chão, a outra dobrada em cima do pedal, pronta pra partir em disparada. E, pela distância, ela estava falando mais alto do que de costume, para que eu conseguisse ouvir. E eu só torci para que meu pai não aparecesse e mamãe não espiasse da janela.

"Paradas não ditas." *Eu* fui largada com um monte de *paradas não ditas*.

Apertei o botão para que a porta da garagem baixasse, ainda sem respondê-la. Não porque não quisesse falar nada, mas porque não conseguia mesmo. Eu estava meio que tendo um curto-circuito interno.

Édra Norr. Me esperando na porta da minha casa. *Me esperando mesmo*. Tipo, eu. Na frente dessa casa, eu moro nela.

A porta levou dois anos e meio para descer completamente, e papai sempre me disse para esperar que ela travasse de vez antes de sair. Então, quando ela finalmente travou, eu me virei, arrastando a minha bicicleta até a rua.

Édra Norr. E eu. Indo para o colégio juntas. De bicicleta. E isso é sério.

– Achei que você estivesse com pressa pra ir pra casa – eu disse, despretensiosa, subindo na minha bicicleta.

– Por que eu estaria com pressa pra ir pra casa? – perguntou Édra, com aquele tom de voz como se eu tivesse falado algo muito idiota e ela estivesse achando um verdadeiro absurdo.

Disparamos em pedaladas para fora da minha rua, rumo ao Colégio São Patrique. O barulho da bicicleta do avô dela rangendo me fazia ter flashes da noite anterior. Inclusive, a parte constrangedora na qual eu peguei o livro *Entendendo o amor*, da Ashley Minisoto. Diretamente do banheiro de mamãe. *Argh.*

E, segundo Ashley Minisoto, quando estamos "no caminho para o amar" tudo é uma pressa sem fim. Queremos tudo para ontem. E não temos um pingo de paciência para lidar com os empecilhos. Só queremos que tudo se ajeite na velocidade de um macarrão instantâneo para ficar com quem gostamos.

– Eu sei lá, pressa pra atender o seu celular – sugeri, lembrando da inconveniente existência de Camila Dourado no planeta Terra.

– Eu podia atender depois, ué. – Édra acelerou a bicicleta, para que ficássemos lado a lado. E eu senti que ela estava me observando enquanto pedalava, mesmo que eu olhasse para a frente.

Eu senti porque existe algo de muito magnético no olhar de Édra Norr, e isso, a essa altura, já não é mais uma novidade. E eu estava evitando olhar para ela pelo simples fato de que eu disse para mim mesma que queria que nos beijássemos como nossas bonecas Sally. Talvez Édra ainda não soubesse disso, mas eu sabia. E eu não conseguia fugir de mim mesma. Então eu estava me autoconstrangendo por saber disso.

– Você nem me deixou agradecer pela pizza. – Ela continuava me olhando. – Essa frase não é muito comum, mas – disse Édra, entre risos – valeu por ter tirado a minha virgindade.

Fiquei tensa para pedalar. E, contra a minha vontade, acelerei mais, para que não ficássemos assim tão uma do lado da outra.

– Tudo bem – eu disse, mais à frente. – Eu faria isso por qualquer amiga.

Certo, fui grossa. Mas a minha cabeça não parava de rebobinar Édra Norr e Camila Dourado no telefone. E o sorrisinho que ela estava dando, mesmo que eu tenha visto só a silhueta, já que *eu conheço* o sorriso de Édra e *eu vi* suas bochechas incharem.

– Eu sou qualquer amiga?

A bicicleta dela já estava ao lado da minha de novo. E, para o meu azar, não se aceleram bicicletas no sinal fechado. Paramos. Respirei fundo, ainda tentando não olhar para ela, mesmo que a enxergasse na minha visão periférica de qualquer forma.

– Ser amiga já é uma grande coisa, eu não quis dizer de forma ruim. Todas as minhas amigas estão no mesmo nível – expliquei, me esforçando pra não gaguejar ou qualquer coisa do tipo.

Com exceção de Dona Símia, que, até o momento, é a minha amiga secreta para a minha melhor amiga oficial.

Decidi olhar para Édra Norr só por alguns segundos, para que eu não parecesse um robô com o pescoço esticado pra frente. E também pra dar mais seriedade ao meu papo de total aceitação da nossa amizade.

– Você já beijou as bonecas Sally das suas outras amigas? – perguntou Édra, assim que nossos olhos se encontraram.

Eu *odeio* Édra Norr.

O sinal abriu e eu simplesmente me recusei a responder isso. Apenas pedalei, como se não houvesse amanhã.

– Foi o que eu pensei – disse ela, me ultrapassando.

Édra foi em zigue-zague pela Avenida Principal. O sol a alcançava e a largava, dependendo da direção para onde ela se inclinava mais. Isso devido às frestas entre as lojas e os prédios comerciais, por onde a luz matinal passava, em todo o seu laranja, tentando queimar um pouco da nossa pele.

E fui obrigada a assistir àquilo como se não fosse adorável.

Em *Entendendo o amor* eu li algo sobre tudo ser inexplicavelmente bonito quando se trata de quem chacoalha as nossas borboletas no estômago. Seja um zigue-zague com bicicleta ou mordidas desesperadas numa pizza; a gente sempre vai achar tudo inegavelmente maravilhoso. Só que, bom, o livro não foi tão específico assim.

Me apressei para alcançá-la, antes que parecesse que eu a estava admirando. Que era exatamente o que eu estava fazendo (mas não precisava parecer).

– E então – tentei mudar de assunto. – Você já sabe o que vai fazer da vida depois do colégio?

– Eu não sei exatamente. – Ela freou mais uma vez. Outro sinal vermelho. – O meu pai vai decidir isso.

– Não achei que você fosse o tipo de garota que deixa os pais decidirem seu futuro – retruquei, porque eu realmente nunca que iria pensar isso de alguém como Édra Norr. – É que você parece *tão...* Sei lá, dona da sua vida.

– E eu sou. Quer dizer... – Ela ajeitou a mochila nas costas. – Eu era, mas... Eu meio que tive que fazer um acordo com o meu pai.

– Como assim?! – indaguei, olhando para ela. Só que dessa vez era Édra quem estava fixando os olhos à frente.

– Os planos de saúde e toda essa coisa que eu ganho com os trabalhos voluntários eu entrego pra minha avó, entende? A pensão do vovô não é quase nada, se você for parar para levar um monte de paradas em conta.

– E o seu pai? – Minha testa franziu. – Já ouvi o meu pai falar sobre ele. Seu pai é tipo "o cara" dos negócios, não é?

– Mas vovó não aceita nada dele, não que ele dê alguma coisa pra ela. – Édra arfou, voltando a pedalar. – Brigas do passado – completou, de costas pra mim. E eu tratei de pedalar também.

– Espera, eu não entendi – falei, meio sem fôlego, quando consegui alcançá-la. – O que isso tem a ver com o seu pai decidir o seu futuro depois do colégio?

– Ele pagou a cirurgia dela – respondeu Édra, ríspida, me olhando de lado rapidamente. – O plano simplesmente não cobria. Ela nem sabe que foi com o dinheiro dele ainda. E também nem sabe que eu deixei que ele decidisse a minha faculdade em troca disso.

– *Uou*... – Fiquei boquiaberta e até estremeci ao guiar o guidom. Eu não sabia que o pai de Édra Norr podia ser *tão*...

– E você? – perguntou ela, quando estávamos perto do portão do colégio. Eu já conseguia ver o emaranhado de pessoas, como formigas perdidas.

– Eu quero ir pra algum lugar onde eu possa começar *tudo* do zero, bem longe daqui. – Observei meus pés nos pedais enquanto falava. – Nova Sieva, talvez.

– Boa sorte. – Ela sorriu torto, passando na minha frente.

Entramos no estacionamento, rumo ao bicicletário. Minha bicicleta, como sempre, tremeu nas falhas do chão e ouvi aquele som gostoso de folhas sendo esmagadas quando passei por baixo da árvore, até desacelerar de vez. Nesse ponto, Édra, que chegou primeiro que eu, já tinha descido da bicicleta.

– Vamos desaparecer de novo, né? – perguntei, quando tranquei a minha bicicleta. – Digo... – tentei explicar, me levantando. Édra estava esperando por mim, segurando só uma alça da mochila, que estava pendurada apenas do lado direito do corpo dela. – Vamos sumir da vida uma da outra e só vamos nos reencontrar em uma próxima catástrofe?

– É, né? – Ela sorriu, acompanhando os meus passos. – Vou te passar o endereço de mais avós pra você fazer amizade até que elas beirem a morte. Aí eu surjo em cena revelando minha identidade.

– Isso não foi engraçado – resmunguei.

Édra Norr começou a rir e eu entrei em choque. Não por causa da risada, apesar de sempre ser chocante ver aqueles dentes perfeitos. Dessa vez o motivo era completamente diferente. Édra Norr, enquanto ria, passou o braço esquerdo por cima do meu ombro direito. E continuou andando.

Édra Norr. E eu. Rumo ao corredor. E o braço dela estava caído por cima do meu ombro. Estávamos abraçadas. Édra Norr e eu. Meu corpo. E o corpo de Édra Norr. E eu.

Ashley Minisoto disse, abre aspas, o amor nunca é ensaiado; gostar de alguém significa naturalidade, e você tende a achar demonstrações de afeto tão comuns quanto beber água, fecha aspas. Traduzindo: quando gostamos muito de alguém, temos a grande tendência a demonstrar espontaneamente. Não há cobranças, ou regras, ou ensaios. Não é como um beijo técnico em uma novela. Simplesmente acontece. E quando você menos espera... *Boom!* Uma demonstração de carinho vem à tona.

Foi notório o silêncio quando atingimos o corredor. Até o próprio Wilson Zerla parou de entregar os folhetos como tipicamente fazia. Na verdade, nada foi típico nesse momento. Apesar de que algumas pessoas continuaram conversando entre elas sem dar a mínima, mas a maioria simplesmente parou para observar. E, eu juro, nos meus olhos tudo ficou em *câmera lenta*.

Ashley Minisoto também disse que o amor, quando realmente vale a pena, inspira e chama a atenção de todos a sua volta. Vira uma espécie de monumento a ser adorado e uma espécie de exemplo a ser seguido. É bem comum que as pessoas se empolguem no meio disso tudo e fiquem um pouco obcecadas com o seu amor e seu relacionamento. É que, no fundo, quando um amor é bonito e grandioso dessa forma, todas as pessoas querem um pouco dele também.

Pude observar a bola de chiclete de Tatiele inflar até explodir na boca dela, que continuou aberta. Priscila Pólvora arregalou os olhos como se eles fossem pular para fora da cara dela e continuou parada, com o armário aberto, como se tivesse esquecido para que tinha destravado ocadeado. Alguns amigos de Cadu Sena se cutucaram como quem quer fazer uma fofoca. Até Júlia Pinho tinha parado no exato momento em que estava prestes a jogar a embalagem daquele pirulito Sunny Tasty de cereja no chão. Ela simplesmente enfiou o pirulito na boca e amassou a embalagem pra sempre, até que passássemos por ela.

E, no fim do corredor, Polly, me olhando como quem queria socar o meio exato do meu rosto.

Bom, aqui começa o meu velório. Foi bom ter desfrutado desse planeta enquanto pude. Obrigada a todos os envolvidos. Em especial a papai, que sempre foi o mais paciente comigo na história da minha existência.

– Íris? Licença? – Polly me puxou pelo braço de vez. *O cheiro de Édra Norr ficou inteiro no meu ombro. Deus!* – Preciso muito falar com você por um segundo.

– Eu guardo a sua cadeira. – Édra acenou para mim, caminhando sozinha corredor adentro.

– O que significa isso? É por isso que você está agindo tão estranha? – perguntou Polly, me colocando contra a parede. – Ai, meu, Deus... – Ela levou as mãos até as bochechas coradas. – Então *você* é o motivo.

– Motivo? Hã? – Minhas sobrancelhas arquearam. – Do que você tá falando?

E, como um golpe de caratê, Poliana Rios sacou o celular enorme (quase a televisão da minha casa) e mirou na minha cara. Literalmente na minha cara, por pouco não encostou no meu nariz.

– Vai dizer que você não tá sabendo *disso*? – Ela arfou, afastando um pouco o celular.

Eu perdi completamente o controle sobre os meus batimentos cardíacos.

– Não, eu não sabia sobre isso – falei, eufórica. Eu não conseguia sequer disfarçar que estava eufórica.

Então, quer dizer que...

Vamos enumerar os fatos: 1) Camila Dourado, apesar de não namorar Édra Norr, tinha a síndrome do "estamos num relacionamento, mesmo sem estarmos num relacionamento", e ela deixou isso bem claro pra mim. E é óbvio que eu tinha visitado o perfil dela no Facebook. Camila Dourado adora atenção, então tudo no perfil dela é público. Quem quiser, terá acesso a todas as informações, fotos e frases no mural a qualquer hora. E, eu lembro bem que o status de relacionamento dela era "Indefinido". Antes, com Cadu Sena, era "Em um relacionamento sério". Ela só mudou para "Indefinido" como uma forma de mijar em Édra Norr, para marcar território. Como eu disse, check para a síndrome; 2) Agora ela colocou "Solteira". O que significa *solteira*-solteira. Não *solteira*-achando-que-estou-em-um-relacionamento-sem-estar.

E nem me lembro a última vez que o status de Camila Dourado foi esse. Deus, fazia tantos séculos desde Cadu Sena e o primeiro ano; 3) Ela e Édra tinham passado boa parte da noite no celular. Mas eu vi Édra Norr sorrir enquanto falava ao telefone. Só que depois eu simplesmente entrei no buraco negro da minha coberta, então, não sei exatamente se ela estava sorrindo depois daquilo. De repente, *boom*, elas terminaram? Bem do outro lado da rua? E eu me desidratei de tanto chorar por porcaria nenhuma?

– E o que isso significa, então? Porque a essa altura, Íris... – Polly olhou em volta, reparando que algumas pessoas passavam pelo corredor nos encarando. – É o que todo mundo está achando, depois dessa cena.

– Nós somos amigas, qual é o problema? Eu ando abraçada com você! – retruquei, porque não precisava de tanto drama. Mas estamos falando de Polly, não é mesmo?

– Desde quando você e Édra Norr são amigas? Fala *sério*. – Polly revirou os olhos imediatamente, como se eu tivesse dito algo repugnante. – Você não me conta mais nada. Eu tive que descobrir que você e Cadu Sena estão brigados pela boca dele mesmo, que veio me perguntar por você.

– Você saberia mais de mim se quisesse. Só que, ultimamente, você só tem se preocupado com você mesma. E com as suas vontades – cuspi as palavras, e eu não tinha terminado. A boca de Polly virou um "O". – É, pois é. Você não me pergunta o que *eu* quero fazer, como *eu* estou me sentindo sobre as coisas. Você só me puxa pras coisas que *você* quer. Nossas vontades não são as mesmas só porque somos melhores amigas. Eu não sou uma extensão sua.

– Do que você tá falando?!

– De tudo! – Desencostei da parede, apertando as alças da minha mochila com bastante força. – Ashley Minisoto disse que o amor precisa ser algo compartilhado. E sempre cedemos, entendemos e cuidamos de quem amamos. Eu cedi, entendi e cuidei de você, Polly, porque eu te amo. E você é a minha melhor amiga. Mas não tenho visto você ceder, entender ou cuidar de mim. E, sinceramente, eu tô meio de saco cheio de ter que lidar com isso. Quero a minha amiga *de verdade* de volta. Quando você achar ela aí dentro, você sabe onde me encontrar.

Dei as costas abruptamente. Me senti aliviada por ter falado tudo o que tava acumulado dentro de mim, e estava meio apavorada por finalmente ter feito isso.

– Quem diabos é Ashley Minisoto?

Ainda de costas, ouvi Polly perguntar. Não hesitei, continuei andando rumo à sala de aula.

– A droga da guru do amor – respondi, emergindo entre as pessoas que seguiam o mesmo caminho que eu.

Passei todas as aulas me afogando em "e se" e em mil teorias conspiratórias sobre o braço de Édra Norr ter caído sobre o meu ombro durante nossa passagem pelo corredor. Somei isso com a cama do hospital, com as conversas comendo pizza, até cheguei a considerar o beijo das nossas bonecas Sally no passado. Eu precisava que tudo aquilo fizesse algum sentido. Precisava que Édra Norr também precisasse. Por isso, evitei olhar para a cara dela durante todas as aulas e me tranquei no banheiro com o meu livro, digo, o livro da mamãe, *Entendendo o amor*. Li várias páginas novas, reli as anteriores, fiz marcações e até rabisquei algumas frases na parede.

Empaquei na parte em que, de acordo com Ashley Minisoto, quando a gente duvida de algo sobre nós mesmos (por insegurança ou qualquer outro motivo idiota), precisamos repetir isso em voz alta até que a frase crie raiz na nossa cabeça e a gente se acostume com a ideia da *dúvida* se tornar *certeza*. O mesmo funciona com o amor. Quando a gente tem dúvidas sobre gostar de alguém ou sobre a nossa capacidade de gostar de alguém e ser correspondido, a gente precisa se dizer isso. Não só dentro do pensamento. Pelo contrário, é preciso dizer alto e bom som. E quando você se escutar dizendo, o seu corpo vai reagir de alguma forma que, imediatamente, você *vai saber*. Você vai sentir a raiz daquilo brotar em você. E eu tentei, durante todo o intervalo, dizer isso sentada na tampa daquele vaso sanitário, mas não saiu *nada*.

Eu me considero uma medrosa. Ou covarde. Ainda não decidi qual dessas duas palavras me cai melhor.

É importante expor o que você sente em voz alta, para libertar os seus sentimentos. Ashley Minisoto tem pensamentos muito valiosos para mamãe só querer absorvê-los como passatempo das necessidades fisiológicas. Essa mulher é uma gênia nata, e eu, uma covarde-medrosa por opção.

Repeti "eu gosto de" umas cento e vinte e nove vezes, mas a frase nunca se completava.

No fundo, acho que eu tenho medo de me ouvir dizer isso. Medo do que vai acontecer depois. Medo da reação das pessoas. Medo de, sei lá, só *medo*.

Eu só queria que o mundo me mandasse um sinal. Tipo um raio caindo na minha cabeça. Qualquer coisa que me direcionasse a seguir com essa loucura ou enterrar isso pra sempre, pra daí voltar a ser a mesma Íris Pêssego sem graça de todos os dias, até que o Ensino Médio acabe e eu possa recomeçar, sei lá, no Japão, com um novo corte de cabelo.

Acho que não funcionaria muito, não sou a maior fã da culinária japonesa. Não que seja ruim. Mas também não é ótima. Como pizza é, especialmente a do Orégano's. *Deus,* vou sentir falta de São Patrique, se algum dia eu deixar esse lugar.

Caia, raio, na minha cabeça.

Fui pegar a minha bicicleta querendo evaporar da face da Terra, pegar uma espaçonave pra Júpiter, ou qualquer coisa do gênero. Ajoelhei no chão sujo de cimento, indo contra as reclamações de mamãe sobre estragar todas as calças da farda, porque hoje é o dia oficial da Íris Pêssego que não dá a mínima. Então, eu só ajoelhei, enxuguei a minha testa que estava meio suada com aquele sol tinindo na minha cabeça e me inclinei pra destrancar o cadeado.

É claro que percebi a sombra de alguém quando toda a luz solar parou de arder na minha pele.

Varri o meu campo de visão assim que o cadeado fez aquele barulho engraçado para me avisar que estava tudo ok e eu já podia remover a minha yellow do bicicletário. Reconheci os tênis de Édra Norr antes mesmo que ela abrisse a boca.

– Adivinha quem já pode receber visitas?

Levantei limpando os joelhos da minha calça e fui arrastando a yellow, tentando não fazer muito contato visual com Édra Norr. Mesmo considerando que ela estava bem do *meu* lado, falando *comigo*. Eu só estava confusa demais para ainda ter que me perder naquele abismo castanho-escuro que ela chamava de olho.

– Que ótimo! – Eu sorri, sentindo o meu coração esquentar pelo que ela tinha dito, apesar de ainda me sentir meio "turva" no meio de tanto pensamento (frase de Ashley Minisoto) e sol quente. – Vou lá assim que terminar de ajudar papai a recortar as bandeirolas pra enfeitar o mercado pro feriado.

– Ah... – Édra suspirou, destrancando a bicicleta do avô dela. – Então você vai estar ocupada hoje?

– Meio que. – Apertei meus olhos, tentando enxergá-la naquele sol todo. – Não sei. Mas acho que sim. Meu pai sempre surta com datas comemorativas. Você viu o aniversário do supermercado, não viu?

– É. Eu vi. – Ela subiu na bicicleta, ajeitando a mochila nas costas. – Tudo bem então.

– Tudo bem então o quê? Era alguma coisa?

Estávamos quase lado a lado, fervendo naquela temperatura. Os olhos apertados uma pra outra, sem muita expressão no rosto. Só com *tudo* franzido, especialmente o nariz, como todo mundo fica embaixo de um sol desses.

– Ah, é que eu meio que ia te chamar pra sair.

Meu coração escalou todo o meu corpo até a minha garganta. Porque eu estava sentindo-o pulsar, bem na minha jugular.

– Sair *sair*? – perguntei.

– Sair *sair* – respondeu ela. – Você quer fazer alguma coisa? Não precisa ser hoje, necessariamente.

Fiquei em silêncio, porque eu estava com medo de abrir a minha boca e sair confete de dentro dela. Eu queria explodir e lamber a foto de Ashley Minisoto na orelha do livro de mamãe.

– Íris? – perguntou Édra, colocando a mão direita sobre a testa, fazendo uma viseira para me olhar direito. Os olhos escuros, como de costume, me atravessaram, sérios, instigantes e profundos. – Você não vai falar nada?

Édra Norr estava lá, embaixo do sol quente, me chamando para sair. O cabelo, apesar de castanho *tão* escuro quanto os olhos, brilhava um pouco mais claro com a luz do sol que o cobria. O corpo, sempre mais torto para um lado que para o outro, igual ao sorriso dela. Os olhos embaixo da sombra da própria mão, mirando diretamente os meus. Sentada na bicicleta, mochila nas costas, perna dobrada no pedal, a outra perna esticada no chão, apoiando todo o resto. Os pelos ralos no braço brilhavam dourados com o sol. A boca (eu odeio essa palavra) carnuda contrastante... O lábio superior pegava um pouco da sombra que a mão fazia sobre a testa, o inferior queimava avermelhado no dia quente.

Eu, ela e raios ultravioleta.

Eu tinha tanta coisa pra falar, desde o princípio. Mas antes de admitir, em ordem talvez não tão cronológica, tudo o que pensava sobre Édra Norr, eu precisava fazer algo. Precisava seguir o conselho primordial de Ashley Minisoto. Talvez fosse tarde demais ou cedo demais. Eu sou uma desajustada e isso pouco importa agora. Precisava dizer em voz alta, para que a dúvida virasse certeza e eu me acostumasse com a ideia. Precisava completar o "eu gosto de" que me custou todo o intervalo trancafiada no banheiro com o primeiro volume de *Entendendo o amor*.

Eu estava eufórica, torrando no sol, e Édra Norr esperava que eu abrisse a minha boca. Então, antes que o sol nos evaporasse de uma vez, eu abri.

– Eu gosto de Édra Norr.

Eu disse de uma só vez. Sem pânico, sem peso, sem arrependimentos. Foi como se tivesse vomitado cada sílaba. Parecia que algo que estava preso dentro de mim por muito tempo tinha finalmente saído. E isso estava pesando, então foi como se, *boom*, o peso não estivesse mais lá. Assim que eu disse, me senti leve. Tive que forçar meus pés no chão, porque, por *Deus*, quase flutuei.

Toda a adrenalina dessa sensação me fez rir ligeiramente. E fiquei em pé esperando que ela dissesse alguma coisa. *Qualquer* coisa.

Mas ela não disse nada, só sorriu de volta, balançando positivamente a cabeça.

– Dona Símia, a senhora *precisa* me dizer alguma coisa antes que eu surte e vomite no meu próprio tênis.

Depois do silêncio de alguns segundos, ela finalmente se manifestou.

– Espero que você esteja tomando conta do binóculo direito – disse ela, ainda com um sorriso dócil preso entre os lábios. É claro que eu me senti numa cena de crime, sendo pega no flagra por uma equipe de policiais.

– Quê?! – foi tudo o que consegui empurrar pra fora da minha boca, no meio de trezentos milhões de dúvidas, emoções etc.

– Eu sou velha... – Ela apertou os olhos miúdos em minha direção. – Mas não sou burra.

– *Deus* – Respirei fundo, incrédula e furiosa. – E você me deixou fingir esse tempo todo?

Era realmente inacreditável como Dona Símia permitiu que eu fosse uma mentirosa, hipócrita e de meias o tempo inteiro, bem embaixo de seu nariz. Acho que devo analisar melhor as pessoas antes de chamá-las de "segunda melhor amiga". Se ela sabe do binóculo, ela sabe de tudo. Mas... como?!

– Como *você* sabe se nem *eu* sabia? – Deixei minha mochila cair contra o piso branco daquele quarto de hospital.

Minhas sobrancelhas já estavam franzidas e grudadas bem no meio da minha testa, antes mesmo que Dona Símia pudesse se explicar. Nada mais fazia sentido. Eu estava completamente *exposta*. Eu queria engolir todos os meus sentimentos e sair correndo, mas, antes de fazer isso, eu queria entender: *Como?!* Como ela sabia sobre isso *antes* de mim, se é algo que está dentro de mim e da minha cabeça?

Ashley Minisoto começou a parecer uma farsa pra mim. Já que em momento algum, em nenhum capítulo ou página, havia algo sobre "Suas vizinhas idosas podem saber por quem você é apaixonado antes mesmo de você". Ashley Minisoto me largou desavisada sobre isso.

E continuei ali em pé, com minha mochila caída bem ao meu lado, minha boca formando um "O" perfeito, esperando que Dona Símia explicasse (e sem tosses) *como*.

Ela só se jogou ainda mais pra trás no travesseiro, com aquele rosto amigável e sábio de sempre.

– Às vezes, é mais fácil alguém ao seu redor perceber algo sobre você do que você mesmo. Algumas coisas estão tão embaixo do nosso nariz que a gente não vê direito. E elas, eu quero dizer, essas coisas, estão ali o tempo todo, esperando para que a gente as enxergue. Quase gritando, torcendo pra que tropecemos nelas. O amor é assim, Íris. – Dona Símia sorriu para mim. – Devastador, enlouquecedor, enriquecedor, arrebatador, ardente, intrigante, divertido, compreensivo, imprevisível e, às vezes, quem sabe, até mágico e surreal como cenas de novela... O amor pode ser traduzido em várias palavras que a gente pula no dicionário, mas que têm significados intensos e incríveis. A gente é nada e o amor é tudo. *Tudo*. Menos óbvio. Por isso a gente leva um tempo até enxergá-lo, mesmo que ele esteja assim, dançando bem na nossa frente.

– Certo – eu disse, sentindo aquilo escalar do meu estômago até a minha garganta. – Licença aqui, rapidinho, eu já volto.

Saí do quarto esbarrando em várias pessoas que andavam de um lado pro outro pelo Hospital Hector Vigari. Alguns médicos, enfermeiros e familiares de pacientes. E tive a sensação de que todos eles sabiam. De que todos eles sempre souberam. Como se tivesse um outdoor escrito "Eu gosto de Édra Norr" piscando bem na minha testa. E pensar sobre isso não melhorou em nada aquela sensação de...

Ops.

– Você tá bem? – Senti uma mão sobre o meu ombro, enquanto eu me apoiava nos meus joelhos, ainda de pé, só que inclinada de frente pro meu próprio vômito.

Bem no meio do Hector Vigari e só a alguns passos do banheiro... Porque eu *tinha* que passar vergonha, não é mesmo? Caso contrário, não seria *Íris Pêssego*.

– Não, tudo bem, eu acho – eu disse, sem fôlego, esfregando meu braço na frente da boca. – Eu só tô apaixonada.

– Ah – respondeu, confusa, a enfermeira na minha frente, enquanto abraçava uma prancheta azul-marinho contra o corpo. – Não temos remédios nem protocolos para isso – brincou ela, com um sorriso abobalhado me encarando.

E eu, é claro, vomitei de novo.

18.

Segundo a teoria da insegurança mundial das pessoas banais, ainda que você tenha o melhor beijo do mundo, você *sempre* vai sentir como se não soubesse beijar quando estiver prestes a dar um beijo na boca de alguém que te *intimida*. Que te causa calafrios, sabe, em todos os centímetros do seu corpo. E isso é completamente normal e aceitável. É que você quer tanto (*tanto*) que saia de uma forma perfeita – para que você possa repassar aquela cena com sua playlist favorita inteira, até com as músicas tristes – que não sobra tempo para errar nisso. Os dentes não podem se encostar, mordidas não podem ser muito fortes, a velocidade não pode ser acelerada demais, sua respiração não pode ser tão perceptível, seu olho não pode abrir antes da hora, você tem que virar a cabeça no momento certo, seu hálito tem que estar agradável, você precisa saber exatamente o que fazer com suas mãos.

Então quando eu digo que tá tudo bem se sentir insegura com o primeiro beijo na boca de alguém que te intimida, é porque realmente tá tudo bem. E quase nunca os primeiros beijos são bons. Você precisa se acostumar com aquela boca, até saber o que exatamente fazer com ela, de um jeito que agrade a pessoa *e você*. Cada um gosta do seu beijo de uma forma. Sucesso em amassos é algo conquistável. Às vezes, por pura sorte, acaba sendo extremamente bom de cara.

Só que até você conseguir escutar a sua playlist com uma cena de beijo memorável... Há *insegurança*. Tá tudo bem, e é uma pena ser *tão* difícil se convencer disso.

E é por isso que vim parar no banheiro do Submundo com uma grande vontade de vomitar. Eu queria que fosse perfeito. E eu estava *tão* insegura em simplesmente pagar pra ver. Queria alguma certeza de que realmente seria. Porque é claro que eu não suportaria existir mais nesse planeta se não fosse.

O DIA "D" 7 OU 6 HORAS ANTES

Eu estava apavorada, e quando estou apavorada, eu recorro à internet.

Talvez não seja o meio mais confiável, mas sempre haverá dúvidas piores que as suas. E, bom, quebre o meu galho, eu nunca tive um encontro com uma garota antes. Exceto quando Polly me convidou pra tomar sorvete e depois eu descobri que ela estava usando a minha companhia para ter mais coragem de flertar com Henri Benninson, no nono ano. Ou pra se sentir menos feia, seguindo a teoria de que se você ficar perto de alguém feio, você parece mais bonito. E eu era muito horrorosa antes do Ensino Médio. (Não que muita coisa tenha mudado.)

Não sei se um encontro com uma garota funciona da mesma forma que um encontro com um garoto. Consigo me lembrar infinitamente bem de como meu encontro com Cadu Sena tinha ocorrido. E, apesar de tentar bloquear Cadu Sena totalmente dos meus pensamentos, eu ainda pensava nele. E ainda abria a última mensagem dele e respirava fundo sem ter o que fazer.

Não é como se eu não ligasse mais para Cadu Sena. É que algo estranhamente maior me puxa para Édra Norr. Eu gostei de Cadu Sena durante anos; eu gosto de Édra Norr exatamente agora, enquanto penso sobre isso. Entende? São sentimentos do passado batalhando contra sentimentos atuais. E os atuais certamente estão mais vívidos e ardilosos. Porque são mais recentes. Recém-saídos do fogo. Como uma comida maravilhosa que você come queimando sua língua, porque você nem consegue esperar que ela esfrie. (E você até tem medo de que ela esfrie e o gosto mude totalmente.)

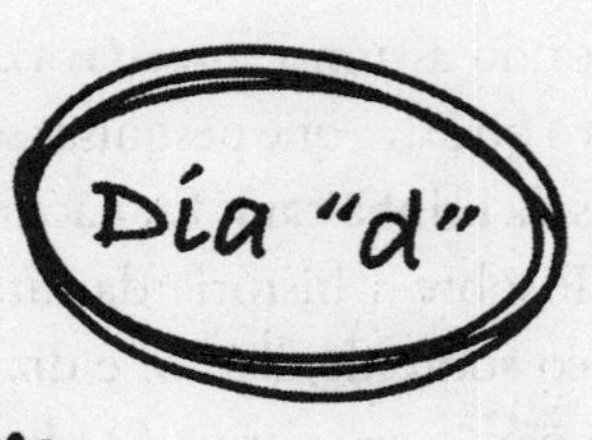
Dia "d"

Édra Norr
eu
que nervoso
que nervoso

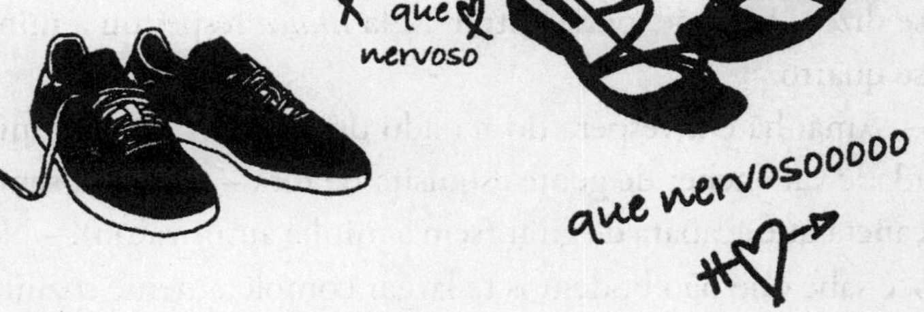
que nervosooooo

Eu estava me sentindo assim. E precisava estar preparada para lidar com isso. E é por esse motivo que tive que pesquisar se eu deveria me depilar ou não.

Certo, sem risadas da minha cara. Eu não tenho ninguém pra me explicar essas coisas. Um PDF sobre a história da luta pelo empoderamento feminino aborda um pouco sobre depilação, e diz não ser algo obrigatório nem necessariamente bom para o seu corpo. O ideal mesmo é tudo que cresce na gente ficar. Só que meus pelos me pinicam. Então, sim, eu me depilo às vezes. Conclusão: não é obrigatório que você se depile, mesmo que todos os blogs escritos por homens que eu li façam parecer o contrário.

Um manual fervente diz que você sempre precisa estar preparada para você sabe o quê. E preparada significa confortável. Sendo assim, você precisa seguir todos os seus rituais particulares para se sentir bem com seu corpo se você acha que existe uma chance (ainda que mínima) de acontecer *aquilo*.

Não que eu queira ou esteja esperando que Édra Norr faça algo comigo no carro dela, com os vidros trancados, em algum estacionamento deserto, com o rádio ligado, como na cena de *Devoradores insensíveis*, o melhor filme de romance e ficção científica que existe.

Querer eu não quero, mas, você sabe, estamos falando de uma garota que se insinuava para Camila Dourado através de olhares.

Édra Norr tem cara *disso*, cheiro *disso*, olhar *disso* e um sorriso torto de quem está sempre pensando *nisso*.

Então, uou, desculpe se estou soando muito "espertinha" por estar me precavendo. Apenas estou cuidando de mim. Não é grande coisa. Estou em três numa escala de obsessão por assuntos mundanos que vai de zero a Polly.

– Íris? – chamou mamãe do lado de fora do meu quarto, na minha porta. Ela deu alguns "tocs" na madeira envelhecida e minimizei todas as minhas janelas sobre "Sexo lésbico: as melhores posições", "O que ela está pensando de você?", "A depilação perfeita talvez seja não se depilar: um manual de libertação".

E, como não é nenhuma novidade, Jade Pêssego entrou antes que eu pudesse dizer "Ei, mãe, pode entrar". Ela *nunca* respeitou a minha privacidade nesse quarto.

– Amanhã é a véspera do feriado de São Patrique e o início do festival. A cidade vai encher de gente esquisita de fora – disse ela, sem tirar a mão da maçaneta que acabara de girar (sem a minha autorização). – Nós vamos viajar e você sabe que não podemos te largar completamente sozinha aqui, não é?

– Eu já tô *bem* grandinha – falei com a minha voz mais enjoada, revirando os olhos.

– Eu confio em você, eu só não confio nos idiotas que compram camisinhas no supermercado.

Quase vomitei de ter que ouvir a minha mãe falar isso, sério.

– Ou seja, vovó. – Balancei a cabeça negativamente.

Como ela podia me confiar com uma idosa que toma os próprios remédios com cerveja quente (que todo mundo sabe que é uma merda)? Vovó é biruta!

– Ou seja, mamãe. – Ela riu maliciosamente. – Você vai sobreviver e poderá sair à vontade. Ela está com um namorado e também vai ao festival. Eu só não quero que você fique até tarde na rua – disse mamãe, puxando a porta para fechá-la. – Nem grávida.

O DIA "D" 4 OU 3 HORAS ANTES

Eu estava na minha vigésima terceira peça de roupa quando o meu celular começou a tocar. Tocar *mesmo*. Com a minha música favorita da Sza, "Prom". E isso é estranho, porque ninguém nunca *liga* para o meu celular. Nem mesmo Polly ou meus pais. Sempre recebo mensagens. Então, imagine o susto que eu levei quando uma foto de Édra Norr apareceu na tela, me perguntando se eu queria atender ou recusar aquela chamada.

Édra Norr. *Me* ligando.

Fiquei tanto tempo encarando aquilo que perdi a chance de atender. Graças a Deus, ela me mandou uma mensagem logo depois disso.

Ei ✓✓
Enviado 16:46

Eu juro que estou tentando fazer tudo cedo para não me atrasar, só que, cara, minhas roupas são mesmo ridículas ✓✓
Enviado 16:47

Édra Norr *está digitando.*

A Dilma vai com a gente?
Achei que fôssemos só nós duas ✓✓
Enviado 16:48

Aff, eu tô falando sério ✓✓
Enviado 16:48

Sou só eu, Íris. Não é como se isso
fosse pior do que te ver usando a
roupa da minha avó ✓✓
Enviado 16:49

Hahaha, brincadeira. Você tava
do caralho naquele dia ✓✓
Enviado 16:49

Acho bem difícil eu ficar
do caralho hoje ✓✓
Enviado 16:49

Agora *eu* tô ficando nervosa. Tenho que ir de
smoking ou alguma coisa assim? ✓✓
Enviado 16:50

Você tá agindo como se a gente fosse pra,
sei lá, o baile de formatura ✓✓
Enviado 16:50

Não, mas eu também vou
estar ridícula nele ✓✓
Enviado 16:51

Eu pretendo estar do caralho. Principalmente porque o meu pai me ama o suficiente pra comprar o meu voo na madrugada da festa √√
Enviado 16:52

Eu preciso me despedir bonita, pelo menos √√
Enviado 16:52

Íris? √√
Enviado 16:53

Como assim seu voo é na madrugada da festa? Que voo? √√
Enviado 16:53

Eu vou pra Montana fazer o exame de uma faculdade particular, que eu prometi ao meu pai. Você sabe, por causa da cirurgia da vovó √√
Enviado 16:54

Nossa, agora eu faço questão de ir feia para esse encontro √√
Enviado 16:55

Hahaha Por quê? √√
Enviado 16:55

Você tá me chamando para sair justamente quando você tá numa contagem regressiva pra ir embora de novo. Você é muito idiota √√
Enviado 16:56

Não é como se a gente não fosse se ver nunca mais. E ainda tem a internet √√
Enviado 16:57

Você pode me mandar nudes √√
Enviado 16:57

Sonhe muito com isso √√
Enviado 16:58

Eu já sonhei √√
Enviado 16:58

Édra Norr *está digitando.*

Eu também √√
Enviado 16:59

Hahaha Brincadeira. √√
Enviado 16:59

É brincadeira também, né.
Hdhsiudh Claro √√
Enviado 17:00

Eu quero saber por quanto tempo você vai continuar fingindo que não quer me beijar √√
Enviado 17:03

Prefiro sua boneca careca ridícula √√
Enviado 17:05

Pelo menos ela não vai embora na madrugada da festa de formatura √√
Enviado 17:05

O que é pior: se permitir e ter uma
boa memória disso ou... ✓✓
Enviado 17:06

Me deixar ir embora e nunca saber
como poderia ter sido: ✓✓
Enviado 17:07

Eu prefiro que você morra. ✓✓
Enviado 17:07

Vou dar o meu máximo pra engasgar com o
milk-shake mais tarde. ✓✓
Enviado 17:08

Te busco daqui a uma hora. ✓✓
Enviado 17:09

O DIA "D" 2 OU 1 HORA ANTES

Tive que olhar dez ou dezessete vezes o meu vestido na frente do espelho, ouvindo as buzinas apressadas de Édra Norr escalarem a minha janela, tomando conta do meu quarto com aquele barulho infernal. É claro que Margot se irritou, isso porque ela não sabe o que aquele barulho infernal significava pra mim. Era o dia D. Tudo precisava ser perfeito. Mesmo meu vestido de brechó, *ultramega* simples. Todo liso e preto, mas a alça dele é tão fina que parece que vai estourar a qualquer momento. E isso o deixa com um ar *tão* Júlia. Eu só vesti e me sufoquei para não pensar na hipótese de tirá-lo.

Depois de um último suspiro e uma passada de mão no meu cabelo, desci as escadas, eufórica. Mamãe e papai estavam ocupados demais dando os últimos retoques no Pêssego's para saber que eu era uma aspirante a lésbica.

Tentei repassar na minha cabeça todos os conselhos de Dona Símia sobre Édra Norr.

"Édra planeja muito antes de agir. Isso a deixa mais segura para tomar atitudes. Se ela tem um plano, acredite, ela pensou muito sobre ele. E, na grande maioria das vezes, vale a pena ver até onde vai." *Check.*

"Édra gosta de ensinar as coisas para as pessoas. Isso faz ela se sentir mais especial. Então, mesmo que você saiba fazer uma coisa, deixe que ela ao menos te mostre o jeitinho *dela* de fazer, com seus truques e rituais. Ela fica toda cheia de sorrisos, achando que realmente te acrescentou algo, e vai querer te mostrar *tudo* do mundo na versão dela depois disso." *Check.*

"Édra é muito educada, ela não vai querer te beijar se você ficar demonstrando o nervosismo de alguém que não quer ser beijada." *Check. Supercheck.*

– Olha – disse Édra assim que apareci na porta da minha casa. – Você tem um grande problema com horários. Mas eu vou te desculpar por causa do seu vestido.

Revirei os olhos sorrindo enquanto abria a porta do carro, tentando descer o meu vestido um pouco mais, porque ele estava *mesmo* curto. Só que ele *era* daquele tamanho. Não consegui dizer muita coisa, e isso pode ter um pouco a ver com toda a nossa conversa meio "flerteira" por mensagens mais cedo, mas também pode ter um pouco (*muito*) a ver com Édra Norr de blusa preta.

Uma coisa *é* Édra Norr. Outra coisa é Édra Norr *de* blusa preta.

– Você não vai me perguntar pra onde eu tô te levando? – indagou ela, tentando prestar atenção nas ruas de São Patrique, dirigindo em velocidade mediana.

O pneu deslizava sobre o asfalto de uma forma *tão* agradável.

– Não é como se você fosse me sequestrar ou alguma coisa do tipo. – Arfei dentro de um sorriso. Eu estava dividida entre assistir a Édra Norr controlando aquele volante como uma verdadeira *badass* de um filme de corrida e olhar as árvores de São Patrique.

– Eu não teria tanta certeza assim, se eu fosse você.

Minhas sobrancelhas arquearam.

– Olhe pra trás – pediu ela, olhando o banco pelo retrovisor por alguns segundos.

Tinha uma pá. *Uma. Pá.* Coberta por uma capa de proteção transparente. Dava pra ver que a pá estava suja com terra e grama.

– Agora eu tô assustada. – Senti meus músculos enrijecerem no banco. – Por que tem uma pá no banco de trás? – indaguei, rindo de nervoso.

Édra Norr começou a gargalhar da minha cara, sem nem *olhar* para mim.

– Calma, eu fui ajudar a reformar o jardim do lugar onde eu dou as aulas de música pra crianças. – Ela sorriu, me fazendo reparar no pescoço, no maxilar marcado, nos sinais de nascença e cabelinhos na sua nuca.

– Está indo tudo bem lá? – perguntei com o coração completamente quente da lembrança que eu tinha daquele lugar.

– Sim. As crianças estão indo tão bem que poderiam comandar o feriado, seria *incrível*. Mas eu nunca iria poder me apresentar junto. Por causa de – e fazendo uma voz bem nojenta, ela continuou – "toda a história sobre não ter o curso superior pra oferecer aulas beneficentes" e "não posso ser demitida e perder o plano de saúde". Você sabe.

Édra *estava* zangada. As feições dela mudaram rapidamente. E eu, não querendo aturar mais *um* segundo daquela cara de zanga, tratei logo de mudar o assunto.

– Relaxa. – Dei uma cotovelada leve no braço que ela usava para passar as marchas. – Você não participaria da apresentação de qualquer forma. Você vai morrer *hoje* engasgada com milk-shake, lembra?

Nos entreolhamos maliciosamente e sorrimos uma para a outra.

O PRIMEIRO "CHECK"

– Depois daqui – disse Édra, por trás do cardápio que cobria toda a sua cabeça, exceto os olhos escuros, fixos em mim, do outro lado da mesa. – Vamos passar no Submundo. Eu soube que vai rolar uma festinha legal por lá.

Engoli um bolo. É porque eu estava tão nervosa de estar ali dentro com ela e não do outro lado com um binóculo na mão que eu não sabia exatamente como agir.

– Tudo bem? – Ela inclinou a cabeça, abaixando o cardápio até o nariz.

"Édra planeja muito antes de agir. Isso a deixa mais segura para tomar atitudes. Se ela tem um plano, acredite, ela pensou muito sobre ele. E, na grande maioria das vezes, vale a pena ver até onde vai."

– *Tu-tudo* bem. – Tossi, para disfarçar que tinha *acabado* de gaguejar.

Check.

Então Édra abaixou o cardápio inteiro, largando a encadernação sobre a mesa. Todo seu rosto ficou – feliz ou infelizmente – à mostra. Especialmente a boca (que é bem difícil de não notar, quando ela está passando a língua entre os lábios enquanto suspende a mão para chamar a garçonete).

Édra Norr. *De* blusa preta. Do outro lado da mesa, em um encontro. *Comigo.*

– Eu vou querer, *hum* – começou a dizer, apertando os olhos pro cardápio jogado em cima da mesa, entre nós duas. – Um milk-shake de qualquer parada.

Ela disse, blasé. E tanto ela quanto a garçonete me encararam, esperando que eu falasse o que eu *queria*.

Deus, *eu queria tanta coisa.*

– Eu também quero um milk-shake de "qualquer parada". – Ri ligeiramente, de nervoso. – Por que você não escolheu um sabor? – perguntei a Édra, quase que sussurrando, assim que a garçonete deu as costas pra nós, como se fôssemos alienígenas. *E éramos.*

– Você quer que eu morra engasgada com esse milk-shake. – Édra espremeu os olhos pra mim. – Não seria meio *sádico* se eu ainda escolhesse o sabor?

– Não, até porque, em algumas cadeias, quando o preso está prestes a ser executado, deixam que ele escolha a própria refeição – disse, com um sorriso bem suspeito nos meus lábios. Eu adorava ser bizarra às vezes e *saber* dessas coisas, preciso admitir. Vi numa novela.

Mas Édra provavelmente só focou na parte bizarra e ficou me analisando, com uma cara bastante confusa e de boca entreaberta.

– Me lembre de esconder aquela pá *bem* longe de você quando a gente sair daqui.

Foi tudo o que ela me respondeu, segundos antes de cairmos na risada.

O SEGUNDO "CHECK"

Fiquei observando Édra Norr retirar uma garrafa de bolso prateada de seu jeans cinza-escuro, quase tão preto quanto *A* blusa preta. Ela olhou em volta muito rapidamente enquanto girava a tampa e despejou quase que o frasco inteiro em seu milk-shake de "qualquer parada" que a garçonete tinha acabado de deixar na frente dela. Eu estava no meu terceiro gole seguido, tentando entender exatamente qual era o sabor que o meu milk-shake de “qualquer parada” tinha. E podia jurar que era algo entre morango e melancia.

– O que você tá fazendo? – perguntei, bem mal-educada, com o canudo ainda enfiado dentro da minha boca.

– Deixando o milk-shake mais divertido. – Ela sorriu maliciosamente, guardando a garrafa de volta no bolso do jeans.

É claro que eu percebi que ela tinha acabado de jogar alguma bebida alcoólica no milk-shake. E tenho certeza disso, porque vovó tem uma garrafa idêntica para o mesmo propósito.

– Credo. – Revirei os olhos, mordiscando os micropedaços de fruta e *sei lá o que* que flutuavam na minha boca. – Você parece a minha avó.

Mas Édra, como sempre, estava adorando ter alguma atitude reprovada por qualquer pessoa que fosse. Especialmente se essa pessoa for eu.

– Você também parece a minha.

Foi o que ela respondeu, dentro daquela cara extremamente prepotente de quem sempre sabe o que falar, enquanto girava o canudo dentro do copo.

Édra foi bebendo e os assuntos foram surgindo. Por algum motivo ainda não identificável, eu não conseguia prestar atenção em nada direito. Eu não consigo contar agora sobre o que estávamos falando. Não consigo dizer nada. Mas, eu juro, estava prestando atenção em *tudo*. Não em tudo o que ela estava falando, mas em tudo *nela*. Olhos, boca, respiração, dentes molares, o jeito de franzir o nariz antes de abrir um sorriso cínico, os cílios, o lábio superior com um bigode de espuma sendo desmanchado pela língua dela, o brinco brilhando com a luz do sol (perto de se pôr) que vinha do lado de fora.

Ela gesticulava. Parecia empolgada. Eu ouvia algumas palavras soltas como “queda” e “tacos”, e nem tentei entender o nexo. Eu simplesmente não conseguia. Ela estava *bem* ali na minha frente. Só pra mim. Ela estava ali por *mim* e *comigo*. E não precisei do zoom do binóculo pra reparar que ela inteira, em cada sinal que eu pude captar, era a criatura mais bonita que eu tinha visto na vida.

– E é por isso que você precisa saber como é a sensação – disse Édra Norr, me puxando para a Terra.

– A sensação de quê? – Não hesitei em parecer completamente confusa e estúpida por não ter escutado uma palavra.

Mas Édra não pareceu notar o meu devaneio. Ela só deu de ombros, levantando da mesa.

– Ué, a sensação de jogar sinuca.

Ela estava de pé, jeans quase preto, olho quase preto, cabelo quase preto e blusa preta, olhando para mim como quem esperava que eu me levantasse logo.

– Você não quer ver como seria? Posso te passar uns truques.

"Édra gosta de ensinar as coisas para as pessoas. Isso faz ela se sentir mais especial. Então, mesmo que você saiba fazer uma coisa, deixe que ela ao menos te mostre o jeitinho *dela* de fazer, com seus truques e rituais. Ela fica toda cheia de sorrisos, achando que realmente te acrescentou algo, e vai querer te mostrar *tudo* do mundo na versão dela depois disso."

– Ok. – Eu sorri com os lábios selados, me levantando da mesa com o resto do meu milk-shake de "qualquer parada entre morango e melancia".

Me arrastei até os fundos do Banana Club, tendo que encarar as costas de Édra Norr durante todo o percurso. Eu gostava do fato de que, assim como eu, ela não era alta, e isso me dava um ótimo ângulo para namorar a nuca dela e todos os cabelinhos que pareciam sempre arrepiados (sem mencionar os sinais que correm do pescoço e vão se escondendo para dentro das blusas que ela veste).

Ela abriu um sorriso sacana quando alcançou os tacos, puxou um deles e jogou na minha direção, como se eu tivesse alguma coordenação motora pra agarrar isso no ar. Só que, graças a Deus, eu tive.

Obrigada, Senhor, por ter me eliminado dessa vergonha em específico.

Édra organizou as bolas numa espécie de triângulo – meu Deus, eu não sei o nome de absolutamente *nada* dentro de um jogo de sinuca. Depois ela ajeitou a ponta do taco com um outro treco, se inclinou inteira com uma cara muito suspeita de quem iria assassinar alguém.

Os olhos apertados, as sobrancelhas juntas na testa, a boca entreaberta que me dava uma visão dos dentes insuportavelmente impecáveis. Coluna torta, braço esticado sobre a mesa de bilhar. Édra afastou os dedos e foi deslizando o taco entre eles. E afastando e afastando... Como se o taco fosse uma flecha.

Um toque e todas as bolas se espalharam. Em grande parte, sendo engolidas pelos buracos da mesa.

Édra Norr sorriu, vitoriosa e cínica. Muito cínica. Com um olhar tão prepotente que chegava a ser antipático. E, para o meu enorme desespero, dentro da droga de uma blusa preta.

– Sua vez – disse ela, caminhando até o bebedouro, bem nas nossas costas.

Eu não sabia o que fazer, então, só tentei imitar. Me curvei, estiquei os meus braços, tentei segurar o taco e... Senti as mãos de Édra Norr segurando meus ombros com firmeza.

– Em primeiro lugar – começou a dizer –, relaxe os ombros.

Check.

– Em segundo lugar... – Senti sua perna direita passar exatamente pelo meio das minhas. – Afaste suas pernas.

Ela separou as minhas pernas, antes grudadas, uma da outra, usando a própria coxa e o joelho. Nesse momento, eu já não estava mais no controle da minha respiração.

Check.

– E por último... – Senti sua voz suave bem atrás da minha orelha esquerda, com o soprar de um hálito quente. – Seja o taco.

A mão direita de Édra Norr apertou a minha cintura, numa tentativa de me ajeitar. Em seguida, foi deslizando pela minha coluna, até que eu me inclinasse sobre a mesa de bilhar, ficando quase que na mesma direção do meu taco, apoiado sobre a minha mão esquerda. Senti o meu vestido subir vagarosamente enquanto eu me inclinava.

Nunca use vestidos curtos para jogar sinuca. *Check.*

Dei um toque e todas as bolas foram se espalhando e rebatendo de todos os lados. Mas apenas duas sumiram para dentro dos buracos. Eu realmente devo ser *péssima* nesse jogo.

– Não foi tão ruim assim. – Édra sorriu, surgindo do outro lado da mesa, pronta para mais uma tacada. – A prática leva à perfeição.

– Deve ser por isso que eu sou péssima em tudo – resmunguei, pensando alto.

– Você é boa em esconder coisas – resmungou Édra de volta, levando mais bolas até os buracos na mesa de bilhar.

Era a minha vez de novo e eu, bom, tentei repassar todos os passos de Édra Norr sozinha. Foi falho; eu relaxei os ombros, me inclinei, mas era impossível "ser o taco" se tudo o que eu conseguia ser era a réplica de um binóculo, observando ela do outro lado, inclinada na mesa, distraída com o celular.

– Eu acho que o nosso jogo vai ter que ficar pra depois – disse Édra, parecendo distante e preocupada.

Minhas sobrancelhas franziram.

– O que houve? – Arfei, impaciente, presumindo que algo tinha dado errado. Porque *sempre* alguma coisa *precisa* dar errado pra mim.

– Nada de mais – respondeu ela, abrindo um sorriso involuntário na minha boca. – É que a fila pro Submundo já tá enorme. E eu quero muito te apresentar uns amigos.

O DIA "D" 40 MINUTOS ANTES

Tudo com Édra Norr era diferente. Ficamos na fila do Submundo por pouquíssimo tempo, até que ela conseguisse falar com o rapaz da barba cor-de-rosa, que, aparentemente, é um grande amigo dela. Ele fez com que entrássemos sem mofar naquela linha quilométrica de pessoas. E sem mostrar nossas identidades. Só que não foi por isso que comecei a suspeitar que tudo estava diferente, e sim por nem parecer que eu estava no fim de uma fila dessas. Édra Norr me deixava tão flutuante e leve com suas piadas estúpidas que eu até esquecia que estávamos esperando para entrar na festa. E eu odeio muito esperar. Talvez eu seja a pessoa mais impaciente da face da Terra. Só que Édra Norr transforma toda a minha impaciência em paciência, porque, quando ela começa a falar sem parar sobre qualquer coisa, eu esqueço de todo o resto. Apesar de que eu *quase nunca* presto atenção ou *quase sempre* desvio o olhar.

É bem difícil conversar com alguém como Édra Norr, com *aqueles* olhos dela. Especialmente porque ela não é o tipo de pessoa que para de te olhar durante uma conversa. Ela sempre fica ali, olhando diretamente dentro do seu olho, como se tivesse dando toda a atenção do universo pra você. E isso é tão intimidador que não consigo simplesmente *continuar* encarando-a de volta. Uma hora ou outra eu sempre olho pro lado ou pros meus pés.

E eu fiz isso dentro do carro, até estacionarmos perto do Submundo. Fiz isso enquanto andávamos um pouco até lá, e fiz isso durante a fila inteira.

Mas agora estávamos uma de frente pra outra, com bebidas nas mãos. E quanto mais o álcool percorria a minha corrente sanguínea, mais difícil ficava olhar para outra pessoa que não fosse Édra.

Mesmo levando em consideração que todas as amigas dela – que são lindas – estavam conversando comigo. De alguma forma, Édra sempre consegue se destacar entre as pessoas. Ou tudo isso é um grande monólogo apaixonado, que a gente começa a ter quando está bêbada.

– E vocês lembram quando Juliana ficou presa no banheiro? – uma das amigas de Édra começou a falar superalto e rindo, tentando se sobressair em meio ao barulho da música e das pessoas. Todos pareciam rir e entender a história.

Mas eu estava só ouvindo, sem necessariamente escutar. Édra Norr estava na minha frente, olhando para mim, séria, enquanto passava o dedo indicador pela borda da garrafa long-neck de uma bebida chamada "Dear Caribe" que ela havia comprado quando entramos. Eu estava olhando para Édra, séria, apertando a minha própria garrafa (de uma bebida alcoólica de frutas vermelhas) com *tanta* força que era como se eu fosse explodi-la a qualquer momento.

– E quando Édra ficou com a irmã gêmea de Tábatha achando que era ela – gritou, entre risos, a outra garota, com uma camiseta com a frase "Girls Only". A informação puxou uma risada coletiva. Até a minha. *Deus.* – Como era mesmo o nome da irmã da Tábatha?

– Ôh! – Édra abriu os braços, confusa. – Guardem o resto dos meus podres pro diabo.

– Ah, para. – A outra garota de cabeça raspada revirou os olhos enquanto inclinava o pescoço na direção de Édra. Pude notar uma tatuagem de libélula na nuca. – Suas histórias são as melhores.

– Vou aproveitar e contar pro diabo que você continua com essa mania feia de dirigir e beber. Aposto que você veio de carro, né?

Voltei a encarar Édra, que lançava um olhar fuzilante em direção às amigas. Tinha um sorriso amarelado, e o nariz, corado, embaixo da luz em rosa néon que iluminava o grupo (e que oscilava para azul e roxo o tempo inteiro).

– Já deu. – Édra balançou a cabeça negativamente, virando mais um gole. Meus olhos deram um zoom completo no seu pescoço e, em seguida, nos lábios brilhando por causa do líquido.

– Tudo bem, parou, parou – disse "Girls Only", brincalhona, num sorriso cínico. – Mas como era o nome da garota mesmo?

– Dalila. – Disparou "tatuagem de libélula", tentando segurar a risada.

Mas era tarde demais. Todas já estavam gargalhando. *Eu*, inclusive, e eu nem sabia da história. Édra não conseguiu se conter e acabou rindo dela mesma também. Eu só não esperava que, no meio de toda essa risada, Édra fosse sair me puxando pelo braço, pro meio da pista de dança.

O SUPER "CHECK"

– Esse foi um jeito bem pré-histórico de me chamar pra dançar – provoquei, quando ficamos sozinhas, de frente uma pra outra.

– Eu não te puxei pra dançar, eu nem sei dançar. – Édra deu de ombros, virando a garrafa na boca por três segundos. Contei três goladas de "Dear Caribe".

– E o que você tá tentando fazer, então? – indaguei, olhando em volta. Todo mundo estava dançando, mas nós duas estávamos olhando uma pra outra. Sem fazer absolutamente nada.

– Eu tô tentando te salvar da minha péssima reputação – brincou Édra, entortando a boca pra um canto.

– Você não precisa me "salvar" disso. – Apertei meus olhos, tentando imitar a expressão dela (meio autoritária) pra mim. – Uma hora eu vou *ter* que perder a minha virgindade de você.

– Ah, é? – Vi os dentes de Édra apertarem seu lábio inferior num sorriso cínico.

– Digo, a virgindade das suas histórias. – Sorri sem graça, me sentindo uma completa idiota por ter acabado de cortar o clima.

"Édra é muito educada, ela não vai querer te beijar se você ficar demonstrando o nervosismo de alguém que não quer ser beijada."

Mas e agora? Eu não sei não parecer nervosa. É claro que estou nervosa. Meu coração só falta escalar minha garganta e saltar para fora da minha boca.

Édra estava olhando em volta, tentando balançar a cabeça para parecer menos uma "*não* pertencente à tribo das pessoas dançantes" na festa.

Tudo o que eu conseguia pensar era que eu não *queria* que *ela* achasse que *eu não queria.* Me entende? Eu não queria que meu nervosismo estragasse tudo. Eu não queria que os meus sentimentos que fervem por Édra Norr me impedissem *de ter* Édra Norr. É complicado. Nunca me senti tão nervosa por estar prestes a beijar alguém assim antes. Tudo o que eu consigo pensar é na vontade de que ela me beije aqui e agora. Mas, ao mesmo tempo, eu quero sair correndo. Porque eu não quero que dê errado.

Estamos sem assunto, extremamente próximas e sozinhas. Tem uma música aleatória tocando, pessoas dançando ao nosso redor, estamos bebendo e ela não para de me olhar e olhar em volta o tempo inteiro.

Vai acontecer. Precisa acontecer. Mas e se? E se for ruim? E se eu beijar errado? E se ela não gostar? E se alguém estragar tudo? E se depois ficar tudo esquisito entre nós duas? E se eu ficar ainda mais apaixonada quando ela for embora?

Segundo a teoria da insegurança mundial das pessoas banais, ainda que você tenha o melhor beijo do mundo, você *sempre* vai sentir como se não soubesse beijar quando estiver prestes a dar um beijo na boca de alguém que te *intimida*. Que te causa calafrios, sabe, em todos os centímetros do seu corpo. E isso é completamente normal e aceitável. É que você quer tanto (*tanto*) que saia de uma forma perfeita – para que você possa repassar aquela cena com sua playlist favorita inteira, até com as músicas tristes – que não sobra tempo para errar nisso.

Só que até você conseguir escutar a sua playlist com uma cena de beijo memorável... Há *insegurança*. Tá tudo bem, e é uma pena ser *tão* difícil se convencer disso.

– Édra – comecei a dizer, sem conseguir olhar direito pra ela. – Eu preciso muito ir ao banheiro. Eu já volto – disse de vez, praticamente fugindo em cena.

Me enfiei no meio de mil pessoas. Saí esbarrando em todas elas, interrompendo beijos, danças e conversas em rodas de amigos. Eu era o furacão Íris da insegurança.

E é por isso que vim parar no banheiro do Submundo com uma grande vontade de vomitar. Eu queria que fosse perfeito. E eu estava *tão* insegura em simplesmente pagar pra ver. Queria alguma certeza de que realmente seria. Porque é claro que eu não suportaria existir mais nesse planeta se não fosse.

Eu quero que Édra Norr me beije. Mas eu tenho tanto medo do que pode acontecer por causa disso.

– Esse é o banheiro masculino, meu anjo – disse um rapaz com uma peruca laranja néon quando esbarrou em mim.

Eu respirei fundo, desnorteada. E quando estava prestes a deixar o banheiro masculino do Submundo, eis que Deus me envia uma luz.

– Ah, não – disse Maurício quando me viu. – Me diga que você não tá se atracando com alguma garota no meu banheiro.

– Maumau... – Deixei um suspiro desesperado escapar, abraçando-o pela cintura.

– Ei. – Maurício me segurou pelos ombros, me afastando dele para conseguir enxergar o meu rosto. – O que aconteceu?

Engoli o grande nó na minha garganta e tomei fôlego para falar.

– Eu me apaixonei pela "ficante" da Camila Dourado, aquela garota, minha colega de classe e dupla naquele trabalho idiota de literatura, com quem eu fui até o Leoni's procurar livros pra fazer – pausa para tomar mais fôlego. – E aí eu descobri que já nos conhecíamos, ela é a neta da minha vizinha idosa que, na verdade, é a minha melhor amiga em segredo. Agora ela terminou com Camila Dourado, me chamou pra sair e tá perdida na pista de dança, querendo me beijar.

– E qual é o problema? – As sobrancelhas de Maurício franziram. – Isso não era pra ser bom? Você tá agindo como a Britney em 2007 por causa *disso*?

– Cara, não é simples como parece. Em primeiro lugar, Édra Norr vai embora. Em segun...

– Íris, cala a boca. – Maurício interrompeu, me dando uma *sacudida*. – Garota, acorda! Você tá pensando *demais*. Tudo o que eu ouvi foi "tem uma garota que quer me beijar e eu também quero, mas tô procurando desculpas".

– Mas, Maumau, você nem sabe sobre tu...

– Íris, apesar de todos os problemas e de todos os obstáculos, o que *você* quer? – perguntou Maurício, olhando no fundo dos meus olhos.

Minha cabeça repassou Édra Norr saindo do mar, cozinhando, comendo, procurando um livro na prateleira, abrindo a porta pra mim, comendo pizza de boca cheia, me abraçando no corredor, me chamando pra sair, me ensinando a jogar sinuca e me encarando na pista de dança como quem queria me devorar viva.

– Édra Norr – respondi, me dando conta do que eu realmente queria.

Eu estava perdendo todo o meu tempo.

Era hora de acordar o lado Júlia de uma vez.

Larguei Maurício sozinho no banheiro e saí procurando Édra Norr entre as pessoas do Submundo. Mais uma vez, uma Íris Pêssego esbarrando em vários corpos e interrompendo várias pessoas. Era por uma boa causa. *E como era.*

Mas quando me deparei com Édra Norr abandonada na pista de dança, dessa vez sem "Dear Caribe" nas mãos, apenas um olhar intenso e perdido na multidão, eu congelei.

Simplesmente parei de andar no caminho, como se eu tivesse empacado. Era Édra Norr, sozinha. Era Édra Norr e ela queria o mesmo que eu. Era Édra Norr e eu queria que, por um segundo, toda a minha insegurança explodisse e só sobrassem cacos de Júlia.

Então precisei respirar fundo para fazer exatamente o que eu pretendia fazer.

– O que você tá fazendo? – me perguntou ela quando eu, impulsivamente, me aproximei e passei a vasculhar os bolsos da calça jeans dela.

– Acordando Júlia – disse rispidamente, quando encontrei a garrafa de bolso.

Girei a tampa vagarosamente sem tirar os meus olhos de Édra Norr sequer por um segundo. Luzes néon oscilavam, pintando nossos corpos de azul, rosa, vermelho e roxo. Minha respiração foi ficando ofegante e senti o meu coração pulsar na minha veia jugular. Édra Norr, na minha frente, ia arregalando os olhos tentando entender exatamente o que eu estava prestes a fazer. Nem eu sabia ao certo. Eu só precisava passar o controle para Júlia, só por um instante. Mas eu me sentia Íris, como eu nunca tinha me sentido antes. Eu estava laranja *ultraforte*. Precisava continuar com aquilo. Virei a garrafa inteira na boca, olhando para Édra Norr em cada gole.

A bebida amarga escorria para dentro da minha garganta e tomava conta do meu paladar, ansiando pela saliva da garota que estava exatamente na minha frente. Não ousei tirar os meus olhos dos abismos castanhos de Édra. E ela foi inclinando a cabeça, se dando conta do que eu também estava me dando conta.

Zerei a garrafa, virando-a para que a última das gotas pingasse na minha língua. Édra assistiu a tudo, sem tentar me impedir de nada. Sequei a boca com o meu braço, como se não tivesse modos. E, nesse exato momento, eu não tinha mesmo modo algum.

Eu era Júlia e Íris ao mesmo tempo. Édra Norr me fazia sentir como se tudo fosse laranja ultraforte.

Ela foi se aproximando de mim, e seus olhos pareciam morrer de fome, de modo que não me senti atravessada. Eu me senti *engolida.*

Sua mão direita entrou no meu cabelo, agarrando com uma ferocidade indomável várias mechas de uma só vez. Ela fechou o punho, me segurando. Senti os fios da minha nuca presos entre seus dedos, e eu queria *muito* estar ali. Nossos olhos não se desgrudavam. A mão esquerda de Édra Norr foi deslizando pela minha coxa, passando pela costura do meu vestido e escalando as minhas costas, puxando-me para perto.

Eu estava à mercê, envolvida pelos braços dela.

Meus olhos fecharam e o último som que eu ouvi antes de me ensurdecer com a música foi o da garrafa de bolso escapando da minha mão e atingindo o chão da pista de dança.

Os lábios de Édra Norr encostaram nos meus com muita leveza. Uma leveza que foi completamente desconstruída pela mordida que ela me deu no lábio inferior, antes de passar a língua para dentro da minha boca.

O beijo de Édra Norr era calmo e lento, lento e feroz, feroz e manso, manso e indomável, indomável e ardiloso, ardiloso e fervente, fervente e cheio de fogo, cheio de fogo. E me dissolvia em cada gota de saliva com gosto de bebida alcoólica que ela deixava em mim. E regredia devagar, com tamanha perversidade, brincando com a língua dentro da minha boca. Lenta e calma. Calma e lenta. Me apertando a cintura *e mais embaixo*.

Eu nunca me senti tão minha. Todos os meus sentidos estavam aguçados e voltados para Édra Norr e sua língua, que, diabólica, se esfregava na minha. Na exata frequência da música que tocava. Fui perdendo todo o meu ar dentro dos apertos de sua mão e das mordidas de seus dentes.

Era demais pra mim. Eu precisava de *um* segundo. Então, afastei os meus lábios dos dela.

– Seu beijo é horrível, como o da sua boneca – eu disse sem fôlego no ouvido de Édra Norr, tentando provocar. Envolvi o pescoço dela com os meus braços por uns instantes, porque eu *precisava* respirar. E eu mal conseguia ficar de pé.

– Então devolva – respondeu Édra Norr, cínica, resfolegando e com o olhar de fome preso em mim. *Me... engolindo*. Fazendo-me *involuntariamente* fechar os meus olhos de novo.

As luzes néon oscilavam em todas as suas cores.

Mas, por dentro, tudo estava *laranja ultraforte*.

Ultra.

19.

É MUITO ESTRANHO OLHAR NO FUNDO do olho de uma pessoa que você já beijou e não poder fazer nada. Deveria existir alguma espécie de tutorial, livro ou videoaula que explicasse com extrema clareza como você pode se controlar diante de uma situação dessas, sem ficar ofegante. Porque ninguém quer soar como um total desesperado por causa da presença de outra pessoa. Ninguém quer ficar arrepiado e suado sem seu próprio consentimento. Ninguém quer se sentir como um ímã, que não consegue simplesmente não se deixar atrair em todo o seu magnetismo, como se não tivesse escolha.

Eu nunca tinha me sentido assim antes, por ninguém. Nunca olhei pra uma boca que eu já conhecia e não pude fazer nada. Talvez porque eu não beijei muitas pessoas. E talvez, também, porque nenhuma boca me deixou tão hipnotizada quanto a de Édra Norr.

Mas é claro que eu tive que descobrir essa vulnerabilidade magnética da pior forma possível.

Pensei em dizer a Édra Norr toda a verdade. Foi quando a Lulu Matias – que estava tentando recrutar Nicole para a nossa equipe de vendas (totalmente interessada nos drinks que Nicole sabe fazer) – se aproximou de nós com um semblante de poucos amigos. Isso porque, bom, Lulu Matias era a grande organizadora da nossa ação para arrecadar dinheiro para a formatura, então ela sabia de tudo o que estava acontecendo e isso inclui a lista de nomes escalados para a apresentação no Show de Talentos do Colégio São Patrique. O que, basicamente, significa que ela também sabia que Édra Norr estava inscrita. E é claro que não foi a própria Édra Norr que se inscreveu.

Fui eu, como sempre, agindo estúpida e impulsivamente desde que vim ao mundo.

Lulu Matias foi tomando fôlego para dizer algo e eu simplesmente apressei o meu "Édra, eu preciso te contar uma coisa", mas antes que pudesse falar qualquer palavra e estragar toda a nossa cena romântica, esperando na fila das bebidas, abraçadas, Lulu Matias simplesmente colocou a mão sobre o ombro de Édra e disse: "Norr, não se atrase pro ensaio de amanhã". E sumiu.

Édra Norr me olhou com aquela expressão facial confusa, com as sobrancelhas arqueadas e os olhinhos escuros apertados. Eu só quis apertar as bochechas dela e trazer aquele rostinho inteiro pra perto de mim outra vez. E foi isso o que eu fiz. Até ela falar bem perto do meu ouvido:

– Eu não faço ideia do que Lulu Matias tá falando, você tá sabendo de alguma coisa?

O meu estômago, é claro, embrulhou na hora. E pensei em dizer toda a verdade. Mas pensei que talvez eu pudesse reverter a situação. Talvez Édra não precisasse se apresentar. Talvez outra pessoa assumisse a minha culpa. Talvez eu não quisesse estragar esse momento tão gostoso quanto pizzas do Orégano's que estávamos vivendo agora.

– Não, eu não tô sabendo de nada.

Mas é claro que, se o tempo está nublado, uma hora vai chover.

"A PREVISÃO DO TEMPO PARA SÃO Patrique é de chuva, Fábio. Moradores, vendedores e turistas estão torcendo para que as nuvens não estraguem as festividades, que devem começar hoje mesm..."

E mamãe desligou a TV, voltando a cortar o bacon com muita agressividade, principalmente se você for considerar que ele estava mesmo molinho.

Dava pra ouvir a faca arranhar a pintura de margaridas no prato. Jade Pêssego furiosa é algo comum. Jade Pêssego furiosa em véspera de feriado... Não.

– Não tô acreditando nisso – resmungou, escondendo o rosto atrás da caneca de "Mamãe #1" que ela tem desde o primeiro Dia das Mães do primário.

Meu celular vibrou no bolso.

– Calma, querida, vai dar tudo certo. – Papai sorriu confiante, usando seu mesmo boné verde-musgo de sempre, peça-chave de quando ele vai viajar para qualquer lugar.

São engraçados os hábitos de férias da família Pêssego. Mamãe sempre assiste à previsão do tempo antes de pegar a estrada, e sempre toma café na mesma caneca. Papai usa sempre o mesmo boné verde-musgo, e coloca a mesa para o café meia hora mais cedo, pra evitar atrasos. São costumes de viagem. E as malas prontas, encostadas no pé da escada que leva aos nossos quartos, comprovavam isso. Porque é onde eles deixam as malas, todas as vezes, antes de partir.

Meu celular vibrou mais uma vez. E eu não pude pegá-lo. Porque "não se distrair com o celular na mesa" é uma ordem. Que precisa – especialmente em manhãs que antecedem viagens – ser acatada.

– Sua avó chega hoje, e nós voltamos depois do feriado – disse papai, e, atrás dele, a melodia mais causadora de ansiedade: o vibrar do meu celular, sem pausa. – Tem comidas congeladas, tem lanches no armário, tem dinheiro extra embaixo do...

– Pote de alho em conserva. – Arfei, sorrindo. – Eu sei, pai, eu já conheço todo o "procedimento em caso de viagens". Só nunca vou entender a parte do dinheiro embaixo do pote de alho.

– Se você fosse um ladrão, você iria procurar dinheiro embaixo de um pote de alho em conserva? – indagou ele, inclinando-se sobre a mesa com um olhar prepotente.

– Não? – respondi, tentando conter o riso.

– Exatamente. – Ele ergueu as sobrancelhas, voltando a se enfiar na leitura do jornal do dia. Vi a manchete sobre o feriado e como os turistas estavam animados, apesar da previsão do tempo ser de chuva.

Meu celular continuava vibrando sem parar. E eu não estava conseguindo mais disfarçar na mesa de jantar que aquilo estava acontecendo. Queria saber o que era. E esperava que fosse algo de quem eu queria que fosse. Então, pra aniquilar a minha curiosidade hiperansiosa, fui me levantando cuidadosamente da mesa.

– Eu amo vocês dois, espero que o seu feriado seja pacífico, pai, mesmo que isso seja muito difícil com Jade indo junto – ironizei mamãe, mordendo meus lábios pra não gargalhar. – Agora eu preciso correr pro ponto, ou vou chegar atrasada.

Mas não. Eu queria correr pro outro lado da rua e ir até o colégio assistindo a Édra Norr dirigir aquele carro preto graciosamente bem, enquanto observava cada cabelo espetado em sua nuca.

E achei que isso iria acontecer, até acabar parando no ponto de ônibus acompanhada por Jade e Ermes Pêssego. Que queriam se despedir de mim da forma mais dramática e humilhante possível, acenando do ponto para mim, na janela traseira, enquanto todos os outros desconhecidos em suas janelas observavam.

– Tente não parar no hospital, nem ir presa! – gritou Jade para o ônibus partindo. E pude ouvir alguém alguns bancos na minha frente tossindo para disfarçar o som da risada que escapou logo depois dessa frase.

– Nós te amamos, bebê! – gritou papai, desaparecendo do meu campo de visão.

Agora eu era Íris Pêssego, sozinha em São Patrique, já que vovó não conta (pela irresponsabilidade, obviamente). O que pode acontecer de tão catastrófico além de, é claro, tudo?

Uma coisa eu posso dizer: poucas sensações são tão boas quanto estar apaixonada por alguém que te faz pensar "meu Deus, é essa pessoa". Porque, bom, nem sempre você se apaixona e pensa isso. Nem todo mundo que faz suas coxas ralarem, faz sua barriga sentir frio e vice-versa. Nem todo mundo por quem você se apaixona consegue te fazer sentir que tem uma espécie de intimidade especial com você. Nem todo mundo por quem você se apaixona te faz pensar "cara, parece que a gente se conhece desde vidas passadas". Porque existem vários tipos de paixões, várias formas de estar apaixonada. Paixões carnais, paixões sentimentais, paixões por carência, paixões por diversão, paixões por companheirismo e as paixões genuínas, que fazem parecer mesmo que um de seus antepassados e um dos antepassados dessa pessoa, sei lá, já fugiram de mãos dadas de um dinossauro na época pré-histórica.

Essas paixões avassaladoras, que te golpeiam em todas as áreas da sua vida, te fazem esquecer completamente de tudo. Você perde seu equilíbrio, sua noção de idiotice e, quando menos esperar, você vai estar olhando o mundo correndo fora da janela do ônibus como se nem sequer fizesse parte dele. Porque sua cabeça vai estar ocupada demais repassando flashbacks ou até mesmo criando cenas que nunca nem existiram, mas que você – no fundo do seu âmago – torce pra que aconteçam. A pessoa está em todos os lugares, em tudo. E só alguém completamente apaixonado vai conseguir ficar pensando nisso tudo do banco onde bate todo o sol matinal, com um sorriso na boca.

Tem que ter coragem pra se submeter a isso. E, por Deus, ainda bem que eu tenho.

Eu estou apaixonada por Édra Norr. Édra Norr talvez esteja apaixonada por mim. Ontem nos beijamos às escondidas antes de entrarmos na minha rua, pra que ninguém visse e comentasse – sim, Senhora Granson, eu estou falando de você –, gerando uma fofoca que só atrapalharia o que estamos tentando viver agora.

Eu beijei Édra Norr seis vezes. O primeiro beijo foi na pista de dança, o segundo e o terceiro também. O quarto foi na fila de bebidas. O quinto foi quando estávamos no banco traseiro do táxi, voltando pra casa. O sexto foi quando ela pediu pro táxi que parasse na entrada da rua e me encostou no poste velho da esquina, que tem uma lâmpada que pisca de uma forma extremamente irritante e o prefeito nunca quis trocar. O amor é tão idiota. Eu odiava tanto aquele poste que o chamava de "vaga-lume imóvel". E agora vaga-lume imóvel é o meu poste preferido nessa cidade. É o meu ponto do beijo. O meu grande gatilho pra essa memória. E tive que inventar que estava lembrando de uma piada de Polly quando passei na frente dele com mamãe e papai e eles perceberam que eu estava rindo histericamente (como qualquer pessoa apaixonada).

Seis beijos incríveis. Seis vezes trocando saliva com a boca de Édra Norr. Seis vezes com alguma parte do corpo dela dentro de alguma parte do meu corpo. Seis trocas. Mas sete é o meu número favorito.

E eu não vejo a hora do nosso sétimo beijo chegar.

Mas quem eu quero enganar aqui? Eu não vejo a hora do vigésimo primeiro, do trigésimo quarto e do centésimo nono. Porque eu quero absolutamente todos eles.

Atravessei o corredor sentindo uma energia completamente diferente sobre meu corpo. Parecia que estava todo mundo olhando pra mim, mas eu não me importei muito com isso. Apesar de parecer muito, muito mesmo, que estava todo mundo olhando na minha direção.

Se Édra Norr bebendo água no bebedouro perto dos armários é uma cena instigante, imagine só como eu estou me sentindo em saber que os últimos seis beijos daquela boca foram meus. Dava pra sentir cada gota que escapava e escorria pelo lábio dela até colidir com o alumínio do bebedouro. Dava pra sentir cada vez que o músculo da garganta dela mexia pra engolir a água. Dava pra sentir a força da mão dela pressionando o botão. Édra e seu hábito diário de instigar seres humanos em atividades completamente banais. Não acredito que eu tô apaixonada por isso e que isso tá apaixonada por mim de volta. Sim, eu disse "isso" porque Édra Norr não é mesmo uma coisa identificável. Principalmente bebendo água.

Estava prontíssima pro meu sétimo beijo, apesar de ainda sentir que todo mundo estava me encarando. Édra veio andando na minha direção e, apesar de olhar pra mim, parecia ter a cabeça em outro lugar.

– Você veio de farda? – perguntou ela, franzindo o cenho. Foi quando eu percebi que sim, eu era a única de farda no corredor inteiro. Todos estavam com roupas normais. Inclusive Édra, que usava o blusão preto que tinha me emprestado antes.

Eu tava tão no mundo da lua que não conseguia me lembrar exatamente o porquê de todo mundo estar usando roupas normais.

– Sim, eu meio... é que... – tentei formular uma frase, mas acho que minha expressão de "ei, tô completamente perdida" respondeu tudo por mim.

– Hoje é véspera de feriado, já, já vamos pegar o ônibus até o espaço do evento pra começar a montar as barracas e essas paradas – explicou Édra, parecendo impaciente. – Só que talvez eu não vá.

Certo, pode parar de tocar música romântica na minha cabeça agora.

– O que houve? – indaguei, sem conseguir fingir o meu descontentamento. (Cadê o meu sétimo beijo?)

– Preciso resolver um problema na diretoria. – Ela arfou, com o olhar distante.

– Que problema? – perguntei, tentando fingir inocência. É claro que, a essa altura, minha cabeça já tinha remontado um flashback perfeito da noite passada seguido de um flashback perfeito da minha mão assinando o nome de Édra Norr na lista das inscrições pro show de talentos no feriado.

Mas eu não podia simplesmente assumir a culpa. Eu não podia contar a verdade assim, sem mais nem menos. Tipo, "Ei, bom dia, fui eu que assinei o seu nome sem o seu consentimento e agora você corre o risco de perder o seu trabalho e os benefícios de saúde da sua avó, que coincidentemente é minha vizinha e ironicamente a minha segunda melhor amiga".

Eu só queria que as coisas pudessem se ajeitar antes de ter que contar. Talvez, quando tudo estiver resolvido, a gente possa só rir disso. E quem assinou ou não o nome de Édra não seja algo tão importante pra ela, uma vez que esse assunto esteja encerrado. E logo vai estar.

Ninguém pode obrigar alguém a participar de um show de talentos, não é?

– A minha nota final depende da apresentação. Tipo, da apresentação no show de talentos. Meu nome de alguma forma foi parar lá. E todos os alunos que assinaram vão receber uma espécie de nota baseada na participação – Édra começou a me explicar, encostando-se no armário ao lado, enquanto eu abria o meu pra guardar a minha mochila cheia de livros sem nenhuma utilidade. – Eu meio que tô isenta de fazer a prova final de literatura.

– E isso não é ótimo? – tentei disfarçar com um sorriso amarelo. – Quero dizer, seu poema do eucalipto foi... incrível. O meu ainda nem tá pronto, eu queria ganhar nota em alguma atividade extra. Minha média de literatura ainda tá péssima.

– Não, Íris, isso não é incrível. Porque eu não posso me apresentar na frente da cidade inteira – falou Édra, impaciente, olhando em volta. – Você sabe disso.

– Calma, eu só tô tentando ver um lado bom nas coisas. Tudo tem um lado bom – continuei insistindo em mudar o clima do assunto. Deus, eu estraguei tudo.

– Essa situação é uma exceção a essa regra. Se eu tiver que me apresentar pra passar de ano, acabou, mano. Todas as minhas paradas vão por água abaixo. – Vi Édra balançar a cabeça negativamente, encarando os próprios tênis.

Pelo menos ela tá aceitando a ideia de tudo sair do controle. Seria pior se ela estivesse surtando. Quer dizer... tudo isso já é bem ruim, mas me entende? Eu só quero ver um lado bom nessa confusão toda. Que, ironicamente, eu criei.

Mas eu estava bem enganada sobre Édra estar aceitando essa situação pacificamente.

– Se eu tiver mesmo que me apresentar, vou quebrar o nariz de Cadu Sena – disse ela, se desencostando abruptamente do armário quando o diretor, Sr. Álvaro, passou por nós, direcionando a ela um olhar que, na tradução que desenvolvi depois de anos como aluna nesse colégio, significava "me siga". E isso nunca era uma coisa boa.

Meu coração acelerou dentro do meu peito, numa mistura de culpa e preocupação. Eu estava diante de uma bola de neve que era do tamanho de uma bola de gude quando decidi empurrar montanha a baixo.

– Como assim, Édra?! Por quê? – perguntei para as costas dela, que agora seguia o Sr. Álvaro rumo à diretoria.

– Porque eu sei que foi ele – respondeu ela, sem olhar pra trás.

Minha cabeça estava pegando fogo e eu estava tentando me manter calma enquanto passava fita adesiva pra selar as últimas caixas com os enfeites das nossas barracas pro feriado. É claro que eu precisava fazer alguma coisa, não pra ocupar minha cabeça – quando estou com raiva eu gosto de me concentrar nisso até achar uma solução –, mas Lulu Matias não podia simplesmente me deixar em paz naquela manhã. E, assim como todo mundo, eu tinha uma tarefa a cumprir antes de pegarmos o ônibus até o espaço onde arrumaríamos as coisas.

Todo esse estresse, e essa é só a véspera da festa. Mesmo assim, é uma data importante. A véspera é a "abertura" do evento, que vai estar repleto de pessoas, não tantas quanto amanhã – porque nem todo mundo recebe folga hoje –, mas, de qualquer forma, vai ter clientela. E a gente não pode desperdiçar um centavo sequer dessas pessoas. Toda e qualquer moeda vale pra arcar com os custos da formatura.

Não que eu vá sobreviver até lá. Minha vida social, minha quase-vida--amorosa e, agora, a minha reputação (ainda duvido que tenho uma) estão todas prestes a serem enterradas juntas.

E, como sempre, a única culpada nisso tudo é... Bom, eu mesma.

– Íris? – Polly me puxou do mundo da lua e todo o som que eu ouvi depois foi aquele barulho rangente e esquisito que fitas isolantes fazem quando são esticadas de vez sobre um papelão. Última caixa selada com sucesso.

– Ei. – Eu me virei, não muito empolgada, preciso admitir.

– A gente pode conversar? Tipo, não agora, porque agora tá tudo uma loucura, mas é que, hum... – Polly gaguejava sempre que estava errada e queria se desculpar. Observei minha amiga fazendo isso com Sandra Rios várias vezes. – Eu só queria saber se a gente pode ter uma conversa mais tarde na festa, tipo, no nosso intervalo das vendas.

Não posso nem fingir que preciso checar minha agenda ou que sou uma pessoa superocupada nessas horas. Queria muito poder fazer isso. Queria que, quando as pessoas finalmente criassem vergonha na cara e viessem se desculpar comigo, eu fosse capaz de dar um gelo nelas. Só que a sensação que eu tenho é que mora um garotinho solitário, carente e otimista no meu coração. E ele fica lá, fazendo barquinhos de papel nas minhas correntes sanguíneas, esperando que as pessoas voltem. E, quando elas voltam, o mais perto de "indiferente" que eu consigo chegar é sorrir escondida. O garoto solitário, carente e otimista dentro de mim sempre me faz sorrir nessas situações. Acho que, pra ele, é como se um desses barquinhos de papel voltasse.

– Pode ser, sim. – Acenei com a cabeça pra Polly, que carregava uma caixa aberta cheia de bandeirolas emboladas.

– Tudo bem, te vejo mais tarde, então. – Ela sorriu amarelo, dando uns passos pra trás. Fez isso até ficar constrangedor pra nós duas e virou de costas.

E que ótimo que ela virou de costas, eu já não tava mais aguentando esconder o sorriso. Garotinho idiota.

Quase arranquei meu dedo fora esperando que Édra Norr entrasse logo no ônibus. Eu queria saber o que estava acontecendo, o que tinha acontecido e o que iria acontecer.

Todos os alunos foram "ordenados" a subir no ônibus. Me propus a guardar um lugar pra Édra, menti pra pelo menos três pessoas da minha classe, dizendo que aquele lugar era de uma garota que só tinha ido ao banheiro e já, já iria chegar.

O motorista tinha feito a contagem pela, sei lá, quarta vez. A professora e Lulu Matias também tinham dado uma espécie de "visto" em nós. Havia mais três ônibus além do nosso, abarrotados de alunos.

É claro que eu quis perguntar pra Lulu Matias onde Édra Norr estava e se ela ia chegar a tempo, mas Gênesis estava procurando um lugar pra sentar na mesma hora e creio em Cristo como ela iria sentar do meu lado, só pra ter o prazer gospel de me torrar a santa paciência.

Então só respirei fundo e me permiti silenciosamente destruir os meus dedos, com essa coceira infernal da "Íris com ansiedade". O motor do ônibus ligou, tudo começou a chacoalhar e, quando minhas esperanças já estavam zeradas, Édra Norr apareceu.

Ela sorriu com os lábios selados quando me viu. O olhar castanho-escuro parecia aliviado ao me ver. Às vezes, Édra me atingia em cheio como se fosse um filhotinho perdido de algum bicho, desses em que você esbarra na rua e quer muito colocar numa caixa de sapatos e tomar conta. O olhar de Édra, e todo o rosto, era expressivo demais. Então, pondo em prática minhas observações, somei as sobrancelhas arqueadas com o sorriso selado e o resultado foi positivo. Parecia estar tudo bem.

– Achei que você não fosse aparecer mais. – Eu sorri de volta, aliviada, quando ela se jogou na poltrona ao meu lado. Estávamos em um ônibus chique de viagem, como manda o protocolo escolar, mesmo considerando que não demoraríamos nem quinze minutos pra chegar até o espaço da festa. – Tá tudo bem? – perguntei, pra ter certeza.

Édra estava com o olhar baixo. Ela alcançou a minha mão, caída sobre a minha coxa, e a segurou de um jeito muito sutil. Senti os dedos dela acariciarem os meus.

– Tá tudo bem, sim – disse ela, pacificamente, antes de arruinar tudo suspendendo a cabeça com um semblante sério. – Eu só quero quebrar o nariz de Cadu Sena.

E o ônibus deu a partida.

– Todo mundo em algum momento quer quebrar o nariz de alguém, isso é normal. Não significa que você deva. – Apertei a mão dela, franzindo o cenho. – Deu muito errado lá com o diretor Álvaro?

– Ou eu apresento, ou eu repito a matéria. – Ela sorriu, sarcástica, como quem quer puxar meia dúzia de palavrões da garganta, mas só zomba da própria situação. Aproximei, na minha visão, a imagem lateral do seu dente canino de vampiro. – Quanto mais eu repito isso em voz alta, mais certeza eu tenho de que vou quebrar o nariz de Cadu Sena.

– Você não vai fazer isso. – Apertei a mão dela com mais força.

– Vou fazer, sim.

– Não, você não vai. Deve ter alguma outra forma, algum outro jeito.

– Não tem, Íris. Pare de tentar ver "o lado bom nisso" – afirmou, com um tom completamente irônico –, porque não tem um lado bom. Não tem jeito. Eu vou ferrar com tudo. É muito maior do que eu, é a classe inteira, são os alunos, as pessoas que confiaram em mim... E é a minha avó.

– Você não precisa procurar uma briga por causa disso.

– E você não precisa se meter. – Ela soltou a minha mão, sem me encarar.

– E você não precisa ser grossa – rebati, me encolhendo ainda mais na minha poltrona. Me virei pra janela do meu lado. Mas ainda queria que ela viesse atrás de mim, só estava tentando repreendê-la pelo corte gratuito (mesmo sem estar exatamente na posição de quem pode reclamar de alguma coisa).

Quando a mão de Édra alcançou a minha coxa, eu quis morrer.

– Desculpa, eu só tô muito estressada com tudo, não é culpa sua – disse ela, alisando minha perna por cima do uniforme. – Eu não tenho que descontar em você. Eu sou muito na minha, Íris, mas todo mundo tem limite. E Cadu Sena...

– Você vai mesmo procurar uma briga por isso? – perguntei absurdamente enraivada, quase que perdendo toda a minha postura quando nossos olhos se chocaram, mas continuei firme. Porque, dessa vez, parecia pessoal.

Senti como se toda a vontade de Édra de quebrar o nariz de Cadu fosse a vontade de quebrar o meu nariz. Talvez porque seja culpa minha, e ouvir ela me consolar faz eu me sentir três vezes mais culpada. Mas também porque violência não leva a nada. Brigas não levam a nada. E eu me recuso a acreditar que mereço um nariz quebrado ou qualquer coisa por causa disso.

– Se fosse eu – continuei –, se fosse comigo, tipo, você quebraria o meu nariz?

– É claro que não. – A mão dela apertou a minha coxa em reflexo. – É diferente.

– Qual é a diferença? – Senti os meus olhos arregalarem, enquanto, por dentro, eu tentava conter todo o meu nervosismo.

Um lado meu, o covarde, queria continuar escondido e deixar que ela fizesse qualquer coisa. Esse mesmo lado estava mais preocupado em ser "o mocinho" da história e ganhar um sétimo beijo. Mas o outro lado, o eu não sei, estava muito enfurecido com a possibilidade de levar um soco de Édra Norr no nariz. Não fazia sentido no meu cérebro ela querer fazer isso com o culpado. Principalmente porque o culpado, no caso, era eu.

Ela só não sabia ainda.

– A diferença é que – Édra parecia procurar uma resposta que ela não tinha. – A diferença é que... – O olhar perdido continuava fixado no meu rosto, combinado com a mão que não saía de cima da minha coxa. – A diferença é que você não faria isso, então não tem nem por que discutir essa hipótese. Você nunca me colocaria numa situação dessas, pra ser desmascarada diante de todo mundo e passar por essa humilhação. Você não me faria perder os benefícios que eu repasso pra minha avó. Você não iria me forçar a "perder uma virgindade" que eu não quero, a de cantar em público. Você sabe de tudo sobre o projeto, sobre as crianças, sobre a minha avó, sobre mim... E eu gosto de você.

O meu lado covarde soltou fogos de artifício; o meu lado eu não sei se sentiu o Judas da história, um traidor, uma farsa, um lixo.

Nossos olhos se arregalaram juntos, de formas diferentes. Ela parecia estar assustada com o que tinha acabado de dizer. Eu, por outro lado, estava com medo. Eu só queria congelar aquele momento, antes que perdesse aquilo tudo.

É muito estranho olhar no fundo do olho de uma pessoa que você já beijou e não poder fazer nada.

O ônibus parou e o freio nos sacudiu um pouco, cortando completamente nosso clima. Aquele era o clima do beijo. O meu sétimo beijo que faltava. Em todos os beijos eu e Édra fizemos esse pequeno ritual de concordar em silêncio que aquele momento era propício e simplesmente nos encaramos até que acontecesse do nada. E a gente só se dava conta quando já estava uma na boca da outra.

A sede de vingança dela, pelo visto, falou mais alto. Porque assim que Édra percebeu que o ônibus tinha parado, ela se apressou pra levantar da poltrona.

– Você vai mesmo fazer o que eu tô pensando que você vai fazer, Édra? – perguntei, quase que sem voz pra perguntar.

– Só fique fora disso – pediu, sem nem me olhar. Seus olhos escuros estavam concentrados em uma forma de furar a fila de alunos que se formava. Todos estavam numa agonia festeira pra descer do ônibus e ter a primeira visão do espaço da festa. O que é bem idiota, já que todo ano é no mesmo lugar.

Levantei atrás dela e furei a fila assim que ela se encaixou entre duas alunas da nossa sala, que eu não lembro exatamente quem são, mas sei que já me pediram coisas emprestadas e nunca devolveram.

Saímos do ônibus numa fila esquisita com múltiplos cheiros de colônias de diferentes perfumes, sprays de cabelo, suor e pele.

Apressei meus passos. Édra me olhou impaciente quando percebeu que eu a seguia. O espaço era gigantesco. Bandeirolas no ar, palcos ainda sendo instalados, barulhos de metais colidindo e de pessoas trabalhando. Tinha cheiro de chuva chegando. O ar era frio, denso e úmido.

Minha memória arquivou cada detalhe daquela manhã, porque, a partir dela, tudo daria completamente errado.

Avistei os meninos do time de futebol reunidos perto de uma pilha de barras de ferro e madeira, que logo mais virariam uma nova barraca. O ônibus deles chegou antes do nosso, e Cadu Sena já estava lá, risonho, vestido com a jaqueta do time de futebol, apesar de usar roupas comuns por baixo, como todo mundo ali (exceto eu). Eu vi o punho de Édra Norr se fechar cada vez mais enquanto ela se aproximava a passos largos, tentando ignorar minha presença flutuando feito um satélite atrás dela.

– Você pode parar? – perguntou ela, sem parar de andar. – Já disse que eu não quero que você se envolva nisso. Não é sobre você, Íris.

– E eu não quero que você estrague ainda mais a situação procurando uma briga com Cadu Sena, Édra. Brigar não vai te levar a nada – eu disse, alcançando o braço dela. – Poxa, você sabe disso.

Consegui fazê-la parar. Édra se voltou para mim com um olhar furioso. Eu a encarei do mesmo jeito, com um toque extra de decepção. Eu estava extremamente chateada. Sabia que, se ela desse mesmo um soco em Cadu Sena, eu iria sentir em todo o meu sistema nervoso. E tô falando de algo muito além de dor física. Muito além do sistema nervoso corporal. Quero dizer, o meu sistema nervoso sentimental também seria abalado. Eu iria sentir dor em cada sentimento, em cada memória, em cada retrato que meu cérebro fez dela. Eu iria sentir dor em todas as sensações que ela me causou, em todas as expectativas que criei, em todos os pensamentos e as opiniões que tenho sobre ela. Iria doer em mim por inteiro. E iria doer mais ainda no sistema nervoso dos meus sentimentos por ela. Porque se ela acha que o culpado por isso, independente das razões, merece um soco, ela automaticamente acha que eu mereço um também. Ela só não sabe que fui eu. Mas e se? E se eu não significasse nada pra Édra Norr agora, eu iria merecer um soco também? O problema não é nem necessariamente o soco em si. Mas a intenção de machucar. Édra Norr me machucaria por causa de um erro? O que isso significaria, se a resposta fosse sim? Quem gosta de alguém e machuca essa pessoa de propósito? Quem gosta de alguém e destila um soco?

No momento, a ira de Édra não é contra mim. Mas poderia ser. Poderia ser e, no fundo, é. Porque é tudo culpa minha. E não saber se Édra Norr me machucaria ou não naquele exato momento já era um soco.

Eu precisava saber, mesmo que aquilo estragasse tudo.

– Você não tem nada a ver com isso, nem com a minha forma de querer resolver as paradas – disse Édra, seca, impaciente e tentando se desvencilhar da minha mão, que segurava o braço dela.

– Desde quando um soco vai resolver as coisas? Pra que você precisa causar uma briga pra se sentir melhor sobre isso? – insisti e o meu sistema nervoso sentimental meio que se conectou ao meu sistema nervoso físico. Sei pelo bolo que foi se formando na minha garganta.

– Você... não tem nada... a ver com isso. – Ela se soltou do meu braço na última palavra. – Eu vou resolver.

– Então, resolva – falei para as costas de Édra Norr, mas ela continuou andando. – Volte aqui e resolva!

Nesse momento, Édra Norr parou de andar. O meu grito alertou Cadu Sena e os amigos palermas do time e as garotas que abriam as caixas e Lulu Matias, com sua prancheta contando os estudantes, e até uns rapazes que soldavam um carrossel.

Eu estava respirando ofegante aquele ar frio e úmido. O tempo ia, cada vez mais, ficando denso. Difícil de respirar.

Édra Norr se virou para mim com uma cara analítica, confusa. Como se já soubesse de tudo, mas aquilo não fizesse sentido. Ela foi se aproximando cautelosamente, balançando a cabeça negativamente a cada passo.

– Do que você tá falando, Íris? – perguntou, inclinando um pouco a cabeça para o lado, com os olhos apertados, atravessando os meus.

Meu coração estava batendo na minha garganta.

– Se você quer dar um soco em alguém, dê em mim. Se você acha que machucar alguém resolve os seus problemas, eu sou o seu alvo – minha voz saía falhada e trêmula. – Porque fui eu, Édra.

– Não, não, não! – Ela colocou as mãos sobre a testa. – Não tem como ter sido você, cara. Você sabia de tudo. Eu te contei tudo.

– Fui eu, Édra – repeti, tentando piscar os olhos o mínimo possível. As lágrimas estavam se acumulando e eu não podia simplesmente chorar bem ali.

– Não foi você – Édra não parecia falar comigo. Na verdade, analisando bem a reação dela, parecia mais que ela estava tentando se autoconvencer daquilo. – Não tem como ter sido você, você não faria isso. Não foi você.

– O que você vai fazer sobre isso? Você vai me machucar, como você queria fazer com Cadu Sena? Sua raiva inteira também se aplica a mim? Você quer "resolver" isso de que forma, Édra?

– Você mentiu pra mim! – gritou ela, chamando ainda mais a atenção das pessoas. – Eu passei a manhã inteira desesperada com isso e você mentiu pra mim. Você mentiu pra mim segundos antes de beijar minha boca, você disse que não fazia ideia de nada disso. Você mentiu olhando no meu olho. E você continuou mentindo, mesmo vendo o meu desespero, mano.

– Eu menti porque foi mais fácil fazer isso do que me tornar algo que você machucaria por raiva! – Tentei me aproximar dela, mas ela recuou com uma cara de desprezo, como se eu fosse contagiosa. – Eu tive medo da sua reação. Eu tive medo de estragar tudo.

– Você não precisaria ter "medo de nenhuma reação" se você não tivesse feito merda. Você mentiu pra não lidar com a consequência do seu erro, Íris. Não queira, nessa altura do campeonato, empurrar isso pra mim.

– Certo, eu fiz merda. Eu agi sem pensar. Mas você não pode me resumir a isso, Édra. Olha quanta coisa a gente viveu nesses últimos dias. – Tentei alcançar o braço dela.

– E você estava escondendo essa mentira de mim esse tempo inteiro. – Édra deu de ombros, com uma cara completamente apática.

– Achei que ainda pudesse consertar, achei que dava tempo. – Respirei fundo, tentando me controlar. Mas a minha mão estava tão trêmula quanto a minha voz.

Eu sei que todo mundo que estava por perto conseguia ouvir nitidamente tudo o que eu estava dizendo. Enquanto as pessoas aos arredores só observavam e tentavam entender o que estava acontecendo ali. Entre mim e Édra Norr.

– Eu errei, Édra. Mas percebi isso e não queria estragar tudo por causa de algo que eu já tava arrependida de ter feito. Eu não queria ter que contar e transformar isso em um problema real. Eu não queria nem dizer isso em voz alta, porque eu sabia que, no momento que dissesse, eu iria me tornar uma pessoa que talvez não fosse boa o suficiente pra você. E, mesmo errando, eu queria ser boa o suficiente pra você. Pra você me enxergar no meio de todo mundo. – Não pisque o olho, Íris Pêssego, não pisque. – E quando vi que você machucaria alguém por causa disso, eu não queria ser esse alguém.

– Mas você pôde me machucar, né? – indagou ela, cínica, inclinando a cabeça. Édra me olhava com uma frieza que eu nunca tinha visto antes no castanho de seus olhos.

– Édra, eu... – tentei procurar as palavras exatas. Mas fui percebendo que era tarde demais. Pras minhas palavras, pra aquela situação toda e pra minha tentativa de não chorar. Meu rosto foi esquentando, eu sabia que era questão de segundos até que as lágrimas rolassem espontaneamente.

– Não tem "Édra", Íris. Parabéns, sério. – Édra bateu palmas pra mim. – Você conseguiu estragar tudo.

– Você que tá decidindo resumir as coisas a um erro. Você que tá decidindo estragar tudo – insisti, sentindo as gotas escorrerem pelas minhas bochechas, deslizando pra baixo do meu queixo, onde se acumulavam.

– Você decidiu isso muito antes de mim.

A verdade é que ninguém decide essas coisas sozinho. O amor se estraga por uma série de decisões estúpidas. Nossas, dos outros, do universo e de tudo que nos orbita e conspira contra e a nosso favor. Você pode decidir lutar contra tudo e todos, você pode proteger o amor de toda essa série de decisões boas e ruins, pra que ele não se afete muito com nada disso. E se ele se afetar, você pode decidir recomeçar. Você pode decidir pelo amor. Escolher o amor. Imperfeito, defeituoso, humano, porque nada vai ser impecável. Nada é perfeito, nós não somos. O amor provém de nós mesmos, e nós erramos demais. Nós somos feitos de decisões erradas. E, mesmo assim, é possível aprender e melhorar. Você pode decidir pelo amor. Você pode escolher o amor. Em todas as hipóteses e oportunidades. Ou você pode decidir deixar tudo pra lá.

E, bom, vendo as mãos enfiadas no bolso da calça de moletom e uma cara completamente indiferente, de quem nem conseguia me encarar direito, eu tinha presumido a decisão de Édra Norr.

E se ela não decidiu pelo amor, se ela não me escolheu, talvez eu não seja mesmo pra ela. Talvez não estejamos predestinadas a viver isso.

Você pode decidir pelo amor. Escolher o amor. Mas não dá pra fazer isso por duas pessoas. É pesado demais. O único amor que a gente pode carregar sozinha por pura responsabilidade nossa é o amor-próprio. E esse precisa ficar quando todo mundo se for.

Édra me via exclusivamente como o meu erro. Ela me resumiu a isso como se eu não tivesse mais nada de bom pra oferecer. Como se não houvesse coisas boas em mim, além disso. Como se eu não merecesse um perdão, uma conversa, um acerto. Ela me sentenciou ao meu erro. Ela esqueceu de quando ajudei com as crianças, quando escolhemos os livros do trabalho de literatura juntas, quando voltamos pra casa de bicicleta rindo à toa, quando empurrei a cadeira de rodas dela e a defendi, quando seguramos as mãos no hospital, quando esperamos juntas por Dona Símia, quando eu tirei a virgindade de pizza dela, quando circulamos pela cidade de noite e parecia que só existíamos nós duas e aqueles quarteirões eram um pequeno planeta particular. Ela esqueceu o meu sorriso no meio disso, o barulho da minha risada, o meu abraço, a minha dificuldade pra decidir o sabor do milk-shake, o meu "lado Júlia". Ela esqueceu o meu beijo e a forma como a gente se olha e faz parecer que tudo ao nosso redor tá em câmera lenta. E ela pegou todas essas coisas e colocou o meu erro acima de todas elas.

Eu estou errada. Errei, mesmo. Mas eu devo me contentar com isso? Não posso melhorar? Não posso me redimir? Eu posso. E Édra não consegue enxergar isso agora porque ela está magoada demais, e sinto isso naqueles abismos castanhos dela.

Um soco no meu nariz doeria menos do que tudo isso.

– E agora, o que você vai fazer? Me dar um soco e nunca mais falar comigo? – perguntei, frustrada. Eu queria que ela, pelo menos, surtasse. Porque a falta de expressão de Édra estava me matando.

– Não, Íris. Eu não vou "te dar um soco". Não vou encostar um dedo em você, nem nada. E eu tô falando sobre *tudo* aqui. Eu não quero *nada* disso mais. – Ela ergueu os braços e as sobrancelhas ao mesmo tempo, deixando-os cair abruptamente enquanto dava passos pra trás. – Eu tô fora.

– Então é isso, o meu erro vale mais do que os meus acertos pra você? Você não vai nem me dar a chance de mostrar que eu me arrependi de ter feito isso?

– Você acabou de errar, Íris. Você precisa enfrentar as consequências disso.

– Então você vai me punir por isso? Você vai se afastar de mim pra me machucar?

– Eu não vou fazer nada, Íris, eu só tô fora. Tudo volta à programação normal – disse ela, virando de costas. – Eu nem existia no seu mundo antes, lembra? É só você voltar a fingir que eu não existo.

– Então vai ser assim?! – perguntei, tentando não me deixar seduzir pela nuca ou por seus passos desconcertados.

Toda a minha tristeza foi se convertendo em puro ódio. Édra Norr estava me chutando da vida dela por causa de uma porcaria de um erro. Me. Chutando.

Ela não me respondeu mais nada. Evitou contato visual comigo em todas as vezes que nos esbarramos na montagem das barracas. Eu estava bem do lado da tesoura e ela pediu pra Evelyn Barros entregar pra ela. Eu estava bem do lado da droga da tesoura. Ela parecia ter seis anos. Em todas as oportunidades que tivemos de ficar completamente sozinhas fazendo a mesma atividade, ela simplesmente se oferecia para ajudar alguém em algo três vezes mais difícil que, sei lá, cortar confetes, por exemplo. Ela simplesmente preferiu carregar as madeiras da barraca com os garotos do que ficar perto de mim cortando a porcaria dos confetes. Aquilo foi crescendo dentro de mim como um incêndio florestal. Eu estava acostumada a ser invisível e rejeitada, mas estava me sentindo injustiçada demais.

Certo, eu estraguei a vida de Édra Norr. E isso vai afetar diretamente Dona Símia. E ela confiou esse segredo a mim, e eu simplesmente a coloquei numa situação em que ela mesma vai ter que se expor sem nenhuma escolha. É péssimo? É péssimo. Mas podíamos resolver tudo. Podia ter uma forma de me perdoar. Ela nem sequer me deu a chance de consertar as coisas. É tão injusto sentenciar alguém a um erro e nem dar a essa pessoa uma chance de se redimir. Podíamos ter um sétimo beijo... E um vigésimo sétimo e um quinquagésimo terceiro.

Passei uma hora e quarenta e sete minutos sem Édra Norr e já estava surtando.

Ela estava mesmo fingindo que eu não existia ali. Eu tinha voltado a ser a Íris invisível, mesmo quando o meu armário é perto do local onde ficam várias pessoas populares. Mesmo estando de pé no meio do espaço da festa do feriado, consideravelmente longe do meu armário.

Mas eu ainda tinha um pingo de esperança, e ainda estava me agarrando a esse fio prestes a ruir. Nossa briga não fez nenhum sentido na minha cabeça. Eu não podia acreditar que tinha sido tão fácil para ela "terminar" comigo antes mesmo de começarmos algo. Eu precisava fazer alguma coisa. Eu precisava agir.

Segui Édra Norr pelo estacionamento do colégio. Tínhamos ajeitado todos os preparativos para a noite: barracas de comida, bebida, jogos. Cabines de foto, loja de brindes, serviços de pintura em crianças e adultos, maquiagem e um ponto de arrecadação de brinquedos, alimentos e dinheiro. Estava tudo impecável e todo mundo tinha se empenhado muito pra deixar todas as coisas em seu devido lugar. Nós tínhamos tudo pra conseguir o dinheiro que faltava pra arcar com a formatura nesses dois dias de festa em São Patrique. Édra, além de não falar comigo ou me olhar desde a nossa discussão, também trocou de assento no ônibus com Lucas Castillo pra, obviamente, não ter que sentar do meu lado.

E guiada pelos meus instintos de "preciso resolver tudo", eu decidi (escolhendo o amor) segui-la no estacionamento do colégio. Eu tinha ensaiado todo o meu pedido de desculpas, e tinha mandado uma mensagem pra Orégano's só perguntando das promoções de pizza do dia. Tinha tudo pra dar certo. Ela estava de cabeça quente. E achei que um pedido de desculpas sincero e um convite pra comer outra pizza – antes de irmos trabalhar na véspera do feriado – fosse o plano perfeito.

Mas eu sou Íris Pêssego. E vejo novelas demais. É claro que romantizei uma cena e criei uma expectativa gigantesca que se desenvolveu dentro da minha cabeça feito uma bola de neve.

Édra Norr e Camila Dourado estavam conversando. Camila estava encostada no carro de alguém enquanto mascava um chiclete. Sua cara parecia falsa, como sempre, e preocupada. Eu não sabia qual era a expressão no rosto de Édra Norr. Ela estava de costas pra mim e brincava com a alça da mochila.

Do outro lado do estacionamento, Priscila Pólvora e Tatiele observavam tudo enquanto fofocavam e riam.

Eu senti ódio. E era mesmo como um incêndio florestal. Estava completamente tomada por aquilo. Então era isso. Era isso que "voltar à programação normal" significava. Correr pra Camila Dourado em menos de 24 horas. O meu erro era uma sentença, mas todos os erros de Camila eram o quê? Nada?

Ela era a santa? A "menos pior"? E eu era a Íris Pêssego, vilã, mentirosa, hipócrita e de meias?

Édra inclinou um pouco o rosto e eu pude vê-la sorrindo. Camila Dourado, ainda encostada no carro, também gargalhava de boca aberta sem – infelizmente – se engasgar com aquele chiclete.

Me senti uma intrusa numa festa para a qual eu não tinha sido convidada.

É, é oficial.

Eu odeio Édra Norr.

E tive ainda mais certeza quando o meu ônibus passou na frente do vaga-lume imóvel, pouco antes de parar pra que eu saltasse. Justamente quando eu tinha acabado de digitar um "Desculpa" na mensagem para Cadu Sena e estava me segurando pra enviar. Eu não sabia se ele iria aceitar, eu não sabia nem o que eu estava fazendo. Mas se as coisas iam mesmo "voltar à programação normal", eu meio que me senti na obrigação de fazer algo sobre Cadu e a nossa situação esquisita, estranha e mal resolvida.

Minha mente, pouco sabotadora, me fez lembrar de tudo. De sua boca na minha, das nossas barrigas se encostando, da minha respiração ofegante, da mão direita dela me apertando pela cintura enquanto a mão esquerda se apoiava no poste. O pisca-pisca da lâmpada quebrada, o cheiro (cheio de cheiros) de Édra Norr, o vento nas minhas pernas, que, sem nenhum sucesso, tentava apagar o meu fogo, e o meu coração desgovernadamente satisfeito no peito.

Foi o sexto beijo, e o último.

Desculpa ✓✓

Enviado 13:16

– Poste idiota – resmunguei quando passei por ele.

Como se não bastasse absolutamente tudo o que tinha acontecido, começou a chover. Bem na minha cabeça. Era inacreditável. Então voltei os passos que tinha dado e, pouco antes de me arrepender amargamente, chutei o vaga-lume imóvel com toda a minha força.

20.

Naquele exato momento, eu tinha acabado de fazer *a maior* descoberta da história da minha vida. E como tudo foi feito impulsivamente em nome da ciência, deixe-me corrigir: a maior descoberta *científica* da minha vida.

Cadu Sena, o zagueiro do time de futebol do Colégio São Patrique e também o menino mais popular e desejado de toda a escola, que derrete corações de garotas (e as deixa com outras coisas mais íntimas igualmente derretidas), é, na verdade, *bissexual. Cadu Sena. O* Cadu Sena também beija *garotos*. Cadu Sena... *E garotos*. Ai, meu Deus! Descobri não só isso, como também que o pivô do término dele com Camila Dourado foi a pessoa de quem eu menos suspeitaria em *todo* esse tempo.

Mas calma, essa foi *a segunda* maior descoberta da minha vida. Porque foi esse cara, Cadu Sena, zagueiro do time de futebol do Colégio São Patrique e, bom, *bissexual* (isso mesmo, que também beija garotos) que me fez chegar até o ponto crucial: *a primeira* e a *maior* descoberta (*científica*) da minha vida.

– E então? – Cadu Sena se virou ao meu lado, e com a minha visão periférica pude notar o seu olhar um tanto presunçoso. Eu podia sentir cada pequena partícula de poeira daquele tapete horroroso grudando nas minhas costas. Minhas unhas estavam cravejadas no lençol como se eu dependesse daquilo pra continuar existindo (e, bom, nessa altura do campeonato talvez eu dependesse mesmo), minha boca ainda tinha gosto de Bahocos e malditas balas de menta, e o ventilador de teto parecia rir muito alto da minha cara. Eu podia jurar que todo aquele rangido eram risadas escandalosas dele. Talvez o ventilador de teto do quarto de Cadu Sena tenha descoberto muito antes de mim.

A *primeira* maior descoberta da história da minha vida. Desvendada num quarto cafona de um zagueiro de time de futebol, por quem fui completamente apaixonada por três anos da minha vida. E que é secretamente bissexual e secretamente apaixonado pela última pessoa de São Patrique que eu poderia imaginar. Em cima de um tapete ridículo comprado numa viagem estúpida para o Egito. Eu podia sentir a minha barriga gelada e o vômito querendo escalar pela minha garganta. Meu coração acelerado, a quase incontrolável vontade de gargalhar combinada com a vontade de chorar e gritar histericamente. Não sei como classificar a soma de todas essas sensações, mas elas estavam misturadas no meu corpo, lutando para ver qual entre elas assumiria todo o controle da minha coordenação motora.

O que, exatamente, deve sentir uma pessoa que acabou de fazer uma grande descoberta científica? Pavor? Medo? Pânico? Orgulho? Felicidade? Surpresa? Vaidade? Vontade de gargalhar? Tristeza? Emoção? Ânsia de vômito?

– Ír...

Cadu Sena começou a dizer, deitado ao meu lado, mas eu o interrompi, obviamente.

– Ai, meu Deus. – Meus olhos se arregalaram para o ventilador. Eu sabia, o ventilador sabia, nós dois sabíamos. Eu do chão do quarto. Ele do teto. – Eu sou lésbica – eu disse para todo o resto da decoração cafona daquele quarto, para Cadu Sena deitado ao meu lado e para mim mesma, pela primeira vez, em voz alta.

– Eu sou *lésbica* – repeti, me virando para Cadu Sena, que me encarava como veio ao mundo, e *completamente* apavorado.

E depois disso, é claro, gritei... *Histericamente.*

3 HORAS ANTES DA GRANDE DESCOBERTA CIENTÍFICA – SÃO PATRIQUE, VÉSPERA DE FERIADO 23:50

– Você precisa relaxar mais, sabe? – disse Cadu Sena, abrindo uma garrafa de Bahocos que ele tinha claramente roubado da minha tenda. Minha *preciosa* tenda. A tenda onde eu deveria estar trabalhando, arrancando dinheiro dos turistas pra custear a formatura. Mas eu estava sentada no chão do quarto de Cadu Sena. Usando a jaqueta dele. Encarando, perturbadoramente, uma boneca Sally vestida de líder de torcida. Que diabos uma boneca Sally líder de torcida (que, no auge dos meus 9 anos, eu não recebi de presente de aniversário. Obrigada, pais) estava fazendo no meio das coisas de Cadu Sena? Escondida atrás de um troféu de futebol, como se eu não fosse reconhecer aquelas pernas com meias três-quartos e aquela mãozinha bronzeada segurando um minúsculo pompom azul. E, por Deus, eu nem deveria estar pensando nisso agora. Já que eu tinha acabado de arruinar toda a minha vida amorosa e, agora, depois de ter abandonado a tenda, também a minha vida acadêmica.

Tanto faz agora, tem uma boneca Sally escondida atrás do troféu de futebol de Cadu Sena. E eu também estou escondida no quarto dele. *Literalmente*. Entramos pela janela para não acordar seja lá quem dorme aqui, Cadu não contou detalhes. Só me fez escalar um andar e arranhar o meu joelho.

– Elas se beijaram – disse ele, enfadonho, depois de um longo gole de Bahocos. – E daí?

– Você deveria ir devagar com Bahocos. – Olhei de relance para ele, encostado na mesa de seu computador, que parecia ter saído dos anos 2000 de tão ultrapassado. Na verdade, olhando assim, tudo no quarto de Cadu Sena é ultrapassado. As cores das coisas são todas meio mortas, não combinam e é tudo meio brega, como se uma socialite falida daqueles realities do canal fechado tivesse decorado todo o espaço. – Sério. – Percebi que ele continuava virando os goles. – Experiência própria.

– Você deveria parar de gostar de quem não gosta de você. Sério – disse ele de forma debochada, erguendo as sobrancelhas. – Experiência própria.

– O que você acha que sabe sobre rejeição? Você é, tipo – fiz uma pausa dramática pra que ele mesmo caísse em si –, *Cadu Sena*. Todo mundo quer ou já quis você em algum momento de sua existência. Até a minha mãe te acha um gato. – Bahocos, eles nos fazem ter uma boca muito aberta. – *Deus, nunca conte isso a ninguém.*

– Você não sabe *nada* sobre mim, Pêssego.

– Eu sei praticamente tudo sobre você. – Espremi os meus olhos pra ele. – *"Sena"*.

Cadu arrastou a cadeira de rodinhas que estava enfiada no espaço vazio de sua mesa de computador. As rodinhas arranharam o piso de madeira (também brega) e o som durou até que a cadeira estivesse em cima do tapete enorme, que cobria quase todo o chão do quarto. Um tapete esquisito, com desenhos esquisitos e que pouco importava, já que eu estava sentada nele e já que, não vamos esquecer, inacreditavelmente tinha uma boneca Sally líder de torcida escondida atrás de um troféu de futebol.

– De onde você acha que veio esse tapete? – perguntou ele depois de mais um gole de Bahocos, se inclinando sobre as próprias pernas superabertas pra me encarar sentada bem em cima do objeto da pergunta: o tapete brega.

– Eu sei lá.

– Do Egito. Foi a melhor viagem da minha vida. Você sabia que eu sou apaixonado pelo Egito? – Antes que eu pudesse dizer que não, Cadu Sena me lançou um olhar assertivo, como quem já estava esperando ver confusão total nas minhas expressões faciais. – Você sabia que meu primeiro beijo foi com Gina Morson?

– Gina Morson? – Minha boca virou um "O" perfeito. – Mas todo mundo tem medo daquela garota, ela dissecava os sapos dando risada.

– E ela beija muito bem. Você sabia que tudo nesse quarto foi escolhido por mim? Eu comprei cada coisa dessas, a maioria de antiquários.

Coisas sobre Cadu Sena: foi pro Egito e trouxe um tapete, beijou Gina "Psicopata" Morson, tem um gosto extremamente cafona para decoração e uma boneca Sally líder de torcida escondida atrás de um troféu de futebol. Estou encarando os sapatinhos dela bem agora.

– Você sabia que já fui entregador de pizza? E que já trabalhei entregando alguns livros do Leoni's em domicílio, no caso, para idosos e colecionadores que sempre queriam experimentar os novos lançamentos, mas não tinham tempo para ir à livraria? Tudo *eu*, de carro, pra juntar grana sabe pra quê?

– *Caraca* – eu realmente estava impressionada com essa parte. – Pra quê?

– Pra abrir a minha própria loja de velharias e livros usados. Eu gosto de coisas antigas.

– Percebi pelo seu quarto.

– Isso aqui tá pouco pra mim ainda. – Ele encarou, orgulhoso, as paredes e os móveis. – Ainda pretendo encher isso aqui com muito mais coisas velhas.

– *Pelo amor de Deus, não faça isso* – eu disse, no ápice da minha sinceridade. Você sabe, Bahocos. Eu tinha tomado um tanto quanto demais. O efeito "boca aberta" ainda estava a todo vapor, controlando a minha língua.

– Quê? – Cadu me olhou, franzindo todo o rosto.

– Nada, me dá isso aqui. – Tomei a garrafa da mão dele. – Continue falando qualquer coisa. Esse é *o pior feriado* de todos os tempos, você pelo menos tem umas histórias legais.

– Eu disse, você não sabe nada sobre mim, Pêssego.

– E nem tinha como saber de toda essa parte. – Dei um gole na garrafa de Bahocos. Desceu quente, ardiloso e parecia que tinha ido parar diretamente nas minhas coxas. Acho que elas estavam armazenando todos os litros de Bahocos que eu tinha consumido naquela noite.

– Tem coisas que só dá pra descobrir descobrindo. Sabe? Tipo, você mesma indo atrás e desvendando, juntando as peças, como um jogo ou uma pesquisa no laboratório de ciências. – O olhar de Cadu Sena estava na minha boca. Acho que ele percebeu e se consertou na cadeira. E eu percebi que estava com a garrafa esticando meu lábio inferior pra baixo, sem nenhuma razão plausível para fazer isso. Eu não estava tentando ser *sexy*, apesar de Bahocos ser uma bebida popularmente afrodisíaca.

– Gostava disso em Gina, eu perguntei a razão dela rir tanto dissecando os sapos.

– Foi?

– Foi.

– E aí? – Minhas sobrancelhas se juntaram na minha testa, esperando pela quebra do suspense e pelo *delivery* do restante da história. Ainda que meu cérebro estivesse rebobinando (contra a minha vontade) Cadu Sena olhando para a minha boca.

– E aí que ela levava a sério essa coisa de pesquisas de laboratório, e ela achava incrível descobrir as coisas, remexer, ver que aquilo pertencia àquilo e aquilo estava preso naquilo. Sabe? Ela amava descobrir as coisas *descobrindo*. Vendo a sensação por ela mesma. Tirando suas conclusões. E, sei lá, abrindo seus próprios sapos.

– Meu Deus, nem parece que estamos falando da mesma Gina Morson.

– Pois é. Aí viramos amigos, apesar de ninguém saber. Eu não queria ser visto com Gina, e ela também não queria ser vista comigo. Disse que as garotas implicariam com ela mais ainda. Eu também não queria que os garotos implicassem comigo. Idiotice do sétimo ano. Mas aí... – Cadu respirou fundo, se inclinando para trás nas costas da cadeira de rodinhas. Deslizou um pouco, centímetros. – Falamos sobre beijo na boca e, acredite, Gina Morson tinha beijado na boca. E de língua. Eu ainda era o maior boca virgem do colégio, só mentia pros outros, dizendo que já tinha beijado. Perguntei a Gina como era beijar na boca e ela disse que eu só ia descobrir descobrindo.

– E aí você beijou Gina Morson, a dissecadora de sapos?

– E aí eu beijei Gina Morson. – Cadu Sena me lançou um olhar sério, que não condizia com o sorriso discreto em sua boca. – Só *Gina*.

– Desculpe, eu não quis...

– Tudo bem – disse ele, se levantando da cadeira.

Me senti uma grande idiota por zombar de Gina Morson durante todos esses anos. Ela é uma pessoa. Só uma pessoa. Com experiências próprias, descobertas próprias, e também passava pelas primeiras vezes das coisas. Como o primeiro beijo dela, que nem foi com o Cadu Sena. Ou o primeiro sapo que ela dissecou. Apesar de que isso acabou de soar muito mórbido, mas minha opinião não é nada relevante nesse exato momento.

Cadu Sena sentou do meu lado e pegou a garrafa da minha mão com cuidado. Nossas mãos se encostaram durante o processo. Meu cérebro rebobinou, mais uma vez, seus olhos encarando a minha boca. Tentei não pensar muito nisso e encarei os sapatinhos da boneca Sally líder de torcida escondida atrás do troféu.

– Vamos jogar um jogo – sugeriu ele.

Deus, como eu tinha ido *parar* ali?

SÃO PATRIQUE, VÉSPERA DE FERIADO 21:22

Édra Norr estava lá, com uma jaqueta jeans cheia de bottons e outros penduricalhos, com uma blusa preta por baixo. Tinha aparado o cabelo, as costeletas estavam bem-desenhadas. A lateral de sua cabeça, com o cabelo curtíssimo, como se tivesse sido raspado ou algo assim, dava toda a atenção para a orelha com seu maldito brinco prata de argola e seu piercing. Ela estava sorrindo enquanto falava alguma coisa, aquele sorriso largo, descaradamente enorme. Um braço passado por cima dos ombros da amiga dela, a que eu tinha conhecido no Submundo. O outro braço dobrado para cima, segurando uma garrafa metálica, como aquelas que as pessoas usam para levar bebidas às festas entediantes. Só que Édra Norr não estava entediada. Ela estava rindo muito, cercada de amigas. Algumas mais parecidas comigo, outras mais parecidas com ela. Os lábios avermelhados e molhados brilhavam sob as luzes das lâmpadas amarelas. Estavam todas na frente da barraquinha de "Mate o Pato", um jogo idiota, cheio de patos idiotas que ficavam se movimentando e você precisava acertar com balas de borracha. E eu não via Camila Dourado no meio delas. Édra não tinha ido com Camila Dourado pra festa da véspera de feriado, como eu tinha deduzido sozinha dentro da minha cabeça paranoica. Meu Deus, *como eu sou idiota.* E agora era tarde demais. Porque eu estava agarrada no braço de Cadu Sena numa tentativa idiota e completamente imatura de tentar fazer com que Édra sentisse ciúme.

Mas ela não estava nem aí. E eu sei disso porque, assim que ela me viu, tomou o rifle das mãos de uma de suas amigas (que não acertava pato nenhum) e o carregou de balas de borracha. Ela ainda tinha seus olhos castanhos apontados para mim quando deu o primeiro tiro. E acertou, mesmo sem mirar no pato. O estalo da bala de borracha colidindo com a madeira pintada em formato de pato me fez apertar o braço de Cadu Sena com mais força.

– Íris? – chamou Cadu, confuso. – Tá tudo bem?

Não, não estava. Édra se virou para os patos, como se eu não estivesse passando por ela. Ouvi os gritinhos empolgados de suas amigas, porque ela estava acertando todos. E segui caminhando com Cadu Sena, acompanhada de vários estalos de tiros de borracha. E, por um momento, parecia que eles estavam me acertando. E eu era todos aqueles patos de madeira, que caíam tesos sinalizando mais um ponto acumulado para Édra Norr. Eu quis olhar para trás, mas não fiz isso. O som dos fogos de artifício que começaram a rasgar o céu de São Patrique me ensurdeceu no caminho. E, então, eu percebi que Cadu Sena tinha parado de andar. Estávamos de braços entrelaçados e ele tem o dobro do meu tamanho, é claro que eu não iria conseguir dar um passo sem que ele também desse.

Eu o encarei, confusa e agitada. Só queria desaparecer daquela área do parque o mais rápido possível.

– Nada, é só que minha garrafa de água meio que, não sei – Cadu começou a dizer, confuso. Eu levei alguns segundos para entender o que estava acontecendo. A garrafa de água que Cadu Sena tinha comprado logo na entrada da festa estava vazando toda a água bem nos tênis dele. Só que eu lembro muito bem que a garrafa tinha sido entregue em perfeito estado pela senhorinha na barraca de água. Tinha um furo perfeito que atravessava a garrafa de um lado a outro. – *Estranho* – disse ele, sem reparar no buraco na garrafa. – Deixa pra lá, eu compro outra.

Nesse momento, enquanto retomávamos os passos, me atrevi a olhar pra trás. Porque eu tinha me dado conta do que tinha acontecido ali. E Édra Norr me encarava de volta, com puro desdém nos olhos, o maior bico nos lábios e o maxilar saltado, como quem estava de dentes trincados. Algumas de suas amigas estavam rindo, algumas estavam com um olhar preocupado. Édra só olhava pra mim como quem queria que eu, de fato, fosse um daqueles patos de madeira. Com o rifle caído sobre seu ombro direito e cartuchos de balas ao redor de seus pés.

38 MINUTOS ANTES DA GRANDE DESCOBERTA CIENTÍFICA SÃO PATRIQUE, VÉSPERA DE FERIADO 02:14

– Vamos jogar o jogo da verdade, não vale mentir nem omitir. Uma vez de cada, vale todo tipo de pergunta – explicou Cadu. Estávamos em cima do tapete, encostados na lateral da cama. Ele se virou para trás e tirou uma garrafa de bebida pela metade, escondida num canto abaixo do colchão.

– *Ok...* – Balancei a cabeça afirmativamente.

– Eu começo – desbravou ele, abrindo a garrafa. – Você gosta de mim? É que eu ouvi uns rumores e eu sempre quis saber disso.

– Cara, eu era *apaixonada* por você.

Ele deu um longo gole. Eu puxei a garrafa da mão dele e também dei. *Eca, tinha um gosto horrível* e estava em temperatura ambiente. *Ew.*

– Você só está saindo comigo pra deixar Camila Dourado com ciúme?

Cadu pareceu ter acabado de ser ofendido.

– Claro que não, eu te acho maneira. – Arfou, dando mais um gole e passando a garrafa para mim. – Você só está saindo comigo pra colocar ciúme em Édra Norr?

Eu dei mais um gole também. Queria encher minha boca com aquilo pra não precisar responder a pergunta. Mas Cadu Sena tomou a garrafa da minha mão.

– Meio que sim, mas ao mesmo tempo, não. Eu já gostei de você mesmo, tipo, de verdade. Já ouvi músicas pensando em você, já escrevi seu nome no meu antebraço e já enviei uma carta de Natal anônima pro seu endereço.

– Foi *você*? – Cadu começou a gargalhar. – Eu guardo até hoje. Achei engraçado. "Querido Cadu, você não me conhece, mas..."

Eu não queria ter que ouvir tudo o que eu escrevi. Era Natal do primeiro ano e eu estava frustrada com a minha vida amorosa.

– Eu *sei* o que eu escrevi. – Franzi o meu nariz para ele.

Ficamos em silêncio por uns instantes de novo. Os olhos de Cadu Sena caíram na minha boca. E minhas coxas estavam meio bêbadas e se esfregaram uma na outra.

– Você ainda é *virgem*? – perguntei, por causa de todo o papo sobre Gina Morson e ter sido "BV" por muito tempo. Mas imediatamente percebi que foi uma pergunta estúpida. Cadu Sena estava com o sorriso aberto, mordendo os próprios lábios, me olhando como se tivesse acabado de descobrir que eu era o ser humano mais ingênuo do planeta Terra.

– Você é? – rebateu a pergunta. Não olhava para mim, olhava para a minha boca.

– Sou – respondi, e meus olhos também fitaram a boca dele, contra a minha vontade. Eu não estava entendendo o que estava acontecendo *ali* e *comigo*. – Como é *não-ser* virgem?

Nossas respirações estavam ofegantes. E o rosto de Cadu Sena tinha se aproximado bastante do meu. Coisa que eu só consegui notar quando estávamos praticamente com os narizes colados.

– Isso você tem que descobrir. – Ele esfregou o nariz no meu. – Descobrindo.

E, então, nos beijamos.

SÃO PATRIQUE, VÉSPERA DE FERIADO 23:11

Eu estava encarando Édra Norr. *Édra Norr e Camila Dourado.* Camila Dourado... *E Édra Norr.* Édra estava ensinando Camila Dourado a atirar nos patos. Camila, que surgiu do nada no meio das pessoas. Uma hora eu estava na minha tenda servindo sucos naturais para um casal de idosos, e na outra hora eu estava vendo Camila Dourado se aproximar do grupo de amigos de Édra Norr e começar todo aquele seu joguinho de charme. Ela passava a mão no cabelo e, a cada risadinha, encostava a mesma mão no braço de Édra. E foi fazendo isso até que acabasse dentro dos braços de Édra, atirando em malditos patos de madeira.

Eu queria *muito* vomitar. Comecei a beber escondida, pegando parte das coisas que eu deveria estar vendendo para as pessoas, inclusive as bebidas que claramente possuem álcool, mas que por alguma razão conseguimos autorização para vender na tenda, já que o professor Ivan está vigiando todo o processo de vendas. Ou deveria estar, né, porque eu já estou acabando com uma garrafa inteira de Bahocos enquanto ele discute no telefone com a ex-esposa.

– Noite difícil, hein? – Polly surgiu ao meu lado. Tínhamos acabado de atender toda fila. E agora as pessoas estavam se afastando das tendas para ver a próxima banda local se apresentar no palco.

– Sim – respondi.

Camila Dourado estava falando muito perto da boca de Édra Norr.

– Sinto saudade de ser sua amiga e te contar todas as coisas – disse Polly, esfregando a flanela no balcão da nossa tenda, sujo de suco e Bahocos. – Nunca mais te contei nada e nem sei se você quer mais saber das minhas coisas, mas lá vai: eu gosto de uma pessoa que você não vai imaginar; na verdade, você não faz ideia. Talvez você nem apoie. Nem meus princípios apoiam. Eu nunca gostei de ninguém perto disso antes. Até me permiti ficar um pouco afastada de você pra tentar entender essa situação toda. Mas quanto mais eu tento entender, menos eu entendo. Acho que eu só gosto, sabe? E ponto.

– Eu estou passando pela mesma coisa – eu disse, quase que automaticamente. Sem nem reparar que eu estava ali, tendo aquele diálogo com Polly.

Camila Dourado estava falando muito, *muito* perto da boca de Édra Norr.

– Sério? Meu Deus! Eu estava tão preocupada e acabei me afastando completamente, achei que você nunca iria entender. Não faz o menor sentido. – Polly parecia animada. – Vamos contar na mesma hora, então. Rápido, tipo tirar um band-aid! – sugeriu ela, e senti seu ombro encostando no meu. – Como nos velhos tempos, hum?

– Tudo bem.

– Sem julgamentos e sem perguntas, ok?!

– Ok.

Muito, muito, *muito* perto da boca de Édra Norr.

– Wilson Zerla – disse Polly de uma só vez, com a respiração ofegante. – Sua vez, Íris.

No exato momento em que Camila Dourado puxou a cabeça de Édra Norr, com suas mãos na nuca dela. Foi o suficiente para que os lábios delas grudassem. As amigas de Édra nem estavam prestando atenção, as pessoas que passavam também não estavam prestando atenção. Ninguém, além de mim, estava se importando com aquele beijo. Parecia que eu era a única assistindo àquilo acontecer. Foi se formando um bolo na minha garganta, sabe? Fui me sentindo meio engasgada. Fiquei com medo de piscar o olho que ia se enchendo de lágrimas, deixando a minha visão completamente turva.

– Édra Norr – eu disse quando consegui engolir o nó na minha garganta, olhando para elas enquanto desamarrava meu avental.

Poliana, em um estalar de dedos, parecia ter percebido tudo. E virou o rosto para onde antes eu estava olhando.

– Ah – foi tudo o que ela disse antes que eu desaparecesse daquela tenda.

No momento que eu alcancei o lado de fora, Cadu Sena estava se aproximando da barraca de patos e carregando um rifle para que ele pudesse jogar. Ele era monitor de todas as tendas, não tinha muito o que fazer além de passar o olho em todos nós, dar advertências e aproveitar todas as atividades festivas.

Édra Norr e toda a sua turma saíram assim que Cadu Sena se aproximou. Foram pulando, rindo e bebendo em direção ao palco. Camila Dourado, apesar de não caminhar perto de Édra, também ia na mesma direção que todos. Édra era responsável pela barraca de "Mate o Pato", mas, assim como para mim, ela não parecia dar a mínima para aquilo.

Cadu Sena acertou um pato assim que cheguei atrás dele, depois de ter limpado o meu rosto e respirado fundo para que minhas feições de chorona desaparecessem. Eu estava destruída por dentro, mas ninguém precisava saber disso. Não sobre *essa* parte. Só que Cadu precisava saber como eu me sentia por ele. Não era justo.

– Ei, Cadu. Olha, eu te acho um cara... – mas Cadu Sena não deixou que eu terminasse a frase.

– Olha, Íris, eu sei que você preferia não estar comigo hoje à noite. Também vi o que você acabou de ver e sei que você tá com ciúme de Édra Norr e Camila. E, tudo bem, você é livre pra gostar de quem você quiser – me interrompeu ele, acertando a cabeça de mais um pato.

O estalo me assustou. Meus ombros se ergueram abruptamente.

– Mas, sério, eu achei que seria legal passar a noite com você. Por isso aceitei todo o seu pedido de desculpas e o seu convite. Não precisamos falar sobre mais nada além disso.

– Desculpa, eu só...

– Tá tudo bem. – Cadu Sena se virou para mim, os cabelos enrolados, a blusa de manga longa de algodão branca, com uma enorme prancha de surfe preta desenhada nas costas, pude perceber quando me aproximava. O rosto corado de quem tinha surfado nos últimos dias e o par de olhos esverdeados, sérios, para mim. – Você não precisa fingir que gosta de mim.

Disse ele, balançando a cabeça negativamente, voltando a mirar nos patos.

– Eu não estou fingindo – afirmei, me sentindo mexida com tudo aquilo que tinha acabado de ouvir. Não podia acreditar que Cadu Sena se importava com seja lá o que fosse que viesse de mim. Ele parecia ter se cansado de me dar chances.

Ou, talvez, não estivesse *tão* cansado assim.

Vi mais um pato sendo derrubado por ele.

– Você quer sair daqui? – perguntou, deixando o rifle sobre o balcão.

– E então? – Cadu Sena se virou ao meu lado. – Ír…

– Ai, meu Deus. – Meus olhos se arregalaram para o ventilador. Eu sabia, o ventilador sabia, nós dois sabíamos. Eu do chão do quarto, ele do teto. – Eu sou lésbica – eu disse para todo o resto da decoração cafona daquele quarto, para Cadu Sena deitado ao meu lado e para mim mesma, pela primeira vez, em voz alta.

– Eu sou *lésbica* – repeti, me virando para Cadu Sena, que me encarava como veio ao mundo, e *completamente* apavorado.

E depois disso, é claro, gritei… *Histericamente*.

– Íris – Cadu Sena tentou "gritar" meio que *sussurrando* pra mim, enquanto se cobria com os travesseiros cafonas espalhados pelo tapete cafona do Egito e ia se levantando, desajeitado. – Pelo amor de Deus, *pare de gritar!* Você vai acordar todo mundo. A gente vai se ferrar. *Eu* vou me ferrar.

– Me desculpa, é que, meu Deus. – Levantei, me cobrindo com o lençol. Mil partículas de poeira grudadas em mim, podia senti-las em todos os lugares indevidos do meu corpo. *Eu quero vomitar*. – Então eu sou…

Gritei histericamente.

– Íris, você precisa *parar* de gritar. – Cadu Sena soltou os travesseiros todos de uma vez, agarrando os meus ombros.

E eu vi *aquilo* agarrado no corpo dele. Como eu podia achar que gostava de garotos, meu Deus? Tinha visto *aquilo* antes indevidamente na internet e em alguns filmes. Eu sabia exatamente como era *aquilo*, mas pessoalmente é muito mais estranho do que parece. Céus, tinha mesmo acontecido. E *aquilo* fez parte de *todo* o processo.

– Ai, meu Deus, ai, meu Deus, cubra isso. – Virei de costas.

E lembrei que não estava coberta nas costas, já que senti o desagradável vento vindo diretamente do ventilador de teto de Cadu Sena em mim. Cadu estava bem ali e ele estava me vendo nessa situação *completamente* constrangedora. Se bem que estávamos *ali* o tempo inteiro, ele viu coisas talvez *muito mais* embaraçosas que isso.

Eu *preciso* gritar.

– Íris. – Cadu tapou a minha boca com uma das mãos. Enquanto isso, com a outra segurava um travesseiro na frente de seus, vamos chamar de, hum, países baixos. – Respira fundo. Você quis isso, eu quis isso, aconteceu. Não precisa significar nada. Ninguém nem precisa ficar sabendo disso. Você fez a sua descoberta, apesar de que – ele continuou resmungando para dentro – *poderia ter sido mais agradável na hora de me contar isso.* Mas – retomou seu tom de voz normal, se é que podemos considerar normal falar naquela altura às duas da manhã. – Tá tudo bem. Eu só preciso que você pare de gritar, porque se alguém entrar agora nesse quarto vai parecer que uma coisa completamente diferente estava acontecendo.

Eu fiz o mais sonoro "Tudo bem" que pude, com a boca tomada pela mão enorme de Cadu Sena.

– Vou destampar a sua boca, ok? Mas, por favor, *sem gritos.* – A mão deslizou, dedo por dedo, para fora dos meus lábios. Eu respirei fundo, ajeitando o lençol no meu corpo.

– Certo, é, hum. – Pigarreei. – Por onde começar? Bom... – Meu corpo inteiro estava tremendo. – Eu entrei heterossexual nesse quarto. Quero dizer, não, não heterossexual, mas sexualmente confusa. Você viu isso? Acho que todos viram isso. Até a sua boneca Sally líder de torcida escondida atrás do seu troféu, e sabe-se lá Deus o porquê de você ter a boneca que era meu sonho de aniversário de nove anos, e eu, não. Mas a questão é que coisas acontecem sem que façam sentido. Você beijou Gina Morson, que dissecava sapos dando risada. Eu persegui uma garota com um binóculo roubado de uma idosa nas últimas semanas do fim do meu Ensino Médio. E acabei de perder a minha virgindade em cima de um tapete e isso talvez doa, talvez não, mas foi horrível. Foi horroroso. Foi pior do que a decoração do seu quarto. Você é incrível, mas qual a necessidade desse relógio dourado pendurado na sua parede? Quando eu tô nervosa, eu falo muito. Eu falo sem parar. E eu bebi Bahocos. E eu achei tudo a ver isso acontecer porque você tava olhando demais pra minha boca e eu tava confusa. Mas agora a minha vida acabou. Eu sou lésbica. Tipo, eu sou lésbica? O que eu vou fazer agora? Édra Norr ama Camila Dourado. E mesmo se não amasse, jamais me perdoaria por ter perdido a virgindade no seu tapete do Egito, que por sinal também é brega. Mas, Cadu Sena, olhe pra mim. – Arregalei meus olhos ainda mais na direção dele. Parado, em pé, segurando um travesseiro na frente dos, você sabe, países baixos.

– Estou olhando – respondeu ele, com um olhar que eu só pude classificar como confuso e preocupado.

– Então eu sou lésbica. E eu não gostei dessa experiência. Então é claro que eu sou lésbica. Mas e agora? Vou ter dois gatos e viver com uma garota chamada Mônica em Vinhedos? Como eu vou contar isso pros meus pais? *Deus, os meus pais vão me matar.* Aliás, talvez papai fique feliz, considerando a cara que ele fez quando me viu encarando a caixa de preservativos.

– Você ficava encarando caixas de preservativo?

– Cadu Sena, pelo amor de Deus, cale a boca.

– Tudo bem.

– E então? O que eu vou fazer com a minha vida agora que descobri que *eu sou lésbica*? – perguntei, frustrada, não exatamente para Cadu Sena, mas para o destino. Só que, como o destino ainda não responde perguntas de forma verbal, eu esperava que Cadu Sena dissesse alguma coisa. Mas *antes*: – Por que diabos você tem uma boneca Sally líder de torcida, afinal?

– Foi a primeira boneca que eu tive – respondeu Cadu Sena, como se não estivesse prestes a revelar a segunda maior descoberta da minha vida.

– Você tem outras bonecas? – perguntei, porque naquele momento os meus instintos de fofoqueira priorizaram esse fato mais do que a minha vida.

– Sim, várias. Todas escondidas por esse quarto – disse ele, esticando o lençol da cama para se cobrir. Era lilás e cafona. – Achei que o jogo da verdade tinha acabado, mas você pode perguntar o que tanto quer saber.

– Certo, hum, você é *gay* ou algo assim?

– Acabamos de fazer coisas no tapete, você acha que eu seria gay e faria uma coisa dessas com você? É claro que eu não sou gay. – Ele respirou fundo. – Mas...

– Mas?

– Eu sou bissexual. Você é provavelmente a quinta pessoa a saber disso. A primeira foi Gina, a segunda foi o garoto que eu beijei depois dela, a terceira, o garoto que eu também trouxe pra esse tapete, a quarta foi a Camila. Você é provavelmente a quinta pessoa a saber disso, se é que Camila já não espalhou pelo colégio inteiro.

– Você é *bissexual*? E Camila Dourado *sabe* disso?

Eu, honestamente, não podia acreditar.

– É, ela sabe. Mas não por mim. Ela descobriu descobrindo, entende? Revirando minhas coisas. Achando minhas bonecas e fotografias de Todd no rolo da minha câmera dos anos 1980, que comprei numa velharia do Egito. Mas não foi assim que começou tudo. Pra falar a verdade, Camila sempre foi neurótica e achava que eu dava mais atenção a Léon do que a ela. Sendo que, cara, ele foi o meu patrão por um tempo. Ela viu coisa onde não tinha. É que... – Cadu se sentou na cama. – Léon também é bi, a irmã de Camila sabe disso e faz várias piadas sobre. Provavelmente só está com o cara pelo dinheiro. Ele é um dos maiores empresários no ramo dos livros nesta cidade.

– Meu cérebro vai ter um curto-circuito. – Arrastei a cadeira de rodinhas para me sentar também. E, sim, eu cobri meus fundos.

– Eu fui o grande culpado do meu término com Camila, sabe, Pêssego? Nosso namoro já estava meio frio, meio desgastado com todo o ciúme e a paranoia dela. Quando saíamos os quatro, eu acabava trocando mais ideia com o Léon, já que ele trabalha numa coisa tão próxima ao que eu queria montar pra mim. E, às vezes, eu passava no Leoni's também... Mas não por causa de Léon, por *outra* pessoa.

Ai... Meu... Deus.

– Eu conheci um cara muito maneiro lá, Maurício Mansinni. Ele entendia de absolutamente *tudo* naquele lugar. Sabia como cada coisa funcionava. Mais até do que o Léon. Não conversamos muito, mas eu achava ele demais, sei lá, gostava das músicas que ele colocava pra tocar na caixa de som quando o Léon não estava. Me atrasava pra ver a Camila porque ficava lá escutando. Gastando tempo, pensando na minha própria loja de velharias.

– Você gosta do Maumau? – perguntei, quase que gritando histericamente de novo. Era informação demais pra minha cabeça. – Ele é *super* meu amigo, meu Deus.

– O quê? Não! – Cadu ficou instantaneamente vermelho. Coisa que, em três anos, nunca tinha visto acontecer com ele. – Não tem nada a ver. Eu vou me formar agora, o Maurício Mansinni é mais velho, já faz faculdade. Outro mundo. Não tem nada a ver comigo. Inclusive deixei a Camila achar que eu ficava no Leoni's batendo papo com o Léon, porque se ela sonhasse que tinha qualquer coisa a ver com Mansinni, com certeza faria Renata convencer Léon a demitir ele.

– Você deixou Camila Dourado achar que você tinha uma coisa pelo *cunhado* dela pra que *Maumau* não fosse demitido? E ela *terminou* com *você*? Meu Deus! Foi *isso*? Esse foi o grande motivo do término de vocês?

– É – disse Cadu, um tanto quanto cabisbaixo. Sua voz parecia embargada, mas as bochechas continuavam coradas. – Foi *meio* que *isso*. E ela ficou com uma garota publicamente pra "descontar".

– Ei, espera aí. – Meu corpo parecia tomado por um ódio mortal totalmente repentino. – Então Camila Dourado tá usando *Édra Norr* como um *plano de vingança* contra *você*?

– Eu não sei se ela gosta dela ou não. Só sei que ela terminou comigo dizendo que pagaria na mesma moeda. E ela nunca ficou com garotas antes.

– Ela tá usando a Édra. A *minha* Édra. – Levantei da cadeira, furiosa. Como se fosse, de fato, resolver todos os problemas da noite enrolada nos lençóis de Cadu Sena.

– A *sua* Édra? – Cadu Sena parecia estar se controlando para não cair no riso.

– Foi muito lésbico isso que eu disse? Eu soei totalmente lésbica agora, não foi? *Caramba* – disse, quando finalmente me dei conta. – Será que isso sempre esteve nos meus genes? E agora?

– E agora eu não sei, Pêssego. Você não tá falando com um expert em sexualidade. Ninguém nem sabe sobre mim.

– Cinco pessoas sabem – eu disse, me aproximando de Cadu Sena para sentar na cama perto dele. – E eu acho que a sexta pessoa deveria ser Maurício.

Cadu Sena bufou, balançando a cabeça negativamente.

– Isso *nunca* vai acontecer.

– Eu *nunca* achei que "*isso*" – eu disse, encarando a mim mesma enrolada em um lençol – fosse acontecer. E, veja só, aqui estamos.

Ficamos em silêncio por alguns instantes.

Até que o silêncio me conectou de volta ao meu corpo e a toda a situação, o que de fato estava acontecendo no meu estado presente, sabe. E tinha algo úmido embaixo do meu pé.

– Isso é sangue? – Retorci o nariz para o lado, virando o meu pé para que eu pudesse ver melhor no que tinha pisado. – Isso é sangue! *Meu Deus!* Eu estou tendo uma hemorragia? *Eu vou morrer?*

– Íris, respira fundo. – Cadu Sena foi ficando com aquela cara pálida de assustado de novo. As duas mãos abertas na minha direção, tentando alcançar os meus ombros. – Isso acontece, isso é nor...

E eu gritei histericamente. *De novo.*

21.

Antes de ir embora da casa de Cadu Sena, fizemos um acordo. Nem eu nem ele tínhamos gostado da experiência. Mas ficamos tão íntimos em tão pouco tempo que já nos considerávamos amigos, aliados ou seja lá qual foi a palavra estranha que Cadu usou para definir o nosso novo relacionamento. Como foi mesmo muito péssimo, especialmente para mim, ele sugeriu que fingíssemos que nada tinha acontecido de fato, para que as coisas não ficassem estranhas quando o assunto viesse à tona ou qualquer coisa do tipo. Tínhamos um pacto de silêncio sobre tudo o que aconteceu em cima do tapete cafona dele. Juramos mesmo. De dedinho. E demos inúmeras voltas de carro pela cidade, acertando uma quantidade considerável de letras da Britney Spears que tocavam num especial noturno da Nova Rádio. Eu obviamente não imaginaria isso nem em mil anos. Não a parte sobre perder a virgindade com Cadu Sena (já que eu um dia quis, sim, que isso acontecesse). Nem estou me referindo à voz grave e impecável de Cadu cantando "Toxic", mesmo que tenha sido algo que me pegou de surpresa naquele sinal vermelho. O que eu, honestamente, não imaginaria nem em mil anos é o fato *desse cara*, o Cadu Sena, ser secretamente apaixonado por Maurício.

Eu queria abrir a minha boca enorme e contar tudo pra Maumau. Ele estava bebendo na minha barraca e me contando coisas que eu já sabia. E eu precisava ficar me concentrando muito na minha própria língua pra que ela não pulasse para fora da minha boca e revelasse o segredo de Cadu Sena, que fazia parte das coisas que eu não podia contar sobre a noite anterior. Você sabe, pacto de silêncio.

Só que Maurício merecia tanto saber.

Que Cadu gostava de Maurício não era a única coisa que eu estava me coçando para contar. Eu queria muito poder dizer que já sabia de toda a história – sobre o término de Cadu Sena e Camila Dourado – que Maumau estava me contando e que fiquei sabendo de tudo direto da fonte (que, por sinal, é uma fonte apaixonada por ele). Mas eu não podia abrir a minha boca nem mesmo sobre isso, porque Maurício só sabia da versão "falsa" do término. Nada sobre Cadu Sena querer enfiar a língua na boca dele. Na versão contada por Maumau, Cadu tinha uma queda por Léon também e não por *ele*. O motivo do término para todas as pessoas que sabem da história na íntegra foi o fato de "Camila Dourado não querer competir com o próprio cunhado". Essa versão era *tão entediante* comparada à verdadeira história por trás de tudo. E eu já não aguentava mais arregalar os meus olhos forçadamente para fingir que estava surpresa.

– Uau! *Deus!* – Eu nem sequer piscava. – Não estou acreditando! Mas como *você* descobriu isso tudo?

O que com certeza era a única coisa na história toda que eu não sabia.

– Léon me chamou pra sair depois de oitenta e quatro anos. Ele mentiu que tinha "dado um tempo" com Renata Dourado. Eu topei, como um grande idiota, até comprei uma camisa nova pra ir. Ele fica bêbado rápido e fala demais. – Maurício girou o canudo dentro do copo com uma batida de Kiwi, Bahocas e gelo.

– Ou ele e Renata reataram ou nunca nem terminaram – falei um pouco mais baixo apenas para Maurício. As filas para a nossa barraca estavam cheias. Não queria ninguém escutando nossa conversa. – Acho que vi os dois passando de mãos dadas. Camila também estava junto.

– Nunca nem terminaram. – Maumau sugou todo o resto da bebida de vez, fazendo os gelos se agitarem no copo vazio. – Por que você acha que eu tô bebendo?

Nesse momento, Polly parou de atender todos na fila dela e tirou correndo o avental. Seus lábios estavam pálidos. Uma garota assumiu o lugar de Polly rapidamente e eu assobiei para o grupo de apoio enquanto tirava o meu avental também para ver o que estava acontecendo. Maurício me seguiu até os fundos da barraca.

– Will vai se apresentar no show de talentos meio que a qualquer momento. E eu quero vomitar. – Polly levou a mão até a boca, fazendo sinal de que iria *mesmo* colocar tudo para fora.

– *Will?*

Minha voz e a de Maurício se entrelaçaram na mesma pergunta.

– Sim, você sabe. – Polly me fitou com um olhar impaciente. – Wilson Zerla.

– O que ele vai apresentar no show de talentos que, bom, seja digno do seu vômito? – As sobrancelhas de Maumau se ergueram em curiosidade. Estiquei o meu pescoço na direção do palco, para ver se via alguma coisa.

– Ele só deveria tocar uma gaita ou sei lá o quê. Mas soube que eu sou apaixonada por Coldplay. E agora, você deve imaginar, ele vai fazer um cover. – Polly abriu uma garrafa de Bahocas para ela mesma. – Eu não tô pronta pra isso.

Polly deu um longo gole e passou a garrafa para Maurício.

– Coldplay? Arrasou.

Maurício deu um longo gole e passou a garrafa para mim.

– Acho melhor ficar. – Foi a minha vez de dar um longo gole na garrafa de Bahocas. A imagem de Wilson Zerla ajeitando o microfone à altura do banco que ele ia usar pra se sentar tomou conta de todos os telões de LED espalhados pelo festival. – Ele tá no palco.

Não demorou muito para que Polly saísse me arrastando pelo braço para dentro da multidão. Wilson Zerla se apresentou formalmente, disse o nome, a idade e o que iria cantar. "Yellow", do Coldplay. Foi aplaudido pelos muitos turistas e ignorado por quase todos os alunos do Colégio São Patrique. Tinha um violão velho, um microfone inclinado para a frente da sua boca, estava sentado num banco de madeira e começou as primeiras notas no violão.

Eu, Maurício e Polly paramos o mais perto do palco que conseguimos. Não dava para avançar mais. O espaço estava lotado e os turistas pareciam estar sedentos pelo show de talentos. Tinha pessoas falando em outras línguas muito perto de nós. Elas comentavam sobre Wilson, outras sorriam, outras cantavam o que sabiam da música, e alguns alunos do colégio foram cruéis o bastante para debochar durante toda a apresentação. Gritaram "Saúdem o homem preservativo" uma ou duas vezes. Mas nada impediu Wilson Zerla de continuar a cantar.

Your skin / Oh yeah, your skin and bones / Turn into something beautiful / Do you know? / You know I love you so

Foi uma apresentação quase impecável, já que por nervosismo deu pra perceber que Wilson poderia ter soltado muito mais a voz. Ainda assim, ele foi incrível. A música tinha acabado e os aplausos para Wilson eram calorosos. Algumas pessoas assobiaram e outras deram gritinhos histéricos. Até Priscila Pólvora, um pouco perto de nós, parecia totalmente empolgada com a apresentação.

Wilson chegou mais perto do microfone. Um ruído arranhou o ouvido de todos.

– Poliana Rios. – *Ai, meu Deus, ai, meu Deus, ai, meu Deus.* Wilson Zerla sorriu de cima do palco, tentando nos encontrar na multidão. Não demorou muito para que conseguisse, estávamos relativamente perto do palco. Polly apertou a minha mão com tanta força que meus dedos ficaram dormentes. – Você quer namorar comigo?

Ai. Meu. Deus.

– Ai, meu Deus! – O queixo de Polly caiu.

– Ai, meu Deus – O apresentador acanhado, no canto do palco, deixou escapar.

– Ai… Meu… Deus! – Maumau levou as duas mãos até a boca.

Todos pararam de fazer o que estavam fazendo para prestar atenção no que estava acontecendo. Não demorou muito para que todo mundo estivesse encarando a mim e a Polly, que fomos deduradas pelo olhar de Wilson Zerla no palco e de todos os nossos "colegas" de colégio na plateia. Maurício deu uns passos para trás, discretamente. Eu tentei fazer o mesmo, mas Polly ainda me mantinha imóvel, segurando a minha mão com uma força desumana.

– Polly? – sussurrei para ela, porque ela estava imóvel e não dizia nada. Os murmurinhos cresciam entre as pessoas que observavam do chão a reação dela e a reação de Wilson Zerla. O sorriso esperançoso dele foi se desfazendo aos poucos.

– É claro que a resposta é não. – Luiz surgiu. Com um olhar prepotente, usando a jaqueta do time. O que, em São Patrique, lhe dá um passe livre para várias coisas e uma série de privilégios. Tipo ter o caminho aberto pela multidão para nos alcançar na velocidade da luz. Acompanhado de outros marmanjos imbecis. Não sei como alguém como o Cadu Sena da noite passada, colecionador de velharias e fã de Britney Spears, poderia se unir a caras tão idiotas quanto esses.

– Vamos lá, bebê. – Luiz sorriu, zombeteiro. – Você sabe que jamais teria qualquer coisa com esse idiota.

– *Polly*... – chamei o nome da minha amiga mais uma vez, tentando trazê-la de volta à realidade.

– Cala a boca, seu grande idiota – foi o que Polly, p.s: a *MINHA* Polly, disse para Luiz e seu queixo imenso e prepotente.

Depois ela lançou para Wilson o olhar mais meigo que já vi em seus olhos. Ele estava sendo apressado pelo apresentador para deixar o palco.

– É claro que a resposta é *SIM*.

Parecia uma final de jogo de futebol. Eu nunca ouvi tanta gritaria em toda a minha vida. Não em uma cidade como São Patrique. Priscila Pólvora e as garotas populares também gritavam. Alguns garotos se davam cotoveladas como se estivessem impressionados com o desfecho positivo para Wilson Zerla. Os turistas foram à loucura. Maurício estava com os olhos cheios de lágrimas e disso eu quis rir. Tudo parecia ter fervido em todos nós. Polly soltou a minha mão e correu sozinha para os fundos do palco, para onde Wilson tinha acabado de sumir. E eu estava mesmo pronta para segui-la e gritar em comemoração pelos dois. Mas o apresentador deu duas batidas de leve no microfone.

– Isso não fazia parte da apresentação, hein? – Ele gargalhou de leve no microfone, acompanhado da multidão de turistas, encorajados a rir do comentário que ele tinha acabado de fazer. – Ah, essa foi boa. – O rapaz suspirou no microfone. – Mas o show precisa continuar! E temos mais alguns alunos para esquentar a noite de vocês.

Todos gritavam como se estivessem fora de controle. Éramos só alunos inexperientes querendo juntar dinheiro para uma formatura. Mas os turistas estavam agindo como se fôssemos cantores profissionais em um festival de música gigantesco. O som dos diferentes fogos de artifício arranhava o céu acima de nossas cabeças. Me atrevi a olhar para cima, mesmo tendo um pouco de medo do barulho dos fogos de artifício. Eu gostava muito das cores. Elas não estavam tão nítidas assim, porque nuvens de chuva se formavam lentamente no azul-escuro do céu de São Patrique. Mas, ainda assim, as cores faiscavam como se tivessem vida.

– Vocês estão preparados?! – O apresentador atiçou o público. – Querem mais?

Meus olhos se arregalaram e todo aquele som, que antes me deixava ensurdecida, havia sido abafado de algum modo pelos meus próprios batimentos cardíacos. Édra Norr estava no canto do palco, esperando ser chamada. Em uma de suas mãos carregava o uquelele amarelo; na outra segurava o próprio cotovelo. Ela não parecia confortável com o público, o olhar perdido no meio das pessoas parecia procurar alguém. Eu ouvi um "Aqui, denguinho!" na voz fina de Camila Dourado, que gritava em pura histeria. Ela estava acompanhada de Renata e Léon. Olhei em volta e flagrei Maurício se esquivando da multidão e saindo de onde estávamos. Só tinha eu ali. E Camila Dourado parecia ter escolhido um lugar perto de mim de propósito.

– Cante pra mim! – Ela deu gritinhos histéricos, balançando os dois braços no ar para ser vista por Édra. E, um pouco mais baixo, comentou: – Ela com certeza preparou alguma coisa pra mim, vai colocar Wilson Zerla no chinelo. – Ela e Renata riram. Vi que Renata dava uma bronca em Léon, mandando ele prestar atenção em tudo para aprender a ser mais romântico.

Eu queria chorar. Eu nunca quis tanto chorar em toda minha vida. Mas fiquei com aquilo na garganta, como se o nó que tinha se formado pesasse um quilo inteiro. Eu não podia piscar, porque tinha certeza de que as lágrimas rolariam. Tentei deixar o meu lugar perto do palco e fazer como Maurício tinha feito. Seria menos humilhante, menos doloroso, menos todas as coisas que eu estava sentindo. Eu mal podia respirar. Mas a multidão se encostava cada vez mais e eu não conseguia me mover muito de onde eu estava.

– Com vocês, representando o terceiro MA – começou o apresentador, e os alto-falantes à minha direita vibravam. – *Édra... Norr!*

Édra caminhou até o microfone, já ajustado na altura do banco por Wilson Zerla. Estava com uma calça verde-musgo e uma camisa preta de manga longa. O cabelo muito bem cortado e desgrenhado apenas no topo. Eu podia sentir o cheiro do shampoo se me concentrasse nas minhas memórias olfativas. O brinco de argola brilhava contra a luz do refletor e as mãos trêmulas ajeitavam o uquelele. É incrível como ela sempre parece ter saído de uma cena perfeita de novela. A boca entreaberta parecia querer dizer algo. Mas Édra não se apresentou formalmente como fez Wilson Zerla, não disse a idade e muito menos o que iria cantar. Os meus olhos preferidos no mundo, escuros, pareciam perdidos na multidão. Eu estava olhando diretamente para ela quando seu olhar pousou sobre Camila Dourado, que finalmente parou de sacudir os braços para ser notada. Me doía demais ver aquilo, mas eu não tinha mais para onde olhar. E não conseguiria desviar, mesmo se quisesse. Era o efeito de Édra sobre mim. Para a minha surpresa, os olhos de Édra desviaram de Camila Dourado e continuaram perdidos na multidão. Camila parecia não ter entendido e murmurou alguma coisa, mas não prestei atenção.

Édra pigarreou e ecoou em todos os alto-falantes. Juntamente com a nota errada que ela dedilhou no uquelele. Sua respiração densa e muito perto do microfone também era escutada por nós, na plateia.

Vamos lá, vamos lá, vamos lá. Você consegue. Vamos lá. E depois de mais uma respiração funda, Édra começou a tocar o seu uquelele amarelo.

Eu bebo água sem sede / Eu peço uma caneta / E eu tenho três / Me mudei de cidade / E mudei de carteira / Depois de você, eu mudei de vez

"É claro que é sobre mim!", Camila Dourado gritou histericamente muito próxima de mim.

Oooh, que pena / Seu olho não me vê, me faz querer apelar / E explodir tudo no seu ecossistema / Pra mexer e bagunçar / E te causar algum problema / Você enxerga aliens e novelas de antena

– Você por acaso vê novela? – Renata perguntou alto demais para que Camila escutasse. E eu também a escutei.

E é claro que meu coração saiu pela boca. Porque, nesse momento, eu soube que não era sobre Camila.

Tudo / Que pena, que não eu / Que não garotas e que não eu / Que não garotas e que não / Que não garotas e que não eu / Hum /

Espere, espere, espere.

Fiquei entre esquecer e te fazer relembrar / Ensaiei mas nunca falei

Não é sobre Camila. E se for mesmo sobre mim? Édra Norr sabe que eu sou eu esse tempo todo? Era ela quem estava me seguindo esse tempo inteiro?

Quando me deu zoom, me neguei a acreditar / Eu acho que só me acostumei / Com o fato de que / Oooh, que pena /

Ai. Meu. Deus. Ai. Meu. Deus. Ai… Meu… Deus.

O seu olho não me vê, me faz querer apelar / E explodir tudo no seu ecossistema / Pra mexer e

Os olhos de Édra me encontraram na multidão.

Nesse exato momento. E ela errou uma nota, antes que pudesse voltar a tocar perfeitamente.

Bagunçar e / Te causar algum problema / Você enxerga aliens e novelas de antena / Tudo / Que pena, que não eu / Que não garotas e que não eu / Que não eu / Que não garotas e que não eu / Hum

Todas as pessoas começaram a gritar e a aplaudir em total sintonia. Édra agradeceu um pouco distante do microfone. Seu "Obrigada" saído dos alto-falantes ecoou dentro do meu corpo inteiro. Eu fiquei ali, parada. Boquiaberta. A multidão foi se dissipando, tomando rumos diferentes. O apresentador estava no palco explicando sobre uma "pausa técnica" por conta da chuva. Eu nem tinha sentido nada. Estava ensopada de chuva. Completamente. Olhei em volta e eu era uma das poucas pessoas amontoadas perto do palco. Todo mundo tinha ido se abrigar embaixo de alguma barraca, tenda ou estrutura do festival. Eu não sabia onde Camila Dourado tinha ido parar e se ela sequer tinha ficado até o final.

Minha cabeça rebobinou todos os momentos.

Desde quando percebi que ela estava sentada perto de mim, até a conversa no terraço do Submundo. E o encontro no hospital. E quando dei um "zoom" e ela tinha acabado de sair do banho e dava para ver perfeitamente todas as gotículas de água escorrendo pelo corpo dela através das lentes do binóculo. Foram tantos acontecidos, tantos momentos. Eu podia jurar que estava seguindo Édra Norr esse tempo todo.

Mas Édra Norr sempre soube.

Eu não fiz *nada* sem que ela soubesse.

Édra tinha plena noção de todas as coisas. E me deixou descobrir sozinha tudo o que eu queria. Se colocou em lugares estratégicos para que eu pudesse captá-la melhor. Para que eu pudesse me aproximar. Agindo feito uma estúpida, ou uma psicopata. Sabe-se lá Deus quais foram as impressões que eu passei.

Lembrei de quando andamos em zigue-zague pela primeira vez de todas. O quanto me senti viva fazendo aquilo. E como ela parecia se divertir, mesmo pedalando muito mais à frente.

Ela sabia.

– Não! Solte ele! – os gritos de Polly me trouxeram para a realidade. Dois garotos do time seguravam Wilson Zerla pelos braços e Luiz se preparava para dar um soco.

Foi tudo muito rápido. Em uma fração de segundos, Cadu Sena estava se metendo entre os dois e empurrando Luiz. Os dois se embolaram no chão e corri o mais rápido que pude. Meus pés escorregavam no chão de cimento da grande área de eventos onde todo o festival do feriado de São Patrique estava acontecendo. Não parava de chover. Nem por um segundo. E o ronco das trovoadas parecia ter algum efeito sobre os alto-falantes, porque todos estavam soltando ruídos de interferência. O vento ergueu uma das tendas e a chuva começou a cair em cima de todas as comidas doces que tínhamos preparado para vender no feriado. As garotas da tenda de sobremesas começaram a chorar e se abraçaram desesperadas. A tenda saiu rolando com suas hastes de ferro lançadas pelo espaço. As pessoas iam se afastando e a gritaria tomava conta do lugar. Não eram gritos felizes como os de minutos antes. Todos estavam horrorizados.

Ergui as mangas do meu suéter e parti para cima de Luiz como se fosse um dos seus garotos de briga. Todos estavam chutando Cadu Sena caído no chão. Wilson Zerla estava muito zonzo para fazer algo. Maurício estava tentando manter Polly longe de tudo.

E, bom, eu não sei brigar. Eu só pretendia dar uma mordida no braço de Luiz com toda a força que eu tinha guardada. Porque já fiz isso na alfabetização com um garoto que quebrou a minha boneca na minha cabeça. Morder é o mais perto de brigar que eu sei. Nem sei se morder pode contar como uma atitude numa briga, para ser bem honesta.

Já estava abrindo a minha boca para o braço de Luiz quando ele me empurrou.

– Sai daqui, projeto de sapatão.

Dei uns passos para trás. Meus olhos se apertaram para fitar Luiz. E eu já estava com um sorriso debochado no meu rosto. Nem fazia ideia do que eu estava fazendo, mas uma energia furiosa tomou conta do meu corpo inteiro quando ele disse aquilo.

– Você me chamou de quê?

– Você sabe do que eu te chamei.

– Eu não sou um "projeto de sapatão", seu grande idiota. – Meu maxilar trincou. – Eu sou lésbica.

Tudo ficou escuro. Não porque eu desmaiei ou algo muito grave aconteceu comigo. Eu só fechei os meus olhos de dor. Quando encarei a minha mão, ela estava inteiramente ensanguentada e doía como se eu tivesse quebrado algum dedo ou coisa assim.

– Você é louca? – perguntou Luiz, com a boca cheia de sangue, segundos antes de cuspir o próprio dente. *Meu Deus! Eu sou boa com socos e não sabia!*

– Não. – Eu sorri para Maurício e Polly, que me encaravam chocados. Depois olhei de volta para Luiz. Ele tentava manter a boca fechada com as duas mãos empurrando o próprio queixo. – Eu sou *lésbica*.

Estávamos todos nos fundos da barraca de bebidas. Fechamos tudo temporariamente, pelo menos até que a chuva amenizasse. Não que precisássemos. Ninguém estava se movendo para comprar nada. A chuva estava muito forte e todos nós tremíamos, encharcados. Cadu Sena estava sentado no freezer, segurando junto da própria bochecha uma compressa de gelo enrolada num pano de prato. Polly estava no colo de Wilson Zerla, que tinha se sentado em um caixote porque ainda estava zonzo. Ambos batiam o queixo de frio.

– Toma. – Maurício, que estava se aproveitando de todo o estoque de bebidas, me estendeu uma garrafa de água ainda congelada. – Coloca nessa mão, antes que ela desgrude do seu braço. Acredite em mim. – Maurício inflou o peito, tentando não rir. – Agora que você é lésbica, vai precisar dela.

– Babaca – grunhi para ele, segurando a garrafa contra o meu punho fechado. Estava doendo, mas não num nível que eu não conseguisse suportar. Luiz realmente tinha levado a pior.

– E a garota? Eu ouvi tudo. Não era nem pra você estar aqui agora. Deveria sair correndo atrás dela embaixo da chuva, depois de uma música daquelas. – Maurício se encostou no meu ombro. Assistíamos à chuva acabar com tudo no feriado. Todos os turistas estilosos agora pareciam pintos molhados. A maioria das tendas tinha voado para algum lugar. Ainda bem que nenhum acidente aconteceu, só o prejuízo de tudo o que produzimos para custear a formatura. Meus olhos varriam cada metro quadrado que podiam alcançar.

Nenhum sinal de Édra Norr. Desde a apresentação.

Eu estava cansada de mentir para as pessoas. Cansada de esconder coisas. Precisava achar Édra e contar a ela tudo o que tinha acontecido na noite anterior. Mesmo que isso me custasse os últimos momentos que poderíamos ter juntas antes de ela ir embora. Eu precisava falar sobre tudo. Sobre como eu tava me sentindo sobre cada mísera coisa.

Só queria ser sincera pelo menos uma vez na minha vida. E tomar as atitudes que eu quisesse. Sem pensar muito sobre. Só fazer e pronto. Meus 17 anos estavam escapando das minhas mãos. E tudo o que eu tinha feito era mentir, ver novela e me esconder dentro do meu quarto.

Maurício suspirou ao meu lado.

– Alguém podia me querer de vez em quando, pelo menos – disse ele, enquanto olhávamos para um casal de turistas se beijando embaixo da chuva. Eu também suspirei. – É um saco ver romance em todos os lados e nada nunca dar certo pra mim.

Chega. Chega de não fazer nada sobre nada. Chega de ser mentirosa, hipócrita e de meias.

– Cadu Sena terminou com Camila Dourado porque é doido por você. Eu disse antes de sair da proteção da barraca para a chuva.

– Você tem certeza de que vai ficar bem? – Cadu Sena me perguntou quando estacionou na frente da minha casa. Tínhamos deixado Wilson Zerla, Polly e até mesmo Maurício em casa. Maurício passou o caminho inteiro sentado no banco da frente e se despediu de Cadu Sena com um olhar estranho e tímido (o que não é nem um pouco típico de alguém como Maumau).

Não precisei perguntar, nem tinha ânimo para pensar em nada além do fato de não ter encontrado Édra Norr em lugar nenhum, muito menos Camila Dourado. O que só me fazia pensar que, muito provavelmente, as duas estavam juntas em algum lugar. Independente daquela música toda sobre alienígenas e novelas. *Como eu sou idiota.* Cadu Sena foi logo me contando que nada aconteceu entre ele e Maurício. Os dois só conversaram e Maurício o ajudou com os machucados.

Cadu fez uma piada sobre estar com o lábio partido no dia que mais queria beijar uma pessoa. E eu fingi uma risada, porque não conseguia ter ânimo para nada. Ainda que eu quisesse ser o grande cupido na história deles.

Disse a Cadu que tinha certeza que eles ainda iriam se conhecer melhor e que algo rolaria. Foi quando ele me disse que tinha convidado Maurício para o baile de formatura. Para a parte da festa onde nossas famílias não vão, porque é a festa fechada dos alunos. Ele ainda não estava pronto para contar à família sobre ser bissexual. E eu consegui entender o medo dele. Ainda não fazia ideia de quando iria conseguir dizer aos meus pais sobre ser lésbica. Mas não queria que demorasse tanto. Gostava da sensação poderosa que me vinha quando dizia em voz alta. Era *impagável.*

– Vou ficar bem, sim. – Me inclinei para beijá-lo na testa. – Muito obrigada por tudo.

Ainda me sentia meio bêbada quando girei a maçaneta da porta dos fundos, que dava direto para a cozinha. Bêbada o suficiente para não perceber vovó fazendo palavras cruzadas na mesa da cozinha, acompanhada de uma latinha de cerveja, torradas e um cigarro repousado em um dos pires japoneses de mamãe.

– Bonito o garoto, *Bianca*. – Seus olhos me fitaram por uma fração de segundos. – Quando pretende contar a ela? – E o olhar escorregou novamente para a revista de palavras cruzadas.

Bianca. O nome que vovó endereçou a mim em praticamente todas as cartas que vinham acompanhadas de seus presentes de Natal. O mesmo nome que ela usou para me chamar nas festas de família, pedindo por mais uma latinha de cerveja no freezer, escondida de mamãe.

– Não preciso contar a ela sobre ele, vovó. Não é o meu namorado, nem nada do tipo – respondi para a fumaça de cigarro que escondia a expressão em seu rosto.

– Mas ela precisa saber, não?

– Eu nem sei como contaria a ela tudo o que aconteceu ontem à noite. Na verdade, tudo o que *tem* acontecido há um tempo – disse quando me lembrei sobre parar de ser uma grande mentirosa e abrir a minha boca sobre as coisas. – Se ela *sonhar* que perdi a minha virgindade nesse feriado com um garoto, eu estou morta. Imagine todo o resto.

Vovó Ieda amassou o cigarro no pires japonês de mamãe, fazendo com que toda a névoa de fumaça se dissipasse. O que revelou uma expressão confusa em seu rosto.

– Você acha que mamãe me entenderia? – Meu peito se inflou do ar que eu não conseguia expirar, pensando em todas as possíveis reações que mamãe teria se soubesse de *todas as coisas* que estavam acontecendo.

– Tenho certeza que sim, querida. Mas não estou falando sobre a sua mãe. – As sobrancelhas de vovó Ieda se curvaram na testa. – Estou falando sobre a garota cochilando no sofá da sua sala.

E, naquele exato momento, a porta de entrada da casa foi batida com toda a força do mundo.

Édra Norr.

22.

O MICROFONE ESTAVA AJUSTADO PERFEITAMENTE. A toga de formatura azul-marinho de Édra brilhava nas luzes dos refletores. Suas mãos estavam deitadas sobre o púlpito e seus olhos escuros liam atentamente os papéis com os nomes de todos os alunos que ela deveria listar para agradecer pela participação ativa nos projetos extracurriculares do Colégio São Patrique durante todo o ano letivo que passou. E que, agora, eram formandos da casa. Todos estávamos em silêncio ouvindo atentamente cada palavra. Ela não parecia nervosa em falar para todos nós no microfone, mesmo que ele estivesse desnecessariamente alto e desnecessariamente perto demais de sua boca, fazendo sua voz ficar cheia de chuviscos e ruídos a cada sílaba que se juntava para formar os nomes da lista. Ela já estava praticamente no fim e eu só conseguia apertar com força a barra da minha toga e o papel com a minha fala. Tinha repetido o texto tantas vezes na minha cabeça que meu cérebro estava pifando.

“Esse ano foi muito proveitoso para todos nós. Que possamos seguir com os nossos sonhos, buscando ainda mais sabedoria nos nossos caminhos. E que cada aluno de mérito seja lembrado por sua característica de honra. Georgie Louise, pela sagacidade. Lúcia de Castro, pela astúcia. Wilson Zerla, pela solidariedade...”

Argh. "Solidariedade", entre tantas palavras.

Sim, eu odiava tudo no meu discurso. Mas não fui eu que o escrevi. Nenhum de nós escreveu nada. Tudo estava sendo supervisionado pela direção e pelos professores de redação. Revirei os olhos, amassando o papel de novo e voltando a tremer os meus joelhos sem parar.

Eu deveria falar depois da professora Morelo, que continuaria o discurso dos formandos assim que Édra Norr deixasse o púlpito e voltasse para o seu lugar marcado. Tudo estava sob controle. *Sob controle até demais.* A voz de Édra Norr ecoava distante dos meus pensamentos e foi ficando cada vez mais alta conforme eu voltava a reparar nela, no púlpito, lendo o seu papel e fazendo poucas pausas para olhar o público, como tinham nos instruído. *Estava linda.*

– Martha Peterson, Nicolas Sed, Tatiele Dias – Édra Norr fez uma pausa, ainda encarando o papel. Pigarreou olhando para nós antes que voltasse a falar. – Adam Lore, Célia Liz, Wilson Zerla…

Foi quando tudo começou a desmoronar. E começou bem quando Cadu Sena ergueu o braço, voltando todos os olhares pra ele.

– Esqueceu de mencionar o meu nome – ele disse, ingênuo.

A mão continuava esticada para o alto. E pude ouvir alguém gemer "De novo, não" bem atrás de mim. Eu queria enfiar o meu rosto nas minhas mãos, e foi exatamente o que eu fiz. Mas deixei uma fresta entre os meus dedos, para continuar vendo o que diabos iria acontecer por causa daquilo. Todo o rosto de Édra Norr franziu, balançando negativamente por uma fração de segundos, antes que ela voltasse a ter o mesmo olhar sério de antes, enquanto discursava.

– *Ah, claro.* – Édra se inclinou sobre o púlpito, ficando ainda mais perto do microfone. – Cadu Sena...

– Obrigado. Viram? Não custava nada – sussurrou Cadu para as pessoas nos bancos ao lado dele.

– Eu quero que você se foda.

A voz impaciente, séria e sarcástica de Édra ecoou por todo o auditório. E eu vi todas as pessoas desmancharem suas poses e voltarem pra mesma barulheira de antes. Reclamando do calor, da toga, das falas, das posições em que suas cadeiras estavam e, você deve imaginar, de todo o resto.

– Assim fica difícil. – Um dos oradores que contratamos para nos ajudar com a cerimônia perfeita de formatura respirou fundo, abrindo a garrafa metálica de água. – Pausa de quinze minutos, vocês estão com os ânimos muito à flor da pele.

Até que o dinheiro que arrecadamos com o show de talentos e com o feriado tinha nos permitido alguns luxos. Tipo esse, de contratar oradores profissionais para organizar tudo pra nós. E tornar a noite de formatura a mais perfeita possível. Não só oradores; investimos também em outros "pequenos luxos". As barras de cereal para comermos durante os ensaios de formatura se incluíam na lista.

Édra se afastou do púlpito arrancando a toga em poucas puxadas. E fui desviando de todas as cadeiras (e pessoas que saíam afoitas do auditório) para alcançar Cadu Sena.

– Você está bem? – perguntei, estendendo uma barra de cereal em sua direção. Cadu a pegou e acabou com metade dela em uma única mordida. Mas não respondeu a minha pergunta. – Você sabe como é Édra. Tentar forçar essas situações com ela só vai acabar em mais desastres e atrasos nos ensaios.

– Eu realmente não entendo, Íris – Cadu começou a dizer, de boca cheia. – Eu e você não temos nada. Estou ficando com Maurício desde, sei lá, semana passada? Ela me odeia por pura birra.

– Eu sei, *eu sei*. – Mordi meus lábios para a cena de Édra Norr abrindo uma barra de cereal com a toga presa apenas pelo pescoço, como se fosse uma super-heroína de capa ou algo assim. – Ela é muito implicante. Mas não temos muito o que fazer sobre isso. Precisamos dar tempo ao tempo, ela até que tem evoluído bastante.

– É. – A boca de Cadu ainda estava cheia. E ele também lançou um olhar para Édra. – Pelo menos ela parou de roubar a vaga do meu carro.

Eu queria tanto rir, apesar de ser completamente errado. Sei o quanto Édra vinha sendo implicante com Cadu Sena depois que descobriu todo o lance sobre eu ter perdido a minha virgindade com ele. Ela agia como uma criança orgulhosa. Era, sim, infantil e irritante. Mas eu adorava saber que a razão por trás de toda aquela birra era apenas ciúme do que tinha acontecido. Ainda que agora tivéssemos concordado com o papo sobre sermos "só amigas", porque nos decepcionamos uma com a outra e, de qualquer forma, ela vai embora logo depois da formatura para fazer faculdade em Montana.

Ver Édra atormentar Cadu Sena por minha causa fazia eu me sentir melhor sobre nossa nova amizade esquisita. Era a prova de que ela ainda sentia coisas por mim, mesmo que insistíssemos nessa coisa toda de "amizade". Com poucos diálogos, poucos momentos sozinhas uma com a outra, pouca aproximação física e muitas coisas a serem ditas. Honestamente, eu não queria me magoar quando ela fosse embora. Sei que ela também não queria se magoar, muito menos ter uma razão para ficar olhando pra trás quando estivesse em Montana. Então estava tudo bem, mesmo com o lance sobre sermos só amigas agora.

Menos quando ela se inclinava no bebedouro do auditório e as gotas de água escorriam pelo seu queixo. Que era algo que ela fazia umas três ou quatro vezes durante os ensaios para a formatura.

Então, umas três ou quatro vezes por dia, eu queria que a nossa amizade se explodisse.

– A confraternização da turma é amanhã. – Polly se uniu a mim e a Cadu Sena, sem desgrudar os olhos do celular. – Cadu, posso roubar Maurício emprestado pra me ajudar a comprar algo legal pra vestir? Quero dizer... não pra mim. Pro *Wilson* vestir.

– Você implica demais com as roupas do garoto. – Eu ri, pegando mais uma barra de cereal. Fala sério, são de graça. Eu vou comer trezentas até que os ensaios acabem.

– Eu o amo, mas ele veste bermuda jeans de avô, camisa polo e sapatênis. – Polly fez como se fosse vomitar e voltou a digitar no celular. – Preciso de um pouco de estilo nessa confraternização. É o nosso primeiro evento juntos desde que começamos a namorar.

– Por mim tudo bem. – Cadu Sena deu de ombros, com a boca inteiramente suja de cobertura. Segurei ele pelas bochechas para limpar um pouco da sujeira.

E um som de uma tosse forçada se materializou ao meu lado, junto ao corpo de Édra Norr, que apertava a alça da própria mochila com força e girava a chave do carro com a outra mão.

– Oi, Édra. – Polly acenou com a cabeça, sorrindo, voltando ao "*tap tap*" de unhas postiças digitando velozmente no celular.

– Oi, Polly. – Édra assentiu com a cabeça para Polly. Se virando para mim, ela disse: – Vamos.

– Vamos. – Comecei a enfiar as minhas coisas dentro da mochila. Toga, papel de discurso, quatro barras de cereal (que foram de graça, então ninguém iria sentir falta se eu levasse algumas pra casa) e, ok, *cinco barras* de cereal. Porque acabei de pegar mais uma.

– Eu posso comprar uma caixa cheia dessas, se você quiser – disse Édra, enquanto eu ainda deslizava o zíper da minha mochila para fechar a divisória. Tudo pronto para irmos embora daquele auditório calorento. Nós nunca ficávamos até o fim dos ensaios. Era repetitivo e entediante. Quase todos nós já sabíamos nossas falas. *Ainda que algum de nós implique com o nome de outras pessoas.*

– Eu com certeza iria roubar algumas.

Olhei para cima porque não podia *acreditar* que Cadu Sena tinha feito *a mesma* coisa. De novo.

– Ah, não, *outra vez não.* – Polly se levantou como uma formiguinha. – Vejo vocês depois.

– Por que *ele* está me dirigindo a palavra? – Édra perguntou para mim, e eu não soube o que dizer. Enfiei uma barra de cereal inteira na boca para que não precisasse fazer parte daquela discussão. Dei de ombros e acenei com a cabeça para Cadu, que estava com a cara mais abobalhada possível na cadeira. Fiz um "*tchauzinho*" e arrastei Édra Norr pelo braço, para o mais longe possível dele, antes que outra guerra começasse.

Sei que depois de tudo o que aconteceu, Édra mudou totalmente a forma de se comportar em público. Bom, não *exatamente* em público, mas perto de Cadu Sena ou de qualquer coisa que a lembrasse dele, que automaticamente a fazia lembrar do que tinha acontecido no feriado, quando brigamos, e que ainda a magoava.

Ter que encarar Cadu Sena nos lugares era como tocar numa ferida ainda aberta. Mas eu não podia simplesmente ignorá-lo, agora que somos amigos. Pessoas são diferentes e lidam com as coisas de formas totalmente diferentes. Talvez, se fosse eu, ainda estaria chorando e ouvindo música triste, sem trocar nem duas palavras com Édra Norr. Ela, por sua vez, só parecia ranzinza e implicante a todo momento. Mas, quando saíamos dos ensaios e éramos só eu e ela no carro, prestes a fazer qualquer coisa que fosse, Édra ainda se parecia com a mesma Édra de sempre. *Ela ainda estava lá*, em algum lugar, por trás de toda mágoa.

Ainda era *ela* quando me lançava um sorrisinho descarado enquanto dirigia. Mesmo que com poucos diálogos, poucos momentos a sós, pouca aproximação física e muitas coisas a serem ditas.

Estávamos tentando aproveitar o tempo que ainda tínhamos antes que ela fosse para Montana. E antes, também, que os resultados de todos os vestibulares que eu fiz saíssem. Não queríamos pensar muito sobre o futuro, nem em como manteríamos a *amizade* quando tivesse um oceano inteiro entre nós.

Naquele momento, só queríamos dirigir pela cidade, ir ao cinema, tomar milk-shakes no Banana Club, disputar jogos de tabuleiro com Dona Símia e fingir que éramos só boas amigas. Ainda que a mão dela sempre encontrasse um caminho até a minha coxa enquanto ela dirigia. E ainda que eu deixasse. E que, em silêncio, estivéssemos ambas de acordo em quebrar apenas algumas regras em prol disso.

Estava olhando para a mão dela na minha coxa enquanto íamos até o cinema. Como eu sempre estava de jeans, nunca senti a mão de Édra Norr *literalmente* na minha pele. Mas pouco importava; o calor e o peso da mão já eram suficientes. Eu não perderia *Vendaval 3* por nada. Ela sabia disso. E me surpreendeu com os ingressos assim que entramos no carro. Nem parecia a mesma pessoa que estava xingando Cadu Sena no púlpito uma hora antes.

Respirei fundo. *Queria perguntar.*

Às vezes precisava mesmo ser lembrada sobre o mantra da nossa amizade. Principalmente por ser confuso demais para mim ser impressionada com ingressos de cinema, ver a mão de Édra Norr na minha coxa, assistir aos ponteiros deslizarem em seu relógio de pulso e saber que três horas depois dali eu estaria dentro do meu quarto atualizando os sites com os resultados dos vestibulares. Ansiosa sobre algum deles já ter uma resposta pra me dar. E só. Porque esses eram os meus dias. Ensaios para a formatura, saídas esquisitas e silenciosas com Édra Norr e sites de universidades. Eu sentia falta dos beijos dela.

Precisava perguntar.

– Édra?

Mas o carro parou no estacionamento do shopping.

– Hum? – Ela sempre tirava a mão de cima da minha coxa com muita rapidez, como se levasse um choque de realidade toda vez que seu carro estacionava em algum lugar.

– Você vai pra confraternização da turma?

Menti sobre a pergunta. Já que não era isso que eu deveria perguntar quando me sentisse perturbada com os pensamentos sobre Édra Norr e sua boca.

– Você quer que eu vá? – Ela destravou o cinto de segurança e as portas, removendo a chave da ignição.

Engoli seco. O estacionamento do shopping sempre estava vazio a essa hora. E eu gostava disso, porque significava que o cinema também estaria.

Ela não se moveu para sair do carro. Sendo assim, nem eu. Não conseguia mais ler as expressões de Édra Norr como antes. Seu rosto nunca me dava os sinais certos para que eu deduzisse o que provavelmente estava se passando pela sua cabeça. Ela olhou pelo vidro do carro, percebendo o estacionamento vazio – ainda mais vazio do que estávamos acostumadas. Porque não vimos nem sequer os vigias. Seus olhos voltaram para os meus, desceram para a minha boca, para a minha coxa, subiram pela minha barriga até o meu queixo e novamente para os meus olhos. Acho que ficou explícito que eu estava respirando completamente errado, com uma arritmia, porque ela sacudiu com a cabeça de leve quando percebeu.

Eu precisava perguntar.

Eu precisava de um balde de água fria na minha cabeça.

– Por que somos só amigas? – Arfei, tentando alcançar a mão dela, que antes estava na minha coxa.

– Por causa de todas as coisas que aconteceram. – Ela se desvencilhou, abrindo a porta do carro. – E porque eu vou embora.

– Beije ela, pra valer – disse Dona Símia, sem conseguir respirar direito. Com as mãos para o alto. Totalmente enrolada em tecido marfim, renda e seda. Estávamos tirando suas medidas para fazer um novo vestido.

Estávamos, não. Polly e uma equipe de costureiras estavam. – Au! Alguma coisa me espetou aí nos fundos.

– Desculpa, *Simmy*.

Era como Polly chamava Dona Símia desde que contei para ela todas as coisas, inclusive sobre Dona Símia ser incrível e também estar na minha minúscula lista de amigos. Elas estavam mais próximas que eu. Polly já ia para a casa de Dona Símia naturalmente. As duas tomavam chá e Polly introduziu Dona Símia no mundo das séries televisivas mais modernas. Eu nem acreditei quando fui visitar Dona Símia e ela estava simplesmente maratonando *Friends*. Para ser sincera, eu estava até meio enciumada com essa aproximação toda. Principalmente porque eu estava tão concentrada em aproveitar meus últimos dias com Édra Norr que estava perdendo todas as "noites de maratona" que elas faziam sozinhas. Sempre recebia uma mensagem dizendo "Vem pra cá" de Polly, porque ela já estava do outro lado da rua, com pizzas congeladas e vários DVDs de suas muitas coleções de seriados populares.

– Eu também acho que ela deveria beijá-la, tipo, *boom* – disse Polly, esticando os tecidos de um lado para o outro. – Mas ela não me escuta.

– Eu tô tentando respeitar o jeito como Édra quer que as coisas funcionem.

Todas caíram na risada. Até mesmo as costureiras, que nem sabiam sobre tudo, só o pouco que fofocávamos quando estávamos lá, com nossos horários marcados, decidindo nossas roupas para a formatura.

– Isso é pura pose. Édra só está agindo como um robô porque está ensaiando. Ela só consegue se segurar porque criou um roteiro. E você segue o script, então tudo está *sob controle*. Ela precisa *sair* do controle – disse Polly, enfiando mais um grampo no vestido de Dona Símia.

Ela tomou alguns passos de distância de nós. Eu, Polly e todas as costureiras inclinávamos nossas cabeças em diferentes ângulos para observar o vestido. Dona Símia foi se virando com todo o cuidado para a direção do espelho. "Está igualzinho", disse Polly para mim, apenas movimentando os lábios. Ao que eu respondi da mesma maneira, sussurrando um "Obrigada".

Vi o tórax de Dona Símia crescer conforme ela puxava todo o ar da sala e seus olhos miúdos se arregalavam. Ela deslizou as mãos da cintura até a barra. Pegou um pouco do tecido da seda para senti-lo e esfregou os dedos. Ela não olhou nem para mim nem para Polly, apesar da nossa expectativa.

A sala inteira de confecção estava silenciosa. As costureiras suspiravam em cantos diferentes. Algumas se cutucavam com os cotovelos. Todas sorríamos. Os olhinhos de Dona Símia começaram a brilhar. Ela tinha sido seduzida pelo espelho. Parecia *tão jovem*. Uma formanda prestes a ir ao baile. Passou as mãos pelos cabelos e liberou o clipe que sempre o mantinha inteiramente enrolado num coque. Os fios perfeitamente brancos e ondulados.

E nem percebi que eu estava tão emocionada, até sentir minhas bochechas molhadas com lágrimas.

– Dessa vez... – Eu surgi atrás dela no reflexo do espelho. – *Ninguém* vai rasgar o seu vestido.

– *Uau, Simmy* – sussurrou Polly para si mesma. – Faculdade de moda, aí vou eu.

Eu e Édra estávamos num canto mais isolado da confraternização. Tínhamos reservado todas as mesas do Banana Club, e com isso o clube estava fechado apenas para as turmas do terceiro ano do Colégio São Patrique. (*O que o bom e velho dinheiro não pode fazer, hum?*) Ela estava inclinada sobre o balcão que nos separava da "pista de dança" que improvisamos. Arrastamos todas as mesas de sinuca para os cantos das paredes e deixamos um bom espaço no centro. Ali, todas as pessoas bebiam, dançavam e falavam sobre o futuro embaixo das luzes que oscilavam entre azul e lilás. Tudo naquela pista me lembrava a primeira vez que beijei Édra Norr, no Submundo.

Polly e Wilson Zerla (*de calça e camiseta de botão, devo acrescentar*) estavam dançando completamente fora do ritmo. Maurício conseguiu entrar de penetra e estava muito perto da boca de Cadu Sena enquanto os dois conversavam. Todas as pessoas estavam olhando. Eles nunca tinham ficado na frente de ninguém. Na verdade, não são muitas pessoas que sabem sobre Cadu Sena.

– Você? – Édra tentou conter o riso por causa do que eu tinha acabado de contar a ela. – Você e quase todas as garotas do terceiro ano vão abrir mão de usar vestido na formatura?

– Não é "abrir mão" – corrigi. – Ainda podemos trocar de roupa se quisermos depois que já estivermos lá dentro. É só um protesto. Não é justo que as garotas do grupo religioso te persigam por querer se formar de smoking. Elas vão tentar te barrar na porta por isso. Mas não dá pra barrar quase todo o corpo estudantil.

Dei de ombros, assumindo a minha genialidade. Me custou horas de conversa, muitos e-mails e trocas de favores para que eu conseguisse fazer com que a maioria das garotas aceitasse a minha ideia sobre entrarmos no Castelo Alfredinni de smoking e só lá dentro colocarmos nossos vestidos. Para que Édra não sofresse nenhuma punição estúpida em plena noite de formatura. Eu queria que tudo fosse bom para todo mundo, especialmente para ela, em sua última noite em São Patrique.

– Essas garotas nunca deram a mínima pra mim – disse ela, confusa, olhando de relance para meninas aleatórias espalhadas na pista de dança improvisada. Quase todas tinham topado. *Graças a Deus.*

– Ainda bem que as pessoas mudam e se arrependem, não é mesmo? – Respirei fundo, seguindo seus olhos. Estavam presos em Cadu Sena, que se divertia em alguma conversa com Maurício. A perna de Maumau estava discretamente apoiada na perna dele. – Não dá pra saber nada sobre as pessoas antes de tentar conhecê-las de verdade.

Édra fez um *"tsc"* com a boca, revirou os olhos e inclinou a cabeça. Sei, por causa da minha ótima visão panorâmica, que ela estava olhando para mim.

– E eu nem me importo com a parte de trocar de vestido e tudo mais – disse eu, sem tirar os olhos da pista de dança. Porque eu sabia que, se olhasse para ela, ela iria parar de me olhar. – Fico uma gata de smoking.

– Aposto que sim – disse ela, sorrindo. Vi os seus dentes caninos. Não consegui não virar para olhar. E, como eu já imaginava, assim que o fiz, ela se virou para olhar a pista de dança.

Poucos diálogos, poucos momentos sozinhas, pouca aproximação física e muitas coisas a serem ditas.

Minha cabeça não parava de rebobinar os conselhos de Polly e Dona Símia. Os conselhos que me diziam para ignorar todas as regras idiotas que criamos para não sofrermos e simplesmente partir para cima dela.

Foi o que eu comecei a fazer. Desvencilhei um dos braços dela para me encaixar de frente para o seu corpo, ficando completamente encurralada. Estávamos encostadas no balcão, uma de frente para a outra. Sei que a peguei de surpresa com esse movimento porque, em vez de ter uma reação imediata de me deixar escapar, Édra estava boquiaberta e seu corpo parecia totalmente rígido. Ela não deu um passo sequer. Não movimentou absolutamente nada. A única coisa em movimento eram seus cílios e os seus olhos tentando decifrar o que eu estava *querendo fazer*.

– Édra? – perguntei, olhando para a boca dela. – Por que somos só amigas?

Meu coração estava obviamente saltitando dentro do meu peito. E a respiração de Édra Norr estava intensa, tão intensa que eu conseguia sentir o ar quente ricochetear contra o meu rosto. Estávamos muito perto uma da outra. Eu conseguia sentir seu cheiro no ar, por toda parte. Era a garota mais bonita e cheirosa que eu tinha visto na vida. Dentro de sua jaqueta jeans e da camiseta preta. Ergui meus olhos para dar de cara com os dela, fitando a minha boca.

– Porque... – Ela passou a língua entre os lábios, dando a eles um brilho específico de saliva embaixo da luz azulada. – Bom, somos só amigas *porque*...

"Dane-se" foi o que ela sussurrou, quase que imperceptivelmente, de tão baixo, se inclinando para perto da minha boca. Estávamos a centímetros de um beijo quando duas garotas começaram a gritar histericamente ao nosso lado no balcão.

– Aquele beijando um garoto não é Cadu Sena?!

– É claro que é. *Ai, meu Deus!* Ele é *gay*!

Meus olhos reviraram, não tinha mais a menor paciência pra essas garotas do Colégio São Patrique.

– Ele não é *gay*, ele é *bissexual*. E ainda que fosse, vocês não gritam toda vez que um casal hétero se beija nesse maldito colégio. Pra que a histeria agora? É só um garoto beijando outro garoto. *Pronto*. Não tem *nada* de especial ou de anormal nisso. Ninguém aqui é um alienígena por causa de um beijo na boca num corpo parecido.

Uma das garotas me encarava constrangida, a outra me encarava enojada.

– Não era você quem estava saindo com ele um tempo atrás? Não quer que a gente fale mal do seu namoradinho por causa de quê? Está com ciúme? – Ela ergueu as sobrancelhas. – Veja só, Becca. Ela está claramente com ciúmes. Não temos culpa se você foi trocada por um garoto, está bem?

– Eu não me importo com quem Cadu Sena sai ou deixa de sair. Somos amigos. Eu só quero que parem de tratar pessoas diferentes como se não pertencessem aos lugares. Ou como se fossem uma grande atração. Sério, vão procurar o que fazer.

As duas se retiraram cochichando e rindo de toda a situação. Inclusive de mim. Édra estava com uma cara inegável de desconforto. Suas sobrancelhas estavam arqueadas e seu olhar era estranho. *Ah*. Não, não, não.

– Por causa de todas as coisas que aconteceram – ela começou a responder à pergunta que eu tinha feito antes, com um olhar perdido, engolindo seco. Vi o músculo mover na garganta, o maxilar trincar e os olhos marejarem. – E porque eu vou embora.

– Esse ano foi muito proveitoso para todos nós. Que nós possamos seguir com os nossos sonhos, buscando ainda mais sabedoria nos nossos caminhos.

Minha voz estava trêmula no microfone. Dava para ouvir até os meus dentes baterem. Éramos todos tão minúsculos dentro da estrutura do Castelo Alfredinni. E levamos tanto tempo para arrumar todas as coisas por aqui. Tinha várias faixas homenageando o corpo docente e alguns alunos em especial. Também tinha os banners engraçados, pendurados ao fundo. O que dizia "Terceirão, vocês não fizeram mais do que a sua obrigação" tinha me arrancado boas risadas assim que cheguei.

Por causa da ansiedade de Polly e do conforto de Dona Símia, decidimos todos ir mais cedo. A viagem de São Patrique até lá era demorada. Apesar de termos ficado sem gasolina em um momento, ainda assim chegamos no horário combinado. Eu, Polly, Wilson Zerla, Dona Símia e Maurício apertados em um carro. Cadu tinha lamentado por horas no nosso grupo (Formatura dos Otários) do celular porque teria que ir com a família no próprio carro. Mas não sentimos piedade dele, seu único interesse em viajar até o Castelo Alfredinni dentro do fusca enferrujado do avô de Wilson Zerla era um certo rapaz de terno vinho florido. Ah, as pessoas acham seus pares perfeitos uma hora.

A primeira coisa em que reparei quando chegamos foi obviamente a cadeira ainda vazia de Édra Norr. Mesmo que seu pai estivesse lá, ereto, conversando com pessoas aleatórias. A segunda coisa foi em como todos estávamos tão elegantes que nem parecíamos os alunos suados e entediados que fomos durante todo o ano letivo. Era engraçado como algumas pessoas se pareciam tanto com seus parentes. Narizes, queixos e cores de cabelo. Camila Dourado estava acompanhada de Renata e Léon, usava um vestido que parecia ter custado mais do que eu juntaria se economizasse por três anos. E ela estava acompanhada de Luiz, que foi a terceira coisa em que reparei. É, as pessoas realmente acham seus pares perfeitos uma hora.

Mamãe e papai viriam para cá assim que fechassem o mercado. Eu estava evitando encontrá-los, porque estava com medo de dizer um "sou lésbica" para responder qualquer pergunta que eles me fizessem, mesmo que a pergunta não tivesse nada a ver com isso. As notícias correm nessa cidade e eu tinha certeza que eles já desconfiavam de alguma coisa. Ainda mais me vendo de smoking em plena formatura. Ainda que tivesse uma costura feminina que valorizava a minha cintura, era um smoking e não um vestido elegante cheio de pedras, como o que Camila Dourado estava usando. Mamãe e papai com certeza já desconfiavam de tudo e só estavam fingindo que não. Eu tinha contado que parte do dinheiro que eles me deram para a roupa da formatura seria para esse smoking, do brechó, e eles fizeram aquela expressão que eu já conhecia.

Apesar de que todas as nossas últimas conversas tinham sido supersérias sobre eu prestar os vestibulares. Papai me levou para fazer todas as provas. Até para Nova Sieva, mas pena que nem tive tempo de conhecer o campus ou a cidade. No dia seguinte prestei vestibular em Glorado, depois em Pitsburgo. Eu e Édra Norr mal tínhamos nos visto, ou saído, nos últimos dias, quando todas as provas exigiam que eu entrasse e saísse de inúmeros ônibus. Como uma carga a ser despachada a qualquer momento pelos meus pais. Graças ao crescimento do mercado, eles estavam dispostos a me ajudar a cursar alguma coisa fora da cidade. Se eu também estivesse disposta a levar os meus estudos a sério.

Me lembrei de olhar docilmente para eles de cima do palco. Mamãe estava tão bonita em seus brincos de pedra que eu queria chorar.

– E que cada aluno de mérito seja lembrado por sua característica de honra. – Minhas mãos tremiam no púlpito. E eu mal conseguia segurar o meu papel.

Foi quando Édra Norr chegou, completamente deslumbrante e atrasada. Arrastando sua bicicleta para um banco vazio reservado para a família dela. Estava reformada. E meu coração se aqueceu por inteiro, porque eu sabia exatamente o que aquela bicicleta de sua mãe significava, ali, encostada no banco. Esqueci completamente o que precisava dizer. Só conseguia assisti-la se posicionar no lugar, inclinar a coluna, lançar um olhar doce para Dona Símia e outro cauteloso para o pai. Já para mim, ela respirou fundo, com um olhar compenetrado e uma boca de quem queria sorrir, mas não conseguia.

Parecia que agora cada um de nós estava tomando um rumo tão distante. Édra iria cursar contabilidade e não sei mais o que em Montana. Seu pai queria que ela fizesse duas faculdades ao mesmo tempo, na melhor faculdade particular que se tem notícia fora do país. Ele estava disposto a fazê-la herdar todas as coisas. E ela estava disposta a ter condição financeira para ajudar Dona Símia em tudo o que precisasse, já que, depois da apresentação no feriado, ela foi mesmo impedida de lecionar para as crianças no instituto. Polly estava obcecada por moda e pela criação de vestidos chiques. Wilson Zerla queria muito ser diretor de colégio e estava totalmente ligado à pedagogia. Cadu Sena comentou sobre continuar dentro da área de Educação Física, queria ser treinador e tinha uma paixão muito viva por futebol. Lembro de Maurício rindo, tentando imaginar Cadu contendo uma classe inteira de alunos. Maumau já estava terminando seu curso de bibliotecário e pretendia ficar mesmo em São Patrique. Polly estava pesquisando faculdades de moda em toda parte, e Wilson Zerla, com o nível de QI arrogante que ele tinha, não parecia nem um pouco preocupado em prestar vestibular no mesmo lugar que Polly. Ele sabia que iria passar. Onde quer que ele quisesse estudar.

– Georgie Louise, pela sagacidade. Lúcia de Castro, pela astúcia. Wilson Zerla pela... Wilson Zerla pela...

Solidariedade, Íris.

A palavra certa é *Solidariedade*.

– Fala sério, Wilson Zerla é um gênio – deixei escapar em alto e bom tom pelo microfone. Todas as pessoas se consertaram em suas cadeiras. E eu só percebi, obviamente, depois que tinha dito. E depois que os cochichos foram ganhando mais volume, comparados ao meu silêncio no púlpito.

Vi os oradores que contratamos e grande parte do corpo docente me olharem de olhos arregalados. Alguns deles balançavam a cabeça negativamente para mim em câmera lenta.

Eu tinha uma nova promessa comigo mesma. A de ser honesta, a de agir conforme os meus princípios e a de nunca mais ser a garota que se tranca no quarto e apenas vive no mundo das novelas. Eu precisava ser eu mesma. Custasse o que fosse.

– Quero dizer... – Regulei um pouco mais o microfone para que saísse de tão perto da minha boca e eu pudesse falar direito. – Ele é mesmo um gênio. Ainda que quase todos nós não tenhamos reparado nisso nos últimos três anos. Muitas pessoas aqui têm coisas boas a serem citadas. E nem todas elas estão nesse papel idiota sobre mérito e honra.

Ok, eu já tinha começado a estragar tudo e iria terminar. Todos estavam olhando para mim. Muitos senhores de idade que eram avôs e avós de alguém me encaravam, pálidos.

– Todos aprendemos algo e todos vamos levar alguma coisa daqui. E estamos todos nos formando juntos. Então, vamos lá, todos nós temos um pouco de mérito por termos sobrevivido ao Ensino Médio. Polly, estou orgulhosa de você mais do que posso falar. Cadu Sena? Uou, você é uma das pessoas mais doces desse colégio e quase ninguém tem noção disso.

Alguém entre os formandos disse "gay" de forma debochada. E eu pude ouvir.

– Tá, tudo bem, se querem mesmo levar as coisas a esse nível. Vamos lá. – Arranquei a minha toga com tudo. – Todo o sistema do mundo, todo esse Ensino Médio e todas as pessoas aqui são uma farsa. Nós somos cópias de cópias de cópias. Quantos de nós vamos precisar fazer o mesmo que os nossos pais? Quantas de nós estamos reproduzindo todas as atitudes das nossas mães, para preencher suas expectativas? E sobre nós mesmos? Onde está a parte onde escolhemos nossos próprios caminhos e nossas próprias personalidades? Quantos de nós temos o nosso jeito brilhante de ser resumido a nada, só porque esse jeito "brilhante" brilha de forma diferente? Se queremos coisas diferentes, se sonhamos diferente, se temos um corte de cabelo diferente ou se vamos às nossas *próprias* formaturas da forma que queremos nos vestir, somos apedrejados por todos vocês. Não podemos ser nada além de cópias, porque, quando nos apropriamos de quem realmente somos, nós incomodamos demais. E somos a nova piada. Todos os dedos se esticam para nós!

Percebi que alguns oradores se aproximavam com um sorriso sem graça para tentar contornar a situação que eu estava criando.

– Eu ainda não acabei. – Desconectei o microfone do suporte metálico e me afastei do púlpito. Eu falei sério sobre ser uma gata de smoking. – Está tudo bem. Alguém uma vez me disse que está tudo bem em ser um alien virgem de alguma coisa. Está tudo bem em sermos diferente. Está tudo bem em sair da margem e deixar de ser a cópia da cópia da cópia. Está tudo bem em seguir a carreira que quiser, em ir morar onde quiser, em amar quem quiser. Somos pessoas. Somos particulares. E se isso significa ser um alienígena para todos vocês, eu honestamente não dou a mínima. Sei que zombam e riem de nós porque queriam ter a nossa coragem. Então, *sim*, que cada aluno de mérito seja lembrado por sua característica de honra. Wilson Zerla, pela *genialidade*. Polly, minha Poliana Rios, pelo coração gigantesco. Cadu, ei, Cadu Sena, pela doçura. É muito fácil ser forte, mas não é fácil ser gentil como você é. E Édra Norr... – Olhei para ela, boquiaberta em seu assento. Parecia a mulher dos meus sonhos com aquele novo corte de cabelo. Sim, eu sonho com mulheres. Porque eu sou lésbica. – Você abriu a cabeça de todos nós desse colégio onde nada nunca acontece. Você nos mostrou que vale a pena pagar qualquer preço para ser quem nós somos. Então, Édra Norr, pela *coragem*. Pronto. Agora eu disse tudo o que eu queria – falei para todas as pessoas na enorme catedral do Castelo Alfredinni. E já estava me virando para descer do palco. – *Na verdade...* – Eu voltei para alcançar o microfone. – Não *somos* amigas.

Estávamos todos prontos para beber e comer na área separada apenas para nós, alunos.

– Foi um belo discurso. – Ira Alfredinni surgiu ao meu lado, mexendo uma azeitona dentro de uma taça elegante. – E esse é um belo smoking.

– Obrigada, I ponto A. – Eu sorri para ela. – Esse é um belo castelo. Soube que ajudou a minha turma a alugar tudo isso aqui pra essa formatura acontecer.

– É, eu fiz o que pude. – Ela deu um gole, com os lábios tortos para um lado e um olhar presunçoso. – Se conseguir passar para a UNS, pode contar comigo.

– Como sabe que prestei vestibular para a Universidade de Nova Sieva? – Minhas sobrancelhas se arquearam.

– Eu sei de tudo o que acontece em Nova Sieva. – Ira correu os dedos entre os cachos dourados.

Que engraçado. Lembrava muito bem de quando toda essa "onda lésbica" tinha começado. E que Ira tinha sido a primeira garota que beijei na vida.

Entortei o meu nariz, querendo indagá-la sobre cada coisa da UNS e perguntar como diabos ela sabia sobre eu ter ido prestar vestibular lá. Mas Édra Norr surgiu antes que eu pudesse abrir a minha boca, com uma cara não muito amigável.

– Com licença – pediu educadamente e saiu me arrastando pelo braço antes que eu pudesse ter qualquer reação sobre tê-la visto tão de perto depois de dias que pareciam ter sido infinitos.

Ela não disse uma só palavra durante todo o percurso. Mas o meu coração disse, em inúmeras batidas arrítmicas. Viramos inúmeros corredores como se ela já conhecesse o lugar como a palma das mãos. Tentei me perguntar o que estava acontecendo. Tentei pará-la, perguntando o que ela pretendia fazer e para onde estava me levando. Mas a verdade é que eu não estava nem aí. E tudo em que conseguia focar naquele momento era em como seu cheiro me deixava inebriada, como ela estava mais bonita do que nunca e como era charmosa por trás de todo aquele semblante zangado.

Édra saiu conferindo maçaneta por maçaneta de um longo corredor, ainda me segurando pelo braço. Quando uma porta se abriu, ela me empurrou para dentro.

– O que foi aquilo? – perguntou ela, parecendo descontrolada. – O que você acha que está fazendo?

– Não faço ideia do que você está falando. Respondi, em minha defesa. Em um smoking, ela conseguia ser mais gata que eu. Principalmente folgando a gola apertada no pescoço. Estava suando. Parecia completamente incomodada no traje apertado. Que, mesmo sendo justo, não tinha um recorte feminino como o meu. Só era sob medida. Cabia nela, perfeitamente. E o Castelo

Alfredinni estava mesmo calorento. Depois de tanta tempestade, não víamos uma só gota de chuva fazia semanas.

– Eu vou embora. Você sabe que eu vou embora. Eu sei que eu vou embora. Então qual a necessidade de ficar brincando com a minha cabeça? Não ando brincando com a sua. Decidimos isso. Somos amigas.

– Não somos amigas – rebati, me apoiando na mesa oval atrás de mim. Estávamos dentro de alguma sala que eu nem conseguia identificar de que cômodo se tratava. Tinha essa enorme mesa oval no centro, várias poltronas, livros e quadros chiques com molduras de ouro pendurados na parede. Parecia uma sala de reuniões ou sei lá o quê.

– Eu estou fervendo aqui dentro. – Édra Norr arfou, puxando com ainda mais força a gola do conjunto que compunha o smoking. – Somos amigas. Pare de dizer isso. Pare de dizer que não somos. – Ela se virou para mim, furiosa. – Você perdeu sua virgindade com Cadu Sena. Um dia depois que brigamos.

– Você beijou Camila Dourado. E não fazia nem vinte e quatro horas que tínhamos brigado.

– Camila Dourado *me* beijou. E mesmo assim, nunca senti nada por ela. Eu só estava tentando fazer dar certo desde o primeiro dia, ela também estava tentando. – Os olhos de Édra pareciam uma tempestade a caminho, me encarando.

– Cadu Sena também *me* beijou. E eu retribuí. Estava confusa sobre mim mesma e sobre tudo. Queria que alguém me mostrasse algo, qualquer coisa, pra que eu tivesse certeza sobre mim mesma. E isso tudo só começou depois que você apareceu, colocando essa grande interrogação na minha cabeça sobre gostar ou não de garotas. E você nunca desfez a interrogação, Édra. Você nunca me ajudou a encontrar a resposta. Só me trouxe mais dúvidas.

– Você queria que tivesse te ajudado a encontrar uma resposta? – perguntou Édra, e eu não conseguia ler a expressão em seu rosto. Como sempre.

– Queria – respondi, encarando-a de volta. Ainda que fosse muito difícil fazer isso sob a mira do seu olhar compenetrado. Me sentia atravessada por ele.

Édra deu as costas para mim, saindo como um furacão. Não disse uma só palavra. Como... Ela... Ousa.

– Ah, claro! Faça isso mesmo! – gritei para as costas dela. – Me traga para o meio do nada e me deixe aqui, falando sozinha. – Revirei os olhos, querendo quebrar tudo dentro daquela sala. – Você é uma grande idiota mesmo – sussurrei para mim mesma.

E aí ouvi o barulho estrondoso de madeira sendo arrastada pelo chão do corredor fora da sala. Édra Norr surgiu novamente, com uma cadeira que parecia ter o meu peso.

– O que você vai fazer com isso? – perguntei, em voz alta, ainda que eu pudesse jurar que a pergunta era só um pensamento povoando minha cabeça diante daquela cena.

Édra posicionou a cadeira sob a maçaneta da porta, travando a entrada.

– Eu vou te dar a resposta.

Ela veio na minha direção, puxando a gola do smoking.

A língua de Édra Norr dentro da minha boca era quente e tinha gosto doce. Eu só percebi que aquilo não se tratava de um simples beijo quando senti a mão dela desabotoar o primeiro botão da camisa branca que eu usava por baixo do meu smoking. Não tentei impedi-la. Queria aquilo mais do que ela.

Édra liberou nos botões o espaço que precisava para que sua mão entrasse na minha roupa e alcançasse o meu peito. O gemido escapou naturalmente de dentro da minha boca para dentro da boca dela. Nosso beijo foi ficando cada vez mais intenso e eu sentia a respiração dela quente contra a minha pele. Eu não fazia ideia do que fazer com as minhas mãos, tentei segurar o rosto dela. Meus dedos escorregaram em um carinho que fez com que Édra se afastasse do beijo imediatamente.

Seus olhos pareciam caídos, vulneráveis e gulosos.

– Não faça isso comigo – pediu, quase que em um sussurro. Sua voz era tudo o que se podia ouvir naquela sala onde estávamos. – Eu vou embora.

Meu coração gelou dentro do peito. Eu sabia disso. Eu tinha consciência de absolutamente tudo. Mas a queria dessa forma mais do que qualquer coisa que já pude querer na minha vida.

– Então me dê uma boa memória de despedida. – Agarrei Édra pelo rosto, voltando para a sua boca.

Se iria acabar uma hora, eu queria que cada segundo valesse a pena.

Tudo no meu corpo estava superaquecido. O beijo de Édra Norr tinha um efeito surreal em cada centímetro da minha pele. Dei uma mordida leve na boca dela, que a fez deixar um gemido escapar. Não sei nem descrever o que aquele som me causou. Seus dedos afastaram meu cabelo para o lado, abrindo um caminho perfeito para que os seus lábios escorregassem pelo meu pescoço. Senti a pele do meu pescoço ser sugada, lambida, molhada. Meu coração já estava tão acelerado que eu podia morrer. Nossos corpos se encostaram mais e eu vi que meu coração não era o único que tinha enlouquecido. O de Édra Norr latejava contra o meu peito. Tão forte que sentia como se pudesse escutá-lo através do ritmo. Ainda assim, teria que bater um pouco mais alto, se quisesse sobressair ao som dos estalos que todos os nossos beijos e movimentos faziam no eco daquela sala. Fui me deitando na mesa oval, sendo guiada pelos comandos de Édra. Me sentia confusa sobre o que fazer em cada parte e se deveria mesmo fazer algo. O olhar de Édra Norr sobre o meu corpo parecia saber exatamente como lidar com cada parte de mim. Sua mão desabotoou o resto dos botões do meu smoking conforme seus olhos escuros me encaravam com cautela. Era como se analisassem a minha reação para tudo, esperando uma autorização minha para continuar fazendo o que quer que fosse. Eu não dizia "continue" ou "pare". Meus gemidos escalavam a minha garganta e pareciam autorizar Édra a tomar qualquer atitude.

Meu corpo estava tão quente que parecia ter saído do forno. Minha temperatura só contrastava com a superfície daquela mesa gelada.

A lentidão de Édra em seus movimentos me fazia desejar a minha própria morte. Havia um misto de cautela e pirraça. Cautela no seu olhar, estudando minhas reações. Pirraça nos sorrisos discretos e cínicos, quase que imperceptíveis, para os meus gemidos.

Ela se inclinou e deslizou a língua pela minha barriga. De um jeito tão devagar e tão molhado, que deixou em mim um rastro de arrepio. Arranhei a mesa quando sua boca encostou no meu peito. A sensação era tão. Apenas "tão". Nada além disso pode descrever a quentura de sua língua e como o meu corpo respondeu a isso.

Entrei em estado de alerta quando ela alcançou minha calça. Me senti tímida. Mesmo sem fôlego, me senti desajeitada. Eu não era ingênua a ponto de não saber o que ela faria depois, mas eu nunca tinha feito isso antes. Não aconteceu metade dessas coisas com Cadu Sena. Não fiquei surpresa em estar um pouco insegura, meu rosto aqueceu e acho que Édra percebeu. Porque ela parou. Por que parou?

– Eu posso parar por aqui, se você quiser – Sua voz era serena e seu olhar era paciente. O que não condizia nada com a respiração ofegante e ansiosa para continuar avançando níveis no meu corpo.

Os cabelos, mais bagunçados que de costume, me fizeram sorrir.

"Dane-se" digo eu, Édra Norr.

– O quê? – perguntou ela, inclinada sobre o meu corpo deitado na mesa oval. Balancei a cabeça negativamente, dando de ombros. E cobri os meus olhos com a minha mão. Ela deu uma risada curta e abafada enquanto se inclinava ainda mais, agora entre as minhas pernas. Senti seus cabelos se esfregarem nas minhas coxas quando ela chegou lá.

Não sei explicar o que foi aquilo. O calor tomou conta das minhas pernas assim que Édra deslizou a minha calça para o chão. Alguns beijos na lateral da minha coxa me fizeram morder os lábios. Os cabelos se encostavam em toda parte, a orelha era fria contra a minha pele. Seu brinco de metal estava gelado.

Só conseguia senti-la; minha mão ainda cobria os meus olhos. Eu não queria ver nada, não queria que meu coração parasse e não queria que minha timidez estragasse algo que eu queria tanto. Parecia tão certo. Hesitei um pouco assim que a minha calcinha passou de uma perna para outra e então para fora do meu corpo. E a sua boca me tomou como se tivesse sido feita para mim. Tudo ficou molhado, em uma textura que eu nunca tinha sentido antes.

A língua de Édra Norr era quente em mim. Quente e precisa. Precisa e rígida. Rígida e macia. Mordi a manga do meu smoking para que eu não nos entregasse para algum vigia, por causa dos sons que queriam sair a todo custo da minha garganta. Meus gemidos, entregues. Ela ia de cima para baixo, de baixo para cima. Pincelava pequenos círculos com a língua. Tudo pulsava. Eu podia jurar estar bêbada por cada sensação. E as sensações vinham uma atrás da outra, cada vez mais intensas e profundas. Sabia que, em algum lugar ali embaixo, seu queixo estava se encostando em mim. Com aquele sinal que eu adorava. Podia me sentir molhada contra o queixo de Édra Norr. E também contra os seus lábios. Não sabia que era possível me sentir pegando fogo e, ainda assim, com frio na barriga.

Aquilo era tão, tão certo de estar acontecendo.

Um de seus dedos encontrou o caminho para dentro de mim. E tudo ao mesmo tempo me fazia sentir como se a minha alma estivesse desacoplando do meu corpo.

Quando eu já não podia mais aguentar, a minha mão escapou dos meus olhos e me inclinei um pouco na mesa para vê-la, nem que por uns segundos. Ela percebeu o meu corpo se erguer contra a sua boca e subiu o olhar. Nossos olhos se encontraram e colidiram, como um acidente de carro, como meteoros no espaço, como as alienígenas que éramos. E que sempre seríamos. Totalmente conectadas depois daquilo. Senti como se fosse desmaiar. Era a minha resposta. E o meu corpo fervendo caiu de vez na mesa gelada.

Édra Norr sorriu para mim.

Eu ainda estava boquiaberta e ofegante.

– Você tem razão. – Ela se deitou ao meu lado na mesa. Sem fôlego e cansada. O queixo dela brilhava, um pouco da ponta do nariz também. Os lábios estavam bem mais corados que de costume, como se tivesse muito sangue correndo por dentro deles. E os cabelos caíam desgrenhados e totalmente suados na testa. – Não somos amigas. E nem tem como sermos amigas. – Ela limpou o canto da própria boca. Eu a encarava e ela encarava o teto. – Porque eu sou apaixonada por você.

– Ai, meu Deus, ai, meu Deus, ai, meu Deus. – Polly começou a dar pulinhos, com a boca cheia de salgadinhos de camarão. – E então vocês se beijaram?

Eu balancei positivamente com a cabeça. Me sentindo tímida.

– Foi perfeito! – Polly suspirou. – Foi muito como numa novela.

– É. – Eu sorri vendo Édra Norr encher o copo de ponche do outro lado da festa. Nos olhamos rapidinho e ela deu um sorrisinho para mim. – Foi mesmo como numa novela.

– E agora? – perguntou Polly, se deitando no meu ombro. Estávamos perto da mesa de salgados, sentadas, observando a festa ir a todo vapor.

Dona Símia tinha dançado tanto que se cansou, e estava cochilando na mesa com mamãe e papai, porque eles prometeram uma carona para ela. Cadu Sena e Maurício tinham sumido (eu não queria nem sonhar com o que estavam fazendo). E Wilson Zerla estava bêbado na pista de dança. Para compensar sua genialidade, ele não dança nada bem.

Eu sabia que Édra Norr só tinha mais algumas horas antes de pegar o voo para Montana. Mas naquele momento, apesar de tudo, eu tinha uma boa memória de despedida. E ainda me sentia embriagada demais com ela para pensar em qualquer outra coisa.

– Não faço a menor ideia. – Respirei fundo, respondendo a Polly enquanto observava Édra se esbaldar em ponche e sujar um pouco a gola da camisa. Memórias arrepiaram a minha nuca.

– Com licença, gatinhas. – Dois garotos surgiram, mas apenas um deles (o que aparentava ser bem mais esnobe) falava. Me perguntei quem os tinha convidado. – Vocês estão acompanhadas? Querem dançar? Duas garotas bonitas assim não deveriam estar dando sopa por aí.

– Eu tenho namorado. – Polly se esquivou, entediada, com a boca cheia de salgadinhos.

– E eu sou lésbica.

Caramba, fica cada vez melhor dizer isso em voz alta.

Eu já estava prestes a ir embora quando a professora de literatura me chamou no estacionamento do Palácio Alfredinni. Meus pais decidiram ir caminhando mais à frente. Minha mãe já estava carregando os sapatos na mão e tinha bebido mais do que eu e os meus amigos conseguimos beber (batizando o nosso ponche escondidos). Eu disse para Maurício que ele não precisava se preocupar comigo e que eu já tinha como voltar pra casa. Não só eu, como a Dona Símia, que iria aproveitar a carona de papai e mamãe por ser nossa vizinha e agora, assumidamente, a minha segunda melhor amiga. Dona Símia não podia ficar até tarde, o que era outra razão para estarmos indo embora antes que a festa de fato terminasse. Ela iria viajar para passar uma temporada com a família no interior, todo mundo estava preocupado demais em deixá-la sozinha em São Patrique depois do susto que levamos. Acalmei as preocupações de Maurício e o vi comemorar internamente que não precisaria mais esperar todo mundo ir pra casa. O caminho estava livre pra que ele e Cadu Sena fossem embora no mesmo carro. Sorri enquanto passava por eles. A família de Cadu Sena e os amigos dele estavam tomados pela desconfiança, mas mesmo assim Maurício conseguiu raptá-lo sem que quase ninguém percebesse. E eu podia sentir que, quando o álcool passasse, mamãe e papai também teriam muitas perguntas a me fazer. Eu não estava preparada, mas também não estava com medo. O bom de aprender a falar a verdade é que você começa a gostar disso e a abraçar (sem peso na consciência) qualquer consequência que venha da sua honestidade.

Polly e Wilson Zerla eram um novo casal e estavam naquela fase onde um tenta impressionar a família do outro, que estão acabando de conhecer. Eu e Polly nos abraçamos mais vezes do que posso contar e o ponche batizado nos fez remoer toda a trajetória da nossa amizade e pedimos desculpas uma a outra pelas dezenas de vezes que quase colocamos tudo a perder porque somos jovens e estúpidas demais às vezes. Os pais de Polly e a família de Wilson combinaram de estender as comemorações e até nos convidaram para comer pizza na volta para casa. Mamãe estava rabugenta demais e com dor nos pés, papai tinha trabalho no dia seguinte e Dona Símia ainda precisava fazer as malas para uma ida sem previsão de volta. Eu agradeci internamente quando recusamos em unanimidade o convite feito pela mãe de Polly, porque assim poderia voltar pra casa e ter o meu momento reflexivo deitada no tapete, ouvindo minhas músicas, olhando pro teto e pensando na novela que a minha vida tinha se tornado.

A festa estava quase no fim. Mas, para mim, ela já tinha acabado desde o momento que me despedi de Édra Norr. Depois disso, eu não consegui mais me divertir da mesma forma. E eu não estava triste. Só completamente imersa no meu próprio mundo. Num transe nostálgico sobre tudo o que tinha acontecido. Meu corpo ainda sentia Édra Norr em todos os lugares. Meu coração, de todas as partes, foi a que mais a sentiu.

O problema (ou talvez a sorte) em se despedir de algumas pessoas é que elas vão, mas elas *ficam*.

Passei o resto da noite me perguntando o que ela estaria fazendo. Imaginando ela entre as pessoas. Se servindo de ponche, fazendo piadas infames, me irritando propositalmente, descansando a cabeça no ombro de Dona Símia ou sorrindo pra mim.

Mas ela não estava mais lá.

Eu estava me perguntando em qual dos aviões (que rasgavam o céu acima do estacionamento) ela poderia estar. Aviões parecem estrelas cadentes, você pode fazer um pedido para um Boeing 777 sem nem fazer ideia de que está apostando seus sonhos num gigante de ferro. Na falta das estrelas cadentes, já fiz muitos pedidos a aviões. Era coincidência demais para mim que Édra fosse embora numa estrela cadente. Digo, num avião. Eu olhava pro céu sem saber se fazia um pedido ou se me despedia novamente.

Desejei que ela me enviasse qualquer sinal de que sempre estaria comigo.

E quase morri do coração quando senti uma mão agarrar o meu braço.

— Oi, Íris.

— Oi, professora. A senhora precisa de uma carona? – perguntei, nervosa.

– Não, eu estou bem. Obrigada. – Ela sorriu, mas parecia preocupada. – É sobre seu trabalho de literatura. Eu preciso que você me entregue qualquer coisa pra completar os pontos que faltam pra você passar. Eu vou sair de férias e sou a única pessoa que pode te dar essa nota. Você foi uma aluna extraordinária, Íris. A sua dupla, Édra Norr, me entregou dois poemas. Mas os dois estavam com a letra dela. Eu não posso te pontuar se você nem ao menos tentar me entregar um trabalho feito por você mesma.

Meu Deus! O trabalho de literatura. Meu trabalho de literatura em dupla com a Édra. Ela fez *Eucalipto* se baseando em *Lapsos de desejo*. E eu escolhi *Descobrindo o amor* e não produzi *nada*.

– Professora! Meu Deus! Me desculpa mesmo por isso. Muita coisa acabou acontecendo e pra piorar eu sou péssima em escrever poemas.

– Não precisa ser um poema. Me entregue qualquer material que tenha a ver com a temática do livro que você escolheu. Pode ser um poema, um texto, uma carta. Qualquer coisa pela qual eu consiga te pontuar de maneira justa e equivalente ao que você me entregar. Você só precisa de um único ponto pra passar, você sabe que consegue.

– Uma carta? – Meus olhos saltaram.

Como se essa fosse a única coisa que ela tinha dito.

– É, uma carta. Pode ser, sim, uma carta.

Eu não sei se acabei sorrindo de empolgação ou de nervoso. Eu precisava escrever uma carta de amor para passar de ano. E eu já sabia *exatamente* quem a receberia.

Epílogo

Nem sempre as coisas saem como planejamos. E tá tudo bem nisso. Algumas coisas na vida vêm para nos surpreender, para nos ensinar e até mesmo para deixar algo marcado dentro de nós para sempre. Édra Norr seria a minha garota, meu primeiro amor *de verdade,* despido do que o mundo tentou me fazer amar (desculpa, Cadu Sena, mas você é muito melhor sendo só meu amigo). E isso, sobre mim e Édra Norr, não iria mudar nem em um milhão de anos. Nem se mil oceanos nos separassem. Eu a amo. E agora estamos conectadas para sempre. Temos uma memória de despedida.

Apesar disso tudo, não acho justo comigo que eu só tenha descoberto a minha sexualidade no fim do terceiro ano. Se alguma coisa tivesse me dado qualquer pista antes, eu poderia pelo menos ter sido apresentada a escolhas diferentes de "ser uma garota hétero perfeita". Só que tudo me empurrou apenas para isso. Todos os meus livros preferidos, as princesas de que eu mais gosto, os filmes, os desenhos animados, os bonecos musculosos desenvolvidos para serem namorados das minhas bonecas Sally (que custavam uma fortuna), as letras das minhas músicas preferidas e, claro, absolutamente todas as minhas novelas. O mundo só havia me ensinado como ser hétero. Precisei de Édra Norr para saber que podia sentir algo diferente do óbvio e me conhecer de verdade.

Eu podia ter me descoberto muito antes se alguma coisa, qualquer coisa que fosse, tivesse sido meu grande pontapé para isso.

E é com esse pensamento que estou disposta a seguir o que agora acredito ser o meu destino: trabalhar com novelas e grandes roteiros. E só vou parar quando duas garotas se beijarem num horário nobre na TV aberta. Que se explodam todas as novelas que nunca fizeram isso antes!

Estar num avião indo sozinha para Nova Sieva me dá, sim, calafrios imensuráveis. Mas não quero ver as coisas de uma perspectiva negativa. Passei para a Faculdade de Cinema na UNS (Universidade de Nova Sieva) e estou mais do que ansiosa para começar. Tão ansiosa que posso vomitar. Aqui mesmo, no avião. Meu Deus, o que eu estou fazendo? Eu quero descer. Eu quero os meus pais. Eu quero os meus amigos. Eu quero a minha vizinha idosa.

Meu celular começou a vibrar dentro da minha bolsa.

– Ei, você precisa colocar todos os aparelhos em modo avião – disse a aeromoça ao meu lado, repousando a mão no meu ombro.

Tudo bem, eu consigo.

É claro que eu consigo.

Eu já sobrevivi a coisas muito piores.

Nem tudo nessa vida é laranja-forte.

Você tem (1) nova mensagem de Édra Norr.

Mas ainda bem que algumas coisas são.

Carta aberta
ou a minha melhor tentativa de te escrever uma carta de amor

Não sei exatamente como começar a escrever isso. Porque eu nunca escrevi uma carta de amor antes. Uma que realmente fosse sobre algo puro que eu sinto, despido das influências externas do mundo.

Bom, pelo jeito rebuscado que eu tô escrevendo, esse não vai ser só o meu trabalho de literatura. Isso é realmente uma carta de amor. E já que preciso escrever uma de qualquer maneira, vou abrir o meu peito.

Tá.

Você é a pessoa mais incrível que eu já conheci na minha vida inteira. Eu nunca me deparei com uma pessoa tão bonita, extraordinária, inteligente e contagiante quanto você. Ninguém é como você e ninguém poderia ser. Você é única. Senti vontade de gritar o quanto você é especial na sua cara em tantos momentos... Eu sinto muito por ser o saco de batatas que eu sou e nunca ter dedicado tempo para te dizer essas coisas pessoalmente. Te dizer o quanto você tem os olhos mais adoráveis do mundo. O quanto você é bonita explicando algo. E o quanto suas palavras me tocaram profundamente e me ajudaram a me reconhecer hoje. A descobrir quem eu realmente sou. Agora estamos longe uma da outra e sei que fizemos inúmeras promessas. Sei que você vai ficar bem sem mim e me sinto meio egoísta em desejar que – só em alguma coisa – você se lembre de mim e sinta minha falta. Mas não quero que você fique triste. Às vezes eu choro. Porque eu sou sentimental, não é necessariamente de tristeza. Apesar de ser extremamente irresponsável com você mesma e com a sua saúde, tenho certeza que você sabe se cuidar e que está bem (o que já é motivo suficiente pra me deixar feliz). Eu só choro porque, bom, você sabe. Estar num lugar novo é assustador. Estar longe de toda minha zona de conforto e dos meus amigos é assustador.

A propósito, eu contei a meus pais que eu sou lésbica. E eu nunca vi Ermes Pêssego mais feliz na vida. Sei que as razões dele para isso são totalmente superprotetoras e extremamente duvidosas. Mas ele se sente mais seguro em saber que eu gosto de garotas do que em me ver por aí com um dos jogadores de futebol do Colégio São Patrique (que equilibram os lucros do supermercado comprando preservativos como animais em eterno cio). *Não que você queira saber dessa parte.*

Quanto a minha mãe, bom, tivemos uma longa conversa de madrugada porque ela se desesperou sobre querer ter netos. E eu tive que explicar que estamos em dois mil e dezenove e não no século quinze. Falei sobre métodos científicos de se ter um bebê sendo lésbica (ela não entendeu nada, apesar dos meus esforços) e também falei dos métodos mais banais, como adoção, e ela sorriu. Fui contando sobre cada coisa pra ela, inclusive sobre minha experiência com Cadu Sena. Depois de algumas risadas bebendo um vinho velho de geladeira, ela até me contou sobre uma vez que deu um selinho em uma garota num jogo. E sobre como isso deixou ela nervosa, mas não tão nervosa quanto Ermes Pêssego de macacão jeans no terceiro ano. Eu deixei claro pra ela que nenhum garoto me deixaria nervosa em um macacão jeans... Ou qualquer outro tipo de roupa. Não depois de tudo o que aconteceu e que você sabe muito bem, porque viveu isso comigo.

Vivemos isso juntas.

E eu não vou te esquecer nem um dia sequer.

Eu prometo lembrar de você o tempo inteiro.

Porque eu te amo.

E eu *sempre* tive certeza disso.

Em todos os momentos em que rimos juntas, durante todas as nossas conversas. Meu amor por você sempre esteve ali...

Do seu lado até tarde assistindo a novela, ouvindo suas histórias de "quando você era menina", recusando pela trigésima vez suas delicadas xícaras de chá.

Quando eu olhar pela minha nova janela, verei uma cidade grande e agitada. Funcionando a todo vapor. Vou fechar as cortinas com os meus olhos bem apertados e torcer pra que, quando eu abrir de novo, o que esteja por trás do vidro esperando por mim seja a sua sutil, minúscula e aconchegante casa. Onde vivemos boa parte de nossas aventuras.

Eu vou guardar esses momentos pra sempre.

Foram melhores do que todas as novelas do mundo.

Obrigada por tudo, Ana Símia.

Eu te amo.

P.s.: Lembra daquela novela em que o casal ficava se falando pela internet e marcando viagens pra se encontrar de vez em quando? Sua neta também deve ter assistido.

Ela quer me convencer a ter um namoro à distância.

Disse que todas as garotas lésbicas passam por isso.

Por Deus!

Eu quero esganar a sua neta.

Mas isso é assunto pra uma outra carta.

P.p.s.: Estou te enviando um boxe com todos os capítulos de *Amor em atos* gravados. Espero que você esteja se divertindo com a sua família. Mas, por favor, não se esqueça da sua melhor amiga.

Com amor,
(olha que chique minha assinatura)

ÍRIS PÊSSEGO
ROTEIRISTA

Agradecimentos

Meu pai, se acalme do coração. Você acaba de ganhar a primeira linha dos meus agradecimentos. "Vá, fale aí agora, vá" que você tem uma filha escritora. Coisa que você sempre fez questão de sentir orgulho, de incentivar e de acreditar. Obrigada por ter feito dedicatórias em todos os meus livros preferidos. Obrigada por todos os sacrifícios. Nunca tivemos uma vida fácil, mas você fez com que o nosso pouco sempre parecesse muito. Eu te amo, cabeça de ovo. Minha mãe, você foi a primeira pessoa a quem eu contei sobre gostar de garotas, porque é em você que eu mais confio no mundo. Obrigada por ter escolhido aprender comigo e me abraçar. Erik, pivete, você é o irmão mais incrível do mundo (mas preciso de outro rap de aniversário). Raquel, eu espero que você me coloque nos agradecimentos de tudo o que você produzir, você vai crescer tanto e tem a cabeça mais criativa que eu já conheci. Minha avó, Maria do Amparo, você nunca para de aprender mais sobre o mundo. E isso me enche de orgulho. Voninha, eu te amo, você e a minha avó Maria formam, juntas, uma Dona Símia só.

Eu tenho uma família ciumenta e não dá pra sair citando todos, nome por nome. Mas vocês sabem que são importantes pra mim. Eu amo cada um e agradeço por tudo.

Também tenho amigos ciumentos e espero que todos vocês se sintam amados. Vocês sabem quem vocês são e tudo o que já compartilhamos nessa vida. Amo vocês.

A todas as minhas professoras e professores que tive na vida inteira. Ninguém escreve livro nenhum sem antes saber ler. Vocês salvam o mundo todos os dias.

Quero agradecer a todas as pessoas que eu conheci nessa trajetória, todas as pessoas que passaram pela minha vida, todas as pessoas a quem eu confidenciei sobre este livro e sobre meu sonho de torná-lo realidade. Se você, em algum momento da sua vida, foi alguém que acreditou em mim e me ouviu falar sobre *O amor não é óbvio*: obrigada.

Também quero agradecer a Wlange, pelos vídeos inspiradores. A Ana Rosa, por ter enxergado as minhas meninas. A Rafaella Machado, por ser a melhor chefe do mundo (você tá animada?). Rafa, você acredita em mim de uma forma tão bonita. Espero que você saiba que *eu* acredito em *você* também. Lu, você me guiou em tudo, seu novo apelido deveria ser "Luz". A todos vocês da Editora Record, a todos do selo Galera. Não importa quem você é ou a sua função, não importa se você trabalhou ou não diretamente com o meu livro. Cada um de vocês faz essa empresa extraordinária existir e torna sonhos como o meu uma realidade. Vocês são, como um todo, *realizadores de sonhos*. Obrigada.

Agora, essa parte dos agradecimentos quero dedicar às minhas meninas. As leitoras mais bonitas do mundo. Do Wattpad, do "CCA", da casa da Dona Símia, de todos os grupos de leitura que já tivemos. A cada uma. Por favor, tome seu tempo para se sentir presa nessa linha. Você *fez* parte disso. Você não só *fez* parte disso, como você *é* este livro e cada *palavra* nele. Vocês são as pessoas mais incríveis que eu já conheci na minha vida. Isso *tudo* só está acontecendo por causa de *vocês*. Eu queria que cada uma pudesse se enxergar da mesma forma que eu vejo. Vocês são garotas imensas, criativas, divertidas, honestas, empáticas. Vocês sabem falar, ouvir, compartilhar, cuidar, respeitar e amar umas as outras. Criei um grupo de leitura e formei uma família. Não importa quanto tempo passe, eu nunca vou me esquecer de vocês, de cada uma de vocês. E nem dos meus meninos. Eu também tenho leitores tão divertidos quanto Maurício e tão bonitos quanto Cadu Sena.

Este livro me deu tantas pessoas de presente e me ligou fortemente a tantas delas.

(Ai de mim, Vivi! Conto nos dedos quantas vezes tive uma festa de aniversário, e depois de velha, ganhei, uma com o tema: "O amor não é óbvio". Você é incrível. Nunca vou esquecer disso. Nem de quem esteve lá e no meu vídeo de parabéns feito por leitoras.)

Não é bonito? Estamos todas conectadas para sempre.

Quem colidiu comigo durante esse percurso *fez* parte disso. Quem só passou, quem veio pra ficar, quem esteve aqui mas não ficou, quem ainda está por vir.

Obrigada. *Meu eterno obrigada.*

Por fim, quero agradecer a duas pessoas cruciais para que esse livro fosse escrito por completo: Sued, que nunca me deixou desanimar nem desistir de realizar esse sonho. Sem você as garotas nunca teriam chegado a tempo para a formatura. Obrigada por ter me ajudado a levá-las até lá. E ao meu cirurgião, Doutor Luiz, e toda a equipe médica do hospital. Quatro horas de cirurgia para uma nova *eu* sem tumores no ovário.

"Você *vai* publicar esse livro", os dois me disseram.

Gente,

Eu *consegui*!

Este livro foi composto na tipografia Adobe Garamond Pro,
em corpo 11,5/15,5, e impresso em papel off-white
no Sistema Cameron da Divisão Gráfica
da Distribuidora Record.